新 潮 文 庫

生 贄 の 門

マネル・ロウレイロ
宮 﨑 真 紀 訳

新 潮 社 版

11828

私にすべてを、そしてそれ以上のものをくれた、マネルとロイへ

著者からの短信

本書に登場する場所の多くは実在し、それは登場人物についても同様である。
当然ながら、地名や人名には変更を加えてある。
本書で語られる複数の出来事もまた、実際に起きたことだ。

なかには現在もまだ継続していることもある。

今この時点でも。

生贄の門

主要登場人物

ラケル・コリーナ………治安警備隊ビアスコン駐屯地所属の捜査官
フリアン……………………ラケルの９歳の息子
フアン・ビラノバ………　〃　同僚
ノゲイラ軍曹……………ラケルとフアンの上司
アンドレス・メンデス…元治安警備隊捜査官
ラモーナ・バロンゴ……ビアスコンの近くの村に住むヒーラー
アガタ………………………フォスコ村の屋敷「カサ・グランデ」の女主人
サアベドラ………………　〃　に住む片腕のない大工
エクトル・サンタロ……地元の文化人類学者

1

ガリシア地方、セイショ山系支脈の某所、午前六時

この六十二時間、天は雨を降らせ続けていた。霧雨ではなく、断続的な驟雨《しゅうう》でもなく、しつこくやまない土砂降りで、濡《ぬ》れそぼった地面を、大粒の雨がまるで機関銃のように絶え間なく叩《たた》きつけている。雨は屋根から壁を伝って流れ落ち、側溝を急流に変えて、上流から流されてきた木の枝やら石やらの障害物に流れがぶつかるたび、白い泡が跳ね散った。

管理部の基地をオフロード車で出発したあと、運転手はフロントガラスを流れる滝の雨を透かして視野を確保するのに必死だった。ワイパーは、ガラスを覆《おお》う水のカーテンをなんとか振り払おうとはしているが、ほとんど役に立っていない。そのうえ、外が凍《い》てつくように寒いせいで、車内にいる二人の息が窓を真っ白に曇らせ、彼らを

外界からほぼ完全に遮断してしまった。
「なんにも見えないな」助手席で姿勢を変えながら、サンティアゴが愚痴をこぼした。「上に行ったらもっと見えなくなるぞ。やっぱり家でおとなしくしてればよかったんだ」

大柄な男で、この仕事をするにはでかすぎる、と陰口を叩く者もいた。濃い髭《ひげ》、こちらをじっと見据えるようなまなざし、厚手のレインコートとワークブーツで身を固めたその姿は、たちの悪い冗談のつもりで誰かにそこにくりつけられ、腹を立てている巨大なクマのようだった。四十歳にして、風力発電会社のメンテナンス・チームの〈綱渡り芸人〉の一人として勤務している。綱渡り芸人なんて、風車部分のメンテナンスのためにタワーをよじ登る技術者を指す社内用語としては、少々不吉に思えるが。

サンティアゴの体を発電機内の幅の狭い梯子《はしご》に詰め込むのはかなり無理があったが、それでも地上から二十メートル以上ある危険な場所にこの大男ほどすばやくたどり着ける者は、同僚たちの中にほとんどいないのだ。だが、そんな彼でもこの大嵐《おおあらし》のなか、あの風車に登るのは、さすがに遠慮したかった。

「なあ、明日に延期したらどうだ?」またつぶやき、彼の眉《まゆ》がまるでそれ自体生き物であるかのように跳ね上がる。

「明日も今日と同じくらい最低な日になる」前方から目を離さないまま、相棒が答えた。「このあと三日間ずっとだ」

この二人ほど好対照なコンビはほかにないだろう。サンティアゴはどこもかしこも大きいが、ハビエルのほうはどこもかしこも小さい。相棒より若いこの男は何かの拍子にぽきんと折れそうなほど痩《や》せていて、体と比べてやや不釣り合いに頭が大きく、いっそう貧弱に見える。とはいえ、エンジニアとしてはとても評判がよく、そうして会話しながらも、何一つ見逃すまいと黒い目を注意深く道に走らせている。

「三日間だと？」髭面《ひげづら》の男は言った。「いったいいつやむんだ、この雨は」

「テレビでは〈爆弾低気圧〉って呼んでやがった」運転手は荒い息をつき、不味《まず》いものでも吐きだすかのようにその単語を口にした。「そういう大げさな言葉を発明すれば、人が余計に怖がるってわからないのかね。こんなのただの暴風雨だ。この季節のガリシアなら普通だよ。で、これだけ突風が吹き荒れると、俺たちの風力発電機を三機止まったままにしておくわけにはいかない」

「俺たちのじゃない。会社のだ」

「アホだな、その会社が俺たちに給料を払ってるんだから、俺たちのだ」ハビエルは深そうな水たまりをよけるために急ハンドルを切り、相棒が地面を不安げにちらちら見ずにいられないスピードで、なかば川と化した道を運転し続ける。

「今日発電機を修理しなくたって、給料は支払われるさ」

「じゃあ、おまえがボスにそう説明してくれ」ハビエルは一瞬だけ道から目をそらし、相棒をからかうように見た。「いいな?」

「じゃあ……」

「じゃあは、なし」ハビエルはさえぎった。「行くしかない、それだけだ。もうぐずぐず言うな」

「ずぶ濡れになっちまうな」サンティアゴは何を言っても無駄だと悟り、とうとうあきらめたようにつぶやくと、そのままむっつりと黙り込んだ。

ハビエルは相棒の様子など気にも留めなかった。運転の腕はいいし、悪天候など気にしていないふうを装《よそお》ってはいたものの、やはり不安だった。こういう嵐の中を運転するとしても、硬いアスファルト敷きの広い普通の道を行くのと、しだいに狭く、道も悪くなっていく村道にどんどんそれていきながら、セイショ山の麓《ふもと》まであと二キロほど走り続けるのとでは、わけが違う。そのセイショ山の頂上に、合計三十五メガワット近くの発電能力を持つ五十基以上の風力発電機が並んでいるのだ。ニッサン・ナバラは四輪駆動車だが、頂上に続く森の中の道で何が待ち受けているか誰にもわからない。まして、何日ものあいだ雨風にさらされ続けているのだ。

車内には湿った服と電気設備の匂《にお》いがたち込め、前に誰かが運転しながら吸っていたらしい煙草《たばこ》のいやな臭《にお》いがかすかに混じっていた。ヒーターの熱気のせいでサンティアゴはさっきからうとうとしており、ラジオからはループ再生される古いロック・ミュージックが流れてくる。何度もくり返されるので、次の曲が何か予測がつくほどだったが、それでもハビエルはそのラジオ局を楽しんでいた。どんどん気温が下がり、耐えがたくなっていくこの環境では、ママス&パパスの『夢のカリフォルニア』は場違いなのに耳に心地よかった。

明け方の空はまだほとんど闇《やみ》に支配され、横殴りの雨の向こうで、道の脇《わき》のユーカリの木々が風で揉《も》みくちゃにされて、折れた枝や葉を道に撒《ま》き散らすのが見えた。ときどき車内に、ハンマーで何かを叩いたかのような乾いた雷鳴がこだまし、そういえばさっき山の上のほうのどこかに雷が落ちるのが見えたっけ、と思いだす。

そして、まさにその山の最上部を、彼らはめざしていた。連なる山々の中に聳《そび》え立つ、ところどころに緑が散る花崗岩《かこうがん》の巨塊たるセイショ山は、群がるチビどもの中の巨人のごとく目立っている。実際その点でこの山には大きな価値があり、同時に大きな困難をもたらした。その頂上に風力発電機を設置するため道を開くのには、資材の面でも労働力の面でもかなりの資金投入が必要だったが、工期の遅れやいくつもの問題を乗り越えて、なんとか完成を見た。完成の前年には、説明のつかない事故や遅延、故障が続き、『ミステリーゾーン』が一話分作れそうなほどだった。

道の真ん中まで突きだしていた木の枝を避けるためハビエルが急ハンドルを切ったとき、雨がつかのま大粒の雹《ひょう》に変わり、四輪駆動車の車体を散弾さながらバラバラと打ちつけた。むかっとして、思わず呻《うめ》く。少し前に、車は網の目のように複雑に入り組んだ田舎道に入り、今は、たぶん三十年以上まともに舗装されていない狭い車道を進んでいた。ふいに彼が急ブレーキを踏んだので、サンティアゴの体がダッシュボードに向かってのめった。

「何だ?」目を覚ました彼が尋ねる。「着いたのか?」

答える代わりに、ハビエルは道のほうを指さした。砂利道が右手に伸びていたが、どう見ても車道には見えなかった。だが、頂上に行くならそこをのぼっていかなければならないようだ。山肌を水が勢いよく流れ落ちてくる。嵐のせいで排水溝があふれ、流れはできるだけ楽な逃げ道を探すからだ。雨が道連れにする石ころや何トンという黒い泥が、あらゆる場所からこぼれ落ちてくる。

車はしばらくそこで停車していた。聞こえるのは、全速力で右に左に動くワイパーの音と静かに響く車のエンジン音だけだった。

「Uターンしよう」やがて大男のほうがぼそりと言った。「ここは上がれない」

「上がれるさ」ハビエルは言い返したが、声にいやでも不安が滲《にじ》んだ。

「いやな予感がする」

「ただの水だ、ビビるなよ」

「それだけじゃない。たとえ真っ昼間でも、ここは好きになれっこない。この山頂には幽霊が出るって聞くぞ」

「ただの山だよ、アホ。だいたい、おまえのそのデカっ尻《ちり》をぶっ飛ばすには、相当怪力の幽霊じゃないと無理だろう。行くぞ」

「それに、このウィンドファームにメンテナンスに来たの、今日が初めてだ。こんな日じゃ、迷ったって不思議じゃない」

ハビエルはため息をつき、同僚のほうに顔を向けた。

「さて……言い訳はそれで終わりか？　なら、もう行くぞ」

「好きになれないよ、ここ」サンティアゴはかろうじてそうくり返したが、それ以上付け加えられることはなかった。

ハビエルはギアを一速に入れ、車の馬力を上げた。四輪駆動車がまた動きだし、加速して、飛沫《しぶき》と泥をはね散らしながら道に入っていく。ここからの移動はいよいよ荒っぽくなりそうだった。

ニッサン・ナバラは、泥まみれの悪路を突き進みながら唸《うな》った。雨が激しさを増したこの二時間に流れ落ちた水の勢いで、道の砂利と砂の中に深い水路が刻まれていた。そうした小さな溝にタイヤをとられないよう、ハビエルは運転に細心の注意を払った。もし溝にタイヤがはまったりすれば、そこで動きがとれなくなり、牽引車《けんいんしゃ》に引きずりだしてもらうのを待つしかなくなる。この雨のなか何時間もぽつんと孤立し、最悪の場合、一夜を過ごすはめにさえなるかもしれない。

それに、あとで本社に戻ったとき、みんなにどんなにからかわれることか。想像するだけでぞっとする。つい数か月前まで大型トラックが平気で行き来していた場所で、四輪駆動車に乗っていながら溝にはまって抜けだせなくなった二人のまぬけなサンデードライバー。勘弁してほしい。

水で泥が流されて露出した岩か何かに乗り上げるたび、車のサスペンションが金切り声をあげる。ときおり不気味な閃光《せんこう》があたりの景色を照らしだし、続いて雷鳴が車内にこだまする。サンティアゴはドアにぎゅっとしがみつき、歯を食いしばっている。

車が大きく揺れるたびに、鞭《むち》で打たれたかのような衝撃が背筋に走った。

まわりは闇に包まれていた。もう朝の六時だというのに、いまだにどこにも光が見えない。高度が上がるにつれ、低い雲が薄汚れた分厚い霧の層に変化し、風に身をよじる樹木や奇妙な形の岩石群のまぼろしめいたシルエットがときどき垣間《かいま》見《み》える。その人里離れた場所に時空を超えて集まってきた霊魂たちが、二人の男が懸命に山をのぼる様子を見物している、そんな気さえした。

普通なら二十分もかからないはずの距離に一時間近くかかった。山頂に着く頃には、エンジンの換気装置は青息吐息で、ハビエルはハンドルから手を放すまいと必死の闘いを続けたあげく、腕に痺《しび》れさえ感じていた。濃い霧の向こうに風力発電機の巨大な風車が見え始めた。古代人がたまたまそこに建て、そのまま忘れ去られたモノリスのようだ。

「雨が弱まったみたいだな」サンティアゴがぼそりと言った。

「だからたいしたことないって言っただろ」ハビエルはそう答え、道をはずれないよう片手でハンドルをコントロールしながら、もう一方の手で仕事の指示書が挟まったボードを持ち上げた。「八号機と十四号機。すぐそこだ」

ナバラは鬱蒼《うっそう》と茂る藪《やぶ》の脇で停まった。雨風の勢いは弱まり、二人はさほど濡れずに車の後部から機材を取りだすことができた。二人組のシェルパさながら、荷物を持ってあえぎながら最初の発電機まで歩き、到着すると基部のドアを開けた。頭上からほかの風車のブレードが回る低い唸りが聞こえてくるが、目の前のそれは頑固に黙り込んでいる。

「おまかせいたします、ご主人様」ハビエルがもったいぶったしぐさで暗い内部を示した。

サンティアゴは何か言いたげな視線を同僚に送ったが、とにかく狭い入口に無理やり体を詰め込んだ。奥に目をやると、梯子のついたパイプが垂直方向に伸びており、上部は闇に紛れて見えなかった。梯子の一段目に足を置いたところで、何か急に思いだしたかのようにふいに動きを止めた。

「なあ、俺を置いてどこかに行ったりするなよ」声がかすかに震えている。

「どこに行くっていうんだよ」ハビエルは両腕を開いた。「ここにあるのは岩と藪と水だけだ。さあ、さっさと上がって仕事を終わらせ、一刻も早くこんな場所おさらばしようぜ」

サンティアゴはああと呻き、道具袋をかついでよじ登り始めた。ときどきあえぎ声や、補助の支柱にスパナがぶつかる金属音が狭い空間を埋めるように響いたが、一分もすると何も聞こえなくなった。

そのあいだハビエルは基部のコントロールパネルにかがみ込み、診断用の携帯端末に接続した。こうして一人きりになってみると、今初めて、その高所で自分たちがすっかり孤立していることに気づく。いちばん近い人家でも数キロは離れているし、こんな世間と隔絶した山の頂上にあるものといえば、彼ら二人とほぼ自動で動く数十基の風力発電機だけだ。事故を起こすには最悪の場所だった。

しばらくは画面上の作業に集中した。見たところ、おそらく近くに雷が落ちたせいでかなりの電圧がかかり、発電機のシステムがおかしくなったらしい。修理はとくに難しくないが、手間がかかるのは確かだった。

そのとき気づいたのだ。

静かすぎる。

雨はたぶん何日かぶりに完全にやみ、風さえ吹きやんでいた。ほかの発電機のブレードが回る低い唸りも聞こえず、耳に届くのは、滴《しずく》がポタポタと水たまりに落ちる音と、遠くの谷底に向かって水流が滑り落ちるザアザアという音ぐらいだ。ほかは分厚い霧に包み込まれ、三十メートルかそこらしか離れていないところに駐車してあるオフロード車さえ、はっきり見えない。

ハビエルはうなじがむずむずした。一人、あるいは複数の視線を感じる。振り返って霧の奥を見透かしてみたが、霧の切れ間に巨石のぼんやりとした影が見えるだけだ。ポテトのピュレさながらのねっとりした霧は、包み込んだものすべてを歪《ゆが》めてしまう。水の音さえ、いつもと違って聞こえる。

ここに入ってくるな。出ていけ。

あたりに満ちる静寂のなか、その囁《ささや》き声はあまりに強烈で、ハビエルは思わず端末を取り落としそうになった。かすかにしゃがれた、男の声のようだった。年齢を感じさせた。そして憤《いきどお》っていた。

ハビエルはさっと振り返り、右に左に目を動かす。本当にこの耳で聞いたのか、頭の中で響いただけなのか、確信が持てない。

「すみません」ためらいがちに言う。「誰かいるんですか?」

答えはない。霧はのろのろと渦を巻いている。さっきより少し濃くなったのでは?だが確かめようがなかった。

小さく悪態をつき、再び端末に目を向けたまさにその瞬間、また声が聞こえた。もっと正確に言うなら、複数の声が。怒ったようにごちゃごちゃと早口でつぶやいているが、意味をつかもうとしても指のあいだから言葉が滑り落ちてしまう。どんなに理解しようとしても無理だった。手で水を汲《く》むようなものだ。

「うるさい！　どっか行け！」とハビエルはわめいた。

自分の声すら、霧の湿気に屍衣《しい》のごとく包み込まれ、くぐもって聞こえる。

ハビエルは端末を放りだし、道具袋を引っかきまわしてラチェットスパナを取りだした。手のひら二つ分ほどの長さのずっしりと重い道具で、ヘッドが丸い。武器にしては、どう考えても不格好だし、あまり役に立ちそうにないが、持っていれば少しは心強かった。

すると霧がさっと動き、その瞬間、二十メートルほど左のほうで、影が二つ全速力で逃げていった。誓ってもいい、そう見えたのだ。ハビエルはスパナを剣のように前に突きだして、とっさにそれらのあとを追った。不安定な岩のあいだを急ぎ足で進む。作業用つなぎ服の分厚いズボンの脇を低木が引っかいた。地面がひどくでこぼこで、先に進むには何度か大きく迂回《うかい》するしかなく、苔《こけ》に覆《おお》われた岩を踏むときは足元に注意した。だから、ふと目を上げたとき、自分がどこにいるのかわからなくなっていた。

風力発電機はすでに視界になく、まわりはどこを向いても似通って見えた。まもなくハビエルは、自分が迷ってしまったことを認めた。

たしかに、そうなって当然だった。一瞬、首のつけ根のあたりを締めつけられるようないやな感じがした。脈拍が上がり、寒いのに手に汗が滲み、スパナが滑るのがわかった。

落ち着け、馬鹿《ばか》。ここはただの山の中だ。ぶつぶつつぶやきながら数メートル歩き、何か見覚えのあるものはないか探す。通ってきた田舎道と車は右のほうにあるはずだから、そちらにまっすぐ進みさえすれば、あの道の黄色っぽい砂利にぶつかるはずだ。そこから足跡をたどるのは難しくないだろう。

ところが現実と霧が共謀して、彼をはめる陰謀を企てたらしい。永遠とも思えるあいだ歩き続け、濡れた岩の上によじ登ったとき、いきなり、絶対にあり得ないものと出くわしたのだ。

蠟燭《ろうそく》だった。教会などで使われるありふれた赤い蠟燭で、まだ温《ぬく》もりが残っていた。ほんの数分前まで火がともっていたが、それをそこに置いた誰かがプラスチックのカバーでわざわざ覆ったにもかかわらず、激しい雨か風のせいで消えてしまったに違いない。なんとも解《げ》せない思いでその蠟燭を手に取る。まわりに何もない人里離れた場所にこんなものがあるなんて、意味がわからない。ふと、山火事でも起こそうと思って誰かが仕掛けたのかも、と思う。だがすぐに打ち消した。こんな水浸しになった山では、火炎放射器でも火を熾《おこ》すことなどできやしない。ましてこんなちっぽけな蠟燭ではとても無理だ。

なんだか気になって、蠟燭を元の場所にまた立てた。さわったせいで指がべたべたしている。うわの空で手を作業用のつなぎ服にこすりつけ、また歩きだす。そのとき何かが動くのが目の端に入り、慌《あわ》てて振り返ったのでバランスを崩して、茨《いばら》の上に尻《しり》もちをついてしまった。作業着に棘《とげ》が引っかかり、息を荒くして悪態をつきながら起き上がろうとしたが、なかなか起き上がれない。やっと立ち上がったとき、あたりには誰もいなかった。

ハビエルはごくりと唾《つば》を呑《の》み込んだ。今や体は汗びっしょりで、肩で息をしている。もうたくさんだ。風力発電機なんか、どうとでもなれ。サンティアゴの言うとおりだった。別の日に戻ってくればいいんだ。伸ばした腕より先がちゃんと見えるような日に。ついでにもっと大勢のチームを引き連れて。

うせろうせろおまえにここにいるしかくはないうせろうせろうせろ……

それが聞こえたとき、ハビエルは肌が痙攣《けいれん》でもしたかのようにぶるっと震えるのを感じた。声ははっきり響いたが、絶対に人の声のようには思えなかった。この霧は人の正気を奪い、頭をおかしくさせる。

そろそろと後ずさりしたとき、背中が何かにぶつかった。振り返ると岩があり、その向こうに重さ何トンもありそうな巨石が直立していた。この景色の中にあって、いかにも不自然な立ち方だった。足元近くに粗く削りだされた石段らしきものが見え、霧に隠された場所に向かってのぼっている。

忘れ去られた山の中に、こんなものがあるなんて。その情報を頭の中で整理しようとするうちに、ふと思いついた。何か月か前にあの風力発電機を建設した複数のグループのどれかが作ったのではないか。

だが、それなら鉄筋やコンクリートを使ったはずだ、と思い直した。それにこの石段は、セイショ山の地面からのぞいている岩からじかに削りだされているし、相当古いもののようだ。おそらく作られたのは何世紀も前だ。くぼみを覆う緑色の苔は、先ほどのような嵐を数えきれないほどやり過ごしてきたのかもしれない。それに、うまく説明はできないが、造りが妙にアンバランスだった。まるで、彼が普段使うものとは別の尺度を用いて建設されたかのようだ。

ハビエルはほとんど無意識に石段の最初の三段をのぼっていた。石段の下にある茨の茂みにスパナを落としていたことにも、口をぽかんと開けた妙にゆるんだ表情をしていることにも気づいていなかったが、どうでもよかった。今はただ、その石段をのぼりきったところに何があるか、知りたいだけだ。

それに、石段をのぼり始めたとき、円を描くように注意深く置かれていたアヤメの花を踏んづけていたことにも気づいていなかった。あたりに漂う重い金属的な匂いにも。

さらには、霧に包まれた黒い何かがいくつもまわりに集まってきていることにも。それらは影のように無言で、しだいに彼に近づいてきていた。

「さあ終わった」サンティアゴは満足げにつぶやき、配電盤の蓋《ふた》を二度ぎゅっと押した。

余計な電圧がかかってだめになった継電器の一つを取り換えただけのことだ。ほんの数センチの小さな機器だが、それ一つないだけで、百万ユーロ近くするこの怪物みたいな風力発電機全体が停止してしまう。この手の修理をしたのは初めてではなく、ほかの発電機で何度もあった。本社の業《ごう》つく張《ば》りどもがわずかなコストを浮かすために部品の質を落としたせいで、少しの電圧変化で焼け焦《こ》げてしまうこんな安っぽい中国製の継電器の交換を余儀なくされたのだ。

「だがもちろん、地上二十メートルで自分のケツを危険にさらすマヌケな技術者はいつだっていくらでもいるわけさ」憤然としながら独り言をつぶやく。「おいハビ、終わったぞ！」

返ってきたのは、タワー内にこだまする風の音だけだった。サンティアゴはかろうじて体を動かした。発電機の上部には、とくに彼のような巨漢にとってはあまり空間の余裕がない。しかも厚手の防寒着を着ているせいで余計に動きづらかった。首を汗が伝うのを感じ、保温素材のシャツが背中に張りついて気持ちが悪い。

「ハビ、試運転してくれ」しばらく待ってから、タワーの下方に向かってもう一度怒鳴った。「ハビ！」

一分が経過し、それが二分になった。しびれを切らしたサンティアゴは、タワーを下り始めた。途中に点在する鉄製の出っぱりを一つひとつ慎重に確認しながら足を置いていく。床にたどり着いたとき、安堵《あんど》のため息をついて伸びをした。そのとき初めて周囲のまったき静寂に気づいた。同僚の姿がどこにも見当たらないことにも。

少し離れたところに小便でもしに行ったのだろうと最初は思い、コントロールパネルに身をかがめて、発電機を再稼働《かどう》させてみた。どのランプも緑色に光ったので、満足の声を漏らす。あくびを一つしてもう一度体を伸ばしたそのとき、ふいに不安になった。あたりにたち込める霧があまりに濃く、数メートル先さえ見えなかった。不穏なイメージが頭に浮かんだ。苔むした岩で足を滑らせて頭を打ったか、足首を捻挫《ねんざ》して痛みに身をよじっているハビエル。あるいは、霧で隠れていた傾斜を転がり落ち、谷底で息も絶え絶えになっているハビエル……。

「やっぱり今日来るべきじゃなかったんだ」サンティアゴはむすっとしてつぶやき、歩きだした。

同僚の進んだ跡をたどるのは難しくなかった。地面は湿っていたから、足跡がついていたのだ。折れた枝も、ハビエルがそこで棘に引っかかったことを示していた。とにかく、用を足しに行ったのだとしたら、あの馬鹿め、ずいぶんと人目につかない場所を探したらしい。霧の奥に進むにつれ、サンティアゴはいらだちが募るのを感じた。なんでそこまで隠れる必要がある？　こんな人里離れた山の頂上で、誰に見られるっていうんだ？

そのとき、左のブーツが蠟燭にぶつかり、怒りがまるで魔法のように消えて、かわりにとまどいが湧《わ》いた。そのとまどいは、地面から盛りあがる大岩から削りだされた石段にたどり着いたとき、いよいよ大きくなった。

「ハビエル、おまえいったい何に首を突っ込んだんだ？」

声に出してつぶやいていたことに、本人も気づいていなかった。体の汗はとっくに冷えてしまっていた。それどころか、寒くて体が震えていることに気づいた。そうとも寒さのせいだ、と思い込もうとした。

岩の割れ目から無理やり生えだしている棘のあるハリエニシダのこんもりした茂みに目をやる。その中で、見覚えのあるラチェットスパナの金属製の柄が光っていた。サンティアゴは、自分の動きがスローモーション再生の映像になってしまったような妙な感覚に陥った。茨の中から冷えきったスパナを拾い上げる。それを手に持ったままのろのろと石段を上まであがった。そして、最初のショックが彼を襲った。

目の前には、巨人のごとき巨石でできた、門《プエルタ》のように見える建造物がそびえていた。それぞれ重さ何トンもありそうな二つの岩が霧の中で並んで立ち、その上に横たわる、ほとんど加工されていないように見える無骨な大岩を支えている。あいだにあいた空間は、二人の人間がぶつからずにすれ違えるくらいの広さだ。サンティアゴのような大男でも、体を両側の岩にこすらずに通り抜けられるだろう。別の時代からそこにやってきたかのようだ。いや、と心の中で訂正する。実際に別の時代のものに違いない。はるか大昔、こんな場所にこんなものを建てようと考えた、サンティアゴとはまるで違う思考回路を持つ人間が暮らしていた時代のもの。

そのとき二つ目のショックに遭遇した。最初はウィンドファーム建設チームが残していった、たぶん器材か何かを包んでいたビニール袋か、その手のゴミだろうと思った。地面を白く汚すそれは、切れ切れになった霧になかば隠れているが、黒っぽい岩や苔を背景にするとやけに目立っている。二、三歩進んだところで、彼は突然高圧電流に打たれたかのように動きを止めた。

サンティアゴは肝の据わった男だ。あんなくそったれタワーにのぼってみせるのだから、当然だろう。だがその瞬間、睾丸《こうがん》がビー玉並みに縮こまり、体の奥に隠れようともがいた。

門の向こう側のすぐ下に、二十代前半にしか見えない若い女性が横たわっていた。髪はブロンドで、肌がひどく蒼褪《あおざ》め、体を包むウェディングドレスと色味がほぼ変わらない。下腹部で手を組み、髪は光輪に似せようとするかのように、頭のまわりに慎重に広げられている。足元にたくさんの花が置かれているが、何よりぞっとするのは、彼女の手に置かれているものだ。

女性は死んでいる。絶対に完全に死んでいる。そして、その事実は検死医でなくてもはっきりわかる。なぜなら彼女の長く繊細な指のあいだに、ぬらぬらとした真紅の肉片が置かれているからだ。彼女自身の心臓だ。

女性の胸の中央が大きく裂け、縁が赤く染まっている。今もゆっくりとあふれでている鮮血が白い衣装を染めるにつれ、染《し》みはしだいに開花する花のごとく広がっていき、胸の奥にあったはずの臓器は、かつて誰も想像しえなかった世にも不気味な狂気のブライダルブーケに姿を変えた。

酸《す》っぱいものが抑えきれない波となって喉《のど》を這《は》い上がってきた。サンティアゴは嘔《おう》吐《と》しようとして門に寄りかかったが、あえぎ声しか絞りだせなかった。そのとき、足元の黒ずんだ汚れに目が留まった。

悪夢の中にいるときと同じのろのろとしたテンポで顔を上げ、その一筋の汚れ（血だ血だ血だ）を目でたどり、その終点にある服の塊で視線が止まる。小さなくぼみにゴミ袋のごとく横たわる息を止めたハビエルが、永遠の恐怖をたたえた目でこちらを見ていた。彼の首には、誰かがあけた奇妙な赤い笑みが広がり、その傷から、本当なら見えるはずのない腱《けん》やら筋肉やらがのぞいている。

サンティアゴはスパナを取り落とした。ほんの十分前に同僚がまったく同じ動作をしていたことなど知るすべもなかった。喉からこぼれだした低いうめき声は、獣が漏らす恐怖の鳴き声にほかならなかった。

飛びだしそうに大きく見開いた目で四方八方を見まわしながら、ズボンに熱い染みが広がっていくのを感じていた。

道の脇に停めてあったナバラまでどうやってたどり着いたのか、あとで思いだそうとしても無理だった。その後何度も記憶をたどろうとしてみたが、脳が一杯いっぱいになってそれ以上情報を保管するのを拒んだかのように、いつもその部分が抜け落ちている。ただ両手や顔にできた引っかき傷から察するに、こけつまろびつ、やっとのことでそこまで来たようだった。

だが、恐怖に丸呑みにされ、小さな子供みたいに小便を漏らし、ひいひい言いながら逃げるあいだの、ここにいるのは自分だけではない、という感覚だけは、忘れたくても忘れられなかった。

2 ラケル

始まりは判断ミスからだった。とにかく最悪の失敗だ。

もちろん誰だって判断を誤ることはあるし、世の中間違いだらけだ。でも、なかには取り返しのつかない間違いもある。

そして確かなのは、この判断ミスのせいで息子は死にかけている、ということだ。

人は、つねに正解を選ぼうとするようにプログラムされているという。ジャングルの木の上で暮らす原始的なサルが脳のどこかに今もいて、判断を誤ったと認めるのを嫌うらしい。なぜならそれは、葉の繁《しげ》みに隠れて待ち伏せていた捕食者が、地上で食事をするためうっかり木から下りたわたしたちの体に、今しも歯を食い込ませたことを意味すると、奥深くに眠る本能のレベルで知っているからだ。このことに何か意味があるかどうかはわからないが、わたしも判断を誤ることを嫌っているのは間違いない。人間ならみなそうだと思うけれど。

そして、過《あやま》ちを犯したせいで、さらにわが子の死というような恐ろしすぎる結果につながったときの後悔と挫折感《ざせつかん》と悲しみが絡《から》み合ったどうしようもない苦痛たるや、実際に経験しないと理解するのは難しい。

そのうえ、このところわたしの人生は、何をやっても失敗続きだった。実際、今やりたいことと言えば、どこへでもいいから走って逃げだしたい、それだけだった。そして、声が嗄《か》れるまで大声でわめき、体の水分が涸《か》れるまでおいおい泣きたかった。

でも、もう充分嘆き悲しんだ。これ以上の贅沢《ぜいたく》はわたしには許されない。

フリアンの子供らしい愛にあふれる純粋無垢《むく》なまなざしを見ると、冷静さという名の仮面をかぶり、〝大丈夫、すべてうまくいく〟という笑みを口元に貼《は》りつけないわけにいかなくなる。とはいえ、フリアンはわずか九歳だというのに、あんまりうまくいきそうにない、とうすうす察していそうだった。最近はずっと、ママと一緒に入退院をくり返していることを考えればとくに。

できれば目をそむけていたいけれど、化学療法や放射線療法、その他あの子が自分自身と闘うために体に取り込んでいるあらゆる毒物のせいで、フリアンは今、髪の毛が一本もない。だから余計に、あの子を見るたび大きく深呼吸して、無理ににっこり微笑《ほほえ》まなければならなかった。心の中は、苦痛のあまり息も絶え絶えだったとはいえ。

わたしの分身でもある、愛する息子なのだ。九か月間わたしの中にいて、この胸で眠り、わたしの手にしがみついて最初の何歩かを歩いた。最初の笑みを、最初の歯を、最初の言葉を完璧《かんぺき》に思いだせる。その息子が、ふと気がつけばまるで運命の女神の意地悪な冗談みたいに、死にかけているのだ。こんなふうに体がきりきり痛むほど心が痛むことがあるなんて、想像もしなかった。うまく呼吸もできず、食べることも眠ることもできず、生きていくことさえできない。そう、何一つうまくいきそうにない。そしてわたしは何の役にも立っていない。

こんな諺《ことわざ》がある。空腹が玄関から入ってくると、愛情が窓から出ていく。空腹だけでなく、病もそうだとわたしは言いたい。少なくとも、わたしたちの場合はそうだった。というのも、いよいよまずい状況になり始めたとき、夫がわたしたちの前から姿を消したからだ。よく言われるような〝煙草を買いに出ていったら、そのまま帰ってこなかった〟というやつではなく、徐々にそうなっていった。ちょうど、満潮になるにつれ、波が少しずつ砂の城を崩していくように。

最初はただの夫婦喧嘩《げんか》だったが、当初の診断よりフリアンの病気がはるかに重いことがわかると、夫はたびたび家を空けるようになった。出張の期間がしだいに長くなり、言い訳が、潮流に運ばれてきた遭難船の漂流物が港に溜《た》まるように溜まっていった。そしてある日、「もうたくさんだ」と言った。もう耐えられない。プレッシャーが大きすぎる。もちろん医療費は負担するし、できるだけのことはする、べらべらべら。

僕は弱虫で、死の匂いに身の毛がよだつ。息子の命の糸が恐ろしい速さで不当にすり減っていくというのに、とてもその目を正面から見られない。そう言いたいところを、品よく言い換えただけだ。

勝手にしろ。もうどうでもいいことだった。

だからこうして今、わたしたちは二人きりでガリシアの病院から出てきたのだ。息子の小さな手を握りしめ、周囲の憐《あわ》れみの視線を感じながら。

遠くわが家から離れた場所で。

わが家と呼べる場所がまだあったとしたら、の話だけれど。

3

二時間後、わたしたちはホテルの部屋にいた。明日どうすればいいかノートパソコンで方策を探すわたしの横で、フリアンはベッドの足元のほうの床にぺたりと座り、テレビでスポンジ・ボブのアニメを観《み》ている。フリアンはこの番組が好きだ。シリーズに登場するほぼすべてのキャラクターの人形が周囲に散らばっている。どこに行くにも必ず息子に付き従う、カラフルなプラスチックの儀仗兵《ぎじょうへい》たち。こんな人形でまだ遊んでいるなんて、九歳にしては幼すぎるのでは、と言う人もいるだろうが、この子は普通の子供とはまったく違う人生を歩んできたのだ。それに、フリアンを幸せにしてくれるものなんてただでさえ少ないのだから、否定する気にはなれない。

初めての診断は四歳半のときだった。最初は何の病気かなかなかわからなかったが、数えきれないほど検査をしたすえ、暗い顔をした医師に告げられた短い言葉でわたしたちの人生が一変した。多形膠芽腫《こうがしゅ》、ごく簡単に言うと、脳腫瘍《のうしゅよう》である。その後の長い年月のあいだに、かかる医師によってさまざまなやり方で説明されたが、相手は決まって深刻そうな表情を浮かべ、ぼそぼそと小声で回答を続けた。診察を重ねるごとに病状は悪くなり、魔法の箱に並ぶどんな薬もフリアンには効かないように見えた。策が尽き始めると、人は藁《わら》にもすがるものだ。これでもわたしは、昔から合理的な女だった。そもそもこの数年間は、治安警備隊視覚捜査中央部隊《グァルディア・シビル》に所属していた。ごくわずかな人員で構成される小さなチームで、捜査官の手に負えない犯罪現場を、蟻《あり》の這いでる隙《すき》もないほど細かく、ミリ単位で捜索するのが仕事だ。わたしは分析力を磨く訓練を受けさせられ、重要な要素に目を留め、無意味なものは捨て、可能性の中から本物を選り分け、不可能だと見なせばきっぱり突き返した。だからわたしを軽率な人間だと言う者はいないはずだ。わたしはけっして狂ってなどいない。

でも、ほかに選択肢がないとき、普段ならけっしてまともに取り合わないようなことでも、わずかなりとも希望があるならそれに頼るだろう。人間とはそんなものだ。

最後の化学療法が終わったあと、もはや現実に目を向けないわけにいかなかった。フリアンはあと三か月、長くて半年の命だ。医師の治療メニューにはもう何も残っていなかった。あのときの会話は一言一句はっきり覚えている。あんなやりとりだけは一生したくなかった。

「もう何もできないって、そんな馬鹿な」わたしは診察室の椅子《いす》に座り、もごもごと言った。「何かあるでしょう、まだ試していない治療法が、きっと何か……」

その女医は首を横に振り、一度ならず同じような苦境を乗り越えてきた人ならではの苦悶《くもん》の表情を浮かべた。

「もしあればもちろん試します。信じてください」

「でも、でも……」同じ立場ならどんな母親でもそうするように、わたしは泣きだした。ドアの脇にある鏡にわたしの姿が映っていた。憔悴《しょうすい》しきった四十歳のブロンド女性。頰を涙が伝い、目の下に隈《くま》ができ、瘦せ細っている。

「そのあいだ、フリアンを幸せに過ごさせてあげてください」医師は不器用にわたしの肩に手を置いてそう言った。「とても勇敢な子です。その資格があるわ」

まるで最高の提案でもしてみせたかのように。

もちろんわたしはあきらめなかった。可能性を一つひとつ調べて、どれもすぐに捨てた。バッチフラワー・レメディー、パワーストーン、サイコマジック、レイキ。自分には人の〝オーラ〟が見え、病気を引き起こす負のエネルギーをきれいにすることができる、なんて訴える男とも会った。

みんなインチキだった、そう、もちろん。そしてあの宣告を受けてからまだそう経《た》っていないある日の午前中、わたしは二度電話で話をすることになった。

一度目は病院からかかってきた。現在まだ研究途上にある実験的な治療に参加してみないかというのだ。何も約束はできないが、試験結果には希望が持てるという。問題は、大きな副作用が次々に起きる可能性があることだった。医師が低く響く声で、フリアンの脳細胞を彼らがいじくるあいだに誘発されるかもしれない症状を電話口で列挙していくのを聞くうちに、そこに〝実験的〟というレッテルが貼られている理由がわたしにも読めてきた。

その治療法は、当たる可能性はほとんどない当てずっぽうに撃つ銃の一発のようなものだった。いわばロシアンルーレットだが、使うのはピストルではなく点滴と放射線だ。だから、普通の医療に見放された人や切羽詰まった人にしか提供されない。さもないと、医療倫理にもとるとして医師会に告発されかねないからだ。

もう一本の電話はその三十分後だった。ただし、かけたのはわたしだ。

べつに驚くことではない。もう何か月も前から、この袋小路からの脱出路をなんとか見つけようと、必死だったのだ。わたしのような立場なら、誰だってそうするはずだ。もしそれができるなら、息子の代わりに迷わず自分の命を差しだしていただろう。

当時は馬鹿げたことを山ほどしたが、その一つが、同じような状況の人たちがありもしない解決策を探すWhatsAppのグループやメーリングリスト——そう、いまだにそういうものがあるのだ——に登録することだった。不吉にもいつの間にか姿を消す人、あるいは家族が利用者の持ち物を点検して本人になり代わって書いた、あの世からの最後の励ましのメッセージを残していなくなる人ばかりだったが、ときには希望の火花がぱっと散ることもあった。完治した患者たち。ほとんど奇跡の回復。

じつはこの三日ほど、そういう話を二つ読んだ。末期の乳癌《にゅうがん》だった五十二歳の女性や、自分で自分の細胞をむさぼる膵臓《すいぞう》の持ち主である三十数歳の男性が、治癒しつつあると大喜びで報告していた。わたしが病院から電話をもらった直後、手に携帯電話を握りしめ、医師の番号の上に指を置いて、パンチドランカーのボクサーみたいにまだ部屋でうろうろ歩きまわっていたとき、また別の患者からのメッセージが携帯の画面でちかっと光ったのだ。またもや奇跡の回復。われわれ共通の敵を思いがけず倒したという、もう一つの報告。

三件とも国内のまったく別々の場所に住んでいる人たちの話だったが、共通点があった。ラモーナ・バロンゴ。

言われなくてもわかる。なんとなく古風なその名前からすぐに頭に浮かんだのは、手がリウマチでよじれている九十歳の老婆《ろうば》だ。シャーペイ犬より顔に皺《しわ》が寄り、死神が耳元で「ラモーナ、さあ覚悟しな」と囁いている。だからネットで見つけたピンボケ写真で、四十歳から五十歳ぐらいのもっと若い女性だとわかったときにはずいぶん驚いた。ややぽっちゃりしているが、平凡な顔立ちで、細い金属フレームの眼鏡をかけ、髪は後ろで一つにまとめている。二度目に驚いたのは、彼女がガリシア地方の内陸にある寒村で暮らすメンシニェイラだという記事を読んだときだ。メンシニェイラとは、ガリシアでは魔女とヒーラーと薬草師を兼ねたような存在を指す。そして三度目にして最後に驚いたのは、たがいに名前も知らず面識もなかった三人の癌患者が、この数週間、そのラモーナという女性のずんぐりした手で治療を受けていたことだ。三人とも、なぜかわからないが回復し始め、ほとんど負け戦だった闘いに勝利を収めようとしていた。

　わたしは迷った。そして、わたしと同じ立場にいる百人中九十九人が間違いなく選ぶに違いない、賭《か》けに出ることにした。ロシアンルーレットの命懸けの発砲と、治療能力を持つらしき人物と会うという具体的な可能性のあいだに立てば、選択肢はおのずと決まってくる。人にどう思われようと、わたしはかまわなかった。だから病院には電話をしなかった。捜索自体、そう難しくなかった。ラモーナの手で治してもらったという患者の一人からそのメンシニェイラの電話番号をメールで送ってもらい、そして電話をした。
それがすべての始まりだった。

4

　もちろん、分別をかなぐり捨てて、やみくもにすっ飛んでいったわけではない。切羽詰まってはいたが、完全に理性を失っていたわけではないし、その初めて出会う奇跡の呪術医《じゅじゅつ》らしき人物と事前に話もせず、その手にすべてを委《ゆだ》ねようとしたわけでもない。

　まず電話をかけてみたが、出たのはその女性ではなかった。かわりにとても教養を感じさせる、強いガリシア訛《なま》りのある男性が応答した。

「はい、どちら様ですか？」

「もしもし……」わたしはためらった。「番号を間違えたようです。ラモーナ・バロンゴさんと話したかったのですが……」

「いえいえ、間違っていませんよ。番号は合っていますが、ラモーナさんは今診察中なんです。わたしは助手です。お名前を頂戴《ちょうだい》できますか？」

「ラケル・コリーナと申しますが、ラモーナさんはご存じないと思います。じつは……」

「あなたご自身《ボステデ》のご相談ですか？」まるでバゲットの注文でも受けているかのような落ち着いた声で、男がさえぎった。「ラモーナさんの治療を受けたいと？」

「いいえ、息子のフリアンです」そのあとすぐに息子の病について、こんがらがった説明を始めた。なんだか馬鹿みたいだと思いながらも、今は休戦中の息子の闘いについて、まったく見ず知らずの相手に赤裸々に話していることに解放感も覚えていた。

男は静かに耳を傾けていたが、わたしが話し終えると、メンシニェイラがどんなふうに治療をするか説明し始めた。その説明をこれまでにくり返ししてきたような印象を受けた。

「何度もセッションを重ねます。週に何日も。一度に一時間から二時間、二、三か月間は……最短でも」

「最短で？　全部でどれくらいかかるんですか？」

「治療期間は、患者さんの病の重さによって変わります」そのとき彼が付け加えた言葉に、初めて希望を感じることができた。「でも、必ず治ります。必ずです。あなたの《セウ・》息子《フィリヨ》さんも例外ではない」

医師の最新の診断によるフリアンの状況を伝えた。複数ページにわたる報告書は何度も読み込んだせいで皺くちゃだったが、それを延々と読んでいくわたしの声も震えていた。

「かなり複雑な状況ですね、正直に言って」電話の向こうで彼が頭を掻《か》いているのが目に見えるようだった。「最短でも六か月はかかり、効果が出るのはその先《エンディアンテ》でしょう」

でも医師の話では、息子にはもうそんな時間さえ残ってないんです。そのエンディアンテのためなら、息子が助かるなら、何でもします。話が何とも嚙《か》み合わなくなったのはそのときだった。

「ラモーナさんの治療の費用がどれくらいかかわかりませんけど」わたしは恥を忍んで続けるために、唾を呑み込んだ。「お金はそうたくさんはありませんが、それでも……」

「ああ、その点は心配しないでください」男は慌てて口を挟んだ。「まだきちんとおわかりいただけていないようですね。ラモーナさんはお金は取らないんです。一ユーロも」

「は?」

「メンシニェイラは患者さんからいっさい治療費はいただきません」こちらのとまどいに気づいたに違いない。相手がこう付け加えた。「それが世界の仕組みですから」

「ちょっとわからないのですが……」

「いいですか」相手はじれったそうにため息をついた。「あなたなら命にいくら値段をつけますか？」

答えようがなかった。彼の言っていることは正論だ。

「ラモーナさんには特別な才能がある。神からの贈り物です。その恩恵を使って金儲《かねもう》けをするのは罪深いことだと彼女は考えています。だから費用のことは心配しないでください。必要ありませんから。彼女とじかに話をしたほうがいいでしょう」そして付け加えた。「どうか冷静に事情を説明なさってください」

こうして翌朝かなり早く、フリアンをシッターに預けたあと、ガリシアに飛ぶためタクシーでバラハス空港へ向かった。わたしは空港が好きだ。けっしてやむことのないざわめき、あちこちへ移動する大勢の人々から発散される生命力。しかし今回に限っては、第四ターミナルに足を踏み入れるたびに感じる興奮を楽しむ余裕はなく、まるでうわの空だった。

ラモーナが住んでいるアルーフェ村にいちばん近い町、ポンテベドラで彼女と会う約束をした。待ち合わせをしたカフェテリアへ向かう道すがら、わたしがどんなに不安だったか、とても説明できない。そうして町なかを歩きながらも、マドリードとの違いがいやでも目にとまった。通りの大部分は車の通行が禁止されていて、まわりで人々がそれぞれ仕事をするなか、車が一台も走っていない石畳の道の真ん中を堂々と歩くいつもと違う感覚のせいで、余計にぴりぴりした。これはまるでマッチングアプリを使ったブラインドデートだ。ただし、もし相手とうまくいかなかったら、そこに待ち受けているのは、さっさと記憶から消したいセックスではない。ただでさえ閉じかけている息子の棺《ひつぎ》にもう一本釘《くぎ》を打つことになるのだ。もしラモーナが現れなかったら？　すべてが巧妙な詐欺《さぎ》だったら？　みんなただの夢物語だとしたら？

しかしラモーナはそこにいた。巡礼者教会の裏にある小さなカフェのテーブルで、わたしを待っていた。近くでは、颯爽《さっそう》とした身なりのきれいなビジネスウーマンのグループが声高に何か議論し、ウェイターたちが湯気の立つ飲み物を載せたトレーを持って、テーブルのあいだを飛びまわっている。

わたしはドア付近でしばし立ち止まり、彼女を観察した。小柄で、ずんぐりしていて、年の頃ははっきりしないが、四十代でもどちらかというと後半だと思われた。あまり似合っていない暗い色合いの安手の服を着て、ヘアカットには十ユーロもかけていないようだし、髪の根元の色を点検する必要があるだろう。まわりを人に囲まれているのが落ち着かないようだが、街に慣れない人はみなそういう反応をするものだ。うつむいてコーヒーをかきまぜるあいだも、スプーンからいっさい目を離さない。あるいは単に内気なだけか、あるいは今日何かよくないことがあったのか。昨日電話で話をしたガリシア訛りのある男性の姿はどこにも見えなかった。

「こんにちは」わたしのかけた声に驚いて、弾《はじ》かれたように顔を上げた。「ラモーナさんですよね？」

彼女はうなずき、曖昧《あいまい》に手を動かして、わたしに席を示した。意外にも、笑顔がとてもすてきだった。

「彼は来ていないの？」だしぬけにそう訊《き》かれた。困惑しているように聞こえる。

「つまり、お子さんのことですが」

「フリアンの健康状態では、一緒に来るのは慎重さに欠けるように思えましたので……まずあなたと話をするのが先かと」わたしは眉《まゆ》を吊《つ》り上げた。「おわかりいただけますよね」

「ええ、ええ、もちろん」ラモーナは気まずそうに体をもぞもぞさせた。「それで、お知りになりたいことは何でしょう」

「何もかも」わたしは答えた。「何をどんなふうにするのか、とりわけ、こうすることが本当に名案なのか、わたしを納得させてほしい。信じさせてほしいんです」

ラモーナは首を横に振りながら、ふくよかな指の一本で頬をぽりぽりと掻いた。小指の第一関節から先が欠けていることに気づく。

「信じる必要はありません。信じなければならないのはこちらです」

「それなら、わたしが決心するのを後押ししてください」

彼女はため息をついた。同じような会話をこれまでに何度もしてきて正直うんざりしている、そんな感じだ。

「その必要もありません。ここにいるのは、もう決心したということです。だって、ほかにもう選択肢がない、少なくともよりよい選択肢が見当たらない、そういうことでしょう？」

わたしは答えなかった。かわりに、テーブルの上に写真を三枚広げた。ラモーナの奇跡の手で病気が治ったと宣言した三人が、フォーラムで使っているプロフィール写真だ。

「この人たちのこと、ご存じですか」

ラモーナは写真のほうへ身をかがめ、目を細めて見つめた。

「ええ」熱心にうなずき、写真の一枚を爪《つめ》でトントンと叩《たた》いた。「この数か月、治療してきた人たちです。この人はちょっと難しかったけれど、でもやっぱり治ったわ」

「もし本人に電話をしたら、あなたの話を裏づけてくれるでしょうか」

「そうしたいなら、どうぞ。わたしは人を助けたいだけだから」

じつは、飛行機に乗る前に、すでに一人と話をしたのだ。もっと情報がほしくて、フォーラムにいるこの三人にダイレクトメッセージを送ったところ、一人がすぐに返事をくれて、電話までよこした。「おたがいさまですから」と彼女は言った。東欧の訛りが強かったが、ラモーナがいかにすばらしいかこんこんと説明してくれた。疑り深いにもほどがある、と思われるかもしれない。ちょっと偏執的だ。でも、運命に見放された息子の命をその手に託し、薬室に弾があと一つしかないとわかっていながら、何もかもうまくいくと自分に言い聞かせなければならないのだ。

ラモーナ・バロンゴとわたしはそのあともうしばらくおしゃべりし、それで少しは落ち着いた。詐欺師にはまず見えなかったし、もしそうだったとしたら、今までお目にかかったことがないほどの名女優だろう。治療費の話は一度も出なかった。唯一《ゆいいつ》はっきり言われたのは、できるだけ早く仕事に取りかかりたいということだけだった。

「時間との勝負です」真剣な表情で彼女は言った。「わたしの仕事にも期限はあるんです」実際彼女は素朴な人で、親切でやさしく、こんなに信じられないような能力を持っているというのに、ちっとも偉ぶらない。ほんの子供のときに力に目覚め、たとえばフリアンのように、この才能を必要としている人のために使わないのは利己的だと思ったのだという。自信に満ち、絶対に大丈夫だと信じていることがこちらにも伝わってきて、不安と恐怖にずっと苛《さいな》まれていたわたしの中に久しぶりに希望が芽生えるのがわかった。心底ほっとして、彼女をハグして別れた。とはいえ、わたしが感情をむきだしにして何度もぎゅっと抱きしめるので、かわいそうに、彼女は顔を真っ赤にしていた。

マドリードへの帰りの便まで二時間ほどあったので、町をぶらぶらして時間をつぶした。喧嘩《レーニャ》広場という奇抜な名前のかわいらしい石畳の広場で、店のテラス席に座る。広場の中央に古い磔刑像《たっけいぞう》があり、まわりでフリアンぐらいの歳《とし》の子供たちが無邪気に飛びまわっていた。遊ぶ子供たちを眺めながら、まだ海の匂《にお》いがする小ホタテ貝《サンフリーニャス》と揚げたイワシ《ショウバ》の一皿を注文した。そしてそのとき初めて、数か月ぶりに心から食事を楽しんでいることに気づいた。希望が食べ物の味まで変えてしまうなんて不思議だ。わたしは自分に誓った――あの子の病気が治ったら、必ずここにまた戻ってこよう、と。あの古い彫像のまわりで遊ぶのはあの子で、それをわたしがうっとりと眺めるのだ。

そして、また一から始めよう。

だから二時間後、レンタカーのキーを空港職員に返却しながら、これから六か月間、あのポンテベドラとラモーナ・バロンゴの顔がわたしの日常の一部になるのだ、と覚悟を決めた。

もちろん、たとえ無料だとしても、半年間治療を続けるとなれば解決しなければならない厄介な問題がいろいろと出てくる。まず、毎週マドリードと、ラモーナが住んでいるアルーフェ村を行き来するのは問題外だ。車では片道六時間かかるし、飛行機での移動は、息子の体調を考えればありえない選択肢だった。最後に一緒に飛行機に乗ったとき、フリアンは機内の与圧が原因でひどい頭痛に苦しみ、ずっと唸《うな》り続けていた。普通なら耳が詰まるだけですむものが、化学療法で痛めつけられた脳みそにとっては拷問《ごうもん》なのだ。

休職を申請するのも難しかった。この三年というもの、休職や有給休暇やら何やらの連続で、もうやりくりする余地があまりなかった。選択肢として思いついたのは、その辺鄙《へんぴ》な村にできるだけ近い管轄《かんかつ》に異動を願いでることぐらいだ。

だから、ラモーナと話をした翌日、さっそく、ポンテベドラ県内陸の小さな地方分隊である、ビアスコン駐屯地への異動申請をした。神にも見放されたような僻地《へきち》で、そこへの配属を望んだ人の話なんて今まで一度だって聞いたことがない。

わたしの決断は性急すぎるように見えるかもしれないが、それは自分の人生がまだ何年も、いや何十年も続くものと思い込んでいるからだ。でもフリアンの命は週単位で数えるカウントダウンなのである。メリットとデメリットを天秤《てんびん》にかけて悩み、無駄にする時間はない。チャンスが訪れたのだから、つかむだけだ。

もちろん、同僚の多くは理解してくれなかった。治安警備隊視覚捜査中央部隊のことは、つい最近までほとんど知られていなかった。それはいわばエリート集団で、優秀な中でもとくに優秀な人材が揃《そろ》い、予算もふんだんにあるうえ設備も最先端で、最高の訓練を受けた知識の宝庫だ。『ＣＳＩ：科学捜査班』シリーズ中毒者がスペインに似たような組織はないかと探したとき、答えはわたしたちだろう。もちろん、馬鹿《ばか》げたテレビドラマの半分は事実とは異なるが、それでもわたしたちが優秀だということに変わりはない。いや、正しくは、彼らが、だけれど。なぜならわたしはもうこの部署を離れるから。これから就くのは残りもののポストだ。所属している捜査官はわずか五、六人で、そのうち半分はどちらかというと定年に近い年齢の人々。こんなにわずかな時間で目的の所轄になんとか見つけられたのは、そのポストだけだった。

誰もわかってくれなかった。キャリアを台無しにし、未来を棒に振る選択だとみんながえた。

でもわたしの頭には、息子を救うことしかなかった。ほかはどうなってもかまわない。

三日後、家財道具のほとんどは段ボール箱に入れて家具倉庫に押し込み、フリアンとわたしはレンタカーに乗り込んでマドリードを発《た》ち、ガリシアへ向かった。快適な旅とはとても言えなかった。フリアンの気分が悪くなり、途中で五回も車を停めなければならなかったし、時ならぬ降雪のせいで峠を越えるのに二時間以上かかった。それでも白一色の景色を進むあいだフリアンは本当ににこにこしていたし、溝の雪にはまってしまったトラックを追い抜くたびに驚き、大喜びする息子の様子を見ているとわたしまで元気が出た。フリアンにとって、この旅は途方もない大冒険なのだ。もし例の治療がうまくいかなかったら、帰路の旅はないとも知らずに。

ポンテベドラに到着するとすぐ、ホテルにチェックインした。かつてはもっと繁盛《はんじょう》していただろうと思える古い宿だったが、場所はとてもいい。人口八万人の町は、以前来たときには小さくて、不安なくらい静かに思えたが、今はよりよい未来を約束してくれる場所だった。

その晩、フリアンはほぼ一年ぶりに一度も起きずにぐっすり眠った。いい兆《きざ》しだと思えた。わたしは翌日のことを考えて、一睡もできなかった。息子はついに、自分の命を救ってくれるメンシニェイラと対面することになるのだ。

5

十月が終わるちょうどその日の朝、シャワーを浴びてすぐのすがすがしい姿で、わたしたちはホテルを出発した。ラモーナが住んでいる寒村アルーフェに到着するまでに二時間近くかかった。道は進むにつれ狭く、路面が悪くなり、ついにはカーナビが順路の表示をあっさりあきらめた。そう、まさに文字どおり。突然道がなくなり、山を突っ切っていくありえないルートが示されたのだ。もはや、途中で出会った数少ない通行人に尋ねるほかなくなった。

ガリシアの田舎の風景はどこまでも続き、山深く、緑や森が多く……老人しかいなかった。かろうじて三、四人、人を見かけたが、全員が六十代以上に見えた。曲がり角を何度も間違え、狭い道を折り返すたびにフェンダーに引っかき傷を作り、羊の群れを脅かしたすえ、ようやく目的地にたどり着いた。そして、アルーフェの村とは、狭い谷間の奥に肩を寄せ合っている一握りの家々にすぎないことを知った。四方を森に囲まれ、湿った不快な風が、人を寄せつけない雰囲気の大きな石造りの家々の雨樋《あまどい》を伝って吹きあがり、唸っている。

ところがそこには誰もいなかった。〝誰も〟と言うときには、本当に誰もと言いたいからそう言うのだ。人っ子一人いない。アルーフェはただの廃村だ。いや、少なくともそう見えた。家々の半分は雑草の茂る廃墟《はいきょ》で、多少はましな状態の家もがっちりと鍵《かぎ》がかかっている。そのうちの一軒のポストから、二年前の選挙のお知らせが今ものぞいていた。紙がふくれあがってなかば腐り、触れたとたんぼろぼろと崩れた。指定された家の呼び鈴を押したが、奥で音は聞こえない。電気メーターのパネルについた苔《こけ》を拭《ぬぐ》ってみると、まったく動いていないことがわかった。

車の中にいるフリアンが不安そうにこちらを見ている。悪路をここまで揺られてきたせいで疲労困憊《こんぱい》し、スポンジ・ボブの人形で遊ぶ力さえ残っていなかった。また霧雨が降りだし、わたしはどうすべきか決めかねて、一人悶々とした。もちろん例の男性が応答した番号には何度も電話をかけてみたが、まったくつながらない。何もかも夢の中の話みたいだった。

でも、夢なんかじゃない。ほかの患者たちの話をこの目で見た。そうでしょう？

そのうちの一人と、そしてメンシニェイラの助手とも電話で話をした。そもそも、数日前にラモーナ本人とじかに会ったのだ。何もかも嘘《うそ》のように消えてしまうなんてありえない……。

それでも、今の状況はまさにそれだった。ここにいてももう何もできない。ホテルに戻り、これからいったいどうしたらいいか、考えなければ。

すると帰り道でフリアンの発作が始まった。

痙攣《けいれん》発作をその目で見たことがない人がほとんどだと思うが、目の前で誰かがその発作を起こしたら、身の毛のよだつ光景だとわかるだろう。どうやら最初の兆候は、感覚がおかしくなることらしい。ありもしない匂いを感じるとか、聞こえないはずの音が聞こえるとか、そういうことだ。そのあとぱっと白い閃光《せんこう》が走ったかと思うと、やがてふいに意識を取り戻すまで何も覚えていない。疲れきり、ぐったりして目覚めるが、それに加えて恥ずかしい思いをさせられるのは、必ずと言っていいほど大便を漏らしてしまうことだ。

「ママ、そこにあるホットドッグを一個食べてもいい？　すごくいい匂いがする」フリアンが、森の中をくねくねと続くひどい田舎道を走っていたときに無邪気に言った。

何言ってるのと尋ねようとして振り返ったとたん……体に電流でも流されたかのように、あの子が痙攣を始めた。

そのあとの病院までの道のりについては、話すまでもないだろう。わたしの体の奥まで浸《し》み込んだ恐怖についても、自殺行為とも言える速度で運転したことも。車内に漂っていた臭《にお》いのことも、息子が救急救命室に運ばれていったときわたしの脚が震えていたことも。待合室にいるあいだ、首がぎりぎりと絞められていくような気がしたことも。想像するのは難しくないだろう。わたしと同じ立場にいれば、誰だって同じように感じるはずだ。

もちろんフリアンは回復した。「息子さんの病状であれば、よくある発作ですが、これだけ大きなもののときは脳の特定範囲をＣＴスキャンすることをお勧めします」と医師には言われた。でも医師は検査の日時を決めなかったし、わたしも頼まなかった。二人とも、単純にもうそんな時間はないとわかっていたからだ。今さら遅すぎる。

退院の手続きを待つあいだ、わたしはマドリードの主治医に電話をした。申し訳ないけれど、もう無理です。先週お話しした実験的治療の枠はもう埋まってしまいました。おわかりいただきたいのは、たしかに危険を伴う治療ではありますが、とても貴重なチャンスで、候補者は大勢いるんです。とても大勢。もちろん空きが出たらすぐにご連絡します。フリアンによろしくお伝えください。彼はとても勇敢なお子さんです、べらべらべら。

たいして洞察力のない人間でも、彼女が言わんとしていたことはわかる。これはあなたの責任よ、あきらめて。

だからフリアンの小さな手を握って病院を後にしながら、逃してしまったものの大きさを理解した。

わたしは判断を誤った。とんでもないへまをした。間違った選択をしてしまった。

そして、この失敗のせいで、息子はまもなく死んでしまう。

6

翌日、わたしは途方に暮れていた。わたしたちは、慣れ親しんだものすべてから遠く離れ、ガリシアに座礁《ざしょう》していた。近くには親戚《しんせき》も友人もなく、マドリードにも生まれ故郷のバレンシアにも戻る手立てがまったくなかった。帰るという選択肢は、この地方の小さな駐屯地に異動を申請した時点でなくなった。メキシコに行ったコルテスのように、進軍の前に帰るための船という船を焼き払い、退路を断ったのだ。フリアンの病気の診断がくだされてから麻痺《まひ》状態になっていた自分を無理やりにでも覚醒《かくせい》させるためだった。

このガリシア行きで、フリアンは完治するだけでなく、新しい人生が始まる、そう信じていた。今までとまったく違う、二人の幸せな人生の始まりだ、と。

でもそうではなく、わたしたちは気づけば岸辺に打ち捨てられ、友人も家族もなく、資金さえ尽きかけている。なぜなら、二年前に一縷《いちる》の望みを託してアメリカのヒューストンの病院で診察を受けたせいで銀行口座の数字が限界まで減り、そこから元には戻らなかったからだ。結局フリアンはよくてもあと三か月から六か月の命となり、昨日みたいな発作がますます頻繁になり、症状もひどくなっていく……なのに、世話をしたくても、わたしは仕事を辞めるわけにはいかないのだ。

いや、思いきって辞めて、銀行に融資を頼むことも考えた。必要なら方々の支店を駆けずりまわってもかまわない。でも、仕事もなく、保証人もおらず、担保になる家もない人間にお金を貸してくれる銀行などないだろう。かといって、施しを受けるつもりもなかった。それでは息子に残りわずかな日々を幸せに過ごさせてやれないし、わたしとしてもそこまで身を落とすのはプライドが許さなかった。

それに追い打ちをかけるように、今はホテル暮らしで（いつまで宿代を払い続けられるかわからない）、仕事初日に息子を預けられる人さえいない。ほんと、最高。

フリアンとわたしは朝いちばんにホテルを出た。ビアスコンにはわずか三十分で到着したのでほっとした。村に毛が生えた程度の小さな町だが、この地域にしては驚くほど交通の便がよい。建ち並ぶのはガリシアらしい古い石造りの家ばかりだが、まるで宇宙船みたいによく目立つ、現代的な設計のガラス張りの邸宅などがところどころに顔をのぞかせている。見たところビアスコンは、都会暮らしに疲れた金持ちのスノップ連中にとって、魅力的な移住先になりつつあるらしい。そういう裕福な住民が増えたことが、近年数えきれないほどの自治体でおこなわれている予算の削減や再編といった計画に、これまでこの町が組み込まれずにすんでいる所以《ゆえん》だった。そうは言っても、マドリードのような鑑識用ラボまでは期待していなかったとはいえ、警察施設の様子を目にしたときにはさすがにがっかりした。

治安警備隊の駐屯地は、ビアスコンが位置する丘陵地の頂上にある、今にも崩れそうな古い建物だった。箱形の要塞《ようさい》風の石造建築で、壁には塗料が塗られているがすでに剝《は》げかけており、あちこちに巨大な湿気の染《し》みができてぼろぼろだ。屋上の四つの角には古い監視哨《かんししょう》が設けられているが、何十年も使われていないらしくツタに覆《おお》われ、そのうち一つは軒からぶらさがっているようなありさまで、いつはずれて落ちてもおかしくない。駐車場は砂利敷きの空き地で、三十分前に爆撃でも受けたかのようにあちこちに深い水たまりができている。とはいえ、そんな廃墟の中に、山道仕様のパトロールカーが何台か停まっているのが見えた。

きしむドアを開けて中に入ると、そこはずいぶんと古びた、湿気のひどいだだっ広いホールだった。

「ああ、ラケル・コリーナさんだね？」にこにこしながら小男が近づいてきた。「ビアスコンへようこそ。ノゲイラ軍曹だ」

「はじめまして、軍曹」わたしは無意識にそう挨拶《あいさつ》し、歓迎するようにこちらに差しだされた手を握った。

わたしの上司になると思《おぼ》しきノゲイラ軍曹は、気のよさそうなタイプに見えた――まず、息子と一緒に現れたわたしを見てもいやな顔をしなかった――とはいえ、今やほかの何より定年と年金のことを気にしている、ここまで長いキャリアを歩んできた役人の一人ではあった。五十代も後半にさしかかっているように見え、とても背が低く、禿《は》げをごまかすために前髪を片側からもう片側へと差し渡している、例のぞっとする髪型だった。馬鹿みたいなので、正直、わたしは毛嫌いしている。催眠術にかかったみたいについ頭をぼんやり見つめてしまい、いつもしまいに会話がぎくしゃくするのだ。

「ここでの仕事は、マドリードで君が慣れ親しんでいたものとはまったく違うとすぐにわかると思う」わたしたちを中に案内しながら、彼が言った。

「そうでしょうね」わたしは言葉に気をつけながら答えた。「ここはとても……静かですね」

ノゲイラが笑った。

「人が〝静か〟というときは、〝まるで廃墟〟という意味だと知ってるよ」彼は肩をすくめた。「そのとおりだからね。ここでは毎日同じことのくり返しだ。せいぜいちゃちな盗難や交通事故、迷子になった家畜の捜索、ご近所さん同士の喧嘩《けんか》がときどきあるくらいでね。君のような経験の持ち主が実力を活《い》かせるようなことは何もない」

わたしのような経歴を持つ女がなんでまたこんな場所に来たのかと尋ねたかったのだとしても、ガリシア人らしいデリカシーが功を奏して、上手に控えたようだ。かわりに、わたしのオフィスとなる部屋に案内してくれた。

そのオフィスにあるのは、合板の古い机と、悪い病気か何かのせいでぼろぼろに崩れつつある人工皮革の椅子が一つずつ。室内は黄ばんで薄暗く、顔の半分が何かの染みで汚れた前王の肖像画が飾られている。パソコン類、壁のポスター、現代風のオフィス家具だけが、その施設が今も稼働《かどう》中だということをかろうじて伝えていた。

「充分とは言えないかもしれないが、予算の削減でこれ以上難しいんだ」と弁明する。

「そもそもこのポストに人が配置されたことが、奇跡だよ」

「あるものでやりくりしますのでご心配にはおよびません、軍曹」

「ああ、頼むからノゲイラと呼んでくれ」彼は手を振ってみせた。「君自身言ったように、ここは静かなところだ。だからリラックスした雰囲気で仕事をしようとしている。もちろん、基本的には制服を着る必要はない。儀式的な行事のときは別にして」

「でも、軍曹は着ていらっしゃいますよね」彼の緑色の制服を示して言った。

「それは私が軍曹だからさ」それですべて説明がつくとばかりに言い、フリアンの頭を何度か撫《な》でた。好感の持てるしぐさだった。わたしはたちまちこの男が好きになった。

「名前は、坊や?」

「フリアン」息子がわたしの背中に半分隠れながら答える。たいていの子供がそうであるように、フリアンも見知らぬ人のことは警戒する。少なくとも最初の十分ほどは。

「ガリシアは気に入ったかい、フリアン?」

「雨が多いよ」

「そうだな。だが、たとえ雨は降っても、ここはいいところだぞ。そのうちわかる。住まいはどこに?」

つかのま、ぎこちない沈黙が流れた。

「じつはまだホテルに滞在しているんです……ポンテベドラの」しどろもどろになりながら言う。「このあたりで探さなくてはと思っているのですが……」

上司がフリアンのほうに眉を片方吊り上げてみせたことに気づき、わたしの声が小さくなる。まともな段取りも考えずに行動したことが後ろめたくて、身がすくんだ。

「ちょっと待って」ノゲイラはそうつぶやいてデスクのほうに向かった。「いい考えがある」

彼はポケットからメモ帳を取りだし、ページを繰ると、そこに記した番号を見つけ、電話をかけた。デスクの端に腰かけ、辛抱強く待つ。両足が床から数センチのところでぶらぶらしている。

受話器の向こうで誰かが応答し、喉音《こうおん》の多いガリシア語で会話を始めた。訛りが強く、何を言っているのかほとんどわからない。やがてノゲイラは電話を切り、殴り書きの住所のメモをわたしに差しだした。

「ここがいいんじゃないか」いきなりそう告げる。「気に入ると思う。見てみるといい」

わたしはとまどった。住宅問題を上司が解決してくれるとは思ってもみなかったからだ。以前兵舎に一時的に住んだことがあり、フリアンに人生最後の数か月をあんなところで過ごさせるのは気が進まなかった。ここは山の中なのだから、せめて小さな庭とか、それに近いものがあるこぢんまりした家を見つけたい。わずか数か月でも、それくらいは許されると思うのだ。

「ここで不動産屋でもしているんですか、軍曹？」わたしは冗談めかして言った。身についた習慣だからか、すぐに名前で呼ぶのは難しかった。

「そういうわけじゃない」ノゲイラの声は耳に心地よく、数秒ごとにずりっと鼻に落ちてくる眼鏡を無意識に鼻梁《びりょう》に押し上げるので、なんだか滑稽《こっけい》だった。「先週、この近辺の住人の一人から貸家が空いてると聞かされたから、借り手がまだ決まっていないかどうか電話で確かめてみたんだ。聞いたところでは、とてもいい家で、ここにも近いらしい。きっと気に入るだろう」

返事をしようと口を開けたちょうどそのとき、ドアが開いて、男が飛び込んできた。彼がわたしの人生を大きく変えることになるのだが、そのときはまだ知る由《よし》もなかった。

7 フアン

その日までは、フアン・ビラノバは自分の仕事はわりに楽だと思ってきた。ビアスコン駐屯地は時間をつぶすのにちょうどいい静かな場所で、大きな問題も起こらないし、時間の流れもゆるやかだった。ここに来る前は、バルセロナに何年か配属されていた。政治的にもいろいろな問題を抱え、警察の仕事もはるかに複雑だったあの大都市で過ごしたあとでは、この僻地と言っていい土地は、別の尺度で人生を生きることができる平和なオアシスだった。

フアンはまだ四十歳にもならない若手の捜査官だ。もつれた麦わら色の髪が、そばかすだらけの顔の真ん中できらきら輝く青い目を覆い隠している。この仕事が大好きだったが、自分の写真が隊員募集のポスターや、部隊についての報道で使われることはまずないとわかっていた。なぜならフアンは特別太っているからだ。〝筋骨隆々〟やら〝骨太〟やらその手の表現は使えない。ただ太っているのだ。朝自宅でベッドから起き上がり、部屋を歩くと、その重さで木の床がみしみしときしんだ。制服は最大サイズのものを与えられてはいたが、それでもはちきれそうだった。実際、ノゲイラ御大さえ、彼にたびたび注意していた。言葉に重みを持たせるときにいつも使う相手を見据えるような目で見て、体重に気をつけろ、と言った。「体重に気をつけろ」か。余計なお世話だ。

なぜならファンはまぬけでのろまなデブではないからだ。テレビの前で寝そべりながら〈ドリトス〉を食べたり、ポルノを眺めながら眠りこけたりして、体についてしまった百十五キロではない。単にその体重になってしまったのだ。ありとあらゆる食事療法やダイエット法、奇跡の器具を試したが、どれもうまくいかなかった。毎朝仕事に行く前に十キロ走り——走っている彼を見て、大草原を突進していくバッファローみたいだと言った人がいる——、苦行僧みたいな食事をしているつもりだが、それでもこれっぽっちも減らない。何か代謝の問題だろうと言われた。いずれにせよ、この体にも利点がある。ファンはじつはとてもタフで、驚くほどすばしこいが、気のやさしい穏やかな性格の彼にそういう一面があるなんて、誰も予想しない。この利点のおかげで、一度ならず助けられた。

その朝、駐屯地に到着すると、いつものように口笛を吹きながら建物に入った。一方の手にはコーヒーのポット（スキムミルクと合成甘味料入り）、もう一方の手には〈チップスアホイ！〉の箱。体重のことを考えればよくないとわかっていながら、このチョコチップクッキーは手放せない。ファンの弱点だった。デスクで静かに朝食を食べるのを楽しみにしていた。前日の報告書を眺めるふりをしながら、実際にはノートパソコンでスポーツ紙のウェブサイトをちらちら見るのだ。

ドアを開け、共同オフィスに勢いよく入っていきながら、大型マスチフ犬さながらびしょ濡《ぬ》れの頭をぶるっと振った。

「最悪の日だな、みんな！」レインコートを苦労して脱ぎながら怒鳴る。「こんな土砂降りのなか、僕としては……ああ、しまった。いえ、そうじゃなくて、おはようございます、軍曹」

この時間はまだがらんとしている部屋の真ん中にノゲイラ軍曹がいて、デスクに腰かけ、怒りに燃える目でこちらを睨《にら》んでいる。なんでビラノバみたいなやつが自分の部隊にまわってきたのか、と内心毒づいているに違いない。でもそんな上司のことも、今のファンは気にならなかった。

軍曹の横に奇妙なカップルがいた。女性のほうは三十歳をゆうに超えているように見え、髪はブロンド、かなり上背があり、調和のとれた顔立ちの中でがっしりした鼻、グレーと緑色の中間で揺れる、こちらを見透かすような目が目立っている。でもいちばん印象的なのは、フアンもついじろじろ観察したくなるほど大きな耳だ。彼女のボディランゲージは、簡潔かつ単刀直入にものを言う人間だとはっきり伝えていた。そのまなざしを見ていると、レントゲン写真でも撮影されているような気分になってくる。ものの三、四秒だったが、すでに下着のゴムの色まで見抜かれているに違いなかった。

女性とペアの少年のほうはもっと印象的だった。とても小さい――とはいえ、子供を持たない者の大半がそうであるように、小さい子の年齢を当てるのには苦労する――が、七歳から十歳のあいだではあるはずだ。だぶだぶの赤いトレーナーを着ていて、目が飛びだした黄色いプラスチックの人形を抱えている。でも、いちばん目を引かれるのは、頭に毛が一本もないことだ。それが、その年にしてはやけに大人びた思慮深いまなざしと相まって、どこか年齢不詳な雰囲気を醸《かも》しだしている。

「驚いたな、もう出勤したのか、ビラノバ」ノゲイラ軍曹ががっかりしたようにため息をついた。「彼女は、今日ここに赴任してきたラケル・コリーナだ。そしてこちらは息子さんのハビエル」

「フリアンです」女性が訂正する。

「ああ、そうだ、フリアン」軍曹は少年の頬をぎこちなく撫でながらこちらを向いた。「これはここの捜査官の一人、ファン・ビラノバだ。着任して仕事になじむまで数週間のあいだは、君の相棒になってもらう」

二人は握手をし、ファンはその女性の握力の強さに気づいた。すぐに好感を持ち、ちょっと宇宙人に似ているが、母親に向かってにっこり笑うその少年のことも、同じように好きになった。

「施設内を案内しますが、五分も歩けば終わってしまうはずです」ファンは大真面目《おおまじめ》に言った。「僕の好みでは、温泉とジムが最高です」

女性は笑った。あけっぴろげで他意のない笑いだったが、なんとなく憂《うれ》いがある。「そんな贅沢《ぜいたく》にもすぐに慣れるかもね」冗談に乗ってみせながらも、控えめにそう返事をする。

「小さい施設ですけど、ちゃんとしてます」彼は肩をすくめた。「実際、ここではめったに事件なんて起きない。一か月もしないうちに、まず間違いなく、大半の周辺住人と知り合いになりますよ」

「それで思いだしました」ラケルが不鮮明な写真のコピーを取りだし、ファンに差しだした。「この女性を探しているのですが、連絡する手段がないんです。ラモーナ・

バロンゴという名前で、この近くに住んでいます。車で一時間ぐらいの村に。ご存じありませんか?」

フアンは手についていたクッキーのくずを払ってからコピーを受け取り、しばらく眺めた。

「知りませんね。軍曹、あなたは?」

ノゲイラも写真を見たが、首を横に振った。

「もうちょっと写りのいい写真はないんですか?」とフアンは尋ねた。「画素が粗すぎて、顔立ちがよくわからない」

「写真はこれしかなくて」彼女はため息をついた。「ネットからとってきたので」

「どなたなんですか? 探す理由を教えてもらえます?」

ラケルは口を開きかけたが、思い直したかのようにまた閉じた。

「ちょっとした……知り合いです」慌《あわ》てて言う。「たいしたことじゃありません」

フアンは考え事をしながらクッキーをまた一つ取りだした。新しい相棒には何か隠し事があるらしい。それは確かだが、さらに質問をぶつけるにはもう少し信頼関係を築く必要がある。ぎこちない沈黙が流れた。フアンはこういう状況が嫌いなので、ふくらんだ緊張の泡を急いで壊すことにした。

「一つどう?」少年にクッキーの箱を差しだした。少年は母親に目で尋ねている。

「いい?」

「もちろん」彼女がファンの目を見た。今度は心からの笑みを浮かべていた。「ありがとう」

「どういたしまして。ここはそういう……」

そのときデスクの上の電話の一つが鳴りだした。ファンはとたんに不安になり、ノゲイラと目を見交わした。

「取らないんですか?」ラケルが電話を指して尋ねる。

「取るとも」ノゲイラが慌てて飛びついた。

「こんなに早く電話が鳴るのは普通じゃないな」ファンはつぶやき、クッキーをごっそりつかんで口に詰め込んだ。

そうせずにいられなかった。心配事があると、どうしても何か食べたくなる。ふいにわれに返り、顔が紅潮するのがわかった。食べかけのクッキーを手にし、頰をハムスターさながらふくらませ、上着の胸にクッキーの食べかすを大量に散らした自分の姿が頭に浮かんだ。

「どういうこと?　ここでは泥棒の勤務時間が決まっているとか?」

「そうじゃない」ファンは肩をすくめて早口で言った。「このあたりでは、おかしな出来事は夜に集中する、それだけです」

「おかしな出来事？　それって……」

ラケルが質問を終わらせるまえに、軍曹が二人のほうを向いた。今にもひどい頭痛が始まりそうな顔をしている。

「またしてもコウセイロのところの馬だよ、ピラノバ。あのいたずらものめ、逃げだして街道をそのままフォスコに向かったらしい」

「今月に入って三度目だ」ファンはクッキーの最後のかけらを無理やり口に突っ込んだ。「僕が行きましょうか」

「あのまぬけどもはちっとも学ばない」軍曹がぶつぶつ言いながらうなずいた。「あそこまで行くなら、ラケルに付き添ってやってもらえないか？　フォスコの〈カサ・グランデ〉の家主、アガタに引き合わせなきゃならないんだ。向こうは事情をみんな知っている。アスピリンはどこだ？」

ノゲイラはもごもご何か言いながら、ファンの答えも聞かずに立ち去った。ファンは決めかねて、立ったままぐずぐずためらっていたが、とうとう行動を起こしたのはラケルだった。

「じゃあ、その馬の一件のために出かけましょう」彼女は息子にコートを着せながら言った。「道すがら、アガタというのが誰なのか、その他いろいろ教えて」

8 ラケル

わたしたちは四輪駆動のパトカーに乗り込み、フォスコという村に向かった。わずか十二キロほどの距離だが、わたしの目にはよその惑星のように映った。この土地の何に驚かされたかと言って、それはこの世の終わりみたいなこの近辺ならではの山道に差しかかるや、ものの数分で文明ははるか彼方《かなた》に置き去りにされてしまうことだ。ビアスコンの町を出て五分後のわたしたちがまさにそうだった。

ビラノバは道路に視線を釘付《くぎづ》けにして運転し、その腕前ときたら、まるで白内障を患《わずら》う九十歳のおばあちゃんがハンドルを握っているかのようだった。彼がひとけのない曲がり角でいちいちウィンカーを出し、十秒以上慎重に車を停止させるたび、怒鳴りつけたくなるのを必死にこらえた。でもフリアンにとってはとても楽しいようで、後部座席でずっとくすくす笑いどおしだった。じつは、いらいらしているわたしを見るのが面白かったのだと思う。この子の笑顔を目にするたび、わたしの心はとろけてしまうので、実際、わたしにとってもそれほど悪い体験ではなかったのだ。

フォスコにたどり着く前に、両脇《りょうわき》から伸びる草木に覆い尽くされてしまっている古い中世の石橋を渡らなければならなかった。アーチ形の橋の中央から長いキヅタが垂れ下がり、下を流れる川の水面《みなも》をかすっていた。川はかなりの急流で、白い飛沫《しぶき》が石という石に跳ねかかり、枝や葉を巻き込んで、流れに吸い込まれたそれらはたちまち奔流の中に消えた。橋を渡ったところから、道は霧に包まれた深い森へと入っていく。カシやナラ、クリ、カバノキなどが鬱蒼《うっそう》と茂り、その枝を道まで伸ばして、走るあいだどこまでも薄暗かった。路肩のあちこちで、ひび割れたアスファルトにすでに苔が居を定め始めていて、シダがおずおずと顔を出しているところもある。

「この通り、交通量は多いの？」わたしは尋ねた。

「僕の知る限り、両方向を合わせても、通るのは週に乗用車が十数台と配送のトラックぐらいです」

「気をつけて」

「何に？」ビラノバがとまどったように尋ねてきた。

その瞬間、わたしは光の速さでハンドルを押さえなければならなかった。危うくタイヤが側溝にはまるところだった。急カーブに差しかかったというのに、わたしの新たな相棒がうっかりこちらに顔を向けたからだ。

顔をエビみたいに真っ赤にしてもごもごと小声で何か言いながら、ビラノバが息を整えるあいだ、わたしはちらりと彼のほうを見た。ずいぶん太りすぎだが、締まりのない脂肪の塊ではなく、コートの下に相当なポテンシャルが隠れているのがわかる。爪《つめ》は短く切ってあり、髪はぼさぼさではあっても清潔で、服装もきちんとしている。じつはちゃんと自己管理のできる真面目な人物らしい。一見ドジでのんきな印象を与えはするが、その陰に、見た目よりずっとタフな人間が確かに潜んでいる。でも、何かしっくりこないものを感じた。コンビを組むことになるなら、それが何か、何週間か一緒に過ごすうちにわかるだろう。だが、とりあえずは仲良くやれそうだし、それだけで一歩前進だ。

丘をのぼったとき、初めてフォスコが目に入った。

その瞬間を完璧《かんぺき》に思いだせる。景色をうっとり眺めて思わずにっこりしたことも。フォスコはヴィクトリア時代のおとぎ話の挿絵のような村だった。背の高い樹木に一面覆われた谷間の奥に、数えるほどの黒っぽい家々が身を寄せ合っている。急な傾斜の屋根をのせた家々は、秘密を託された信頼のおける親しい友人たちという印象で、どの家にも手入れの行き届いた小さな前庭がある。

強い雨を受けて軒から水が流れ落ちているが、地面にそのまま野放図に溜《た》まっているのではなく、脇に続いている排水溝にきちんと誘導されている。煙突からたちのぼる白い煙が谷にたち込める霧とまざり合い、すべてがどこか現実離れした雰囲気に包まれている。

その光景全体から、清潔で秩序が保たれた、快適な場所という印象を受けた。たとえ窓の向こうで雨が激しく降っていても、部屋の中は暖かく、暖炉のそばで気持ちよく読書ができる、そんな家。つまり、できれば住んでみたい場所だ。

そして、坂道を下りていきながら、村の最初の家々が近づいてくると、わたしはふいに、ここそがつねづね夢に見てきたところだと気づいた。息子が最後の日々を過ごすための完璧な土地。終末が近づくあいだ、少しでもこの子の毎日を輝かせ、何がしか幸せをもたらしてくれる。ずっと悲惨な試合運びだったカードゲームで、最後に揃った最高の一手。

わたしたちにも、せめてそれくらいの贅沢は許されるのではないか。そう、フリアンには。

9

四輪駆動車はフォスコの中央広場で停まった。まだ降るかも、と不安に思いながら空を見上げる。直前に雨はやんだが、地面は水浸しで、光る水面に暗い灰色の空が映っていた。

「目的の家はどれ？」わたしはまわりを見まわしながら尋ねた。

「アガタはこの通りのつきあたりに住んでいます。しばらくしたら、この車の中で待ち合わせってことで」

「一緒に来ないの？」

ファン・ビラノバはため息をついた。

「僕は行けません。誰かの家の庭の花を食べちまった馬を探さないと。今週二度目なんですよ。見つけたらそいつをつないで馬小屋に閉じ込め、それから持ち主のところに行って……。馬ってやつは、ほんとに虫が好かない」

わたしはつい笑ってしまった。不器用なこの相棒はやっぱり好感が持てる。嫌いになれないタイプだ。

「うまく乗りこなしてね、カウボーイさん。じゃあ、あとで」

「ええ、頑張ります」ビラノバはぶつぶつ言いながら、遠ざかっていった。

フリアンの手を取って、教えられた家に向かって歩きだす。近づきながら、家主と面会する心の準備をした。移動中に、フォスコ村のカサ・グランデと呼ばれる大邸宅の家主である〝アガタ夫人〟について、彼女が借家人を探していることについてビラノバから聞いた。先週、駐屯地に彼女から電話があった。家を借りてくれそうな「身元の確かな人」を知らないかという、軍曹への問い合わせだったという。わたしの驚いた顔を見て、こういう田舎ではよくあることなのだとビラノバは言った。治安警備隊の地方駐屯地の隊長は、場合によってコンサルタントや仲介役、弁護士などの役割も引き受けるよろず屋なのだ。だから、わたしがまだ住居を決めていないと聞いて、渡りに船とばかりに、ここに送り込んだわけだ。

でも、庭を囲む黒い鉄柵《てっさく》を抜けて中に入った今、こんな場所にわたしが住んでいいのだろうか、と不安になった。屋敷はあまりに大きく、贅沢だった。きっと家賃も相当なものだろう。それに母一人子一人の家族には広すぎる。

家、と呼んでいいのかわからないが、とにかく郊外によくあるようなお屋敷で、銃眼胸壁のある塔のような形の中央棟の両側に二つの広い翼棟が続いている建物だった。訪ねてきた人は、青苔が張りついた石段を上がって、中央棟の玄関にたどり着くことができる。アジサイに縁どられた小径《こみち》と、伸び放題の濡れた芝生が、その二階建ての建物を取り巻いていた。

一階部分の窓は、職人技が感じられる渦巻き模様の鉄格子の背後に、明るいブルーに塗られた鎧戸《よろいど》が建てつけられている。しかし、上階の窓はその鎧戸が開いているせいかどこか陰鬱で、いくつかには灯りの気配がある。左側の翼棟の窓の一つで、一瞬カーテンの陰で何かが動いたように思えたが、目を凝らしても何も見えなかった。

玄関前の石段を慎重に上がり、堂々たる玄関扉の前に到着した。呼び鈴はないが、牙《きば》でブロンズ製のボールをくわえている獅子《しし》の形をした錬鉄製の巨大なノッカーがあった。手にずっしりと重い。しっかり握って、思いきり三回叩《たた》いた。ドアの向こう側で、大砲の轟音《ごうおん》のような音ががらんとした空間に響くのが聞こえた。

石造りの玄関ポーチで雨よけの庇《ひさし》の下に立ち、そういえば歩いてここに来るまで人っ子一人見かけなかったことに気づいた。ここは、特別に人払いして誰にもさわらせないようにしてある舞台装置なんだよ、と言われたとしても、信じてしまっただろう。

ドアの向こう側に足音が聞こえ、続いてゆっくりと掛け金をはずす音が響いた。ドアがわずかに開いたときその隙間《すきま》に見えたのは、誰かしらとばかりにこちらを覗《のぞ》く、六十代と思しき女性だった。背が低くずんぐりした年配の上品な上流婦人といった雰囲気で、白髪まじりの髪を頭のてっぺんで一つにまとめ、黒いヘアクリップで留めている。黒い服を着ていて、一瞬喪服かと思ったが、そうではなかった。まわりに皺《しわ》の寄った澄んだ瞳《ひとみ》、つんと上を向いた鼻、たっぷりした唇には、人を迎えるためにめかし込んだのか、うっすら口紅が塗られている。彼女の視線がわたしからフリアンに移り、またわたしに戻って、ようやくまばゆい笑顔が浮かんだ。

「ようこそ！　コリーナさんよね？」それから息子をじっくりと見た。「そしてあなたがフリアンくんね？　ついさっきノゲイラ軍曹から、あなたがたがここに向かっていると連絡があったわ」

「ラケルと呼んでください。借家人をお探しとうかがい、ぜひお宅を拝見したいと思いまして」

老婦人は脇にどき、中を示すしぐさをした。

「ではお入りください。ここがそうです」

「ここ？」フリアンが目を輝かせた。「おとぎ話のお城みたいだ！」

アガタは嬉《うれ》しそうな顔でフリアンに目を向け、何か企《たくら》んでいるかのように身をかがめて小声で話しかけた。

「そう、お城なのよ、坊《ネノ》や。このあたりでは〈パソ〉って呼ぶの。もし時間があるなら、あとで身の毛のよだつような話をしてあげましょう。とにかく、中に入ってちょうだい。雨のせいでほんとに寒いわ」

中に入り、背後で扉が閉まったとき、感嘆の声がつい漏れてしまった。外観から感じた寒々しさは、敷居をまたいだとたん消えてしまった。壁は板張りで、床に敷きつめられた絨毯《じゅうたん》はあまりにふかふかなので、足をとられて足首を折ってしまいそうだった。家具は大部分が現代的なデザインだ。室内は温かな光にあふれ、とても暖かくて、廊下のつきあたりに見える居間で明るくパチパチと音をたてている暖炉の前に行ったら、パジャマ姿のまま丸くなりたくなりそうだ。

ガラスと鋼鉄でできたモダンな階段が優美なカーブを描いて二階に続き、いくつものドアが並ぶ、吹き抜けに張りだした廊下にたどり着く。

「すばらしい……ですね」わたしはなんとか言葉を絞りだした。

「屋敷自体は五世紀以上前のものなの。フォスコにある今も使われている家々の中では、いちばん古いものの一つだと思う」アガタがわたしたちを居間に案内しながら言った。「十年前に甥《おい》の一人が改装したの。ここに住むつもりだったのよ」

「住むのをやめてしまったんですか？　とてもすてきなインテリアなのに」

「事故で亡《な》くなったの、二年前に」

「それはお気の毒に」

アガタはうるさい蠅《はえ》を追い払うかのように、手を軽く振った。

「それはもういいの。生と死は分かちがたく絡《から》み合っているものだから、悲しむ必要はなく、そうなったときにはただ受け入れるだけ。だから今この屋敷の家主はわたしなのよ。だけど一人で住むにはあまりに広すぎて」古い絵画で壁が埋め尽くされた廊下をすたすたと進みながら、とめどなくしゃべる。「わたしは左側の翼棟の下の階を使っているけれど、二階は事実上、ずっと空いている。この家はこちら側だけで部屋が四つ、居間が二つ、千冊近く本が収蔵された図書室、浴室三つ、酒蔵が一つある。キッチンは共有。老婆《ろうば》一人には広すぎるわ。実際、必要経費を分担するのに間借りしてくれる人がいるととても助かるし。だけど、それ以上に一人だと寂しいのよ」

「この家は本当にすばらしいと心から思います」わたしは今の話に呆然《ぼうぜん》としながら、そう認めた。「ただ、家賃がわたしの予算に合うかどうか」

「二階の家賃は月二百ユーロ」アガタがいきなり告げた。「もちろん光熱費は別。とはいえ、水はこの地所にある井戸から引いているから、無料だけど」

「二……百？」仰天したと認めるしかない。本当にありえない金額だったので、目が飛びだしそうになったほどだ。

直前まで住んでいたマドリードの部屋は狭苦しいおんぼろアパートで、無理やり住めるようにしたワンルームだったから、フリアンはおもちゃを倉庫に預けなければならない始末だった。それでもその五倍はしたのだ。首都の家賃は天井知らずで、この地域の相場とは比べものにならないことは知っているが、それでもここまで違うとは思いもしなかった。

「どうかしら？」アガタは手を差しだした。「お隣さんになってもらえる？」

迷ったのは一瞬だった。

「はい、ぜひ」そう答えて、彼女の手をぎゅっと握った。

アガタの手がびっくりするほど柔らかかったので驚いた。農民らしいもっと硬い手だとばかり思っていたのだ。でも、それも当然だ。こんな豪邸に住んでいることを思えば、彼女は生まれてこのかた労働らしい労働をする必要がなかったのかもしれない。

いったい全体どうしたのよ、ラケル？　その瞬間、心の声が無理やり頭に入り込んできた。まず家全体を確認することもせずに、いきなり提案を受け入れたりして。フリアンが怖がったらどうするの？　あなたの息子が死ぬ場所なのよ？　頭の奥のどこかにある暗くじめじめした場所から、無視してしまいたい考えが湧《わ》きあがる。あの子はここで苦しみ、死に至る。発言権と議決権があるはずでしょう？

「うるさい」わたしはつぶやいた。

「何ですって？」アガタがとまどったように尋ねた。

「何でもありません。フリアンに中をよく見せるのが先かなと思って」わたしはおどしながらそう言い、そんな自分にますます腹が立った。「あなたはどう思う、フリアン……？　フリアン？　どこなの？」

わたしは慌ててあたりを見回した。息子の姿がない。どこにも。

「フリアン！」怯《おび》えてわめく。「フリアン、どこ？」

「遠くには行ってないわ。ドアは閉まっているし」

「何も言わないでわたしから離れるなんて、普通じゃないわ」不安で胸が締めつけられ、動悸《どうき》が激しくなる。

さっきから頭の切れ味が落ち、回転が鈍くなっているような気がした。疲労が蓄積して、その影響が出ているに違いない。両耳に綿がたんまり詰め込まれているみたいだね。皮肉っぽい心の声が腹立たしい。しゃきっとしなよ、ラケル。

「二階に行ってみましょう」アガタが提案した。「部屋を見てみたくなったのかも。子供って好奇心旺盛《おうせい》でしょう。新居を探検しに行ったのよ、きっと」

階段を上がると、鉄製のモダンな段を踏むたび足音がこだました。ここでもまた壁にかかった絵を眺める。大多数がおそらく何世紀も前の古い肖像画で、何百年も前に亡くなった男女が厳粛な顔でこちらを見下ろしている。

ふと、ある女性の肖像画に目が留まった。アガタに明らかに似ている。ほかには誰にも教えていない特別愉快な冗談を聞かされたかのように、口元にうっすら笑みを浮かべてこちらを見ている。

「右側の翼には行ってないはずだし……」まさかね、というように、アガタがつぶやいた。

「どうして？　そちらに何かあるんですか？」

「ああ、たいしたことじゃないの。甥が改装したとき、段階を踏んで進めていてね。でも最後までいくまえに亡くなってしまった。今わたしたちがいる中央棟と左側の翼の改修はすべて終わったけれど、右側は手つかずだった。最後の改修は一九一二年だから、床の状態がよくないところがあるのよ。あちら側に行くのはやめておいたほうがいいと、これから伝えようと思っていたところ」

「あの子、怪我《けが》をしたかもしれない」恐怖が胃の入口でとぐろを巻き始め、わたしをいたぶって楽しんでいる。「重傷だったりしたらどうしよう」

「大丈夫」アガタは首を横に振り、首元に手を突っ込んで、骨董品《こっとうひん》級の鍵束《かぎたば》がぶら下がった金のチェーンを取りだした。「右翼は厳重に施錠されていて、鍵を持っているのはわたしだけ。あなたの息子さんが錠前破りのプロでない限り、あちら側には行けないわ」

そのとき、左のほうにあるドアのどれかから、歌うような笑い声がはっきりと聞こえてきた。とっさに駆けだし、アガタも鍵をまた服の内側にしまいながらわたしのあとに続いた。居心地のよさそうな内装の小さな部屋を抜け、次に広々とした図書室に入った。壁には、床から天井まで、何十年も前からその部屋の番をしてきた茶色い革装の本がずらりと並んでいる。笑い声は、右手に伸びる廊下のつきあたりのドアから聞こえた。

わずか数秒でそこまで走り、広い部屋に入る。年代物の天蓋《てんがい》付き大型ベッド、サーカス団の半分を引き連れた象でも隠れられそうなほど巨大な洋服箪笥《だんす》、骨董屋なら誰でも涎《よだれ》を垂らしそうな、抽斗《ひきだし》のたくさんついた書き物机がある。そうした家具の横、窓の近くに、ドアに背を向けた格好でフリアンがいた。わたしたちが来たことにも気づかずに、楽しそうに笑っている。

「フリアン！」わたしは息子に近づき、両肩をつかんだ。

息子は、こわばったわたしの顔を不思議そうに見ている。

「どうしたの、ママ？」

「聞こえなかったの？　ずっと大声で名前を呼んでたのに。すごく心配したのよ？　どこにも見当たらないし、あなたの身にもし何かあったら……」

わたしはあえぎながら言葉を切った。フリアンは目を丸くし、すっかり顔色を変えている。そのとき初めて、自分がフリアンの肩を手が痛むほどの力でつかんでいたことに気づいた。服を脱がせたら跡が残っているに違いない。

「ごめんなさい、ママ」フリアンの声は落ち着いていたが、どこかびくびくしていた。爆弾の色付きコードを手にどちらを切るか迷っている、爆発物処理班と似た用心深さが感じられる。

「ここで何してたの？」わたしは鼻梁を押さえた。目の奥がずきずきと痛みだすのがわかる。どこか暗くて静かな部屋でじっとしていない限りとても耐えられない、激しい片頭痛が始まる予兆だ。

「女の子と話してたの」フリアンが答えた。「スポンジ・ボブを知らないんだよ！

『ベン10《テン》』も、それに……」

「女の子って？」

フリアンはとまどった様子であたりを見回した。

「さっきまでいたんだよ。背が高くて痩《や》せてた。悲しそうだったよ、理由はわからないけど。ママたちは見なかった？」

重い沈黙が部屋に下りた。フリアンは不思議そうにこちらを見ている。

「フリアン、大事な坊や《メウ・レイ》、ここには女の子はいないわ」アガタがやさしい声で言った。「空想したのね。この家にはわたしたちしかいないの」

わたしは顎《あご》が痛むほど歯を食いしばっていた。こういうことが起きる可能性があると、医師たちから警告されていた。「転移して、脳のほかの部分に癌細胞が広がると、幻覚や吐き気、ひきつけを引き起こすことがあります。それが最初の兆候です」

ついに始まったのだ。息子は存在しないものを見ていた。津波にも似た圧倒的な恐怖が襲いかかってきた。

「いたんだよ！」フリアンは床をどんどんと踏み鳴らし、青白かった顔が一気に紅潮した。「ここで一緒に話をした。ぼくを待ってたって言ったんだ」

「名前は訊《き》いた？」アガタがやさしく尋ねる。

「ええと……ううん、訊くの忘れちゃった。でもぼくが考えてこしらえたんじゃない！」

「本当にこの家にはほかに誰も住んでないのよ、ラケル」アガタが言った。「信じられないなら、部屋を一つひとつ点検してもかまわないわ」

「それには及びません」わたしは息子を抱きしめ、肋骨《ろっこつ》の一本一本を確かめた。なんて細いんだろう……消えてなくなっちゃったみたい。心臓の鼓動さえ感じられる。

「ママ、ぼく、ここが気に入ったよ」フリアンが囁《ささや》いた。「ここに住める？」

わたしは、止めたくても目尻《めじり》から今にもこぼれ落ちそうな、裏切り者の涙を拭《ぬぐ》った。

「もちろんよ。ええ、もちろん」

そのとき、何かを叩く轟音が屋内に響き渡り、思わずひいっと声を漏らしてしまった。

何が何だかわからなかったが、まもなく玄関の巨大ノッカーの音だと気づいた。恥ずかしさで顔を赤らめ、アガタを横目でちらりと見る。彼女はわたしの悲鳴が聞こえていたのだとしても、そんなそぶりはまるで見せなかった。かわりに、いつもそうしているかのように、力強い足取りで玄関に向かってさっさと歩きだした。わたしもフリアンの手を引いてあとに続くしかなかった。そのとき、ぞっとするような光景が目の端に入った。部屋を出る直前、フリアンが振り返って、誰もいないはずの部屋の隅にさっと手を振ったのだ。遊び仲間に対して「じゃあまたね」と示し合わせるようなしぐさだ。わたしの中で再び悪夢がむくむくと目覚めた。

転移したんだ。この子はもう、頭の中がコントロールできなくなってる。

黙って。そんなこと考えないで。

階下にたどり着いたとき、アガタはすでにドアを開けていた。

開いたドアの向こう側はファン・ビラノバの巨体にほぼ占拠されていて、彼が左右の脚に交互に体重をかける様子が見えた。わたしはすぐに、おしっこが漏れそうになっている子供を連想した。しかしその大真面目な表情からすると、同じ緊急事態でももっと深刻なものらしい。

「馬は見つかったの？」と尋ねる。

「馬？　ああ、馬。はい、見つかりました」彼は、そんなのはとうの昔に解決済みだとばかりに、肩をすくめた。「あの厄介者はもう馬小屋につながれてました。昔の洗濯場の近くで、近所の人たちが寄ってたかって取り押さえたようです。それについてはもういい。もっと大きな事件が起きました。その……10－72です。このそばで。いちばん近くにいる要員が僕なので……そっちにすぐ行かないと」

相棒が使ったコードを思いだすのに少し時間がかかった。そのシステムを使わなくなってもうずいぶん経《た》つからだ。治安警備隊の無線通信には暗号が使われていたのだが、それはもう大昔のことだ。士官学校時代の記憶が間違っていなければ、10－72は「刃物による襲撃」だったはず。もちろん勘違いしている可能性はあったけれど。とにかくビラノバは、居酒屋で騒動を起こした酔っぱらいを今すぐ捕まえて、どうせ酔いつぶれて眠りこけるなら留置所でそうしてもらおう、と言いたいらしい。

「ただ問題は、あなたがたが一緒なので……」

「ああ、そうか」わたしはつぶやいた。困ったな、と思いながら。

アルーフェに行ったときに脇をたんまりこすったレンタカーは、これ以上お金を無駄にしたくなかったら明日には返さなければいけないのだが、今もまだビアスコン駐屯地の駐車場の、教区のお祭りのチラシがべたべた貼《は》られたゴミコンテナの横に駐車したままだったことを思いだした。同僚がためらっている理由がそれでわかった。フォスコにわたしたちを置き去りにしたくはないし、かといって犯罪現場にフリアンを一緒に連れていくのも憚《はばか》られる。

「息子さんは、あなたたちが仕事に行っているあいだ、わたしがここで預かってもいいわ」アガタはフリアンを守ろうとするように肩に腕をまわし、こちらにウインクをした。「フィヨアっていうお菓子を作ろうと思うんだけど、わたし一人では食べきれないと思うのよね。カチャっていう丸い鉄板を暖炉の熾《おき》の上にじかに置いて作るのよ。作るところ、見たくない？」

「ああママ、お願い」フリアンが目を輝かせた。「いい子にしてるって約束するから。いいでしょ？」

つかの間、迷った。選択肢はあまりない。ビラノバのボディランゲージも、とっくに廃《すた》れた暗号にわざわざ彼が頼ったことも、子供や老婦人の前ではとても話せないような事件だということをほのめかしていた。それに、この屋敷でお隣さんになるなら、家主とできるだけ早く仲良くなっておいたほうがいい。そもそもフリアンは、ここがいいと心に決めているように見える。

その一方で、息子から離れたくないと思っている自分もいる。いや、離れるわけにいかない。それは、この女性と知り合ったばかりだからだけではない。息子の生きる時間の一秒一秒が大事に思えるからだ。終わってしまったら、「もう一度」はない。そして、ついさっきあの子がたぶん幻覚を見たということは、砂時計の砂は思ったより速く落ちているということだった。

だからわたしはビラノバに向き直り、申し訳ないけれど行けないと言おうとした。

ここに来てしまったのはわたしの早合点で、完全な失敗だったのだ。自分が愚かな選択をし、今はその後始末をするはめになっている、そう認めなければ。とにかく理性的な人間に戻り、ヒーラーだの何だの、そういうくだらないものを頭から追いだすのだ。そもそも、こんな世界の果てみたいなところで何をするっていうの？　明日になったら休職を依頼して、それがいつになろうと、フリアンが最期《さいご》のときを迎えるまでずっと付き添おう。そのあいだに生計を立てる手段を見つけよう。そうするしかない。わたしたちにはそうするしかないのだ。

ところがそのときビラノバが口を開き、運命はまたしても彼に味方をすることにした。

「じつは、一緒に来てもらえるとありがたいんです」彼はぼそぼそと言った。「重大な事件なんですよ。あなたはこの土地に来たばかりで、正式に着任もしていないし、息子さんのこととかいろいろ事情があるのは知っています。でも……よほどのことでなきゃ、こんなお願いはしません」

彼の声の調子が引っかかった。そしてそれが何か、間もなくわかった。

ビラノバは怯えているのだ。

「一時間もかからないと思います」そう言ってから、唇を舐《な》めた。「長くても二時間で済む。頼みます」

長年の訓練と義務感が先に立った。二時間ぐらいなら平気かもしれない。

「わかった」わたしは承諾し、メモ用紙に自分の電話番号を書いてアガタに渡すと、フリアンの顔を真剣に見た。「でも、一時間以内に電話するね。大丈夫かどうか確かめるために」フリアンのスマートフォンは八歳の誕生日プレゼントだった。それは息子がポケモンを捕まえるためだけでなく、わたしがそばにいられないときに息子の声を聞くのに重宝した。この年齢でスマートフォンを持つ子供はそう多くはないけれど、フリアンの場合はそれだけの理由がある。「いずれにしても、何かあったら、わたしの携帯に電話をしてくださいね、アガタ。わたしも気をつけておきますから」

「心配しないで。さあ、行ってちょうだい」

わたしはフリアンにかがみ込み、頬に熱いキスをした。それからビラノバに続いて家を出た。ビラノバはすでに玄関の前に停めてあったパトカーのほうへ走っていき、エンジンをかけていた。

出発したとき、思わず背後をちらりと見てしまった。車で遠ざかっていくわたしの目に、戸口でアガタと並んでいるフリアンの華奢《きゃしゃ》な姿が小さく見えた。

10

「それで、何なの？」わたしは頭を整理するために、走る車の中で尋ねた。仕事モードに切り替えるのだ。冷静にならなければ。

「ここから数キロのところにあるセイショ山の頂上で人が二人、殺されたらしいんです」ビラノバが答えた。「いきなり頼ってしまってすみません。でも、ノゲイラは駐屯地を空っぽにするわけにいかず、そうすると僕は一人です。一人で対処するにはあまりにもデカすぎるヤマだ」

ビラノバの運転が、さっきまでの慎重に慎重を重ねたそれではなくなり、今や曲がりくねった山道を全速力で飛ばしていることに気づいた。しかも驚くほど巧みなハンドルさばきだ。

「山頂にある風力発電機の管理をしている作業員が、一時間ほど前に、山の麓《ふもと》にある集落にすっかりパニックになって現れたそうなんです。岩山で同僚が首を切られ、しかも女性の遺体まで転がっているとか何とか訴えている。ただ、混乱していて、要領を得ないようなんですけど」

「事実だと確認は取れたの？　もしかするとただの冗談かも。人は退屈すると、信じられないほど馬鹿《ばか》なことをするものだから」

ビラノバは首を横に振った。

「本部にも十五分くらい前に別の通報が入っています。驚いた作業員が山を下ったとき、獲物の狩りだしをしていた狩猟隊と衝突しかけたそうです。猟犬が一匹、もう少しで轢《ひ》き殺されるところだったらしく、狩猟隊の連中はかんかんになった。いったい何事かと思い、頂上まで行ってみたら、作業員の話と同じ光景を目にしたというわけです。だから事実と考えてまず間違いない」

「到着早々、ダブルの殺人なんて。まったく、ここは静かな駐屯地だって聞かされてたんだけど」

「ここで勤務を始めて四年ほどになりますが、こんな妙な事件、初めてですよ。ビアスコンへようこそ、コリーナ捜査官」ビラノバは言い、にやりと笑った。「どうしたら華々しく登場できるか、あなたはよくご存じらしい」

うまい返しをして一本取ってやろうと思ったところで、四輪駆動車が雨でとんでもないことになった山道に入った。そのとき降っていたのはただの霧雨だったが、少し前までは土砂降りだったことがはっきり見て取れた。

わたしは唇をきつく結んだ。屋外の犯罪現場を調べなければならないとき、雨は困りものだ。あとで決め手になるような証拠の多くが流されてしまう。だが、たとえすっかり洗い流されてしまったように見える現場でも、必ず何がしかは手に入る。結局のところ、そうやってわずかなりとも何かを採取することこそが、この数年のわたしの仕事だったのだ。

セイショ山の頂上への道は、きっとこんなふうだろうと想像するロシアの山道に近かった。四輪駆動車は穴やら溝やら崩れた側溝やらのあいだを飛び跳ね、自然が仕掛けた対戦車障害物のように地面から飛びだしている石を避けて進んだ。しかしビラノバのハンドルは最後までいっさいぐらつかず、のんきで穏やかそうなその男に突然山岳ラリーのレーサーの霊魂が乗り移ったかのようだった。

頂上に到着したとき、霧はまだ渦巻いていたが、しだいに退き始めているのは確かだった。視界は百メートル以上あり、山頂付近のどこか幻影めいた景色を眺めることができた。苦痛に身をよじる幽霊のようなよじれた木々や茨《いばら》の中に、独特な形の岩の小山がときどき顔を出す。

「あれは何?」わたしはその一つを指さして尋ねた。しゃべると、車がバウンドするたびに舌先を嚙み切ってしまいそうになる。

「青銅器時代の古墳です」ビラノバが道から目を離さずに答えた。「この山じゅうあちこちにありますよ。三千年以上前、セイショ山はケルト人の聖地だったんです。族長みたいな人たちがここに埋葬されたようです」

「今も亡骸《なきがら》がここに?」

「それはないと思いますよ」彼は肩をすくめた。「大半は何世紀も前に盗掘されてしまいましたが、石の建造物はそのまま残っている。これを崩そうと思ったら、ブルドーザーか大量のダイナマイトが必要でしょう」

頂上付近は、雨が容赦なく障害物を押し流したおかげで、路面の状態がはるかによかった。上方から響いてくる風力発電機の唸《うな》りを聞きながら、頂上まで道を切り拓《ひら》くのはどれだけ大変だっただろう、と思う。きっとほんの数年前までは、山頂にたどり着くのは相当難しく、普通の人には無理だったのではないか。

「あそこみたいですね」ビラノバは、パトカーのランプを点灯させながら指さした。

「あの車列のそばです」

犬用のトレーラーを牽引《けんいん》している使い込まれた四輪駆動車が何台か、山道の路肩に並んでいた。その近くでハンティングベストを着て散弾銃を携えた男たちの一団が、奇妙な岩の山のまわりをうろうろしている。スマートフォンで自撮りをしている人が何人かいるのを見て、わたしはため息をついた。ここからでは、何と一緒に撮っているのかはわからない。

わたしたちが車から降りるとすぐ、ハンターの一人が近づいてきた。ひょろっと背の高い男で、身に着けている派手な蛍光色のベストは天王星からでも見えそうな気がする。折り曲げた猟銃を赤ん坊をあやすかのように腕に抱えている。その歩き方からすると、グループのリーダーらしい。

「来ただけでもましか」マドリード出身だとすぐにわかるしゃべり方で、怒りもあらわに言った。「通報してから一時間経ってる。バルでビールでも引っかけてきたらしいな」

「どうも。まず言っておきますが」ビラノバは瞬《まばた》きもせずに相手を見据えた。「ここは町のど真ん中というわけではありません。通報を受けてすぐに駆けつけました。お名前は?」

「アルフォンソ・デル・ポソだ。よろしく」相手が簡単にはビビらないとわかり、男は怒りのレベルを少し下げた。「女性はプエルタのそばだ。チビ助は岩のあいだに伸びてる」

「何かさわったり、動かしたりしましたか?」わたしは、ビラノバの車のダッシュボードから取りだしたラテックスの手袋をはめながら尋ねた。惨憺《さんたん》たるありさまだということがますます明らかになりつつあった。

「さわってないよ、もちろん」一瞬ためらってから男は答え、その様子がどんな説明より事実を伝えていた。この連中が、手の届く限りあらゆる場所をいじくったことは間違いなかった。

司法警察の警官を乗せた二台目のパトカーが、道の反対側の方角から到着した。わたしはそちらにかぶりを振り、つい習慣で指揮を執り始める。

「フアン、今来たお仲間たちに、あの連中を現場から遠ざけておくように伝えて。話を聞いて身元を尋ね、何かお土産をもらっていこうなんて考えた不届き者がもしいたら、全部取り返して。雨のことだけでもやきもきしてるのに、証拠品まで持っていかれたらたまったものじゃない」

「心配ご無用」ビラノバは、わたしが現場指揮という面倒を引き受けたので、見るからにほっとしている様子だった。「まかせてください」

「ああ、それから彼らの携帯も調べて。賭《か》けてもいいけど、全員がそれぞれ遺体と記念写真を撮ってるはず。運よく、全部どこかに移される前に押さえられるかも。そのあと全部消去して。この惨劇がTwitterに出まわったり、YouTubeに動画があがったりするのだけは、止めないと」

相棒はうなずき、ハンターたちの一団に近づいた。すでに二人の警官が彼らを四輪駆動車の列のほうに集めている。背の高いハンターが、私は弁護士で、われわれには権利があることを知っていると大声で抗議していたが、ビラノバが冷静にグループのほうへ導いた。

ようやく一人になれたので、この時間を利用して、集中するための独自の儀式〈メソッド〉を始めた。そう、文字どおり儀式だ。

それを取り入れ始めたのは、何年も前、わたしがマドリードで視覚捜査中央部隊に配属された直後のことだ。八月のある朝、鳥たちさえどこかに避難する、マドリードならではの人を圧倒するような暑さのなか、コロンビアの都市カリの麻薬カルテルが臨時倉庫として使っていた、マドリード北東部アルコベンダスの工場を捜索に行った。コロンビア人たちがそこにコカインを運び込み、のちにロシア人マフィアがコスタ・デル・ソルで売りさばく仕組みだった。しかし直近の取引で何かが破綻《はたん》し、両グループは、そういうケースのつねとして、銃を使ってスマートに解決するという事態に至った。コロンビア人のほうがずる賢く、ロシア人側は武器の準備が不充分だったこともあって、抗争は後者にとって最悪の結果となった。

わたしたちが現場に到着したときには、拷問《ごうもん》された形跡のある、首を切断されたロシア人三人の遺体が工場の床に転がっていた。その後の検死医の報告によれば、死亡してから十日から十二日は経っていたという。暑さで腐敗が進み、ガスでふくれあがった遺体が異臭を放たなかったら、工場近くの住民たちが通報することもなかったかもしれない。

上品な言い方をすると、わたしは同僚たちに同情の目で見られながら、工場の入口で激しく嘔吐《おうと》した。その日の仕事はほとんど記憶になく、覚えているのは、何一つ手につかずに、結局近所のバルに追いやられてカモミール茶をするはめになったことだけだった。午後になって、百戦錬磨のベテランの先輩から〈メソッド〉のことを教わった。重要な事柄に意識を集中させるため、不快で醜悪なディテールなど、自分に負の影響を与える余計な情報を遮断する方法だ。その日以来、必ずこのメソッドをすべてこなしてから、現場に臨むことにしている。

目を閉じ、深呼吸を十回するうちに、まわりにある無関係な要素をすべて消していく。背景に見える山々、風や風車のタービンの音、遠くから聞こえるハンターたちの会話、ケージに入れられた犬たちの不安げな咆《ほ》え声。そのあと頭の中に空間を作り、目の前にある奇妙な石の建造物とその周囲にあるものだけをそこに収容する。そうするうちに、いつしか脈拍が深く眠っている人と同じくらいのレベルに落ちている。

そうして初めて現場に入っていく。

恐れていたとおり、ハンターたちは思いきりあたりを踏み荒らしていた。藪《やぶ》のあいだに足跡が垣間見《かいまみ》え、まだ煙が立ちのぼっている吸い殻さえいくつか見つけた。しかしそんなことでは動揺しない。あとですべて撮影し、くまなく調べることになるが、最初の印象からわかることも数多くある。

まず目に入ったのは作業員の遺体だった。二つの大岩のあいだに自然にできた小さな溝に仰向けに投げ込まれている。死によってぼんやりと濁った目は、曇り空を見つめている。喉《のど》が水平にすっぱり切られ、そうして情け容赦のない最期を迎えるあいだに漏らした小便がズボンを濡《ぬ》らしていた。

わたしは眉《まゆ》をひそめた。酸化してすでに黒ずみ始めている血だまりの位置が、遺体の姿勢と一致しない。

「あの馬鹿ども、写真を撮るために遺体を動かしたね」頭の中でその光景をくっきりと思い浮かべながら、小声でつぶやいた。「ほかにもいったいどれだけ証拠がだめに

された か」

この哀れな男には、万に一つも生き延びる可能性はなかった。後ろから近づいてきた何者かにきわめて鋭利な刃物で頸動脈《けいどうみゃく》を傷つけられ、しかも相当強い力だったため、喉頭《こうとう》が真っ二つに切断されている。地面に倒れる前にすでに息絶えていたはずだ。

目を上げ、石の建造物を初めてじっくりと観察し始める。あの気取り屋のハンターは〈プエルタ〉と表現していたが、今初めてその意味がわかった。たしかにこれは門《プエルタ》あるいはゲートに見える。

直立する二つの大岩が、そのあいだに掲げられた丸みを帯びた巨大な岩を支えている。花崗岩《かこうがん》に刻まれた数段の階段がそのゲートまで続き、ゲートのあいだから背景の山々の景色と、ぽつんと一つ立っている五メートルほどの高さの巨石遺物《メンヒル》がのぞいている。このメンヒルが、離れたところから見ると、この奇妙な形のゲートの隙間にぴたりとはまっているように見える。

あたりの空気がずっしりと重い。葉一枚動かず、巨大な風力発電機のブレードも、濃密な空気の中で止まっている。ここにあるものすべてが、どこか不自然だった。

そのとき、石の建造物の向こう側に横たわる娘に気づいた。経験ならたっぷり積んでいるはずなのに、膝《ひざ》ががくがくするのを止められなかった。

ありえない。

胃にずっしりと重いものを感じながら近づき、横にひざまずいて、細かく観察する。

女性は若く、二十五歳より下だろうと推察された。髪はブロンドで、光輪がわりに頭のまわりに広がっている。足元に野生のアヤメの花束が置かれ、複雑な結び目がいくつも続く革ひもでくくられている。花屋ではけっしてこんな花束は作らないはずだが、その素朴な感じが逆にエレガントだった。女性は巨石の下部に横たわり、一九二〇年代の花嫁衣裳《いしょう》を思わせる、流行遅れではあるが優美なデザインの白いドレスを着て、レースのベールまで身につけている。犯人は、彼女の手を下腹部で組ませ、そこには、曇り空のかすかな光の下で縮こまっているように見える何か茶色っぽい塊がのっている。胸の真ん中には、ぽっかりと大きな穴。

心臓だ。これは彼女の心臓なのだ。かつてと同じように、アルコベンダスで味わったあの酸《す》っぱさを口に感じた。なんだか頭がくらくらして、立ち上がる。ちょうどそのとき、足音が近づいてくるのが聞こえた。振り返ると、ビラノバが、どこかとまどった様子の頭の禿《は》げた小男を連れてやってくるところだった。

「こちらは司法警察の検死医、マリーニョさんです」前置きなしに紹介する。「遺体を収容する前に、死亡宣告してもらわないと」

「この二人が充分に死亡しているかどうか確認するのに、私がこの悪魔の山にわざわざのぼってくる必要があったのかね？　確かに充分に死んでいる、わからんかね、君たちには？」彼は自分の冗談に自分で大笑いした。いらいらしているウサギみたいな笑い方だ。

「暗くなる前に写真班が到着してくれるといいんだけどな」ビラノバは心配そうに稜《りょう》線《せん》に目をやった。「どんどん雲が厚くなっている。明るさが足りなくなるまでに、あと二、三時間もなさそうだ」

「ライトを使えばいいじゃない」わたしはそっけなく言った。この場所はどうもいやな感じがする。

「ここにライトはありません。ポンテベドラから運んでこないと。それも、あっちで使用中でなければ、の話です。ここは小さな駐屯地なんですよ、ラケル」

「じゃあ、さっさとしましょう。ハンターたちから何か手に入れた？」

「あなたの言うとおりでした。連中は写真を撮ってた」ビラノバはにやりと笑い、わたしにリュックを見せた。中にはさまざまなメーカーのスマートフォンが五、六台入っている。

「押収したの？」わたしは目を丸くした。「それはまずい……」

「最初は少々抵抗していましたが、犯罪現場を故意に改変したり警察の捜査を妨害したりする行為は犯罪と見なされますと説明したら、弁護士まで口をつぐみ、捜査に協力するため二十四時間だけ携帯電話を提供することを受け入れました」彼は肩をすくめながらにっこりした。「あんたたちを訴えるとか、申し立てをするとかわめいてましたが、知ったことか。お手並み拝見ですよ」

よくやったというように、彼の肩を叩く。ビラノバを見くびるような人間は、必ず痛い目を見ることになるだろう。

「それにこれも持っていました」ビラノバは、何か小さなものが入ったビニールの証拠袋を取りだした。教会で使われる赤い蠟燭《ろうそく》のようだ。「ハンターの一人が土産として拾ったものです。女性の遺体から二メートルほどのところにあるシダの陰に隠れていたそうです。誰かに蹴《け》られて、そこに転がったに違いありません。わかりませんが、何か重要なものかも」

「遠足に蠟燭を持ってくる人はそうそういないわね」

「さあ、どうでしょう」ビラノバはまた肩をすくめた。どうやらそれが癖らしい。「でも、誰も彼もがべたべたさわってるから、指紋だらけだってことは間違いないでしょう。鑑識に何て言われるか」

わたしは首をさっと巡らせ、現場を見まわした。一帯には、ほかにももっと蠟燭が散らばっていた。見たところ、並び方に法則はなさそうだ。でも、それ以外に特異なものは見つからず、岩と藪があるだけだ。次の雨が降る前にこの現場を隅々まで調べるのは大仕事で、かなりの人手を要するだろう。しかもこの駐屯地にはまともな設備もない。マドリードとこの僻地《へきち》とでは使える手段にここまで差があるということに、わたしは大きなショックを受けていた。

今目の前にあるものに集中しようと思う。意味のないものなどないのだ。女性の遺体は舞台装置として丁寧に置かれているが、一方で作業員の遺体からは、彼の死がとっさにすばやくもたらされたものであり、女性の遺体と比べひどく粗雑な扱いを受けたとわかる。この男性は思いがけず殺された、そんな印象を受けた。たまたまここに来て見てはいけないものを見てしまい、形式にこだわらない効率的な方法でその報いを受けたのだ。首の傷は、食肉業者による無感情なナイフさばきを思わせた。

しかし女性のほうはまったく違う。殺人者は、この注意深く仕立てあげた舞台を使って何かメッセージを伝えようとしているかのようだ。

あなたはそんな格好をして、こんな山の上で何をしていたの？

わたしはゲートに近づいた。今ではもうゲートとしか思えなかった。見れば見るほど、人里離れた何もない場所に建てられた石の門に見えてくる。近づくにつれ、体に妙な不快感が湧き起こる。ここは何かしっくりこないものだらけなのに、最悪なのは、考えれば考えるほど、頭がはっきりしなくなっていくことだった。

アガタの家にいたときと同じ感覚だ。脳みその歯車に砂が注がれて、頭の回転が鈍くなっていく感じ。

石段を上がる。目の奥が圧迫されて刺すように痛み、目玉がシャンパンのコルク栓のようにぽんと飛びだしそうだ。ゲートにたどり着いたところでよろけて、右側の側柱に寄りかかる。石のでこぼこした感触を手のひらに感じる。石柱を覆《おお》うスポンジ状の苔《こけ》が、腐ったチーズのように指のあいだでぼろぼろと崩れ落ちる。

ポタ。

ポタ。

上唇に熱い滴《しずく》が伝い落ちた。何だろうと思い、空を見てから、続いて地面に視線を落とす。地面に咲いた異星の花さながら、赤い大きな染《し》みが二つできている。鼻をさわると、血が流れだしている。

ぞっとしてゲートから離れ、大股《おおまた》で階段を飛び下りた。パトカーに近づき、ゲートに触れたラテックスの手袋を脱ぎ捨てる。微細な穴でも通り抜けられるあらゆる微粒子を肌から拭い去りたかった。

車に乗り込み、鼻の下にハンカチを押し当てて目を閉じた。頭痛が治まっていく。外では、嵐《あらし》の最初の大きな雨粒がフロントガラスに激突し始めた。そしてわたしは、この物語はすでに止めようがなかったのだと知った。

なぜならわたしはもう、ここから逃げられないから。

なぜならわたしはあの女性を知っているから。彼女とは電話で話をした。あるいは、彼女のふりをしていた誰かと。

あの女性はラモーナ・バロンゴの手で奇跡的に回復した人々の一人だった。この世の果てのようなあの村に行ってみることを、わたしに勧めた人。

そして今は死んでいる。

11 フリアン

コトバーデ自治体、フォスコ村
十日後

コトバーデ自治体フォスコ村の新しい家が、フリアンは気に入っていた。もっと正確に言えば、そこで起きる不思議な出来事の数々に夢中だった。

ほんの一週間前にそこに引っ越してきて以来、毎日何かわくわくするようなことが起きる。たとえば、なぜか置いた場所に物がないことがあった。ベッドの上に読みかけの漫画を開いておき、トイレに行ってすぐに戻ってくると、漫画がなくなっていたり。かわりにものすごくおかしなものが置かれている。だいたいは、なんでこれが、と首を傾《かし》げたくなるようなものだ。靴下の片方とか、食糧庫から持ってきた食べ物とか、すべすべした小石の山とか。

そういうどこか魔法みたいな出来事の原因が自分自身にあるのかどうか、フリアンには知るすべがなかった。頭の中のどこか、せいぜいミカンぐらいの大きさの場所で、特別意地の悪い癌《がん》細胞が脳の複雑な神経細胞システムをむしゃむしゃ食べ続けていて、フリアン自身の知らないうちに、ときどき認知回路を開けたり閉じたりしているのだ。それはまるで、飲んだくれのヒビが超精密な飛行機の操縦桿《そうじゅうかん》を握っていて、唯一《ゆいいつ》の乗客であるフリアンの記憶の特定区間を勝手に消しているような感じだ。

ときどきぞっとするようなことも起き、フリアン自身、怖いとは思わないけれど（ぼくはもうちっちゃな子供じゃない、といつもくり返し訴えている）、胸の奥が妙にざわつくのは確かだ。たとえばこのあいだ、窓のところで小鳥が死んでいるのを見つけた。小鳥は窓ガラスにぶつかって首が折れてしまったのだが、そういう事情はフリアンにはわからなかった。その記憶は全部、神経細胞の奥の奥に消えてしまっているからだ。結局、アガタにもママにも知らせずにゴミ箱に捨てた。二人を心配させたくなかった。大人はいつもそういうことを心配する。

たぶん、フリアンではなくほかの誰かだったら、不安になるかもしれない。それればかりか、怖がるかもしれない。

でもフリアンにとっては、とにかく楽しかった。まだ九歳だったたし、その年ごろの子供にとって世界は魔法であふれていて、常識はずれの出来事に論理的な説明をわざわざ求めたりしないものなのだ。

そのうえフリアンは一人でいることに慣れていた。

ずっと入退院をくり返しているので、最後に同級生たちと同じ教室で座ったのはいつのことだったか、もう思いだせないくらいだ。ママは疲れきった顔で、今にもがくんと動きが停止してしまいそうな様子で、あちこち走りまわっていた。まだマドリードに住んでいたとき、夜、フリアンはもうベッドでぐっすり眠っていると思い込んだママが、キッチンで泣いている声がよく聞こえてきたものだった。そういうときはいつも、フリアンは起きだしてママを抱きしめたくなったが、泣き声がフリアンの体を麻痺《まひ》させた。悲しくて泣いているのでも、つらくて泣いているのでもない、フリアンには言葉にできない感情がそこには滲《にじ》みでていたからだ。

それを定義するにはフリアンはまだ幼すぎたけれど、ママの泣き声には、恐怖と将来に対する不安と疲労がまじり合っていた。そして、たとえ説明はできなくても、フリアンにもはっきりと感じることができた。

だから環境の変化が嬉《うれ》しかったし、この馬鹿でかい家にいると幸せだった。たとえ外はいつも雨降りでも。たとえ自分の身にいろんなことが起きているとしても。

そりゃあ、フリアンだって自分が死にかけていると知っていた。当然だ。彼は馬鹿じゃない。

フリアンが幼稚園で何の前触れもなく失神した、あんまり昔なのでもう記憶もはっきりしないあの日から、あちこちの病院を訪れることになったけれど、不思議だったのは、誰も一度として彼自身がどう思うか意見を聞かないことだった。フリアンなどそこにいないかのように、大人たちはひそひそ声で話し、仮面をかぶったみたいな表情を張りつけた。何かよくないことが起きているってことが理解できないほど、お馬鹿さんだと思っているようだった。

実際、フリアンはとても賢い。「賢い」という意味を表す〈まぬけの毛は一本もない〉という慣用句を使った冗談に、放射線治療の最初の十回はフリアンも笑ったものだけれど、もう遠い昔のことのような気がする。

最近はありもしない匂《にお》いを感じる。ときどき、ベッドの下で誰かが魚をフライにしているのかなと思ったり、どんなに口を拭《ふ》いてもしつこく金属の味がしたりする。それは普通のことじゃないし、体の中で何かよくないことが起きている証拠だってことも、フリアンにはわかっていた。

たぶん次はそこにはない音を聞いたり、物を見たりするのだろう。もしかすると、この家で起きていることは全部、自分の頭の中だけの出来事なのかもしれない。フリアンの脳みそは、ばらばらになろうとしているのだ。アニメの時計みたいに、ドンと何かにぶつかったあと、中の歯車が一個ずつ外に飛んでいく。ボヨン、ボヨン、ボヨン。最後に大爆発を起こして飛びだしたバネが、猫のトムめがけてすっ飛んでいき、鼠《ねずみ》のジェリーが笑い転げる。

だからこのことは誰にも言わなかった。誰にもと言っても、ママとアガタしかいないけれど。わずかな身のまわりのものだけを持ってフォスコに引っ越してきた日から、手伝ってくれたママの新しい相棒以外、ほかには誰にも会っていなかった。この相棒さんは、とてもでぶっちょだけど親切だったし、面白い人だ。クッキーの匂いがするところも好きだった。

その日の朝も、きっとそれまでと同じ一日になるとわかっていたから、フリアンはもう我慢の限界に近づきつつあった。どんなに面白い家でも、毎日探検していれば、誰だってそのうち飽き飽きする。マドリードの倉庫から家具をここに持ってくる、ママが言う「大掛かりな引っ越し」は、まだはっきりした日にちも決まっておらず、漫画本の備蓄はどんどん減って、すっからかんになるのはもう間もなくだ。それに、本がたくさんある部屋には大きなテレビがあるけれど、映るチャンネルがほとんどない。

しかも映像がいつも急に凍りついたり、飛び飛びになったりする。そして、これまでにわかったところでは、インターネットもない。だからフリアンは煉獄《れんごく》の魂のように屋敷の中をさまよい歩き、結局ほかに行くところもないので共有のキッチンにたどり着いた。そこではアガタが巨大な大皿で何か準備していて、強烈な匂いが漂ってきていた。

「こんにちは」入口からおどおどと中を覗《のぞ》く。ここに来てもう一週間は経つけれど、そのおばあちゃんに話しかけるのはまだ勇気がいった。

アガタが振り返り、やさしく微笑《ほほえ》んだ。それからエプロンに垂らした布巾《ふきん》で手を拭き、こちらに近づいてきた。彼女のいつも完璧《かんぺき》な身だしなみには驚かされっぱなしだ。いつ何時でもお客を迎えられるよう備えているように見える。頭の中の父のイメージは日を追ってぼんやりしていくし、祖父母にかわいがられた経験もなかった——祖父母はずいぶん前に亡《な》くなっていた——ので、一週間前まではそんなものがあるとも気づかなかった心の中の愛情の空白部分を、いつしかアガタが埋めつつあった。

「お腹《なか》が空《す》いたの、坊や？」

フリアンは肩をすくめた。いかようにも受け取れる動作だ。

「何してるの？」

「お料理よ」戸棚の上に置かれた、肉や蕪《かぶ》の葉が詰め込まれた深皿を自信たっぷりに示したあと、彼女の笑みが少し企《たくら》みの色を帯びた。「十一月《メウ・レイ》にガリシアの家で過ごす人は、ご馳走《ちそう》をお腹いっぱい詰め込まれるのよ、大事な坊や。今は〈ペトーテ〉の準備をしているの。手伝ってくれる？」

「ペターテなんて知らないもん」フリアンは身構えた。

「ペターテじゃなくて、ペトーテ」アガタは笑った。「いらっしゃい。作り方を教えてあげる」

アガタは小麦粉とトウモロコシ粉、ライ麦粉をどっさりボウルに入れてまぜ、スープストックを注いで柔らかい塊にした。そして、にこにこ顔でフリアンのほうを向いた。

「さあ、これをこねて、小さなボールを作って」

フリアンはしばらくはおとなしくボール作りを楽しんでいた。アガタがそれを上手に青菜で包んでいく。そうしていくつもできた小さくて繊細な包みを、アガタが崩れないよう慎重に平鍋《ひらなべ》に並べていくのを、フリアンは眺めた。

「これまで食べたことがないくらいおいしいパンができあがるわ。そのものからじゅわっと出てくるスープで煮えて、特別な風味なの。このあたりだけに伝わるレシピなのよ」

フリアンはあくびをこらえながらうなずいた。料理は楽しかったし、いい匂いだし、このおばあちゃんも大好きだけど、午前中ずっとこれが続くかと思うと、心は躍らなかった。アガタが彼の頭をやさしく撫《な》でた。

「飽きちゃったわよね。当然よ。フォスコには子供がいないから」と言ってくすくす笑う。「実際、あなたはこの村ではダントツに若いの。でも、だからと言って、楽しいことは何もないってわけじゃない」

「たとえば？」

「知りたい？　ちょっと待って、すぐにわかるから。一緒にいらっしゃい」

二人はキッチンを出て、屋敷の裏手にたどり着いた。するとアガタがポケットからずっしりと重そうな鉄の鍵《かぎ》を取りだし、中世の大聖堂から持ってきたみたいな、鋼鉄製の帯が鋲留《びょうど》めされた木製の扉を開けた。

そこは緑で埋め尽くされた、湿っぽい中庭だった。フリアンは庭に出て、きょろきょろあたりを見まわした。

「ここはどこ？」

「裏庭よ。今は手入れされていないけれど、昔はとてもすてきな場所だったの」

「今までどうして見せてもらえなかったの？」

「ここは、まだ修理されていない右側の翼棟にくっついている場所だからね。わたしたちの側の窓はどれもここに面していないの」

「すごく……きれいだね」ためらいがちに言った。

庭は広く、植物が好き放題に伸びて、密生していた。隅のほうに、たぶん何十年も前から錆《さび》がこびりついて、じわじわと壊れつつある古い鉄のブランコがある。あの座面にお尻《しり》をのせたら、たちまちブランコ全体がぐしゃっと崩れてしまうんじゃないか、とフリアンは思う。その少し向こうには、百歳にはなっていそうな巨大なオークの木の下に、何世代にもわたって降り積もった落ち葉に埋もれた、石造りの古いテーブルとベンチがいくつか見える。それらも、そっと腐敗していく植物の匂いがたち込めるこの空気に侵されて、徐々に崩れているようだった。

「いらっしゃい、見せたいものがあるの」

伸び放題の生垣になかば呑《の》み込まれた、細い小径《こみち》をたどっていく。ある程度見られるようにするには、庭師たちが休みなく二週間は手入れを続ける必要がありそうだったが、たとえ幼い子供でも、ここはかつてさぞ美しい場所だったのだろうと察しがついた。

「ここよ。気に入ってもらえるかしら」

庭のつきあたりにある黒っぽい石壁に接するようにして、小さなガラスの温室があった。ガラス板の大部分はとても汚れているので、内側は見えなかったが、錠は新しく、入口の扉のゴムパッキンも交換したばかりらしい。

「準備はいい？」アガタが言い、入口の取っ手に手をかけて、こちらにいたずらっぽい視線を投げた。

「中に何があるの？」フリアンは不審そうに眉根を寄せた。「トマト？」

「全然違うわ。見てのお楽しみ」

アガタがドアを開けると、たちまち熱気が噴きだしてきて、それと一緒に熟れすぎた果物や腐葉土のねっとりした匂いが漂いだした。中に入ったとたん、フリアンは驚きの声をあげそうになってこらえた。天井や壁に取り付けられた無数の木の棒にくっついた、形や大きさの異なる数えきれないほどの蛹《さなぎ》が、植物の葉の隙間から見え隠れしている。突然現れた人間に驚いた色とりどりの蝶《ちょう》たちが、生きた雲となってわっと舞い上がり、二人を包み込んだ。

フリアンはすっかり仰天し、言葉もなかった。

「わたしたちはこの温室で蝶を育ててるの。祖父の代から、いいえ、もっと前からかな。

気に入った？」

「まぼろしみたいだ」フリアンはうっとりしながらつぶやき、顔のそばで羽ばたいていた赤と青の大きな羽に手を伸ばした。「びっくりだ！」

「蝶たちはすごいのよ。なぜかわかる？」

「きれいだから？」

アガタは首を横に振り、フリアンの目の高さまでしゃがんだ。

「変身するからよ」すでに空っぽになっている蛹の抜け殻を指さした。「別の姿になって新しく生き直せるの。今までと同じでありながら違っている。今ある体では死ぬけれど、また次の体になって生き返る。すごいと思わない？」

「わかんない」フリアンは肩をすくめた。

こうしてひらひら飛んでいる虫たちは好きだけれど、その存在についてじっくり哲学したことなどなかった。するとアガタが彼の手首をそっとつかみ、不思議なまなざしでこちらをじっと見た。何か大事なことを言おうとしているように見える。

「フリアン、一つ尋ねたいことがあるの。それはあることと関係して……」けたたましいベルの音が突然響き、二人はぎくりとした。アガタはエプロンのポケットに手を突っ込み、小さなアラーム時計を取りだした。

「キッチンに戻らなきゃ」まわりを見ながらため息をつく。「いい考えがあるわ。食事の準備ができたら戻ってくるから、それまでここで蝶を見ていたらどう？　そのあいだに、このすばらしい昆虫たちの変身について、少し考えてみるといいわ。どうかな？」

フリアンはわくわくしながらうなずいた。だって、ここは素敵だもん。色とりどりの蝶でいっぱいの部屋なんて、まるで映画の一場面のようだったけれど、ここに、目の前に本当に蝶たちがいるのだ。ぼく一人のために。

しばらくのあいだ、蝶が避難している垂れ下がった植物の枝を払いながら、温室内を散歩していた。一歩踏みだすごとに蝶の竜巻が起き、なかには逃げまどってガラスにぶつかるものもいる。

そのときだった、彼女を見たのは。

窓の向こう側、温室の外に、彼女はいた。うつ伏せに置かれた植木鉢の横に立ち、ぼんやりとどこかを見ている。こちらからだと、軽く横を向いている感じだ。ガラスには何十年か分の汚れがこびりついていて、向こう側がよく見えなかったが、女の子だということは間違いなかった。この屋敷に到着した最初の日に出会って友達になった、あの少女だ。痩《や》せていて、子供らしい曖昧《あいまい》な推理では、自分より少しだけ年上だと思う。黄土色の服はなんとなく修道服みたいで、その子には大きすぎてあちこちだぶついて見え、フードがついている。ブロンドの豊かな髪がフードからこぼれ落ち、何かじっと考え込んでいるかのように打ち沈んで見える。

十日間ずっとまわりから隔絶されていたから、彼女が現れたのはラッキーだった。フリアンはガラスに近づき、こぶしでコンコンと叩《たた》きながら、もう片方の袖《そで》で汚れをこすり取った。

少女がこちらを振り返り、その汚れたガラスにできた小さな隙間《すきま》越しに、つかのま二人の視線がぶつかった。フリアンは急に胃がぎゅっと縮こまり、無意識に一歩後ずさりをした。

あとでその瞬間のことを思いだそうとしても、何が怖かったのかはっきりとわからなかった。黄色い歯を剝《む》きだし、目を赤く充血させて、怖い顔をした怪物でもあるまいし……。ただの女の子じゃないか。そうさ、普通の女の子だ。でも、彼女の何かが変だった。どこかしっくりこない。たぶん、肌かもしれない。とても滑らかなのだ。いくら幼い少女でも、あまりにもすべすべすぎる。フリアンは一瞬、小児癌病棟の子供たちへプレゼントされた、プラスチックの人形のほっぺたを思いだした。

女の子は、最初のときのように嬉しそうに微笑んでみせた。それから向こうへ歩きだした。一歩進むたびにまわりの植物がゆらゆら揺れ、脇目《わきめ》も振らずにずんずん行ってしまう。

「だめ、待って！」

フリアンは大急ぎで温室を出た。途中、白いランの花がふんだんに咲いている植木鉢につまずき、松の樹皮や陶器のかけらが散らばる床に倒れ込んだ。ママが聞いたらぎょっとするような悪態をついたが、足取りは緩めなかった。

外に出るとあたりをきょろきょろ見まわし、フードをかぶった少女がどこにいるか見つけようとした。庭のあちこちで藪が伸び放題になっていて、フリアンの背よりはるかに高くなり、少女がもしそこに隠れていたら、うっかり姿を見せてくれない限り、見つかりそうになかった。

そのとき、また彼女が見えた。でも今度は目の端でとらえただけだ。屋敷の壁沿いに移動する茶色い染みみたいだった。

頭のどこかで、あれがあの女の子のはずがないと警告する声が聞こえた。彼が温室から出るのにかかったわずかな時間で、庭を端までつっきれるわけがない。でも女の子は確かにあそこにいて、今しも屋敷の中に入っていった。

フリアンは考える前にドアのほうに走っていた。あの少女が誰かは知らないが、話をしなければならない。少女が半開きにしていたドアから中に入ろうとしたその瞬間、そこは建物の右翼だと気づいた。こちらには、基本的に入ってはいけないことになっている。

中は暗く、黴《かび》や、湿気でふやけた木材の匂いがした。しばらくしてようやく闇《やみ》に目が慣れてきた。窓に打ちつけられた木の板のあちこちの隙間から細い光が差し込み、交差する光線が作りだすモザイク模様の中で無数の埃《ほこり》が舞っている。

でも、フードをかぶった少女の姿はどこにもない。

恐る恐る、中に足を踏み入れた。ふいに、そこからどうしても出なきゃという切迫感に襲われた。その外に、とにかく、どこでもいい、いい、いいから別の側へ。くるりと回れ右をすると同時に、そこに入ってきたとき床に残していた足跡が目に入った。靴が湿っていて、庭の泥や土がくっつき、入口から今いる場所まで歩いた跡がくっきりとついている。

でも自分の足跡だけだ。ほかには一つも。

あの女の子は、この埃だらけの床に何の跡も残さなかった。

フリアンはぞっとして、それだけでもとにかく急いで逃げだす理由になったが、まさにそのとき何かが聞こえたのだ。最初は自分の息の音だと思った。でも、すぐに向こう側から聞こえてくるとわかった。ほとんど聞き取れないくらいの、小さな囁《ささや》き。もし外で雨が降っていたら、窓にぶつかる雨粒の音ですっかりかき消されていただろう。でもたしかに聞こえた。滑らかでやさしく、何か思惑のありそうな声。

そんなつもりはなかったのに、闇のほうへ一、二歩進む。囁き声は続き、しだいにはっきり聞こえるようになっていく。

フリアン。

フリアン。

フウウリアアアアン。

ビロードでそっと包むようなとても心地よい声で、フリアンはついにっこりした。こんなにやさしい声なら、悪いもののはずがない。彼には察知できなかった。その言葉の陰に隠れた切実さが、緊張が、渇望が。

フリアアアン。

フリアアアアアン。

「フリアン！」

突然背後でアガタの声が響き、シャボン玉のように魔法がぱちんと解けた。フリアンはとまどいながら振り返った。頭がぼうっとして、何か考えようとしても脳みそがまともに働かないほどだ。

　まわりを見て、自分が階段の途中にいることに気づいた。あのぴかぴかしたガラスと鉄の階段ではなく、屋敷の別の棟にあるらしい、踏み板のきしむ木の階段。敷かれている絨毯《じゅうたん》はところどころ虫に食われ、鼠の糞《ふん》も見える。裸足《はだし》の指のあいだに。

　フリアンは眉をひそめた。どうやってここに来たのかはおろか、いつ靴を脱いだのかも覚えていない。この数分間のことが頭から消えていた。

　階段の下で、アガタがとても青ざめた心配そうな顔でこちらを見上げている。また話し始めたとき、逃げようとしている野生動物にしゃべりかけるような、やさしい声色を使った。

「フリアン、坊や、階段から下りなさい。こちらにいらっしゃい」

「ごめんなさい、ほんとに」フリアンは首を横に振った。「わかんないんだ、どうして……」

「しー、それはいいから。ゆっくり下りてきて。足を置く場所に気をつけて。さあここに」

　段を一つ下りたとき、階段が苦しげに呻《うめ》いた。そのとき初めて、その階段全体が今にも崩れ落ちそうだと気づいた。もしこのまま上がり続けていたら、たぶん途中で崩壊して、砕けた木材や錆びた古釘《ふるくぎ》の山の下敷きになっていただろう。フリアンはぞくっとした。

「アガタ、怖いよ」

「大丈夫、あなたならできる。足を置く場所にだけ気をつけて」

どうしようかとぐずぐず迷ったすえに、ようやく下の段に足場を確保した。そして、床まで下りるとすぐにアガタに駆け寄り、安心できる腕の中に飛び込んだ。

「さあ、早くここを出ましょう」アガタはフリアンを戸口のほうへ導きながら言った。外ではまた雨が降りだしていた。「ここはあなたのための場所じゃない」

外に出たとき、フリアンは一瞬目を閉じ、顔に雨が降りかかるのを感じて、なぜか嬉しくなった。そうして、何か考え込んでいるアガタの手にすがり、この屋敷のよい側へ向かいながら、初めていくつかのことに気づいた。

一つは、フリアンが屋敷の閉めきられた側に入ったことを、アガタが咎《とが》めなかったこと。いたずらや何か禁じられていることをした子供を見つけたら、どんな大人でもそうするように、叱《しか》ることも、めっと睨《にら》みつけることもしない。しかも、フリアンがそこにいるのを目にして驚いたようにさえ見えなかった。

まるで、そうなることを期待していたみたいに。

二つ目は、一つ目よりずっと大切なことで、どんなに抑えつけたくても頭に浮かびあがる、不吉でとてもいやな考えだ。フリアンは声を聞いた。時間の感覚をなくした。いつの間にか裸足になって、階段をのぼっていた。何より、そこにいない少女を見た。フリアンは幼いけれど、馬鹿《ばか》ではない。自分の体内組織の中で何がひそかに進行しているかも、病気との闘いに負けつつあることも知っている。今挙げたことは全部、今や頭の中の敵がすでに操縦桿を握っていて、フリアンを現実から切り離そうとしていることを意味していた。

死にたくなかった。今でもやっぱり死にたくない。生きたいという気持ちは、強烈で原始的な、体の奥底から聞こえてくる野生の叫びだった。

フリアンは鼻水を上着の袖で拭《ぬぐ》った。

そして、何の前触れもなく知らず知らずのうちに自分が泣いていたことに気づき、心底驚いた。

12 ラケル

ビアスコン治安警備隊駐屯地

「もういい！」わたしがそう呻いたのは、この三十分で三回目だ。怒りにまかせて投げつけたボールペンがデスクにぶつかって跳ね返る。いらいらしていた。いや、もっと正確に言えば、頭に来ていた。マドリードの元同僚の誰かと連絡を取ろうとして一日じゅう頑張っているのに、電話がちっともつながらないのだ。奇跡的に呼びだし音が鳴っても、向こう側で何か妙な金属音がして会話を邪魔した。人間の声が出せない宇宙人としゃべっているみたいに。

「そうかりかりしなさんな」フアン・ビラノバが自分のデスクでオレンジを熱心に剝きながら言った。「固定電話は、嵐のたびにつながらなくなるんだよ」

「携帯電話も？」ちっとも電波が来ない自分の電話を無意味に振りながら言い返した。

最新機種の iPhone もここでは文鎮並みの価値しかない。

「最初期の設備なんだよ。ここは山深い土地だし、情報インフラの半分は三十年以上前のままだ。障害物の陰になっている領域がたくさんあるし、電話線だって古い銅線だし、全部が一度にいかれることだってときどきあるくらいだ」

「なのに誰も何もしないわけ？」

「何もって、何を？」ファンはあきらめを漂わせてデスクの上にかがみ込み、オレンジをひと房、口に放り込んだ。口に広がる果汁を楽しむようにもぐもぐ口を動かしたあと、言葉を続ける。「することなんて何もない。そういうこと。おしまい」

「誰も文句を言わないの？」

ファンは椅子《いす》を回してこちらを向いた。大きな体の下で椅子が不穏なきしみを漏らす。彼は愉快そうにわたしを見た。

「誰もって、誰がさ？　〝空っぽのスペイン〟って言葉を聞いたことないの？　ここはまさにその好例だよ。百キロ四方ほどの範囲にせいぜい四千人しか住んでない。山々に分断された村や集落が百数十か所あるだけだ。そんな村の一つのために電話線を引き換えるなんて非経済的だし、光ファイバーだのなんだのなんて言わずもがなだ。それに理由はほかにもある」

「何？」

「住人の大半は老人で、そんなものに何の関心もない、ってことさ」

「それでわたしたちはこうして死ぬほどうんざりさせられてるわけね」

むしゃくしゃして、また呻いた。山の頂上で二人が他殺体となって発見された事件のせいで、わたしはどうにかなりそうだった。遺体の確認と移送が終わってから十日が経過した。セイショ山にのぼった日から一週間以上経《た》っているというのに、お役所仕事の何かに阻《はば》まれて、検死報告書がまだ届かない。

その間、被害者男性の家族の弁護士が訳のわからない訴えを起こすと脅してくるわ、地元紙には数々の憶測が並ぶわ、それでもこの呪《のろ》われた一件の捜査は一ミリも進展していないのだ。この十日間、空き時間の大部分を息子と過ごすことに費やした。フォスコの周辺を散歩し、ずっと灰色の雲が立ち込めているあの空にときおり見える青空をせいぜい満喫した。むきだしの自然を、尽きることのない緑を眺めながら、ともに過ごす一分一分を大切に慈《いつく》しむ。それでも事件を頭から完全に消すことはできなかった。なぜなら、妙に聞こえるかもしれないが、ふいに希望の扉が開いたからだ。

被害者がラモーナの治療を受けた患者だったことと、息子を治せるかもしれない世界で唯一の人が突然姿を消したことが、偶然同時に起きたとは思えなかった。ひょっとするとラモーナは、自分も彼女と同じ目に遭うかもと怯《おび》え、身を隠したのでは？待ち合わせに現れず、電話にも出ないのは、それが理由かもしれない。もしも（そしてそう考えると心臓が縮むのだが）ラモーナもすでに死んでいたら？　そう思うと恐ろしかった。だとしたら、フリアンの運命も確定してしまうからだ。

でも、彼女が見つかる可能性が少しでもあるなら、わたしたちにも、わたしたちの未来にも一縷《いちる》の望みが残る。そしてそれだけが、ここに留まる理由だったし、できるだけずっと息子のそばにいるかわりに、毎朝キスをしてバイバイと別れを告げ、後ろ髪を引かれながら駐屯地に向かう動機だった。もし山での事件を解決できれば、きっとメンシニェイラも見つかり、フリアンも救われる。ラモーナ・バロンゴは科学ではたどり着けない場所にたどり着く才能を持つ天才で、彼女のしていることを快く思わない者がいるのは間違いなかった。それが誰かも、その理由もまだわからないが、捜査はこれからだ。事件が解決すれば、わたしたちの未来はまた拓《ひら》けるのだ。

当然ながら、駐屯地に戻って最初にしたのは、二週間前に被害者女性と話をし、ラモーナの治療のすばらしさについて聞いた番号に電話をかけることだった。相手の端末の電源が切れているのがわかっても驚かなかった。それに、初めて彼女のことを知ったホームページもすでに消えていて、ラモーナの治療で奇跡的に回復したというほかの二人の患者の証言もこれで読めなくなった。容易に予想はついたが、ラモーナの助手も電話に出なかった。これらすべてをわざわざ一つひとつつぶしていった者がいたのだ。

こうした情報を、ラモーナ・バロンゴと山で見つかった被害者との奇妙なつながりを、同僚たちとすぐに共有するのが筋だとわかってはいた。でもそうしなかった。どう説明すればいいかわからなかったからだ。

話さないと決めるまではさんざん迷った。さて……何をどう説明しよう？　わたしの話を裏づけるものなど何もなかった。インターネットで見つけた曖昧な記述がいくつかあるだけで、それだって出どころが怪しい。疑念は山ほどある一方で、確かな証拠は何一つない。

ときどき気持ちが弱ると、あの被害者とネットで見つけた女性が同一人物かどうかさえ、自信がなくなってくる。わたしはただ自己暗示にかかっているだけかも。それに、すでに存在しないホームページで癌を治せるヒーラーを見つけ、彼女に説得されてガリシアに移住までしたのに、そのヒーラーが失踪《しっそう》し、そのうえ彼女の患者がセイショ山殺人事件の被害者の一人だと思うなんて話したら、どう思われるか？　頭のおかしい女の妄想でしかない。自分でもどうかしていると思う。しまいには、私情が絡《から》んでいる（それは事実）、あるいは最悪の場合、嘘八百《うそはっぴゃく》を並べていると見なされて、捜査からはずされるのがオチだ。

でもそうじゃない。間違いないのだ。

実際、疲れた頭が作りだした妄想ではないと思う確かな理由がある。わたしはラモーナ・バロンゴとコーヒーを飲んだ。握手をした。彼女は一メートルも離れていないところにいたのだ。これまでほかの人たちにそうしたように、フリアンのことも必ず治すと約束してくれた。

彼女は確かに存在した。現実だとわたしにはわかっている。

そう考えては悶々《もんもん》とし、だからこそここにいる。本当なら息子のそばにずっと付き添うべきなのに、こうしてデスクの前に座っているのだ。でも、わたしが疑っていることを同僚たちに話す前に、もっと具体的な根拠が欲しかった。数日前までは、捜査によって答えがわかると思っていたが、時間ばかりが経過し、いまだに検死結果さえ届かない。

被害者女性の指紋と登録データの照合を申請していたが、その回答もまだなく（とはいえ、こうなってくると、電話で話をしたときに本人から知らされた名前も偽名だった可能性が高かった。実際、ネットで検索しても何も引っかからない）、現場の荒らされ方は悲惨以外の何物でもなかった。ありとあらゆるところにハンターたちの指紋や足跡が残っていた。司法警察から聞いた話では、犬の〝有機的廃棄物〟まであったという。それが何を意味するか、訊《き》く気にもなれなかった。調べようにも、調べられるものがほとんどなかった。

あまりにも手札がない。

仕方がないので、わかっていることに集中することにした。二人の被害者の死亡時刻にあまり差はなさそうだが、手にのせられた心臓を含め、舞台のこまかな演出から考えて、おそらく女性のほうがはるかに早くその場に到着していたと思われる。女性が計画的に殺害されたことは疑う余地がないが、作業員のほうは副次的な被害だったようだ。間違ったタイミングで間違った場所に居合わせてしまったのだろうが、だからと言って彼の悲劇を軽視できるわけではない。

わたしは下唇を嚙《か》みながら、じっくり思案した。間違った場所。

そう、場所だ。

調書をものすごい勢いでめくっていく。

「ファン、二人の遺体があった場所は何ていうの？」

「セイショ山だよ。綴《つづ》りはS、E……」

「そうじゃなくて、山の頂上の、あの場所のこと。ガリシア語で何か名前があるでしょう？　ハンターの証言のどこかで目にしたはず。でも見つからなくて」

ファンはつかのま額に皺《しわ》を寄せ、すぐに指を鳴らした。

「思いだした。アロン……アレン……なんかそんな名前だ」

「あった」わたしは文章のその箇所を指さした。「ポルタレン。聞いたことなかったの？」

「じつは、ない」

わたしはため息をついた。

「ファン、ここに来て何年？」

「四年半ぐらいかな」

「それだけあって、自分の所轄《しょかつ》内を隅から隅まで知る時間もなかったわけ？」

「おいおい、そう簡単じゃないんだぜ？　ここの所轄内には、実際何百という村やら集落やらがあって、あそこは何かの場所ですらない」ファンは抗議した。「冬になれば家畜さえのぼらない、人の行きづらい山の頂上にある岩の積み木でしかない。ウィンドファームができるまでは、藪《やぶ》と荒廃と風しかなかったんだ」

わたしはため息をつきながら首を振った。

「ごめんなさい。非難するつもりはなかったのよ。ただ、あんなうら若い娘さんを使ってあんなところで何をしようとしたのか理解できない、それだけ。腹が立つし、むかついてるの。できれば……」

「それにしても妙だ……ポルタレンなんて」

わたしは顔を上げ、ファンをじっと見て意図を推し量ろうとした。

「妙って、どういう意味で？」

「いや、女性の遺体が見つかる場所として。あの形はゲート、つまり門を連想させた。何にもないところに設置された門」

「それで？」

ファンはしばし口をつぐんだ。頭の中を整理しようとするように、さらに言えば、この先は黙っておいたほうがいいかも、と迷っているかのように。

「ポルタレンというのは、ガリシア語の〝ポルタ・ド・アレン〟の短縮語なんだ。スペイン語にすると、〝冥界の門《プエルタ・デル・マス・アリャ》〟」

うなじの髪がぞわっと逆立つのを感じた。ちょうどそのとき、外で雷鳴が轟《とどろ》いた。低く長々と。禍々《まがまが》しく。

「冗談はよして、ファン」

「大真面目《おおまじめ》だよ」相棒が何か考え込むように頬を掻《か》いた。「この事件と何か関係があると思う？」

でもわたしはもう聞いていなかった。パソコンの前に座り、恐ろしい勢いでキーボードを叩いていた。あの場所について知る必要があった。〈プエルタ〉について、せめてネットでわかることを探さなければ。きっと何かしら出てくるはず。その瞬間、灯りが消えた。

「ったく！」怒りにまかせてマウスをデスクに叩きつけた。「今度は何？」

「嵐のせいだ」ファンが答えた。唯一の窓から部屋に入り込む弱々しい光を背景に、彼の巨体のシルエットが浮かぶ。「コミュニケーションだけでなく、電流にもよく邪魔が入る」

「もう勘弁してよ……」

「ここはド田舎なんだよ、ラケル」ファンはオレンジの最後のひと房を食べ、指を紙ナプキンでのんびり拭いた。「しょっちゅうあることだ。少しすれば元に戻る」

息子にはその〝少し〟が命取りなのだ。わたしは顔をこすりながら立ち上がった。何かで手を忙しくしておかないと、頭がどうかなりそうだった。

「ここの記録庫はどこ？」

「そこだよ」ファンが、壁際《かべぎわ》で室内を見張っているファイルキャビネットを示す。

「あれじゃなくて。もう見たけど、何の役にも立ちそうになかった。もっと古いやつよ。言ってる意味、わかるでしょ」

ファンはしばらく物思わしげにこちらを見ていたが、やがて立ち上がった。

「来てくれ」

幹部たちが見て見ぬふりをしている治安警備隊の小さな秘密がある。必要な情報はすべてデータ化されているものの、古い駐屯地、とくに都市から離れている場所では、古い記録庫がまだ残っていて、それがかなり特殊なのだ。データ保存法やさまざまな規則によれば、そういうものはとっくの昔に廃棄されていなければならない。だがその多くが、じつは目こぼしをされている。というのも……何を隠そう、とても有用だからだ。

長年のあいだに、駐屯地ごとに独自の情報システムが構築され、取るに足りない一見無害な情報もどんどん蓄積された。捜査官が気づいたささいな事実、タレコミ屋の密告、カフェで偶然耳に入った会話……。ばらばらで、まったく価値のなさそうなその手の情報も、蓄積されればその一帯、住民たち、地域で起こっている出来事の全体像がそこに浮かびあがる。もちろん、こんな情報収集法は合法ではないし、証拠として公式に認められるものでもない。しかし、事件を解決するヒントになることも多いのだ。そういう古い記録庫で、その駐屯地に赴任しては去った何世代もの捜査官による手書きの調書が見つかることも珍しくない。塵《ちり》が積もって山となった情報の存在は〝秘密〟ではあったが、日常の捜査には何かと役立つのだ。

もちろん、この手のファイルは目につくところにはない。普通は駐屯地のどこか隠れた場所に保管されているが、ビアスコンの場合、廊下のつきあたりにある小さな物置だった。木製の扉は湿気で歪《ゆが》み、かなり古びていたが、錠は新しくてぴかぴか光り、いかにも頑丈そうだ。

ファアンはベルトにつけた鍵を使って扉を開けた。こちら側以上に強い湿気の匂いが流れだす。室内は真っ暗だった。ファアンがスイッチを押すと、裸電球が何度か光を揺らめかせたあと、部屋全体を弱々しい黄色い光で照らした。

「へえ、電気が戻ったな」相棒が本気で驚いた。「運がいい」

奥に、年代物の金属製のファイルキャビネットが列を成し、そこここに古机やら書類の山やらが置かれている。

ファアンが〝あなた自身でどうぞ、僕はその古ぼけた書類にはいっさい触れたくないんで〟と言わんばかりにそちらを身振りで示し、わたしは適当に抽出《ひきだし》を開けた。中にはファイルがぎっしり詰まっていて、その中に上質紙のカードの束が収められていた。タイプ打ちされたものもあるが、もっと古いものは手書きだった。筆跡はさまざまで、あまりにも昔のカードはインクが不鮮明になっている。何十年にもわたって蓄積されたメモや情報、密告、一見まとまりのないデータが目の前にあった。

「どこから始めればいい？」

「僕の知る限り、九〇年代の終わりの分までは日付け順になっていた」ファンはリングでひとまとめにされた用紙が収まった分厚い冊子を指さした。「それが索引だよ。というか、かつてはそうだった」

わたしはその冊子を開き、ページを繰った。〈殺人〉という項目に挙げられているのはこの八十年間でたった五件だが、これだけ静かな場所ならそれぐらいが妥当だろう。これについてはとりあえず置いておき、〝心臓〟と〝山〟という言葉を探したが、前者については心臓発作を起こした村人で、後者については山の牧草地で事故に遭った牧畜業者で、数多く言及があるものの、気になるものは見つからなかった。そこで〝アレン〟という言葉を探してみようと思い、作業を始めた。動悸《どうき》が激しくなる。一つ、見つかったのだ。それは、あるファイル番号と関連付けられていた。

番号を紙に写し、それを手にキャビネットに近づいて、いちばん端にお目当ての抽斗を見つけた。長年放っておかれたせいで、レールがきしむ。すばやくフォルダー名を目で追い、ベージュのそれにたどり着いた。取りだしたときあんまりがっかりしたので、戸口でこちらを見ていたファンにもそれが伝わったらしい。悲しいくらい薄っぺらなフォルダーだった。中には手書きのぺら紙が一枚入っているだけだ。

「〝書類はメンデスが拝借〟」紙を手に、顔を上げる。「どういうこと？　メンデスって誰？」

ファンはぞっとしたような表情を浮かべ、ため息をついた。

「うわあ、まさかあのメンデスじゃないよな」頭を掻きながらつぶやいた。「だとすると、ちょっと厄介なことになった」

「ファン、いい加減にして。誰なの、メンデスって？」

「アンドレス・メンデス。九〇年代の終わりにここに来た捜査官なんだ。捜査課にね。面倒な人だったらしくて、聞くところでは、荒っぽくていざこざが絶えない、昔気質《むかしかたぎ》の刑事だったみたいだよ。典型的な古だぬきさ」

「で、彼は何を担当してたの？」

ファンは肩をすくめた。

「さあ、見当もつかないな。引退したのはずいぶん前だよ。その日が来たらすぐに追いだしたらしい。このあたりの年寄りに尋ねれば、彼の話をいくらでもしてくれると思う。いい噂《うわさ》はほとんど聞かないだろうけど。もちろん昔の話で……」

「その人が書類を持っていったのかな？　それとも、別のどこかにある？」

「彼が持っているか、よそにあるか、本人にしかわからないだろうな」腕を広げて、書類だらけの室内を見まわす。「もちろん、探したいなら探してもらっても……」

「遠慮する」わたしは首を振った。「本人に訊くわ。どこでつかまるか知ってる？」

「生きてるかどうかさえ知らない。でも、どっかに情報は残ってるはずだ」

一分後には、ファンのデスクの上に電話番号と住所が置かれていた。わたしはさっそく電話をかけようとしたが、まだ不通のままだ。外では嵐《あらし》の激しさが増している。

「待つしかないよ」ビラノバはのんびりそう言い、椅子に背中をもたせかけた。椅子がまた助けを求めて苦しげにきしんだ。

「御免こうむるわ」わたしはそう言い返し、たぶん何年も前からこの駐屯地にあるに違いない、黄色いレインコートに手を伸ばした。「メンデスに会いに行く」

「今から？　こんなに雨が降ってるのに？」

「ここでじっとしてるより、まし」

ファンはつかの間ためらった。

「少しなら所長も一人で留守番できるだろう」彼は物思わしげに立ち上がった。「所長に一言言ってから、一緒に行くよ。そのメンデスってじいさんの噂が半分でも事実なら、付き添いがいたほうがいい」

外に出ると、強い雨が砂利道にぶつかって勢いよく跳ね返り、まるで逆向きに降っているかのようで、誰でもたちまちずぶ濡《ぬ》れになるに違いなかった。わたしたちはファンのアウディまで走るはめになり、ドアを閉めたときにはほっとため息をついたが、当然ながら全身びしょびしょだった。

アンドレス・メンデス（元）軍曹は、ビアスコン駐屯地からいちばん近い都市ポンテベドラに住んでいた。車なら三十分ほどの距離だ。マドリードの沸騰《ふっとう》する熱気を知っているわたしからすると、街ののんびりしたリズムは相変わらず不可解に思えた。ファンは町の真ん中を横切るレレス川の岸に沿って運転しながら、あちこち指さしては飽きずにずっとしゃべり続けている。川には、少し離れた河口から海水が入り込んでいるので、潮位とともに水位が上下するらしい。ときには潮に押し上げられてイルカの群れが川をのぼってきて、町中心部までたどり着くことがあるのだという。そのなんとも楽しそうな光景は、今抱えている事件の残酷さからあまりにもかけ離れていて、わたしにはうまく想像できなかった。

街なかをしばらく走ったのち、フアンが古いサンタ・クララ修道院の土壁近くにある駐車場に車を停めた。

「メンデスは旧市街に住んでるから、少し歩いていかないと」少々申し訳なさそうに続ける。「車は入れないんだ」

わたしはうわの空で肩をすくめた。すでに〈メソッド〉を始めていた。事件の手がかりに集中するため、指のあいだからこぼれ落ちていく水のように、まわりの雑音を頭から締めだそうとしていた。脳みそをフル回転させ、その元軍曹がファイルを持ちだした理由を考える。

ほかでもない、あのファイルを。

フアンの傘を二人でさして駐車場を出る。どしゃぶりのせいで通りはがらんとしていたが、それでも傘に守られながら果敢に雨に挑んでいる歩行者もそこここにいる。この町最大の繁華街と言えるベニート・コルバル通りに並ぶブティックは、ぴかぴかした照明やエレクトリックな音楽で通りに総攻撃を仕掛けているが、午後のこの時間、客はそう多くないようだった。

ガリシアに来て二週間も経っていないので、ちょっとした買い物のために山の上のビアスコンからポンテベドラまで下りてきたのは二回だけだが、町中心部の大部分、しかもこれほど栄えている地区を歩行者天国にしてしまうことに、やはり驚かされる。なんだか不思議な気分になり、今がいつの時代かわからなくなる。

やがて旧市街に近づくと、それまでの現代的な街並みが迷路のような様相を呈し始めた。背の高いビルのかわりに二、三階建ての灰色の石造りの建物が現れ、板石敷きだった歩道は、見るからに重そうな巨大な花崗岩《かこうがん》を敷きつめた街路に変わった。まわりはどこもかしこも石造りで、パイの層さながら、何代にもわたって石工が積み重ねてきたその造形はじつに古色蒼然《そうぜん》としており、その美しさが多くの観光客を魅了するに違いないが、今のわたしはそれを楽しむ気分ではなかった。

ファンとわたしは、古びた修道院がある、街の中心を成すア・フェレリーア広場を走って突っきり、ポンテベドラ名物の中世風の横丁に入っていった。屋根の軒から雨が滝のように流れ落ち、下水の集水溝は、ひっきりなしに流れてくる大量の水を必死に呑み込もうとして、ぼこぼこと泡立っている。ところどころにある低い玄関ポーチの庇《ひさし》でつかの間ほっと息をついたが、それでも十分も歩けば足がずぶ濡れになった。

しばらくしてようやく、周囲のすべての建物と同じ灰色っぽい石造りの家の玄関口にたどり着いた。郵便受けからチラシがあふれだし、雨で溶けてすでにどろどろになっている。二階建ての集合住宅で、呼び鈴の一つは脇に無残な落書きがあり、名前がほとんど読めなくなっている。ブザーボタンを押して、永遠とも思えるあいだじっと待った。ぽたりぽたりと落ちてくる雨粒にいらだつ。反抗的な滴《しずく》が首から服の中に入り込み、背中を伝ってそのままショーツにまでたどり着いた。疲れていたし、不快で、腹が立った。もう一度ブザーを押す。今度はもっと執拗《しつよう》に鳴らし、とうとう荒々しい声が向こう側から響いてきた。

「何もいらんし、何も買わん！　俺の魂を救いたがるモルモン教かエホバの証人の誰かなら、さっさと失《う》せ……」

「メンデス軍曹」わたしは急いで相手をさえぎった。「ビアスコン駐屯地所属の捜査官、ラケル・コリーナと申します。いわば後輩です。ビラノバ捜査官にも同行してもらっています。少しうかがいたいことがあるのですが」

「俺はもう引退した」はねつけるような大声だ。「話すことなど何もない」

「プエルタの件です。アレンの」

長い沈黙が下りた。

「遠い昔のことだ」インターホン越しの声が応《こた》えた。しかし、口調がずいぶん落ち着いたように思える。「その話はしたくない。帰ってくれ。じゃあ」

「若い女性の遺体が見つかったのをご存じですか？　この件について何か知ってますよね、メンデスさん。力を貸していただきたいんです」

今度の沈黙はさっきのそれよりはるかに長く、相手があっさり会話を切りあげてしまったのかと思ったくらいだった。そのときブーッというブザーの音とともにカチャリと金属音がして、ドアが開いた。

「上がりなさい。だが、傘は入口に置いてきてくれ。絨毯を濡らしたくない」

ファンとわたしは目を見交わし、建物の玄関ホールに入った。ホールは暗く、寒々としていた。木製の階段を上がったが、ファンの重さでそれはぐらぐらと揺れ、きしみを漏らし、今にもこなごなに崩れるのではないかと思ったほどだ。玄関扉にたどり着くと、小さな覗《のぞ》き窓が開いて光がこぼれた。疑り深そうな目がこちらをじろじろ観察したのち、錠がはずされ、わたしたちは中に通された。

アンドレス・メンデスは人に印象を残す風貌《ふうぼう》とは正直言えないだろう。どちらかというと背が低く、太ってはいないががっしりしていて、薄い髪が頭に張りついている。七十の坂はとうに越えているはずだが、体形を維持していた。赤いフェルトのローブとふわふわしたスリッパという格好で、週末にやってくる孫を待っている典型的な気難し屋のおじいちゃんという感じだ。だがそのイメージは、まなざしを目にしたとたん砕け散った。出目の気味がある双眸《そうぼう》は、相手を隅々まで照らしだす強烈なスポットライトだ。ものの数秒で、ファンとわたし、それぞれがどういう人間か完璧《かんぺき》に見透かすだろう。

「コーヒーを出してもいいが、そうしてもてなす意味があるとはとても思えん」

ファンは小声で「たいしたじいさんだ」というようなことをぼそりとつぶやいたが、わたしがやや大きめにドンと足を踏み鳴らすと同時に口をつぐんだ。

「メンデス軍曹、じつは行き詰まっているんです。あなたなら手を貸してくださると思ってうかがいました」

「山の上で、また遺体が発見されたのかね？」

その一言で、とたんにわたしの口の中がからからになった。

「〝また〟というのは、つまり……」

今度こちらを無言でじっと見つめたのはメンデスのほうだった。

「何も知らんようだな」彼は顔をこすった。「まあ、それも当然か」

「では教えてください、その知らないこととは何なのか」

そのときファンがコート掛けに寄りかかったせいで、それが大音響とともに引っくり返った。彼はすばやく身を翻《ひるがえ》し、かかっていたマフラーや上着、コートが雪崩《なだれ》を起こすのを救おうとしたが、なんとか手が届いたのは傘だけで、平手打ちを食らったその傘は玄関ホールの中央付近まですっ飛んでいき、途中、骨董品《こっとうひん》らしい彫像の首を折りかけた。

「すみません」ファンは顔を真っ赤にして小声で謝った。

メンデスはため息をついた。そして部屋の奥へ顎《あご》をしゃくった。

「入りなさい。結局コーヒーの用意をせにゃならなくなったようだ」

13

メンデスがキッチンで何かごそごそしているあいだ、フアンとわたしは小さな居間で口をつぐんだまま座り、周囲を見まわしていた。メンデスの部屋はとても清潔で、安手だが手入れの行き届いた家具の上にも埃一つ落ちていない。

部屋は小さいが居心地がよく、窓際に置かれたソファーに座ったフアンは、たちまち巨体が沈み込んで今にも呑《の》み込まれそうになっている。隅のほうの床にはあまり厚みのないキリムのラグが敷かれ、サイドボードの上に置かれた四十二インチ級のテレビは今は消されている。

すぐにわたしは、この部屋に違和感を覚えた。まるで流行遅れのインテリア雑誌から抜きだしてきたみたいに、まったく個性がないのだ。写真も土産物もなく、イケアで買ってきたみたいな水彩画がいくつかかかっているくらいだ。治安警備隊を引退した一等軍曹がそこに住んでいることを示すものは何もない。実際、メンデスがどういう男で、何を考えているのか、この部屋からはまったくわからなかった。個人的なものが何もなく、見たところ本さえ見当たらない。

メンデスはコーヒーカップ三つとポット、ソベラノ・ブランドのブランデーののったトレーを、カタカタと音をたてながら運んできた。テーブルのすぐ脇《わき》にあるウィングチェアに腰かけ、無言でめいめいにカップを配る。

わたしはコーヒーを一口飲んだ。熱々で濃く、挽《ひ》きたてのコーヒー豆らしい豊かな味が広がる。

「あの上で何があったか、話してもらえないか」

前置きはなし。単刀直入に、いきなり本題に入った。しかし、彼が〝あの上〟と口にしたとき、口調が乱れた。声が震えていたとさえ言える。

わたしは事情をできるだけかいつまんで彼に話した。先週ハンターたちが遺体を発見したことから、ここを訪ねてくるまでに何が起きたか、情報システムがイモムシ並みにのろのろしていて、ずっと困らされていることも含め。

「いまだに検死報告も、薬物検査の結果も下りてこないので、死因さえ特定できず……」

「今聞いた話からすると、その娘さんは胸にこぶし大の穴があいていて、作業員は首が大きく裂けていた、ということだね。マドリードではどんなふうに事を進めていたのか知らんが、ここではそれだけわかっていれば、人が死んだ原因としては充分だ」

突然話をさえぎられたので、わたしはきょとんとしてメンデスを見た。

「わたしが言いたいのは、死亡時刻も特定できないし、殺害場所も現場なのか……」

「あんたが何を言いたいのかはわかってるよ、ラケル」いきなり呼びつけにされて驚いた。「俺もあんたと同じ仕事を三十五年間もしてきたんだ。当時から事情はたいして変わっちゃいない。はっきりしていることを強調しただけだ。結局のところ、報告書を見てもとくに驚かされることはないと思うよ」

「でも」フアンも口を挟んだ。「被害者女性の身元もわからないんです。この国の照合システムでは何も結果が出てこなかったので、ひょっとすると外国人かもしれないと思い始めています。写真も、ＤＮＡのサンプルもありますが……」

「そういったシステムでは何も見つからんだろうな」メンデスは途中でコーヒーを飲みながら、また口を挟んだ。「実際、何も見つかりっこない」

フアンとわたしは無言で目を見合わせた。わたしはだんだんいらついてきた。

「メンデスさん、この件についてそんなにご存じなら、そろそろ話してくれてもいいのでは？　たとえば、ポルタレンに関するファイルを持ちだした理由とか」

軍曹はカップをテーブルに置き、そこにブランデーをたっぷり注いだ。そのあとぐびぐびとブランデー入りのコーヒーを飲んだ。わたしは彼の喉仏《のどぼとけ》に目が釘付けになった。それは喉にできた悪性のこぶのように禍々しく動いた。彼は飲み終わると舌を鳴らし、歪んだ笑みを見せた。

「話が聞きたい？　いや、もっとためになることをしてやろう。値千金のアドバイスだ」そう言って身を乗りだした。酒臭い息がわたしを分厚い霧のように包む。「放っておけ。事件から手を引くんだ。あれこれ考えても、どうせ何もわからない。書類にして記録庫にしまい、死者を安らかに眠らせることだ。動機など何でもいい。報復か、嫉妬《しっと》か、くそったれ火星人のせいにしたってかまわない。だが、とにかく手を引くんだ。プエルタには近づくな。成り行きにまかせろ」

　ファンは信じられないとばかりに笑った。

「冗談ですよね？　見て見ぬふりをして、成り行きにまかせろ？　正気ですか？」

「俺が言っているのはまさにそれだ。あんたたちのためだ」

　メンデスは、話は終わりだとばかりに、立ち上がった。ファンがカップをテーブルに置き、立ち上がりそうなしぐさを見せたので、わたしは彼の膝《ひざ》に手を置いて思い留まらせた。

こんなことだろうと予想はしていた。メンデスのような人にはこれまでにも会ったことがある。何度か深呼吸してから口を開いた。

「いいですか、軍曹、記録庫を見てわかったのは、ポルタレンのファイルが消えていたことだけじゃないんです。それだけでも異常事態ですが。あなたの時代の古いファイルがほかにもごっそりなくなっていた」

「ほう、そうかね」ヒキガエルにも似た目を剝《む》き、こちらを見据える。瞬《まばた》き一つせず、不気味なことこのうえない。

「はい。その多くには、担当捜査官としてアンドレス・メンデス軍曹の名前がありました」わたしはバッグからフォルダーを取りだして開けた。「これはどういうことか？　わたしには、誰かが何かを隠そうとしたように見えます。足跡を消そうとしていたということか。いろいろと噂がありますよね、メンデスさん」

「ああ、噂ね」ファンが涼しい顔で続ける。この会話が楽しくて仕方がない、急にそんな様子になる。今彼はきっと、ポップコーンが山盛りになったバケツを膝の上にのせて、この光景を眺めたい気分なのだろう。

老軍曹は胸で腕を組み、挑むようにこちらを睨みつけた。

「それが切り札か。せいぜい頑張れ。どうせ何も見つからない」

「ビアスコンではそうかもしれません」わたしは半笑いを浮かべて言った。「でもほかの場所ではどうでしょう。あなたはずいぶんあちこちで勤務した。ビアスコンの前にヘレス、カルモナ、アルバセテ、インチャウロンド、アルヘシラス……。まるで諸国漫遊ね。もし各駐屯地に電話をかけてみたらどうなるか？　一つひとつは目くじらを立てるほどではないかもしれない。こちらでちょっとした不正行為、あちらで賄賂《わいろ》……。限度というものをよくご存じだから。でも、すべて合わせたら相当なものになる」

「俺にはたくさん友人がいる。俺にいろいろと都合をつけてくれる連中だ」

「今の治安警備隊は、あなたが各地を転々としていた頃とは全然違うんですよ。それに、あなたの尻拭《しりぬぐ》いをすることに義理を感じる、今も現役でいる人など、もう誰も残っていないはず。こんなに快適な暮らしができるせっかくの年金が台無しになったら、残念ですよね？」

「痛い目を見るぞ」依然として虚勢を張っているが、まなざしにかすかな揺らぎが見える。

「やれるものならやってみればいい」とそっけなく言った。「わたしには失うものなど何もないの」

「僕があなたなら、やりませんね」フアンがカップの底に沈んだ砂糖をティースプーンでこそげ、それを口に運びながら言った。「彼女とはまだ一週間ほどしか一緒に仕事をしていませんが、相当なしつこさだってことは保証します。きっと何か見つけだしますよ」

メンデスはつかの間黙り込んだが、わたしにしてみたら永遠にも思えた。もしこの男に協力を拒まれたら、もはや打つ手がなくなる、それは確かだった。下手な鉄砲を撃ちまくっただけだったが、偶然にも的にあたったらしい。ふいにメンデスの体がしぼんだように見えた。現実に人がしぼむのを見たのはそれが初めてだった。彼は人生に疲れ、アルコール依存で……怯えている。

「いいだろう」メンデスは疲れたように、椅子にどすんと背中をもたせかけた。「だが、この沼は底なしだぞ。あとで溺《おぼ》れても、警告しなかったとは言わせんからな」

「泳ぎ方は知っています」わたしはほっとしてそう答えた。「最初から話してもらえませんか？　この件について、なぜそんなにご存じなんですか？」

笑みを浮かべたのは、今度はメンデスのほうだった。それも、凍りつくような笑みを。

「ああ、単純なことだよ。十二年前、まったく同じような事件を担当したのが俺だったからだ。俺もセイショ山の頂上で若い娘の遺体を見つけた。〈冥界《めいかい》の門〉の下で」

14

ふいに室温が何度か下がったような気がした。ファンとわたしは驚愕《きょうがく》のあまり、言葉が出てこなかった。

「そんなまさか。いえ、だってありえない、同じ場所で……」

「セイショ山について何を知ってる、ラケル？　プエルタを何だと思ってるんだ？」

「犯罪現場です」わたしはすぐに付け加えた。「複数の」

「それだけじゃない」メンデスは囁《ささや》き、さらにブランデーをどぼどぼと注ぎ足した。ボトルをこちらに差しだしたが、わたしたちは首を振って断った。メンデスは肩をすくめて、カップの縁までまた酒を注ぐ。「セイショ山は地底《テルリコ》と関わる場所なんだ。意味がわかるか？」

わたしたちは目を見合わせ、あらためて「いいえ」と言った。

「テルリコって、地震と関係しているってことですか？」ファンが試しに言ってみる。

「いや、少なくとも俺の意図する文脈では違う。テルリコあるいは〝地下世界《クトニコ》の〟という言葉は、〈黄泉《よみ》の国〉を意味する。力の宿る場所なんだ、そういうものをあんたたちが信じるなら。言い換えれば、ホットスポット、境界が接する場所だ……あそこをいろいろなものが通れるように」

「いろいろなもの?」口の中が乾いてしゃべりづらい。

「山の頂上までのぼったなら、あちこちに青銅器時代の墳墓があるのに気づいただろう」メンデスは手を曖昧《あいまい》に振った。「ここはガリシア地方だ。三千年前にこのあたりに住んでいたケルト人たちは、セイショ山は特別な力が宿る場所、神々と会える神秘の土地だと信じていた」

「聖なる山ですね」

メンデスはうなずいた。

「だから何世代にもわたって、部族の族長が山の頂上に埋葬されていたんだ。それで三千年経《た》った今でもあそこに行けば太古の墳墓にあちこちで出くわす」彼は呻《うめ》いた。「長年のあいだに大多数は盗掘されてしまったが、墓石は今もある。重機もなかった当時、ああした巨石を持ち上げる苦労については想像したくもないね」

「それが殺人事件とどう関係してるんです?」フアンは細かいことも見逃さない。

「そんなのは歴史だ。民俗学の範疇《はんちゅう》ですよ」

「墳墓は関係ないが、プエルタは関係がある」メンデスは低く唸《うな》った。「もしあの山が癌《がん》だとしたら、プエルタはその原発巣《げんぱつそう》だ。山の上で起きるあらゆる問題の原点だよ」

彼が癌を譬《たと》えに引いたのは悪い冗談のように思えた。わたしは、すでに冷めかけていたコーヒーをすすった。さっきまでみなぎっていた自信が、今ではあやふやになっていた。

「プエルタとは何なんですか？」

「ポルタ・ド・アレン。スペイン語にすれば、冥界の門《プエルタ・デル・マス・アリヤ》だ。歴史家によれば、あそこはこの世と別次元との接点だという。黄泉の国、死者の王国との」

わたしは笑いを漏らさずにいられなかったが、気の抜けた、しゃがれた笑いだった。

「鵜《う》呑《の》みにしろと言われても、難しいですね」

「俺はただ、そういうことに詳しい本の虫たちの言葉をくり返しただけだ」メンデスは肩をすくめてカップをテーブルに置いた。

集中した表情になっている。

「話はよくわかりますが、三千年前のことですよね」ファンが口を挟んだ。「今はもうケルトの部族社会などないし、山に勇敢な長《おさ》を埋葬することもない。大昔の話だ。二十一世紀にもなって山の上で人を次々に殺す、気のふれたケルト人がいるってことですか？　たいがいにしてください」

「なにもそんなことは言っとらんよ、大男くん」

　そのとき世界一大きなフラッシュが焚《た》かれたかのように、外でとてつもない閃光《せんこう》がひらめき、部屋の中が一瞬、この世のものとは思えない純白の光で満たされた。ほぼ同時に恐ろしい雷鳴が轟いて、五秒以上窓ガラスを震わせたかと思うと、ゆっくりとこだまが遠ざかっていった。その瞬間、照明が消え、部屋は闇《やみ》に包まれた。

　わたしはびくっと身をすくめ、横にいるファンの体がこわばるのがわかった。メンデスがぶつぶつ言いながら立ち上がり、家具にぶつかりながらサイドボードにたどり着いた。抽斗を開ける音がしたあと、温かい光が室内にこぼれた。老人は手にガスランプを持って現れ、それをテーブルに置いた。

「今は十一月だ。この季節にはよくあることだよ」それでわかるだろうとばかりに言う。「すぐに戻るさ。少なくとも、そう信じるしかない」

　わたしはすばやく頭を回転させ、今メンデスから聞いた話を整理しようとしたが、まったく意味がわからなかった。みんな太古の歴史だ。捜査に役立つわけがない。

「今のお話が事件とどんな関わりがあると？」

「何も」うわの空で手を振る。「あるいはすべてに。誰にわかる？　俺も最初は釈然としなかった。だが、一つ気づいたんだ」

「何に？」

「プエルタだよ。くそったれプエルタだ」そこで一呼吸置く。「だが、あんたたちがその目で見たほうが早い。あそこを写した写真があるか？」

わたしはうなずいた。フアンがフォルダーを出し、空のカップを遠ざけたあとテーブルに写真を広げた。驚いたことに、メンデスは遺体の写っているものをすばやくどかし、普通の風景写真だけを残した。中には奥にハンターのグループが見えている写真や、プエルタの脇で難しい顔をして立っているわたしが写っているものもあった。

「地面を見てくれ」メンデスがあちこちを指さす。「ここにも、ここにも、こっちにも」

「つまり？」

「花がある」フアンがじっくり見てから言った。「だが、たぶん花屋で買われたもので、山の上に自然に咲いているものじゃない。そして、こっちにあるのはまだ栓が抜かれていないワインのボトルだ。ここに見えるのは蠟燭《ろうそく》だな」

「プエルタのまわりに、間隔をおいて蠟燭がたくさん置かれていたのを覚えてる。宴会か何かしていたのかもしれない」わたしは首をひねりながら言った。山頂の冷たい風、湿気、荒涼感を思いだしていた。「レイヴをしたくなるような場所じゃないけど」

「違うな」メンデスが答える。「答えは別だ」

初めて見るつもりで写真を見直し、ふいに理解した。答えはずっとそこにあったのに、それまで気づかなかった。

「供物《くもつ》ね！」

「奉納物でも供物でも、好きに呼ぶといい」メンデスがまた肩をすくめた。「この呪《のろ》われたプエルタが、苔《こけ》の台座になること以外にも役立つと考えている者が今もいるんだ」

「なぜそう言えるんですか」

「ウィンドファームができて、今は四輪駆動車を使えば頂上まで行けるが、その前は、それこそ神にも見放されたような場所だったんだ。十二年前に俺があそこに登ったときには三時間近くかかったし、頂上近くはえっちらおっちら徒歩で行くしかなかった」

「誰にも知られていない場所だった」わたしは思いきって口にしてみた。

「ああ、誰にもまったく」軍曹が同意する。「プエルタの存在を知っている者は世界じゅうで百人いるかどうかで、しかも、斜面を二つ連続で登ったらそこでばったり息絶えかねない、年寄りの歴史学者ばかりだった」

「確認したいのですが」わたしは、考えをはっきりさせようとしながら言った。「プエルタは神秘の場所だと信じ、その信念に従って殺人を犯した者がいるということですか？　それも二度も」

「そのうえ、そいつは山に登ることもできないような老いぼれではない、と」ファンがおどけて言った。軍曹の言葉をまったく信じていないことが見て取れた。

「そんな単純な話ならいいんだがな」メンデスは大きく息を吸い込んだ。「じつはその二件だけじゃないんだ。駐屯地の記録庫によれば、俺が担当した事件の十二年前、やはり同じようなことが起きていた。その十二年前にも。さらにその十二年前にも。それ以上調べられなかったとはいえ、俺の年金を賭《か》けてもいいが、もっとさかのぼれば、計ったように正確に十二年ごと、あの山頂で殺人がおこなわれていたはずだ。それがいつ始まったのかは神のみぞ知る」

「連続殺人事件だっていうのか？」ファンは相変わらず納得できない様子だ。

「だとしたら、百歳を超える連続殺人犯だな」メンデスの口調に冗談めかしたところはこれっぽっちもなかった。

「理屈に合わないわ」わたしはぼそりと言った。

今度は三人ともしばらく口をつぐんだ。とうとうファンが口を開き、わたしもちょうど考えていたことを告げた。

「馬鹿《ばか》げてる。ここに赴任して五年近くになりますが、自信を持って言えることは、あの近郊にそんな条件に当てはまる者は誰もいないってことです。セイショ山周辺の村で暮らす人たちは、何の危険もないじいさんばあさんばっかりだ。ほとんどが農業を生業《なりわい》としていて、教育を受けているとしても高等なものじゃないし、日曜のミサに足を運ばない者さえ、まずいない。歴史学者も石の愛好家もいない。それは間違いないですよ。三千歳のケルト人もね、逆算すればそうなるでしょう？」

「そのとおりね」わたしも請け合った。「犯人像が一致しない。やったのは外部の人間よ。歴史の知識と、あの女性にしたように心臓をえぐりだすには解剖学の知識も必要だと思う。しかも、あの岩に何か特別な力があると信じ込むくらい、頭がどうかしている」

メンデスは、わざわざ言われんでもわかってる、とでも言いたげな曖昧なしぐさをした。

「複雑な話だと警告したはずだ」

「二つわからないことがあります」わたしは指摘した。「もしそれが事実なら、陰で噂になっているはずです。メディアで取りあげられていてもおかしくないし、何かしら人の口の端《は》にのぼるだろうし、いつの間にか周知の事実みたいになっているでしょう。そうよ、ジャーナリストのイケル・ヒメネスが番組で噂の真相をルポしたりして。もう一つは、本当にそんなことがおこなわれていたとしたら、過去のいつかの時点で発覚していないなんておかしい。誰かが告発するとか、あるいはへまをしたりするのが普通です。それもなく、何十年もそんな犯罪が続くなんて。ありえないわ」

「ああ、メディアで報道されたことはあるよ。だが、あんたにはふさわしい目が備わってなかっただけだ」

「どういうことですか？」

メンデスは苦々しく笑った。

「地元はマドリードだろう」それですべての説明がつくと言わんばかりだ。

「それが何か？」

「あんたは、まわりにコミュニケーション手段があふれていることに慣れている。この時代特有の狂騒に巻き込まれている、二十一世紀の女だ。きっとポケットにはスマートフォンがあって、複数のSNSで活動しているだろう。今の世の中、北京《ペキン》で何か起きれば、ビアスコンでさえ、ものの五分でそのニュースが伝わるが、いつもそうとは限らない。つい数年前までは、このあたりの小さな村の出来事は地元紙の『ディアリオ・デ・ポンテベドラ』でさえめったに取りあげず、運がよければどこかのちっぽけな地方紙に出ることもあるが、その外にはまず広がらなかった。ここ七十年ぐらいのことなら会話の中で話題にはなっても、その前のこととともなれば、想像はつくはずだ」

「この一帯の人々以外、誰も知らない」ファンが考え込みながらつぶやいた。

「それに、殺人があったとしても、多くは表沙汰《おもてざた》になっていないのかもしれない。百年前まではあの山の頂上には牧童が夏に行くぐらいのものだった。散歩するような場所じゃなかったんだ。一中隊が皆殺しになったとしても、誰も気づかなかったかもしれない。数週間もあれば、狼《おおかみ》やら何やらが遺体を食い荒らし、十二年後にはきれいさっぱりなくなっている」

わたしは頭が痛くなってきた。メンデスの説がどんなに非常識に思えても、一理あることは否《いな》めない。とはいえ、この男が頭のおかしい陰謀論者で、わたしたちにただの妄想を吹き込んでいる可能性もないとは限らない。

「あなたの捜査していた事件はどうなったんですか?」ケルト人の神やら神秘の門やら、真剣に考えるには奇怪すぎるテーマをできれば避けたかった。

「消えちまった」メンデスが小さなげっぷをごまかしながら言った。「終了だよ」

「つまり?」

「上が勝手に捜査を終了させたってことだ。俺にちんけな仕事を山ほど押しつけだし、時間を作らせないようにした。そのうえ、捜査に誰一人、助っ人をよこさなかった」

「抗議しなかったんですか?」

「もちろんしたさ。だがのらりくらりと逃げられた。それでも俺は捜査を続けたんだ。するとまもなく上司に呼びだされ、一時間近くかけて、やれ態度がなってないだの、やれ命令を守らないだのと、小言を並べられた。あんなに奇妙な叱責《しっせき》を辛抱するはめになったのは、初めてだったよ。俺は捜査から降ろされたが」メンデスは鼻を指先でさわった。「後任は誰もいなかった。あとでわかったことだが、捜査を終了させろとじかに指令がくだったらしい」

「そのあとは?」

「むろん、マスコミに垂れ込むぞと脅した。騒ぎになるから、やばいぞ、と」

「でも……」

「でも、俺は引退させられた。もっと正確には、もし引退しないならまずいことになる、と何気なくほのめかされた。あまり褒められたものじゃないこれまでの所業について、誰かが掘り返し始めるぞ、とね」顔を歪《ゆが》めて笑みを作ったが、楽しくて笑ったとは思えなかった。「さっきちょうどあんたがやったように。だが目的は正反対だ。だから俺は手を引いた。事件のことは忘れることにした。今日の今日までな」

「なるほど」ずっと黙り込んでいたファンがぼそりと言った。「でも一つわからないことがあります。どうして事件のファイルを持ちだしたんですか？　個人で捜査を続けるため？」

メンデスは声をあげて笑った。苦々しい、しゃがれた笑い声だった。

「小説の読みすぎだな、若造。現実には誰もそんなことはせんよ。念のため、ただそれだけだ。もし誰かが俺の過去についてうるさいことを言いだしたら、身を守る材料にするつもりだった」

「小説の読みすぎはあなたのほうでしょう、メンデスさん」わたしは言い返した。「事件には終止符が打たれた、ただそれだけです。あなたの引退を正当化するもっともらしい話が出まわって、おしまい」

「そうだな」メンデスは考え込むようにしてカップの中身を飲み干した。「だからある日、俺の車が燃やされたし、ある晩、真夜中に電話がかかってきて、プエルタやセイショ山、殺人にまつわるすべてを忘れろ、と脅されたんだ。そして、俺の事件で見つかった遺体もあんなことになった」

わたしは全身の血が突然凍りついたような気がした。

「遺体に何が？」

「消えたんだよ。ある晩、安置所にあった遺体が忽然《こつぜん》と消えた。以降、どこにいったのかわからない」

「ありえない」

「そう思うのは勝手だ、若造」メンデスがむっとして言った。「だが事実だ。ある日そこにあったものが、翌日にはなくなった。ふっとな」

「遺体がそんなに簡単に消えるものですか」わたしは大声で言いながら、もし今安置所にある遺体がなくなったらどうするだろうと思った。「警備員もいるし、検問もあるし、検死医や職員も大勢いる……。財布を盗むのとはわけが違います」

「遺体は県立病院の安置所にあった。たぶんこの町に来る途中で見かけただろう。十九世紀の飢饉《ききん》の年にできた大病院で、数えきれないほど廊下やら入口やらがある。そのうえ事件当時、拡張工事がおこなわれていて、新しい棟が増築され、何が起きたのかはっきりしたことが誰にもわからなかった。とにかく確かなのは、被害者の遺体が消えたってことだけだ。俺が捜査をはずされて二日後のことだから、遺体消失について誰か調べていたかどうか……それも俺にはわからない」

これについては駐屯地の記録庫で確認すること、と頭にメモする。でも、メンデスと話をするにつれ、疑問は増えるばかりだった。これらの出来事とラモーナ・バロンゴの失踪《しっそう》にどんなつながりがあるのか？　それに、彼女の患者の一人で、癌が完治したあの女性の死をどう解釈するべきなのか？　風力発電機の作業員のように、ラモーナも何かに巻き込まれて犠牲になり、わたしたちがこうしてぺちゃくちゃおしゃべりしているあいだにどこかの側溝で腐りつつあるのだろうか？　あるいはまったく別の理由で姿を消したのか？　犯人は、かのメンシニェイラの力で癌患者を治療することを快く思っていないのかも。でも、それなら過去の事件は？　とにかく、わからないことだらけだった。

答えを求めてここに来たのに、今まで以上に疑問を抱えて帰ることになるとは。別の観点についても確認しておかなければ。

「軍曹の事件の被害者の身元は？」

「さあ。三十歳にはなっていない感じの若い女性で、髪は褐色、美人でグラマーだった」彼は手でジェスチャーをしてみせた。「外科医並みの手さばきで胸が切開され、心臓が抉《えぐ》りだされていた。上等な服を着て、パーティーか何かに出席するかのように化粧も髪型も整えられていた。指紋やら何やらでもデータと一致する人間はいなかった。あんたたちのケースと一緒だよ。だから今回もきっと何も見つけられないと思う」

「手口は同じだと思いますか？　儀式殺人か何かだと？」

メンデスは一瞬考え込んだ。

「同じだとすれば、俺があんたなら、遺体を見張らせる。どこにあるかわかってるのか？」

わたしがフアンを見ると、彼のほうもとまどったようにこちらを見返した。

「現在この町には、遺体安置所と検死チームがある病院は二つあります。そのどちらに安置されているかはわからない」彼は身を守るように両手を持ち上げた。「一年間通しても、検死はめったにおこなわれないので、わからないんですよ」

「とにかく本部に連絡して確認して」わたしはなんとなく不安になって告げた。

遺体の盗難がくり返されるなんて、ありえない。ここは二十一世紀のヨーロッパであって、アフリカの小さな村ではない。そんなことはかつて起きたことがない。だとしても……。

「あなたの持っているファイルが必要です」わたしはメンデスに告げた。「ポルタレンやプエルタ、セイショ山、事件に関わるすべてのファイルが」

「わかった……だが今日は無理だ」

「え？」

「ここにはない。理由はわかるだろう」目を丸くしているわたしにそう付け加えた。「生活を保障してくれる大事な証拠をマットレスの下に隠すほど、俺も馬鹿じゃない。安全なところに預けてある。取り戻してくるから、明日の朝また来てくれ。そしたらコピーを渡す」

騙《だま》そうとしているのかもしれないが、ほかに手はないのだ。メンデスはこちらの知らないことをいろいろと話してはくれたが、その一方で、どこまでが事実かわからなかった。それを確かめるには、彼のファイルをこちらの情報と照らし合わせるしかない。これが本当に何十年も前から続く連続儀式殺人なら、みごと解決すれば、またマドリードに返り咲くための成功実績になるだろう。もちろん、ラモーナを見つけだして、フリアンが回復したあとの話だけれど。

メンデスは見送りのため、戸口までわたしたちに付き添った。わたしたちから解放されてほっとしていることを隠しもしない。

「最後に一つだけ」わたしは部屋を出る前にメンデスに告げた。「ラモーナ・バロンゴという名前に聞き覚えはありませんか?」

メンデスは首を横に振った。

「ないな。何か関係があるのか?」

わたしは曖昧に首を振った。今は事情を説明するときではない。今はまだ。

「結局、あんまり濡《ぬ》れないといいがね」メンデスは別れの挨拶《あいさつ》代わりにそう言い、バタンとドアを閉めた。

「今の、どういう意味だと思う?」暗い踊り場にわたしたちだけ取り残されると、ファンが尋ねた。「雨のことかな……それとも別の意味?」

「さあ」わたしはぼそりと言った。「ところで、気づいた? ブランデーをあんなにがぶ飲みしたら、普通の人なら語尾がだらしなく伸びるものよ。でもメンデスの口調は最後までしっかりしていた」

「マッチョな古だぬきだからな」ファンは首を振った。「孤独な飲んだくれだよ、間違いなく。それで、今の話、どう思う?」

「今まで聞いたことがないくらい、非常識かつ馬鹿げた話ね。何世紀も前からおこなわれてきた連続殺人、消える遺体、捜査を邪魔する影の力。はたして現実か、それとも失敗続きの人生を正当化するために酒でとろけた頭でこしらえた、ただのほら話か?」

フアンはしばらく考え込んだ。階段を下り、建物の玄関にたどり着いたところでようやく口を開く。

「わからない」彼は頭を掻《か》いた。「みょうちきりんな妄想に見えるのは確かだ。でも、全体として見ると……不思議と筋が通ってる」

「どんなにおかしな陰謀論でも、それなりの角度から見れば筋が通って見えるものよ」

「それはわかってる」フアンも認めた。「でも、それだけじゃない。ラケル、君は長いキャリアのあいだに大勢の人間を尋問してきただろう。僕も多少はその経験がある。そういう時間と経験から、相手がいつ嘘をついたか、あるいはそうでなかったか、君なら完璧に見抜けるはずだ。そして今回は……信じられないけど、メンデスの言葉は全部真実に聞こえた」

「メンデスが真実だと信じてるからと言って、実際にそうとは限らない」わたしはいちおうそう付け加えた。

なぜなら心の底では、フアンの言うとおりだとわかっていたからだ。自分では信じたくなかったけれど。なぜなら、それが本当なら、世界は、そう、わたしの世界は、フリアンの苦痛とともにばらばらに崩れ去り、わたしはなんとかしてしがみつく拠《よ》り所を見つけなければならなくなるからだ。しっかりと地に足がついた、確かな現実を。でも考えてみれば、冥界の門と呼ばれる奇妙な遺物とつながりがある、行方不明になったメンシニェイラというのも、現実とは思えないのだけれど。

建物の玄関ドアを開けた。外は土砂降りで、狭い通りに無理に吹き込む風のせいで、雨が下から上にまくりあげられている。こんな状態では傘を開いても意味がない。

「結局、濡れることになりそうね」わたしはフアンのほうを向いた。「もっと急いでも……うわっ！」

その男が飛びかかってくるのが、わたしにはまったく見えなかった。男はショーウインドーの隙間《すきま》に隠れ、暗がりでゴボゴボと音をたてている雨樋《あまどい》にぴったりと張りついていたので、すっかり闇に紛れていたのだ。わたしが通りに一歩踏みだしたその瞬間に、男は突進してきた。腰のあたりに体当たりされ、同時に足を引っかけられた。不意を衝《つ》かれたわたしは、フォルダーを抱きしめたままつんのめった。一瞬、通りの反対側にある店のショーウィンドーに映った自分が目に入った。ＤＩＭブランドのパンティストッキングの広告と肌色のショーツのあいだで、借り物の黄色い雨具を着たわたしが、ミキサーの羽根のように両腕をばたばたさせたあと、石畳にできた水たまりに転んだ。

肘《ひじ》にずきんと感じた激痛が全身にまわって火事になる。痛み半分、驚き半分の悲鳴をあげ、フォルダーから手が離れた。わたしが反応する前に男はかがみ込んでフォルダーを拾い、一目散に走りだした。

フアンは、わたしを助けるか男を追いかけるか一瞬迷い、その一瞬で男ははるかに遠ざかった。

「捕まえて!」わたしは起き上がろうとしながら叫んだ。

老いぼれた大亀《おおがめ》になった気分だった。大きすぎるレインコートの裾《すそ》が体にまとわりついて動きが取れない。フアンは言葉を発する暇も惜しんで、男を追って駆けだした。

悪態を次から次へと吐きながら立ち上がる。肘には、その一か所にミツバチの群れが集中砲火しているかのような激痛が走り、腕はすっかり痺《しび》れていたが、それ以外に傷ついたのはプライドぐらいのものだ。わたしが男とフアンに続いて走りだしたそのとき、また空に稲妻が走った。

ポンテベドラの旧市街はまったくひとけがなく、闇に包まれていた。嵐《あらし》に恐れをなして、どんなに大胆不敵な者さえ屋内に避難し、通りにいるのはわたしたちだけだった。雨が地面の花崗岩《かこうがん》に激しく打ちつけ、まるで建物が汗をかいているかのように、百年を超える年齢を重ねた壁を流れ落ちる。一歩進むたびに水が噴水さながらに跳ね、四方八方に散る。

ファンの敏捷《びんしょう》さにまたしても驚かされていた。あの体格にもかかわらず、悪魔にでも追いかけられているかのような勢いで激走し、男との距離を徐々に詰めている。

そのとき男の姿が初めて目に入った。黒いパーカーを着て、フードを深くかぶり、髪も見えない。背は低いが体が引き締まっていて、よれよれの黄色い長靴が敷石を踏む音が大砲の轟音《ごうおん》さながらあたりに響き渡っている。

「止まれ!」ファンがわめいた。「治安警備隊だ。動くな!」

男は止まるどころか、足をさらに速めた。目の端でとらえた標識によれば、わたしたちはベルドゥーラ広場に出たらしく、そこここに街路樹が見え、花崗岩敷きの地面には軽い傾斜があって、両側に石造りの柱廊が続いている。ファンは左側を走り、わたしは逆側を壁沿いに走った。つかのま柱廊で雨がさえぎられ、男の姿がはっきりと見えた。

フォルダーを握りしめ、まるで疲れは見えない。広場の奥に、醜悪な表情を浮かべたサテュロスたちの顔が並ぶちょっと面白い噴水があった。そのとき、噴水の脇にあるバルのドアが開き、そこの店主と思われる大きな前掛けをつけた太った赤ら顔の男が顔を出した。逃亡者は店主の脇を通りしな、彼を突き飛ばし、店主は玄関先に置いてあった木の樽《たる》もろとも路面に倒れ込んだ。ファンは飛び越えようとしたが、ジャンプが足りなかった。足先が店主に引っかかり、二人とも転がって、腕やら脚やら抗議の声やらが絡《から》まり合った。

その間に、わたしのほうは男にだいぶ迫ることができた。今ではほとんど並んでいる。相手の荒い息が聞こえ、男が初めてこちらを振り返った。顔を覆《おお》う黒い防寒マスクをつけていて、目が出ているだけだったが、わたしが思いがけず近くにいることに驚いてその目が見開かれた。

「止まりなさい！」わたしは叫んだ。「さもないと撃つよ！」

もちろんはったりだ。たとえわたしを突き飛ばしてフォルダーを奪った男でも、丸腰の相手に背後から発砲することなどできない。でも男はそんなことは知らない。

男は呻き、わたしを殴ろうと手を振りまわしたが、わずかに届かなかった。でも何か液体のようなものがわたしの顔にかかった。どこかで嗅《か》いだ覚えのある匂《にお》いだったが、特定できない。甘くて、鼻の奥にいつまでも残るようなしつこい匂い。でも考えている時間はなかった。背後でファンがまた走りだす音がした。彼の呼吸音は、息も絶え絶えの特別古い蒸気機関を積んだ、峠をのぼる貨物列車のようだ。わたしも息切れしていたが、盗人のほうはぴんぴんしている印象だった。

わたしたちが進んでいる通りは、劇作家バリエ＝インクランの銅像がぽつんと立っている、また別の広場に通じていた。男はひょいと左に曲がり、突然姿が見えなくなった。

わたしも角を曲がったが、そこに男の姿はなかった。忽然と消えてしまったのだ。わたしはいきなり足を止めた。ドアは一つもないし、人が隠れられそうな暗い隅やくぼみもない。今そこにいたのに、次の瞬間にはいなかった。

古いお屋敷の石塀の上からのぞくタイサンボクの巨木が、わたしを嘲笑《あざわら》うように頭上で強風に煽《あお》られて揺れていた。今もまとわりついて離れない、さっきの甘ったるい匂いに包まれ、気分が悪い。あと少しだったのに。わたしはバリエ＝インクランの銅像を支えにしてやっと立っていた。銅像は冷笑を浮かべてこちらを見下ろしている。こんなに愉快な見世物は久しぶりだ、とばかりに。

頭がずきずきして、まともに息ができなかった。目の前に色とりどりの染《し》みが浮かび、本当にそこにあるように見えて、思わず手を伸ばす。そのときようやくファンがやってきた。顔が紅潮し、雄牛のようにあえいでいて、今年の最優秀心臓発作賞を狙《ねら》っているかのようだ。

「どこに……行った……あの……あの……」体を二つに折って膝に両手を置き、町じゅうの空気を一気に吸い込む勢いで大きく呼吸する。

わたしは四方を見まわした。その通りの角にいるのはわたしたちだけだった。広場にも、近くの通りにも、少なくとも闇を見透かす限り、人っ子一人いない。色の染みは少しずつ薄らいでいったが、それでも網膜にまだ残っていた。

「あなたにも見えた？」

「何……の……こと？」ファンは目をつぶって壁に身をもたせかけている。顔を雨が濡らしている。

「色の……」わたしはためらった。「何でもない。たいしたことじゃないわ」

「見失っちまったな」

わたしはうなずき、彼の横で塀に寄りかかった。頭の中がごちゃごちゃだった。今起きたことは説明がつかない。疲れきっていたこと、それにさっきたぶん頭をぶつけたことで、ほんの一瞬目がくらみ、相手はその貴重な瞬間を利用したのだ。そうに違いない。きっと。

さもなければ、わたしはまた頭がどうかしてしまったか、あるいはそこでわたしの理解を超えた何かが起きたのか。体の奥にできた氷の塊がどんどん大きくなり、内臓を圧迫した。

無理やり目を閉じる。そんなのありえない。

「大丈夫かい？」

「ええ。肘が少し痛むし、びしょ濡れだけど、ほかは平気。あなたは？」

ファンは自分を落ち着かせるように胸を押さえた。

「口から心臓が飛びだしそうだけど、大丈夫だよ」

「ふっと消えたのよ。わけがわからない」

「この街をよく知ってるやつだな。どこに逃げたとしても不思議じゃない。停電で真っ暗だから余計に」

「そうね」わたしはつぶやいた。

「フォルダーには何が入ってたの？」

「捜査資料の写真とか書類とか。全部コピーだから、取り返しのつかないものはない」

「誰だったんだろうな」

「さあ」わたしは少し考えてから言った。「ひったくりか、情報をすっぱ抜きたがってるちょっと頭のおかしい新聞記者か」

でも、違うとわかってるわよね。そう、違うに決まってる。相手はバッグを狙ったわけじゃないし、ナイフで脅そうとしたわけでもない。目的はフォルダーだけだった。相手はそれが何かわかっていた。第一、たとえこの事件に興味があったとしても、この界隈《かいわい》の記者があんなことをするはずがない。

わたしたちが足を踏み入れたのは底なし沼だと気づいたのは、たぶんそのときだったのだ。

でも、その暗い深みに何が潜んでいるのか、まだ知らなかった。

15

帰り道は静かだった。二人とも気が沈み、会話をする気になれなかった。髪をぐっしょり濡らしたファンは、道をぼんやり見ながら運転していた。ごく稀《まれ》にすれ違う車は、雨の中で揺れるヘッドライトのまぶしい光の向こうで暗くぼやけている。

アウディの車内は、今にも大災害が起きそうな、見るからに危険ゾーンと化している。後部座席は古い新聞や雑誌の山に埋もれてすでに見えない。表紙にどぎつい色で〝マヤのピラミッドとナチスに確かな関係が〟と書かれた雑誌の横には、〝CR7（サッカー選手のクリスチアーノ・ロナウドのあだ名）がユヴェントスのセリエA優勝に貢献〟と報じる黄ばんだ新聞。このタペストリーを誰かが最後に徹底的に掃除したのはいったいいつのことか。わたしは、シートベルトにくっついている溶けかけたキットカットのバーを避けるため、助手席でもぞもぞと体を動かした。

ラジオはクラシック音楽の放送局に周波数を合わせてあり、ハンドルを握るずぶ濡れの巨大グマみたいなファンとはなんだかそぐわなかった。プロコフィエフの『ロミオとジュリエット』の「騎士たちの踊り」が流れてきたが、その勇壮なシンコペーションのリズムも、わたしを元気づける役には立たなかった。

バックミラーで自分の姿を見る。びしょびしょで、目の下に隈《くま》ができ、死人のように青ざめている。髪は、池に落ちた猫みたいにぺったり固まっていた。とにかく最悪だ。いつしか笑いが漏れだす。

「何がおかしい?」

「わたし。そしてあなたも。見てみるといいわ」

ファンはつかの間とまどった顔でわたしを見て、ふいに彼のほうも笑いだした。わたしはその笑い声に驚いた。とても低くかすれた声で、どこか温かく、胸の奥から波打ちながら響いてくる。その響きでやや赤らんだ頰が震えだした。気づくと二人とも大笑いしていて、知らず知らずのうちに、それが落ち込んだ気持ちを救う答えになっていた。〝心の鍵をはずせ!〟二人の頭の中で何かが叫んでいた。あとはなるようになれ、だ。

「君とは気が合うな、ラケル」しばらくして、ファンが言った。「とっても」

「わたしもそう思う」

「いや、真面目な意味でだよ」彼のほうを見ると、ぴったりな表現を探すかのように眉《まゆ》をひそめていた。「僕は友だちが多いほうじゃないんだ。子供の頃からデブで鈍くさくて、内気だった。でもいじめられはしなかった。いじめっ子の機先を制したからね。だけど、人が寄ってくることもなかった」

「そう」

二人はしばらく黙り込んだ。ワイパーの動く音がわたしたちをやさしく慰め、ヒーターの湿った熱が、散々な夜を過ごした二人には本当にありがたかった。

「つまり、そうやって僕は孤独を楽しむ方法を身につけ、そうしながら人を観察する目を養った。善人と悪人の見分け方を知ってる。少なくとも自分ではそう思う。そして君は善人だ。息子さんのために闘い、まわりを尊重し、僕にもいつも嬉《うれ》しい言葉をかけてくれる。ほかの誰よりも。とにかく、君は……すばらしいよ」

「わたしのこと、よく見た？」わたしは自分の顔を指さした。マスカラは流れ、髪はもつれて束になっている。「トラブルメーカーのチャーリー・シーンとパーティーに行って、少々羽目をはずしすぎたみたいなありさまよ」

フアンはわたしにやさしく微笑《ほほえ》んでみせた。

「言いたいこと、わかってるだろう？　君が好きだ、ってことだ。いや、変な意味じゃなくて……僕が言いたいのは……」

言葉が喉《のど》に詰まるにつれ、うっすら染まっていた彼の頬の赤みがどんどん増していく。わたしは、シフトレバーに置かれた彼の手を軽く叩《たた》いた。

「まあ、落ち着いて、フアン。こうして相棒になってくれて、感謝してる。わたしがガリシアに来てからいいことなんてほとんどなかったけれど、あなたは例外よ。願ってもない相棒だわ」つかの間迷ったが、続けた。「わたしたち、いい友だちになれると思う」

「友だちか」彼は少しのあいだその言葉を噛《か》みしめていた。「最高だ」

それから帰り着くまで、わたしたちは黙り込んだ。二人のあいだに今しも橋が築かれたことにすっかり満足し、ほんの少しの不快なしぐさやその場にふさわしくない一言が、せっかくの親密な空気を壊してしまいそうな気がして怖かったのだ。

ようやくフォスコ村に到着し、フアンがわが家の前で車を停めた。

「明日は朝早くに迎えに来るよ。メンデスにずらかられたらまずい。その前にプレッシャーをかけないと。あいつは捕まえたと思ったら逃げる魚みたいなやつだ」

「そうあせらないで。メンデスは逃げたりしないわ」

わたしが車から降りると、フアンは大きくアクセルをふかし、遠ざかっていった。

フォスコじゅうの犬たちの半分が驚いてキャンキャン鳴いた。相変わらず強い雨が降り続いていた。走って家に入り、最初にしたのは、ドアを閉める暇も惜しんでフリアンを抱きしめることだった。

息子の顔を見たとたん、胸にぽっかり穴があいたような気分になる。自分が目も当てられない姿だということも、疲れもあちこちぶつけたことも忘れ、言葉にできない痛みが心を占めた。しばらく呼吸もできなくなり、胆汁の苦みが喉をせり上がってくる。フリアンは今まで以上に青白く、弱々しくて、痛みで今にも気絶してしまうのではないかと不安になる。

医者たちには警告されたのだ。フリアンの余命はあくまで予測だと。それは突然短くなる可能性があり、唐突に、そして急速に体が衰えだすかもしれない。破壊的に。そんなことは考えたくもなかったが、たとえ見て見ぬふりをしようとしても、現実はいきなり飛びかかってきて、首に噛みつくのだ。

もう数か月もないのかもしれない。数週間なのかもしれない。いや、数日か。そして唯一《ゆいいつ》のちっぽけな希望は、あの被害者女性と関わりのある、行方不明のガリシア人ヒーラーがきっと未来を取り戻してくれる、そうひたすら信じることだけ。

泣いてはだめ。フリアンの前ではけっして。わっと泣きだしそうになって慌《あわ》てて涙をこらえようとしたとき初めて、その二、三秒の努力がどんなに大変か理解する。

「ママ、どうしたの？」レインコートの肘が裂けているのを指さし、フリアンが尋ねる。

「何でもないよ」そう言ってフリアンの首の後ろをくすぐる。たちまちガラスみたいに透きとおった笑い声が響き、その破片がわたしの心臓に突き刺さる。「ちょっと転んだだけ。ママは平気よ」

フリアンがわたしをぎゅっと抱きしめた。わたしが階段を上がり始めると、背中でこんな声が聞こえた。

「あのね、ぼくも今日、ちょっと大変な一日だったんだ」

わたしはその場で立ち止まった。

「どういうこと？　何があったの？」

「ええと……ううん、何でもない。頭がすごく痛かったけど、たいしたことない。ほんとだよ」

そのあと浴室に入り、熱いお湯を背中に勢いよく浴びながら、ようやく大声で泣いた。すべてを吐きだし、自分が空っぽになるまで。フリアンのために、とんでもない冗談みたいなあまりに不当なあの子の人生のために。そしてわたしのために、うまくいかない捜査への憤《いきどお》りとストレスのために。

でも何より、恐ろしくて泣いた。今夜ポンテベドラで起きたことが本当に恐ろしくて。

それから、息子が生まれて初めて、わたしに面と向かって嘘をついたことが恐ろしくて。

あの子の身に何かが起きたのだ。一緒に解決策を練るより、ママには言わないでおこうと心に決めるほど、あの子を怖がらせる何かが。

わたしは恐怖で戦慄《せんりつ》した。なぜなら、すべてのことがつながっている、そんな気がして仕方がなかったから。

16

夕食のあと、わたしたちは二階の図書室に引っ込んだ。アガタが暖炉に火を入れておいてくれたので、赤々と燃える炎の熱が部屋じゅうに行き渡っていた。わたしは濡れた髪をタオルで包んだ格好でソファーにゆったり腰かけて、膝《ひざ》の上にのせた事件の資料を読み、フリアンはフリアンで絨毯《じゅうたん》の上にレゴをどっさり広げている。その様子から察するに、ミレニアム・ファルコン号――あるいはそれが昨日遭ったらしき〝事故〟の後の残骸《ざんがい》――が今しも消防署に近づきつつあり、そこではマインクラフトの人形たちが塹壕《ざんごう》に身を隠しながら、バットマンとスーパーマン相手に必死の抵抗を試みているらしい。

自由奔放なフリアンの想像力と雨をBGMにして、わたしは資料をあらためて読み直し、すでに百回は読んでいるはずなのにそれでも見逃していることはないか、目を皿のようにして探していた。横には飲みかけのスコールの缶ビール。とんでもない一日の終わりにはアルコールが欠かせない。キッチンを漁《あさ》ってみたけれど、見つかったのは、天板の上にアガタが用意しておいてくれたおいしそうな魚介のマリネとその安《サルピコン》手のビールだけだった。

これで我慢しなきゃ、と思いながら顔をしかめ、一口飲んだ。数時間前にメンデスと交わした会話についてじっくり考えようとしても、その直後の追跡劇の突然の幕切れのことがうるさい信号音みたいに邪魔してきて、気が散った。いったいどうして……

「ラケル」

わたしはびっくりして顔を上げた。フリアンは普通わたしを「ママ」と呼ぶ。ラケルなんて呼ばれたのは初めてだった。驚くことばかりの一日に、新たな驚きがまた一つ。

「なあに、フリアン」息子に目を向けて答えた。

フリアンも顔を上げ、不思議そうにわたしを見た。

「え？」

「何の用？　今呼んだよね」

フリアンが眉を片方吊《つ》り上げた。何年も前、父親のオーデコロンを嗅いだときに一瞬してみせたのと同じ表情。別の人生のことみたいに遠い昔。

「呼んでないよ、ママ」この〝ママ〟はこう言っているかのようだった。〝ぼくら二人とも、まだ耄碌《もうろく》して施設に入るような歳《とし》じゃないんだからさ、勘弁してよ。家族に病人は一人でたくさんだろ〟。

釈然としない気持ちではあったけれど、わたしはにっこりして、また資料に目を戻した。今は、山で遺体を発見した、もう一人のほうの作業員の証言を読んでいる。この人の話には何か……

ラアアアケエエエル。

あんまりはっきり聞こえたので、びくっとした。さっと立ち上がった拍子に缶ビールを倒し、絨毯が大酒飲みさながらビールをぐんぐん吸い込んで、丸い染みが広がっていく。慌てて缶を拾い、自分のドジさ加減にいたたまれなくなる。

フリアンは相変わらずこちらに背中を向け、遊びに夢中になっていて、人形を一つ動かすたびに小さく声を出している。すっかり集中しているので、わたしが立ち上がったことにも気づいていなかった。

「ラケル！」

人を従わせることに慣れている強いトーンの声だった。無視したくても無視できないたぐいの声。

ソファーから離れ、二、三歩戸口に近づく。胃がずっしりと重くなる。今飲んだばかりのビールがまた外に這《は》いだそうともがいている。最後にもう一度フリアンの様子を確かめた。声が聞こえたようには見えないが、だからといって声がしなかったことにはならない。あの子は物事に集中すると、感覚が反応する周波数が変わり、普通の刺激はいっさい耳に届かなくなるのだ。

二階の廊下は闇《やみ》に包まれていた。左手で壁のスイッチを探り、右手にはなぜか飲みかけの缶ビールをまだ持っている。ワット数の低い古電球が、つかの間ちかちかしてから黄色い光で廊下をうっすらと満たしたが、充分な明るさになるまでにはもうしばらくかかりそうだった。そのせいで、まるで古い映画の一場面のような奇妙な雰囲気だった。裸足《はだし》で踏む古い絨毯を感じながら、廊下を進んでいく。何世紀も前にこの世を去った人々の暗い肖像画が壁からこちらを見下ろしている。いかめしい顔をした人、虚《うつ》ろな目をした人、なかには、わたしのまったくあずかり知らないこの愉快な冗談の仕掛けに、よく通じているふうに見える人もわずかにいる。

ラケル。こっちに来い。

また声が聞こえた。あまりに強烈だったので、頭の中を思いきり殴られたような気さえした。とまどってしばらく息ができなくなり、あえいだ。

「アガタ？」声に出して呼ぶ。「アガタ！　あなたなの？」

答えはない。真夜中近いので、普段なら家主はもうベッドに入っている時間だ。今聞こえるのは、外で激しく降る雨の音と、わたしとともに息を潜めているように思える何世紀も年を重ねたこの屋敷が漏らすきしみだけだ。廊下の小卓にある小さな香炉で蠟燭《ろうそく》がともり、屋敷じゅうを甘ったるい香りが満たしている。

わたしは階段を下りた。一瞬、寝室に引き返し、戸棚の最上段に隠した、支給の銃をしまった段ボール箱を開けようかと思う。身を守るには、缶ビールよりベレッタ92FSのほうがはるかに役立つだろう。でも、銃を持ってわが家をうろつくなんてどうかしているし、下手をしたらアガタに怪我《けが》をさせてしまう危険さえある。

だって、相手はアガタに決まっているではないか。彼女でないはずがない。ほかに考えられない。世界の果てのようなここフォスコでは。城塞《じょうさい》みたいなこの屋敷では。

真っ暗な一階にたどり着き、どうすればいいか決めかねて、立ち止まる。感覚は研ぎ澄まされている。声は、あるいはそう思えたものは、今は聞こえない。主玄関に近づき、ドアノブを握って確かめてみる。しっかりと鍵《かぎ》がかかっている。一階の窓もみな同じはず。聞こえてくるのは、雨樋をゴボゴボと流れる水の音と、木々を揺さぶる風の音だけ。ここは古くてがらんとした、ただの大邸宅だ。それ以外の何でもない。

肺に溜《た》めていた息をふうっと吐きだす。やはり空想の産物だったのだ。この場所、雨、ここ何日かに身のまわりで起きた数々の出来事が積み重なって、ホラー映画にこそふさわしい謎《なぞ》のカクテルを作りだしただけ。シーンが頭に浮かぶほどだ。あんまりほっとしたので思わず笑みが浮かび、暗闇で一人、馬鹿《ばか》みたいに笑ってしまった。

そのとき、ふっと風を感じた。かすかだが、確かに風が顔を撫《な》でた。やけに冷たくて乾いたそよ風。全身に鳥肌が立つのを感じた。また動悸《どうき》が激しくなる。

風をたどって、闇の中を歩きだす。知らず知らずのうちに手に力が入り、ビールの缶をくしゃっとつぶしていたことに気づく。中身が足にこぼれていた。

一階ホールの奥にたどり着いたとき、思いがけないものが待っていた。閉鎖されている棟に続くドアが大きく開いていたのだ。ここに来てから閉じていないそのドアを見るのは初めてだったので、驚いた。向こう側に見えるのは不吉な暗闇だけで、ほかには何もない。風はそちらから吹いてきた。さっきより少し強く、匂いも濃い。湿気、湿った段ボール、腐敗物、長らく閉鎖されていた場所特有の匂いだ。こういうところにはそういうものが付き物だもの、とわたしは思う。

いや、ほかにも何かある。

わたしはつかの間ためらったのち、向こう側を覗《のぞ》いたが、まだ戸口をまたぐ気にはなれなかった。足が絨毯に埋まり、次の一歩が踏みだせないかのように。戸枠は冷たくて、何十年ものあいだ沁《し》み込んだ湿気と雨のせいでふやけ、触れたとたんぞくっとした。

「アガタ？」わたしは大声で呼んだ。「そこにいるの？」

応《こた》えはない。ふいに、青黴《あおかび》に覆われて湿っているどこかの階段で足を滑らせ、腰骨を折って、荒れ果てた空間で気を失って倒れているアガタの強烈なイメージが頭にひらめいた。理性的な自分は、人として（そして同居人として）、何も問題はないか確認するのが筋だと訴える。でも、感情的な自分は怯《おび》えたリスのように震え、今すぐここから立ち去りなさいとわめいている。

ひしゃげた缶を床に置き、ガウンのポケットに手を突っ込んでスマートフォンを取りだした。もちろんアンテナは立っていない。この家は場所によって、電波が本当に弱くなる。実際、ネットワークと完全につながるには、フォスコから一、二キロ離れた丘の上まで行くしかない。ここで電波を待っても無意味だった。

端末のライトをつけると、弱々しい白い光が闇を貫いた。ドアの向こうには広くて寒々しい部屋がある。わたしは一瞬とまどい、そこで立ち尽くした。何かがおかしい。やがて、それが何かわかった。

鏡を見ているみたいに感じたからだった。向こう側は左翼とまったく同じ造りで、それをもっと暗くして、朽ち果てさせただけだった。一瞬、『ストレンジャー・シングス』の〈裏側の世界〉が頭に浮かび、悪夢のような怪物が飛びだしてくる強烈なイメージに襲われた。

でも、もちろんそんなことは起こらない。

もう迷わずに、わたしは携帯電話を松明《たいまつ》さながら前に突きだし、中に入った。木の床は長い年月のうちにひびが入り、ぼろぼろのシーツで覆われたわずかな家具は埃《ほこり》だらけだ。立ち入り禁止の場所に忍び込む侵入者の気分だった。外では雷鳴が大音響で轟《とどろ》き、修理されぬまま放置された古びた窓ガラスが、乾ききった髑髏《どくろ》の歯のごとくカタカタ鳴った。

空気の流れがますます強くなっていく。パジャマの上に綿のガウンを羽織っただけなので、寒くて震えが走った。今フリアンがいる図書室の暖かさは、太陽みたいにはるか彼方《かなた》のことに思える。濡れた髪が頭のまわりで光輪さながら固まっていくのを感じる。その廃墟《はいきょ》と化した場所を奥へと進むわたしの息が白い雲を作る。

ラケル。

思わず立ち止まる。間違いない、はっきりと声が聞こえた。そして、絶対にアガタではない。声の主の年齢ははっきりしないが、トーンはわかった。人を酷薄に嘲笑う、最後に誰かが必ず傷つくとわかっていながら巧みにゲームを楽しむ誰かの声。たぶん傷つくのはわたしだ。

回れ右をして全速力で引き返す、今が絶好のチャンスなのだろう。でも、もしこの家にほかに人がいるなら、それが誰で、そこで何をしているのか調べなければならない。

その人物が真夜中にわたしの、あるいはフリアンのベッドのところに現れるかもしれないと思ったら、とても眠れない。もちろん、怖くてならなかった。砂漠みたいにカラカラになった口の中で、舌が干あがったサボテンと化した。そこにいる誰かを脅かすというより自分にはっぱをかけるため、空元気の一声でもかけたかったが、喉から出てくるのは弱々しいゼイゼイという息の音くらいだった。

そのとき、おそらく地下室か何かに通じる、下へおりる階段が目に入った。それはわたしたちの側との大きな違いだった。少なくともわたしの記憶では、似たような階段はどこにもない。風はその下から吹いてきていた。今ではかなり強く、わたしの髪が乱れるほどだ。

階段は木製でも金属製でもなく古い石でできており、長年頻繁に使われてきたせいですり減って、段の中央部分がうっすらへこんでいるほどだ。慎重に三段ほどおりてみたが、下のほうは闇に沈んで見えない。

そのとき、多くのことが一度に起きた。まず、そこにいるのは完全にわたし一人なのに、ふいに何者かの存在をすぐ横に感じた。変に聞こえるかもしれないが、べとべとする何かとても不快な感覚を、頭の中と外で同時に覚えた。理由は説明できないけれど、それはわたしに階段をおりてほしがっている、いや、どうしても下りさせなければならない、そう感じた。そしてはっきりと、もしおりたらもう二度と上がってはこられない、と直感した。

ここまでだ。背後に注意しながら、今おりた段を一歩後戻りした。その瞬間、フリアンの声を聞いたのだ。すっかりパニックに陥ったわめき声だった。

「ママ！　ママアアアア！」

慎重さなどかなぐり捨て、全速力で駆けだす。階段も、不気味な存在も、おかしな声も、どうでもよかった。息子が助けを求めて叫んでいる今、わたしの中の深い原初のレベルからせり上がってきた動物的な本能が、ほかのすべてを抑えつけた。わたしはもう、幽霊を追って屋敷を探っていたラケル・コリーナ捜査官ではなく、恐怖と痛みで大声をあげる危険にさらされた子供の母親だった。だから息子を助けるために走った。

玄関ホールを横切るあいだに、家具の一つに裸足の爪先をうっかりぶつけ、激しい痛みの波がふくらはぎを伝って脳天まで突き抜けた。頭のどこかでそれに気づき、指が折れたかもと思ったが、かまっていられなかった。そんなのあとだ、後回しだ。

「フリアン！　フリアン‼」

「ママアアアアアア！」

母親ならみなそうだが、子供のことは知りすぎるほど知っている。声のトーン、抑揚、張り具合一つひとつに勘づく。そして、あの子がこんな声を出すのは初めてだった。たとえどんなに痛くてつらい治療を受けたときでも、こんなに恐怖とパニックに満ちた声をあげたことはない。

全速力で玄関ホールを抜け、一段飛ばしで階段を上がる。どこかでスマホを落としたらしい。図書室に通じる廊下を走っているときには、もう手になかった。その図書室に、遊んでいるフリアンを残していったのはほんの数分前だけれど、今では遠い昔に思えた。図書室の居間空間に入ったとき、暖炉の熱がどっと押し寄せてくるのを感じたが、気にしなかった。フリアンはこちらに背を向け、窓際《まどぎわ》で外をじっと見つめている。ひどく震えているので、一瞬、発作が起きたのかと思った。もし発作なら、それは終わりの始まりだ。

でも、そうじゃない。

肩をつかんでこちらを向かせた。紙のように顔が白く、大きく見開かれた目はぼんやりしていた。おしっこを漏らしているようだったが、どうでもよかった。そんなのあと、後回し。

「フリアン、ママよ！　どうしたの？」

答える代わりに息子はまた向こうを向き、外を指さした。この屋敷を取り囲む雨にそぼ濡れた森。その指の方向をたどり、そしてわたしも見た。

それは、フードをかぶった十人ほどの一団だった。暗いので細かいところはわからないが、聖週間《セマナ・サンタ》の行列で信徒会の信者たちが身につけるような全身をすっぽり覆う粗布の長衣を着ており、フードを深くかぶっているので顔はほぼ隠れている。いちばん恐ろしいのは、彼らの行動だった。いや、もっと正確に言うと、彼らが何も行動していないことだ。じっとそこに立ち、ただ無言で窓のほうを見上げている。何かを待つように。あまりにも不自然で、わたしは激しく戦慄した。

体の奥底から湧《わ》き起こった恐怖がうねうねと蠢《うごめ》き、心臓を締めつける。フリアンの肩をぎゅっとつかみながらゆっくりと後ずさりを始める。

「フリアン」妙に虚ろな、自分の声ではないような声だった。「窓から離れて。一緒においで」

寝室に行こう。そしてベレッタを取りだし、玄関から出たらすぐに相手の胸に二発銃弾をお見舞いして……

そのとき、これまでにない特大級の稲妻が夜空に走って、閃光《せんこう》に目がくらみ、屋敷全体がこの世のものとは思えない純白の光を浴びた。すぐに続いて、ナポレオン戦争時の大砲もかくやという、耳を聾《ろう》する激しい雷鳴が響き渡る。衝撃で肺が震え、驚いて息を呑《の》んだ。

わたしは外の闇に目を慣らすため急いでぱちぱちと瞬《まばた》きし、今にも失禁しそうなのは、ほかでもない自分だと気づいた。

彼らは消えていた。一人残らず、煙のように。もうそこには誰もいなかったが、一瞬であれだけの人数が消えてしまうなんて、ありえなかった。

でも、今見たものを否定することはできない。いや、見えなくなったものを、と言い換えたほうがいいか。

とにかく、彼らはいなくなった。

そして、フリアンと一緒に寝室に向かいながら、わたしの頭はものすごい速度で回転し続け、とりわけ、今目にしたものを理解しようとしていた。

さっき何かを待つようにわが家を取り囲んでいたあの長衣姿の集団の中に、とてもよく知っている顔を見たという、否定できない、でもけっしてありえない事実について。なぜなら、その人の写真がソファーの上のファイルに何枚も収まっているからだ。

山の上で見つかったあの女性、捜査中の事件の被害者。

彼女があの中にいた。

ありえない。

でも、事実だった。

17　ファン

翌朝かなり早い時間に、ファン・ビラノバのアウディはカサ・グランデの前で停車した。雨は一時的に収まり、まだ曇っているとはいえ、過去数時間のような土砂降りの雨はやんでいた。地面のあちこちに灰色の水たまりが散らばり、風が雲をずたずたにしながら運んでいくフォスコのくすんだ空の色を映している。

ファンは、相棒に到着を知らせるために何度かクラクションを鳴らした。待つあいだ、窓の蒸気のくもりを消すために暖房を少し強めた。こうして準備が整うと、運転席にどっかりと座り、ポケットからオレオの箱を取りだす。儀式めいた手つきでダッシュボードの上にクッキーを三つ、次々に積み上げた。だいたい高さ二センチだ。それから一つ目を手に取ると二枚に分け、まず中のクリームから食べる。それがきれいになくなったところで、クッキーを少しずつ、でも力強く齧《かじ》っていく。一口、二口、三口でぺろり。

一つ目が終わったら次に移り、同じ手順をくり返す。最後の一つを食べ終わると、どこかに身を隠すことに決めたいたずら好きな食べかすが残っていないか、胸の上を確認する。食事に決めごとを作ってそれに従えば、ある程度食欲を抑えられると知ったのは、ずいぶん前のことだ。そして、正直な話、ファンにはそうする必要があった。体重を十キロ減らすために。できれば十五キロ。

もう一巡オレオの儀式をしようか――ちょっとくらいノルマからはずれても、たいしたことないだろ？――と思ったとき、屋敷のドアが開き、ラケルが顔を出した。見たことがないほど顔が青ざめ、目の下に黒々とした大きな隈ができている。一瞬、子供の頃に観《み》ていたハンナ・バーベラのアニメに登場する、病気持ちみたいに見えるいつも眠そうなバセットハウンド犬、ドルーピーを思いだした。

相棒は玄関先で息子をぎゅっと抱きしめている。少年のほうもやはり、あまり元気そうではない。透きとおるように肌が青ざめ、九歳にして出家した仏僧さながら髪のないあの子は、どのみちいつもあまり元気そうではないのだけれど。結局のところ、誰だって徐々に死んでいるんだ、と頭のどこかにいる皮肉屋の自分がつぶやいた。

ファンは、サラダの中の苦い野菜をそっと脇に取りのけておく人のように、その考えをしまい込んだ。ラケルにも、そしてあの少年にも敬意を払っている。知り合ってわずかのあいだに、まだ十歳にもなっていないというのに、見かけだけは立派なたいていの大人よりはるかに勇気のあるところを見せてきた。

それからラケルは、同居している例の気のいい女性と話をした。ファンは彼女をしばらく観察した。二人がフォスコに来てから彼女があれこれ世話を焼いてくれていることについて、ラケルから全部聞いていた。さながら天からの贈り物だ。これまでは与えさせてもらえなかった、孫というものに注ぐ惜しみない愛情を、かわりにフリアンにふんだんに与えようとするお祖母《ばあ》ちゃんの役割を担《にな》ってくれているのだから。今日もいつもどおり完璧《かんぺき》な装《よそお》いだ。彼女のひっつめ髪は、ポンテベドラの有名な吊り橋、ランデ橋のワイヤーよりぴんと張っているはずだ、とファンはひそかに思っていた。ひと月分の給料を賭《か》けてもいいが、キャプテン・アメリカの盾だって彼女の髪ほどの耐久性はない。ファンはぼさぼさの髪を撫で、ため息をついた。

ラケルは最後にもう一度息子をハグし、階段を下りてこちらに近づいてきた。車に乗り込むと、ぼそりと「おはよう《ブエノス・ディアス》」と挨拶《あいさつ》したが、〝いい朝ですね《ブエノス・ディアス》〟という文字どおりの意味とはかけ離れた口調だった。

誰だってそうだろうが、ファンにも欠点は無数にある。でも、何か誇れることがあるとすれば、それは人の気分を読む能力に長《た》けていることで、相手が気持ちを打ち明ける気になるまでは、単純に待つしかないと知っていることだった。だから、何も言わずにアウディのアクセルを踏み、フォスコ村を後にした。バックミラーで、あの巨大な屋敷がだんだん小さくなり、しまいに見えなくなるのを見守った。

五分後、すでに森の中を走っていたとき、とうとうラケルが長いため息をついた。もっとうまい言い方をするなら、一年間溜めていた息を一気に吐きだしたかのようだった。

「ファン、話したいことがあるの」

「うん」

「最後まで聞くと約束して。途中で口を挟まずに」

「もちろん」

「話し終わるまで、気が変になったと思わないで、お願いだから」

ファンは一瞬道路から目をそらし、相棒の顔を見た。いやはや、ずいぶん参っているみたいだ。いったい何があったんだ？

「お願い」真剣なまなざしでこちらを見据え、ラケルがくり返した。

「わかったよ」彼は肩をすくめた。「君は気が変になってない。ほかの連中と同程度にはまともだ。さあどうぞ」

ラケルは話しだした。それから十分間、彼女が昨夜の出来事を話すあいだ、ファンは静かに聞いていた。地下室、声、真夜中頃に彼女の部屋の窓の下に現れた長衣姿の集団、その中の一人があの被害者女性だったような気がすること。そして話し終わっても、ラケルはしばらくこちらを見つめていた。

「どうかな。わたしは頭がどうかしたと思う？　有休をとるか、医者の診察を受けるべき？」

ファンは少しのあいだ黙り込み、どう答えるか考えた。

「いや、君は頭がどうかしたわけじゃない」とうとうそう告げた。

ラケルが見るからにほっとした様子だったので、思わずハンドルから手を離してハグしたくなった。そんなことをするのはあまりに馬鹿げているので、もちろん実行には移さない。

「それで？」

ファンは慎重に言葉を選びながら話を続けた。「昨夜《ゆうべ》君は何かを見たんだと思う、それは確かだ。そして、君が屋敷の中でいろいろと感じたことは、ある種の自己暗示だったんじゃないかな。で、それはごく普通だと思う。むしろ、必然だったとさえ言える。君は疲れきっているし、ひどいストレスを抱えてる。そして、たしかにあの家はたいしたお屋敷だけど、夜になると『ハリウッド・ナイトメア』の一話の舞台みたいな雰囲気になる。嵐《あらし》の夜に地下室へ？　そりゃあ怖かったろうさ、わかるよ、相棒。だが現実じゃない」

ラケルは、何かが吹っ切れたように大笑いした。一晩じゅうあれこれ考えて一睡もできなかった悪夢の数々を、つまらない現実に一気に格下げするファンのやり方が気に入った。彼の皮肉のセンスは、霧を吹き飛ばす日光のようだった。でも、まだ心配事が残っていた。

「じゃあ、外にいた長衣姿の人たちは？　あれを見たのはわたしだけじゃない。フリアンも見たのよ」

「何人いたって言ったっけ？　十人ぐらい？」

「うん、だいたい」

「で、今朝、外を見に行ったんだよね？」

ラケルはしぶしぶ、まあねとつぶやいた。

「昨夜やつらがそこにいた痕跡《こんせき》は何かあった？」

「いいえ」ためらったのち、もごもごと答える。

「ずっと雨が降ってた……どれくらいだ？　七日連続？　そして、君んちのまわりは鬱蒼《うっそう》とした森で、まるでジャングルみたいだ」ファンは横目でラケルを見た。「正直なところを聞こうじゃないか。一ダースもの人が窓の下に集まって、足跡も残さず、枯れ枝も折らず、地面の泥も荒らさずにいられると思う?」

ラケルの沈黙は言葉より雄弁だった。

「アガタさんは? 彼女も人影を見たの?」

「ううん、彼女はベッドでぐっすり。睡眠導入剤を飲むから、いざ眠ってしまうと何も気づかないんだって」

ファンは考え込みながら、唇を舐《な》めた。

「君が何を見てそう判断したのかわからないが、人間でなかったことは間違いない。嵐で影が揺れたとか、そんなことだよ。嵐の夜、闇の中にいたら、見間違いはよく起きる」

「まあね」

ファンは運転席で体をもぞもぞさせながら唇をまた舐めた。

「二年ほど前、行方不明になった少年を捜索したことがあったんだ」説明を始める。「頭が空っぽなやつで、テストがみんな落第点だったことを親に話したくなくて、姿をくらました。結局、何日かして、濡《ぬ》れねずみになり、疲労困憊《こんぱい》してのこのこ現れたんだけどね。捜索のあいだ、あるとき僕は山の中で捜索チームの一人としばらくおしゃべりしてたんだ。今日みたいに寒くて、霧も出てた。二分ほど経《た》ったとき、相手が一言も返事をしないことに気づいた。僕をずっと無視してたんだ。こいつ何様だよって思った」

「でも、なんで？」

ファンは笑った。

「なぜって、話しかけていた相手が木の切り株だったからさ。僕は腐りかけた木の幹としばらく会話を続けて、そのあいだずっと相手は人間だとばかり思い込んでいた。僕のいるところから、ほんの三メートルぐらいしか離れていなかったっていうのに」

ラケルは物思わしげにうなずいた。理性ではファンの言うとおりだと納得していたが、昨夜目にした光景の記憶がどうしても消えなかった。確かに見たのだ……だけど、筋が通らない。

「ファン、心配させたくはないけど、でも……メンデスの家に行く前に少しだけ病院に寄ってもらえないかな」

「どうして？　何か検査したいの？」

「いいえ、そういうことじゃない。ちょっと確かめたいことがあるの、それだけ。そうすれば少しは気が休まる」

フアンはうなずき、肩をすくめた。

「君にはパーフェクトでいてもらわないと困るしな。もしそれで気が済むなら、そうしよう。第一、まだ時間がある。メンデスは僕らほど早起きしないだろう」

三十分後、フアンのアウディは、モンテセロ病院の車でいっぱいの駐車場をぐるぐるまわり、空いたスペースを懸命に探したが、しまいには警備員に警察バッジを見せるという最後の手段に訴えて、荷物の積み下ろしエリアに近い予備スペースを何とか確保した。

裏口に向かい、山のように積まれたクリーニング用の大かごやさまざまな供給品の段ボール箱のあいだを進み、『禁煙』と書かれたプレートの下でふてぶてしく煙草《たばこ》を吸っている、休憩中の二人の料理人の前を通る。思わず注意しようとしたフアンを、ラケルが無言でぐいっと引っぱって、建物の中に入る。

フアンには無限に続くかと思えたほどいくつもの廊下を通過し、何度も人に行き方を尋ねて、ようやく地下二階に行く正しいエレベーターを見つけた。エレベーターから出ると、雰囲気ががらりと変わった。疲れた様子の患者家族や、色とりどりのユニフォームを着た職員の姿はなく、廊下も暗く、吊り天井には湿気の染《し》みさえ見えた。

壁は嘔吐物《おうとぶつ》を思わせる緑色の小さなタイルで覆《おお》われていて、なんだか気が滅入《めい》る。

「ここには何が？」

「検死室と遺体安置所よ」ラケルが足を速めながら答えた。

「ああ、そうか。そういう場所だよな」

「何か？」

「いや、べつに」フアンはぶるっと身震いして言った。「朝食を食べてきちまったなと思ってね、ただそれだけ。それに僕は死体が好きじゃないんだ。バルセロナの犯罪捜査部にいたとき、いやっていうほど見なきゃならなかった。あんまりいい思い出じゃない」

「ちょっと確かめたいだけ。約束する」

とうとう、見たところ急ぎの用事はなさそうな、朝シフトらしき二人のユニフォーム姿の職員がいる小部屋にたどり着いた。一人は頭の禿《は》げた鷲鼻《わしばな》の男で、どこもかしこも細くてどこか案山子《かかし》を思わせた。ソファーに座り、スマートフォンで『キャンディークラッシュ』の複雑そうなゲームをしている。もう一人は五十代くらいのずんぐりむっくりした体形の女性で、今はキャスターのアナ・ロサ・キンタナが深刻そうな抑えた表情で何か話している、テレビの画面を眺めている。フアンはすぐにバートとアーニーを思いだした。もちろん、そのセサミストリートの二体の人形が、化学薬品事故に遭って巨大化した、という感じではあったが。

「おはようございます」ラケルが言った。

バートがほんの一瞬スマホから顔を上げ、すぐにまたゲームに集中しだした。

「検査室なら三階だよ。エレベーターを間違えたらしいな」こちらを見もせずに言った。「だがその前に一階の右手にある受付で順番をとる必要がある」

「検査をしに来たんじゃないんです。遺体安置所の担当者を探しているんですが」

男はスマートフォンから目を離さず、一方相棒のほうも、禅の修行をみごとにこなしているかのように、テレビの画面に目を釘付《くぎづ》けにしてぴくりとも動かない。

「タピア先生なら十一時にならないと来ないよ。それまでは会いたくても絶対に会えない。あとで戻ってくるんだな」

ラケルは憤慨を抑えようとしながらため息をついた。そこでファンは、男のスマホ画面の上に警察バッジを置いた。男はしぶしぶそれに目の焦点を合わせようとした。

「もう一度最初からやり直しだ」ファンが冷静に告げる。「そして今度は礼儀を忘れないでもらいたい。この同僚は、あんたに『おはようございます』と挨拶し、きちんとした対応を求めている。今すぐにだ」

男は降参し、不服そうにスマートフォンをテーブルに置いた。

「で、ご用は何でしょうか」

「わたしたちはセイショ山で二人の遺体が発見された事件を担当している捜査官です。遺体はこの病院に安置されています」ポンテベドラからフォスコへの帰路に、ファンからそう伝えられた。「いくつかうかがいたいことがあるんですが」

「そりゃマリアナの担当だ」男は面倒を相棒になすりつけることができて、急に安堵《あんど》したようだった。「おいマリアナ、君に質問があるってさ」

女性がようやくこちらを振り返り、瓶底眼鏡の向こうからこちらを見た。その辺のバルのグラスの底で充分作れそうだ、とファンは思う。女性は立ち上がり、大儀そうにやってきた。

「すみませんね、外部の人がわざわざ下におりてくることなんてめったにないので、慣れていなくて。分析は終わって報告書もできたので、午前中には送ろうと思ってたんですよ」

「ああ……ええ、薬物分析ですよね。何か気になることはありましたか？」

「ちょっと待ってください。見てみますから」

マリアナはパソコンの前に座り、しばらく操作していたが、終わると机をぽんと叩《たた》いた。

「男性のほうは何も問題ありませんでした。頸動脈《けいどうみゃく》切断による失血死。胃の内容物は朝食の卵とベーコンだけで、ほかには何も。血液、唾液《だえき》、尿その他の検査では、コレステロール値が少々高い程度で、とくに異常はなかった。ええ、この不幸な男性は完全な健康体でした。ただ女性のほうは話が別で……」

「というと？　何かあるんですか？」

「死因は心臓の一部摘出による大量出血とされましたが、今頃疑義が生じていると思います。薬物検査の結果、高濃度のスコポラミンとアトロピンが検出されたんです」

「スコポラ……？」

「とても強い毒物ですよ」医師は情報を見直しながら眉《まゆ》をひそめた。「相当濃度が高い。わあ、アトロピン十ミリグラム、スコポラミン四ミリグラムか。致死量ですよ。胸が開かれなくても、こんな毒物カクテルを摂取していたら、間違いなく死亡していたでしょうね」

フアンはラケルと目を見交わした。思いがけない結果だった。やっぱり何かある、と二人は無言で確かめ合った。

「それらの薬物はどこで手に入りますか？　どこで売られてるんでしょう？」ラケル

が矢継ぎ早に尋ねた。「出どころはどこだろう。ブラック・マーケットなら簡単に手に入りますか?」

　女性は馬のような甲高い笑いを漏らした。

「ええ、それはもう簡単に。ちょっと外に出て、近くの空き地をひとまわりすれば、思った以上にどっさり」

「どういうこと?」ラケルは眉をひそめた。たぶん病院のまわりをうろつき薬物を売る売人たちの姿でも想像したのだろう。

「スコポラミンとアトロピンは、チョウセンアサガオに含まれる何十種類ものアルカロイドのうちの二種類にすぎません。チョウセンアサガオは、この国のどこにでも雑草みたいに生えているごくありふれた植物なんです」女性は眼鏡を鼻梁《びりょう》に押し上げた。「場所によっては、〝地獄のイチジク〟とも呼ばれている。欲しければ幹線道路の路肩や空き地なんかに行けばいいだけ。それが何か知っている人なら、いくらでも手に入れられる」

「アルカロイドを抽出するのに、化学の知識は必要ないんですか?」

「ほとんどいりませんね」医師は肩をすくめた。「でも、この女性の体内から検出された濃度からすると、チョウセンアサガオの種を五十から六十粒は飲んだはず。こなごなにしたか、何かの液体にまぜたか何かして。味が強烈だから、たぶん本人が薬だと気づかないように与えられたんでしょう」

「それで、どんな効果があるんですか？」

「いろいろ」医師は二人を見ながら指を折って数えた。「発熱とか頻脈とかその手の症状のほか、とりわけさまざまな幻覚を引き起こします。この植物を求める人は、それが目的なんです。それにスコポラミンには相手を従順にする作用もある。被害女性の尿からわかる摂取レベルだと、観光客でごった返すサンティアゴ・デ・コンポステーラのオブラドイロ広場の真ん中に素っ裸で置き去りにされても気づかなかったでしょうね」

眩暈《めまい》がしたのか、ラケルは机に寄りかかった。

「もっと少ない摂取量なら？」

「はっきりとは言えません。その人の体重や性別なんかによるから。でも、脈が速くなったり、視覚的にも聴覚的にも軽い幻覚が起きたり」彼女はまた肩をすくめた。

「結局のところ、これは幻覚剤なんです。幻覚の内容はその人がいる環境や、どんな暗示を受けたかに左右される。普通は、摂取したときに何をしていたか、その影響が大きいわ」

　ファンはもう一度ラケルに目を向けた。彼女も不安そうにこちらを見た。彼の中に生まれた同じ疑念が彼女の目にも垣間見《かいまみ》えた気がした。昨夜ラケルは、やはり長衣の集団を見たのかもしれない。

「もう一ついいですか」ラケルの声は少し震えていた。「変な質問かもしれませんが……女性の遺体に悪性腫瘍《しゅよう》はありませんでしたか？」

「悪性腫瘍？」マリアナの目が眼鏡の向こうで何度かぱちくりと瞬きをして、少しコミカルな表情になった。そのあとまたパソコンの画面に向き直り、データを確認し始める。「興味深い質問ね。じつは妙な話だけど、薬物分析で何種類かの抗癌剤《こうがんざい》が検出されてるんです。でも、濃度はとても低かった。まるで、最近はもう投与されていなかったかのように」

「でも、癌自体は……」ラケルの声はほとんどかすれていて、ファンは不思議に思いながら彼女を見た。

「そうね、ここで見る限り、何も記載はない。だからたぶん検死のときにも特筆するようなことはなかったんでしょう。もし悪性腫瘍みたいな疾病《しっぺい》が見つかれば、明記するはずだから。でも、わざわざ探そうとしていなかったのも事実なので、なかったと断言することもできない。はっきりさせるためにはもっと徹底的に解剖する必要があったでしょう。なぜそんな質問を？」

「いえ、たいしたことではありません。最後にもう一つだけ」ファンには、ラケルの声がなんだか妙に聞こえた。「ぜひとも……被害女性の遺体を確認させていただきたいんです」

マリアナは眉をひそめた。

「何のために？　検死はもう終わってるんですよ」

「警察の捜査に関わることです」ファンが冷静に口を挟んだ。

「わかりました。でも、署名入りの命令書がない限り、写真を撮ったりサンプルを採取したりすることはできません。いいですね？」

「はい、もちろん」ファンはいちばん人好きのする笑顔を浮かべた。「ほんの一分でかまいません」

医師は二人を隣接する暗い部屋へ案内した。壁のスイッチを押すと、二列並んだ強い明るさの蛍光灯が一瞬明滅したのちに点灯して、部屋じゅうを強烈な白い光で満たし、その部屋のどんな小さな欠点をも際立たせた。

壁には十基ほどの冷蔵庫がはめ込まれ、表面のステンレスは引っかき傷に覆われている。そこに何が納められているかは明らかだった。女医はリストを確認し、その一つに近づいた。

ラケルの体は緊張で固まり、息をするのも難しそうに見える。

遺体がそこにないかもしれないと思ってるのか。ファンはふいに合点がいき、心の中でそうつぶやいた。昨日窓の下で被害者女性を見たと言っていた。だから、メンデスの事件のときのように、冷蔵庫が空っぽなのでは、と恐れているのか。

マリアナが冷蔵庫を開け、ストレッチャーを引いた。ステンレス板の上には、山頂で発見された女性の全裸の遺体が横たわっていた。いっさい何も身につけず、不自然な白さだった。胸の穴に加え、解剖のために体を開いた場所が無残な縫合痕となって残っている。

「さあどうぞ。何を確認するんですか？」

「いえ、何も」ファンは、毛穴という毛穴から安堵感がどっと噴きだしたような気がした。「もうけっこうです」

医師は驚いた顔で二人を見たが、それ以上何も言わなかった。冷蔵庫を閉じ、二人のとんまな治安警備隊員についてぶつぶつ文句を言いながら、小部屋に戻っていった。

「さて、どう思う？」

「たしかに遺体はここにあり、彼女があそこにいたはずはない」ラケルの声に久しぶりに力が戻った。「そして、さっき聞いたチョウセンアサガオのことだけど……あなたはどう思う？」

「誰かが君に薬を盛ったかどうか？　まあそのほうがはるかに理にかなってるけど、問題はいつ誰がどこで、ってことだ」

「わからないけど、心当たりはある。昨夜、わたしのフォルダーを盗んだ男を追っていたとき、何か果物みたいな甘い匂《にお》いがするものを顔に吹きかけられたの」ラケルは答えた。目の奥に湧きあがる冷たい怒りが垣間見えた。「目の前にちかちかと色とりどりの染みが浮かんで、そのあと男を見失った。しばらくして家に帰ってから、あれこれおかしなものを見たり聞いたりしたのよ。あれのせいだわ、ファン。そのうえ、あの医師が言ったこと、あなたも聞いたでしょう？　薬の効果はそのときの環境や何をしていたかに左右されるって。わたしはあのとき捜査資料の写真を見返していた。無意識のうちに、被害者のイメージが幻覚に反映されたのよ、きっと」

「でも、フリアンも同じものを見たって言ってたよね。長衣姿の集団を」

「フリアンは重い病気の子供なのよ、ファン」ラケルが言い、身震いした。「存在しないものを見聞きするの……病気のせいで。横にスコポラミンを摂取した人間がいたら、どんな影響を受けるか。その人間というのがわたしだった」

「なるほどね」ファンはつぶやいた。「ところで、遺体に腫瘍があったかというさっきの質問、あれは何？」

「ちょっと思いついて確認しただけ。馬鹿みたいね」ラケルが曖昧《あいまい》に言った。「たいしたことじゃない。ほんとよ」

「そうか」ファンはうなずき、ふいににっこりした。「でも、少なくとも昨夜見たものは現実じゃなかったとわかった。せめてもの慰めだ、違う？」

「わたしは気が変になったわけでもなく、わが家にお化けや幽霊がうろついているわけでもない。たしかにね」ラケルの声には安堵と決意が入りまじっていた。「さあ、メンデスのところに行こう。もし彼が担当事件について洗いざらい話さなかったら、後悔させてやるわ」

　十分後、町の中心部に車で向かうあいだ、ファンは、窓の外を眺めているラケルの満足げな様子に気づいた。ようやく事態が正常に動きだした。世界は今も合理的で、予測可能で、きちんとコントロールされている。ルールに沿って事が進むなら、分があるのはこちらだ。

18　ラケル

メンデスの家に到着したとき、また雨が降りだしていた。前回ここに来てからまだ二十四時間経っていないなんて、信じられなかった。でも、昨日メンデスと会ったあの記憶は、別の誰かのもののように思える。あれからわたしの日常は、熱にうかされている人を襲う悪夢さながらだった。幽霊やら、実体のない声やら、何百年も前から続く人身御供《ひとみごくう》の歴史やら。そのうえわたし自身、捜査官から被害者に役柄が変わってしまった。「成り行きにまかせろ」というメンデスの助言はいよいよ不吉な意味合いを帯びてきたが、この事件から手を引こうとは思わなかった。今はこれまで以上に。

あの被害女性が事前にわたしに話していた胃癌は消えていた。たしかに治療は受けていて、抗癌剤の痕跡が組織に残ってはいたが、癌はなくなっていた。わたしの心にじわじわと希望が広がった。やはりラモーナは実在する。ヒーラーとしての才能は本物なのだ。見つけるのが間に合いさえすれば、フリアンが助かる希望はまだある。だからどうしてもメンデスの協力が必要だし、ラモーナを必ず見つけるつもりだった。たとえ誰かから奪還しなければならないとしても。

フアンがさっきからしつこく呼び鈴のボタンを押しているが、引退した捜査官は入口を開ける気がないようだった。

「家にいないのかな」

「ほかにどこにいくの？　飲んだくれの老人で、外は大雨。散歩に出かけるわけがない。呼び鈴が壊れたか、理由はわからないけどブザーが聞こえてないのよ」

ちょうどそのとき、同じ建物の住人が入口から出てきたので、わたしたちはこれ幸いと暗い玄関ホールに滑り込み、こうして雨からは避難できた。

「どうする？　上に行って、玄関ドアを思いきり叩く？」

フアンの顔に、いたずらする許しをもらった子供のような、よこしまな笑みが広がった。

「いい日になりそうね」わたしはそう応じた。「さあ、行こう」

わたしたちは階段をのぼり、メンデスが住んでいる上階に向かった。最後の踊り場を過ぎたとき、わたしはふと足を止め、セントバーナード犬のようにあえいでいるフアンの胸に手を置いて押しとどめた。

「どうした？　なんで止まった？　ああ」

メンデスの家の玄関ドアが半開きになっていた。隙間《すきま》から黄色い光が漏れ、階段の踊り場を照らしている。わずかな風に乗って埃が舞い、飛びまわる細かい影が反対側の壁に映っている。

唇に指を押し当てて、静かにとファアンに合図する。そのファアンはすでに息を整えていた。二人とも流れるような動きで銃を取りだし、古い階段をきしませないように上がる。それでも段を踏むたびに、ギーギーキーキーとびっくりするほど騒々しい交響曲を奏《かな》でた。

「メンデスさん」鉄板で補強されたドアの片側に張りつき、ドアをそっと押し開ける。蝶番《ちょうつがい》にはしっかりと油が差され、音はまったくしない。「捜査官のビラノバとコリーナです。いらっしゃいますか？」

答えがない。わたしたちはいやな予感に襲われながら、目を見交わした。

「メンデスさん、家に入りますよ！　聞こえますか、メンデスさん！」

やはり応答がない。わたしがドアをさっと大きく開けるとともに、ファアンがその開口部を軽く下に向けた銃で援護する。スリッパとバスローブ姿のもしかすると少し耳の遠い老人を、いきなり驚かせるのだけは避けたい。

玄関ホールはがらんとしていた。奥にあるテレビから、『幸運のルーレット』の観客の歓声と音楽が小さく聞こえてくる。ファンが先に中に入って脇《わき》にある小さな台所を確かめ、わたしはそのまま居間に直接進んだ。

テーブルにはゆうべのコーヒーカップがまだあった。ソベラノのボトルはすでにすっかり空いていて、次はジンのボトルに引き継がれたらしい。だがそちらはまだ半分残っていた。

しかしそこにメンデスの姿はなかった。

ファンは緊張した面持ちで廊下の奥を指さした。壁を見たわたしは、掛かっていたはずの額縁が二つ、床に落ちているのに気づいた。一枚はありふれた運河の版画で、もう一枚はガリシアと思われる風景写真だ。覆いのガラスがこなごなに割れ、木の床一面に散っている。

「どうする？」ファンが囁いた。

あれこれ可能性を考える。

「酔っぱらってベッドで眠ってるのよ、きっと」そうであってほしいと祈りながら小声で言う。「テーブルの上の酒瓶を見て。昨日泥酔《でいすい》してドアを閉め忘れ、そのあと壁にぶつかって、ベッドでばたっと気を失った、そんなところよ」

「でも彼の身に何かあったとしたら? そこに落ちてるガラスには血痕が見える」

「確認する方法は一つ」

わたしは床に散らばるガラスの破片を避けながらさらに廊下を進み、寝室にたどり着いた。室内は暗かったので、壁を手探りしてスイッチを見つけた。灯りがついたとき鳥肌が立った。それは警告だった。ベッドに乱れはなく、メンデスの姿はどこにもなかった。

「ここにもいない」わたしはこちらに背を向けているファンに言った。

「浴室もだ」彼が顔をしかめて浴室から出てきた。「あいつ、最低だ。もっとちゃんと狙《ねら》いをつけろって。便器のまわりがどこもかしこもびしょびしょだよ」

「どこに行ったんだろう」わたしはベレッタをショルダーホルスターに戻しながらつぶやいた。

「もう一つドアがある」ファンが廊下の反対側のつきあたりにある、装飾模様の施された重厚なマホガニーのドアを示した。

近づいてドアノブをまわしてみたが、中から鍵《かぎ》がかかっている。大声で呼びかけたが、返事はなかった。そのとき、戸枠に錆色《さびいろ》の汚れがあるのに目が留まった。わたしの胸の高さにあるそれは、完璧な形の三本の指の血痕だった。わたしとファンの視線がぶつかった。その視線は言葉以上に雄弁だった。

相棒は二、三歩後ずさりをして助走した。荒い鼻息を一つつき、ドアに肩をぶつける。ドア板は激しく震動したが、開かなかった。フアンはもう一度勢いをつけてぶつかった。今度は戸枠の上方から細かいパテのくずがぱらぱらと落ち、不穏なきしみが響いたが、蝶番は衝撃に耐えた。

「どいててくれ！」フアンは顔を真っ赤にし、やや いらだちをこめてわめいた。

ついにガラスの破片を踏んでいることも気にせず廊下の端まで行き、警官にはあまりふさわしくない吠《ほ》え声をあげると、激怒した象が突撃するかのように、突進してきた。すさまじいインパクトだった。壊れた戸枠のかけらの雨が降り、ドアは内側に向かって張り裂けた。

フアンは勢い余って部屋の中に突っ込み、花柄の安楽椅子《いす》に激突した。椅子は彼の体重を受け止めきれず、引っくり返って、フアンの巨体を宙に投げだした。華麗さとはほど遠い跳躍。

十秒もかからないあいだの出来事だった。わたしは驚きで体が固まったまま、部屋の中を見た。次の瞬間には、引っくり返った安楽椅子の向こう側からフアンの紅潮した顔がのぞいていて、歪《ゆが》んだ表情で肩をさすっていた。

「フアン?」わたしはおそるおそる尋ねた。

「僕は大丈夫。お気遣いありがとう」あえぎながら言う。「でも、肩を骨折しそうになった」

だがすでにわたしの意識はよそに移り、視線は部屋の反対側に釘付けになっていた。そこは小ぶりな書斎で、趣味のいい内装だった。この家のほかの部分には住人の個性がいっさい感じられない一方で、この部屋こそがメンデスの聖域だった。壁には古い不鮮明な写真が所狭しと並び、たいていは制服姿の、はるかに若い、かの捜査官がこちらに微笑《ほほえ》みかけている。巨大な書棚には、ずいぶんと読み込まれた名作文学全集や古い時代遅れの百科事典のほかに、赤いサテンの敷かれたガラスのショーケースがあり、軍人として生涯勤めあげたあいだに授与された勲章の数々が飾られている。

そしてそのショーケースの足元に、不自然に体のよじれたメンデスが倒れていた。

「力を貸して! それから救急車を呼んで!」

フアンが電話で応援を呼ぶあいだ、わたしは無意識のうちに〈メソッド〉を始めていた。

人(とくに自分の使命で頭がいっぱいの医療従事者たち)がこの部屋に入って来れば、彼らがどんなに注意を払っていたとしても、現場はどうしても荒らされる。脈拍を最低レベルに抑え、部屋の隅々に至るまで、周囲のあらゆるディテールを脳裏に焼きつける。

　最初に気づいたのは、当然の手順として救急車を呼びはしたものの、メンデスにいかなる処置を施してももはや救うことはできないということだった。どう見ても息はなく、治療の余地はない。昨夜話をしたときと同じ服装だったが、シャツの前面に乾いた汚れがあり、匂いから察するにアルコールだと思われた。右手（記憶によればメンデスは右利《みぎき》きだ）の手のひらに深い切創があり、廊下で写真のガラスに触れたせいだと思われたが、見える限りではそれが唯一《ゆいいつ》の外傷だ。ほかに損傷は見当たらないとはいえ、死んでいることに変わりはなかった。

　何も触れないうちに、ポケットからラテックスの手袋を一組取りだして機械的に装着する。遺体のそばにしゃがむと同時に、足の親指にずきんと痛みが走った。そういえば、昨夜したたかぶつけたのだった。今となっては折れているとは思わなかったが、力を入れるとまだ痛んだ。わたしは改めて集中した。老人の服やポケットを探る。何もない。それから彼の顔を観察した。

　メンデスは顔を恐怖に歪めて息絶えていた。眼球が飛びだし、口が開いていて、永遠の悲鳴が凍りついている。そのため、年月とニコチン、飲酒のせいで黄色く朽ちた歯が見えていた。死後硬直はまだ現れていなかったが、何かから身を守ろうとするように体を縮めている。廊下をよろよろ走って逃げ、この部屋に閉じこもろうとするほど、何かとてつもなく恐ろしいものから。

「何が起きたんだと思う？」ファンは尋ねた。わたしから目を離しはしないが、行動を黙認している。

「誰かが訪ねてきた」わたしは頭の中で一部始終を再現しようとした。「真夜中なのにメンデスにドアを開けさせることができた人物が」

「誰だったんだろう？　窃盗犯？」

「そうは思えない」わたしは首を振った。テーブルの上に財布があり、端からしわくちゃの五十ユーロ札がのぞいている。「わたしたちを襲った男かもしれない。あるいはその仲間か。何か手に入れたいものがあった」

「メンデスの記録か」ファンがごくゆっくりうなずく。「ポルタレンに関する資料。でも、なぜこんなことになった？」

「わからない。ただ、玄関のドアを開けたとき、何かが起きた。メンデスが驚いて、ドアを閉めもせずにここまで逃げてきたほどの何かが」

「つまり？」

わたしは首を振ったが、言葉は続けなかった。頭の中でその光景を見ていた。ここから遠く離れた、今ではないときの光景。

「途中で壁にぶつかって絵が落ちガラスが割れ、手を切った。わたしたちといたときにもかなり飲んでいたし、そのあと一、二時間さらに飲み続けたに違いない。バランスを崩して、うっかり絵を叩き落としてしまったのかも。それからここに立てこもって、それから……」

「それから？」

しばらく考え込む。

「そこからが腑《ふ》に落ちない。考えてみて」わたしは相棒が突進して壊したドア枠を示した。「内側から二つも錠をおろしている。こちら側からしか締められず、向こう側からは操作できない。それでも、相手が誰にせよ、ここまでメンデスを追いかけてきて中に入った」

「なぜそうわかる？」

「彼の体の位置よ。書棚の下で体を丸めているけれど、最期《さいご》の瞬間は扉の方向じゃなく、今あなたがいるあたり、向かい側の壁のほうを見ている。もし何かに怯《おび》えてここに閉じこもったのなら、身の安全を確保するためドアのほうを見張るはず。その反対

に際《ぎわ》に何もない壁ではなく」わたしは眉をひそめた。解けない謎《なぞ》は嫌いだ。「死に際《ぎわ》に
メンデスは何を見ていたのか」

フアンは答えようとして口を開いたが、すぐに閉じた。たぶん見当もつかなかったからだ。

「じゃあ、まとめてみるね」わたしは立ち上がり、目を閉じて集中しながらその場でぐるりと回った。「わたしたちが帰ったあと誰かがここに来て、メンデスに表のドアを開けさせた……でもそのあとメンデスを怖がらせる何かが起き、彼はこの部屋めがけて走り、立てこもった。家の中でいちばん安全なこの部屋に」

「中から鍵がかかっている密室だ」

「窓もない」わたしは付け加えた。

「内側から鍵がかかった、窓もない部屋だが、犯人はどうやってか侵入し、メンデスを殺害し、出ていった……また内側から鍵をかけて」

「不可能よ」

「だが、そうとしか思えない」

「こういうの、ほんとにむかつく」わたしは額を手で押さえた。

「犯人がいなくなってから、メンデスが自分で閉めたとか」

「ありえない」わたしは血の気が引いた。自分でも気に入らないおかしな考えが頭に浮かんだのだ。「彼は床に倒れて動けない状態だった。そもそも、もし自分で閉めたならドアの内側のノブに血痕が残っているはずよ。ドアノブに汚れはない。でも閂《かんぬき》は汚れている。これは部屋に飛び込んだときにかけたから」

「じゃあ、どうやって?」

「わからない」わたしは目を開き、倒れた安楽椅子に寄りかかった。「でも、もっと恐ろしいことがある」

「ほんとに? 何だよ」

「メンデス自身よ」床に倒れている遺体を示す。「わたしは検死医じゃないし、検死が行われるまではっきりしないけど、外傷も何らかの痕跡もない。だからもしかすると……」

わたしは急にくらっとして、その場に倒れそうになった。フアンが慌《あわ》てて支えてくれたから、かろうじて立っていられた。わたしは何か大事な秘密を打ち明けるかのように、フアンの耳に口を寄せた。とても大声では話せないような機密か何かのように。すでにサイレンが近づいてくるのが聞こえていた。

「恐怖のあまりショック死したんじゃないか、そう思うのよ」わたしは囁いた。「メンデスに続いて何が、あるいは誰がここに入ってきたのかわからない。でも、それを見ただけで心臓が止まるほど恐ろしい何か」

そしてそれはまだどこかに存在している、とわたしは心の中で続けた。頭の中で渦巻く疑いをすべてフアンに打ち明けることはできない。気がふれたと思われるのがオチだ。とにかく、酔いどれの老人を恐怖で殺してしまうほど、尋常ではない何か。

そして、そいつはわたしたちが誰で、何をしていて、誰と話し、何を探しているのか知っている。

そして、それを不快に思っている。

そして、人殺しも平気でやってのける。

19

救急車とともに衛生班と国家警察が到着すると、メンデスの小さなアパートメントは人であふれ、実際よりさらに小さく感じられた。今思い返しても、その後の三時間は頭の中に霧がかかったような感じだった。ファンに支えられて階段を下り、煙草をやめなければよかったと後悔しながら救急車の後部に座っているあいだ、制服警官と話をする役目も彼が引き受けてくれた。白髪で背の高い、ちょっと色男風の警官がこちらに近づいてきて、身分証明書を求めた。少しして、わたしを拘束しようとしているのだと気づき、一喝する。

頭の中で怒ったミツバチが飛びまわって思考を攪乱《かくらん》した。メンデスの家で何があったのかまったくわからなかったし、それがわたしたちの事件とどう関係しているのかも見当がつかない。何かしらつながりがあるのはわかっていたが、それだ、見つかったと思うたび、答えが指のあいだをすり抜けてしまう。何かが動いているのが目の端に入り、さっとそちらを向くと、もう見えない、そんな感じ。

現場の状況は、辻褄《つじつま》の合わないことだらけだった。少なくとも、これまでに目にしたどんな事件とも違っている。マドリードで専門家として経験を積んだ年月が、わたしの無能ぶりを嘲笑《あざわら》っているかのようだ。アガサ・クリスティーの小説から抜きだしてきたかのような不可解きわまりない謎を前に、手も足も出ないわたしを。

でも、自分が急に役立たずになったことよりもっと不安なことがある。空想と現実を分けるごく細い境界線の上をぐらぐらしながらずっと歩き続けている、そんな感覚がどうしても拭《ぬぐ》い去れないことだ。それは、解消したくても簡単ではなさそうだった。

マドリードの中央部隊にいたこのあいだまでのわたしなら、ここ何日かに見聞きし、経験したことをたとえ耳にしても、鼻で嗤《わら》っていただろう。ふいに、その狭い通りに停まった救急車の後部座席にいながら、自分が現実世界から切り離され、ぽつんと独りぼっちになったような気がした。マドリードでの生活がひどく懐《なつ》かしくなる。せかせかと歩く人でいっぱいの通りも、凍《い》てつく冬と灼熱《しゃくねつ》の夏も、交通渋滞も、熱狂のリズムも、郷愁が津波となって押し寄せてくる。物差しどおりに物事を見ることができるって、なんて楽ちんなんだろう。ショーウィンドー荒らしや人身売買組織を相手にする捜査は、すっきりしていて本当に簡単だった……これに比べれば。

「大丈夫かい？」

フアンの心配そうな声で、現実に引き戻された。驚いたことに、わたしはいつの間にか泣いていた。見られないようにそっと頬の涙を拭い、首を振った。

「疲れたみたい、ただそれだけ。たぶん風邪を引いたか何かしたんだと思う」

「家に送ろうか？　いろいろあったから午前中は飛ぶように過ぎたよな。今日は早出だったから、勤務時間もそろそろ終わりだ。多少早くあがっても、ノゲイラ軍曹だって文句は言わないさ」

わたしはうなずいた。フリアンのそばにいられると思うと、一刻も早く帰りたくなった。

「彼らに何て話したの？」わたしは、建物の入口を出たり入ったりしている国家警察の制服警官たちのほうに顎《あご》をしゃくった。ああ、ほんとに煙草が吸いたい。

「事実だよ」フアンは肩をすくめた。「メンデスは僕らの捜査線上に浮かんだ関係者で、書類を受け取るためにここに来た。それに、どうやって彼のことを知ったか、とかそういうことも少し説明したよ。ここは都市部だから、彼らの管轄《かんかつ》だ。まあ、今度ばかりは思いがけない厄介事をしょい込むはめになっただろうけどね」

「彼ら、有能？」

「僕もよく知ってる連中だし、みんななかなか優秀だよ」ファンはポケットからビスケットを取りだし、のんびり食べ始めた。「ちゃんと仕事をしてくれると思う。遺体の薬物分析が終わったら、すぐにこっちにも結果をまわしてほしいと頼んでおいた」

「メンデスに会った理由は聞かれなかったの？」

「麻薬依存者たちの話をでっちあげた」またしてもファンの顔にいたずらっ子みたいな笑みが浮かぶ。「僕らの事件に関するメンデスの証言が信用できるかどうか、確認する必要があったと説明した。ちょっと不自然だけど、通用した。それに、僕らはもともと知り合いだから、それほど詮索《せんさく》はしてこなかった」

「わたしたちの検査結果は？」

モンテセロ病院を出る前に生理検査室に上がって、わたしたち二人の血液と尿のサンプルを提出したのだ。説得と懇願とファンの警察バッジを駆使して、特例で午前中のうちに結果を出してもらうことになった。もし幻覚剤が使われた可能性があるなら、はっきりさせておきたかった。

「まだ届いてない」相棒がスマートフォンを確認した。「でも、そのうち来るさ。そうあせりなさんな」

そこではもうやるべきこともなかったので、わたしたちはのろのろと歩きだした。

「ちょっとひと息入れたいな」ファンがぶるっと身震いして言った。「長年この仕事をしてるけど、死体にはまだ慣れないよ。君もどう？」

「勤務中に一杯ってこと？」わたしは眉を片方吊《つ》り上げた。

「違う違う」ファンがうろたえた様子で言う。「一緒にお茶するとか何か、その程度だよ。いや、デートしようとか、そういう提案じゃなく、つまり……」

わかってるって、というように彼の腕を叩く。しどろもどろになるファンを見るのは面白かった。

「悪くないわね、うん、ほんとに。じゃあ、コーヒーを一杯」

「いい店を知ってるんだ」彼はまだ頬を赤くしている。「すぐ近くだよ」

ファンに連れられ、わたしたちは再び旧市街の中心部に入った。ほんのいくつか通りを挟んだところで男が一人死んだことも知らずに、それぞれの人生を楽しんでいる人たちを見かけると、不思議な気分になる。でも、日常とはそういうものなのだろう。

やがてわたしたちは、川の近くに建つ、幅が広くやや平べったい美しい建物の前にたどり着いた。入口の上に〈生鮮市場〉という看板があるが、ファンは躊躇《ちゅうちょ》なく、そこに入ってすぐ両側に展開する石造りの大階段にわたしを案内し、二階に上がった。

驚いたことに二階は、この時間なので客は少ないとはいえ、一面小さな飲食店がいくつも並んでいた。ザルガイのエンパナーダや茹《ゆ》でたてのタコ、その他おいしそうな匂いが漂ってきて、たちまち涎《よだれ》が出た。階下から、客を呼び込もうとする魚屋や花屋の大声が聞こえてくる。頭上には、往年のさまざまな船がワイヤーで吊るされていた。

ファンは中央に位置するテーブルを選び、集中した表情で入口を注視しながら座った。すぐに彼が何をしているか気づいた。

「尾行されてないか、確かめてるのね」と指摘する。「だから、入口が一か所しかない、ここまで来たというわけ」

「昨夜、襲撃者はメンデスの家の玄関口で僕らを待ち伏せしていた。今日も僕らが何をしているのか、見張っていたかもしれない。さっきまでは、怪しい者は見かけなかったけど、用心するに越したことはない」

わたしはうなずきながらも考え込んでいた。何者かに監視されているなんて気持ちのいいものではないが、ありえないことではない。〝この沼は底なしだぞ〟とメンデスは予言めいた物言いをしていた。

わたしは地ビールの店に近づき、ノンアルコールの瓶ビールを二本と、ピリ辛の豚赤身肉の料理を注文した。ファンによればソルサという料理らしい。静かに飲みながら、メンデスの死の謎を解こうとしたが、結局のところ、密室という袋小路に何度もつきあたって終わった。しまいに事件について考えるのはやめて、二人で過ごすその穏やかなひとときを無言で味わった。その十分間、わたしはプエルタのことも事件のことも忘れ、フリアンを心配する気持ちさえ胸の奥のくぐもった小さな囁き声となった。

「ここ、好きだわ」わたしはつぶやいた。

「この市場？　うん、すごくすてきな場所だよね、ほんとに」

「違うわよ、馬鹿《ばか》ね」彼の手をやさしく叩く。「この土地のこと。町も、フォスコも。ガリシアという場所が。緑が深くて、鄙《ひな》びていて、とても……」

「さびれてる？」ファンがまぜっかえした。

「穏やか」わたしは夢見るように答えた。「まるで……魔法みたい」

「自分は将来どこにいると思う？　そうだな、たとえば五年後に」唐突にファンが尋ねた。「ここにずっと残る？　それともマドリードに戻る？」

　フリアンが回復するかどうかによる、と身震いしながら思う。ラモーナ・バロンゴを見つけるのが間に合ったら。でもわたしは何も言わなかった。ふいに、ビールがおいしく感じられなくなった。家に帰って息子のそばにいてやらなければ。それも大急ぎで。

20

雨が一時的にやんだ隙に、わたしたちは市場を出て、その直後、ファンの車でフォスコへ向かった。

今、ラジオから流れているのは、クリーデンス・クリアウォーター・リバイバルの「ダウン・オン・ザ・コーナー」で、相棒はリフレーンの部分で小さく鼻歌をうたいながら、ハンドルを持つ手でリズムを取っている。わたしは改めて、知らず知らずのうちにまわりを落ち着かせてしまうファンの能力に驚いていた。どういうわけか、どんなに妙なことが起きても、彼ののんびりした性格はそれをやわらかく包み込んでしまう。いや、鈍感というわけではない。メンデスの遺体を見つけたとき、彼の顔には不安げな表情が浮かんでいた。そうではなく、感情の波が押し寄せてきても、それは心の堅固な砦《とりで》の前でこなごなに砕け散り、けっして門を決壊させないのだ。そんな彼が心底羨《うらや》ましかったし、同時に、彼を相棒に持ったのは本当に幸運だったと思う。彼のような人こそが、世界がふらふらと漂流しだすのを食い止めるのだ。たとえどんなにだらしなく、不器用に見えても。

フォスコに着いたとき、雨はすでにやんでいたが、山々には霧が下りて、二十メートル向こうが見えない状態だった。村に入っていく道路沿いに最初に現れた家々は、どこか幽霊めいていた。ファンは屋敷の前で車を停めると、クラクションを二度鳴らした。

まもなくバタンとドアが開いた。玄関ホールの灯りを背に浴びて、フリアンの小さなシルエットが戸口に現れた。あまりにも華奢《きゃしゃ》で、強い突風が吹けばやすやすと倒されてしまうだろう。

「マミ!」かわいらしい叫び声が耳に届いたとたん、小さな体がわたしにぶつかってきて、あり余る愛情を押しつけるようにかじりついてきた。

わたしとフリアンの体が溶け合い、その温かな瞬間、地球は回転を止めて、そこに存在するのはわたしたち二人だけになった。フリアンにキスの雨を降らせながら、浮きあがった鎖骨を指でなぞり、だぶだぶのマインクラフトのTシャツ越しでも触れれば肋骨《ろっこつ》の数が数えられそうだと気づいて、悲しくなる。フリアンの体はたぶん少々熱すぎた。たぶん今も、この数か月というもの離れられない相棒みたいになってしまった、微熱が出ているのだろう。調子が悪いよ、と体が必死に訴えているあかしなのだ。

ふいに、すべての懸念《けねん》材料が、馬鹿げたどうでもいいものに思えてくる。セイショ山も、メンデスの死も、幽霊も、そういうほかの何もかもが。わたしにとって唯一本当に大事なものは、ここでわたしの首にぶら下がっている。そして、わたしたちにはほとんど時間が残っていないのだと思うと、余計に胸が引き裂かれそうになった。

子供を失《な》くした人にしか、この激しい痛みは、この耐えがたい魂の傷の深さは、理解できないだろう。死を目前にした子供を持つ親だけが、月に遠吠えし、こんなにも残酷なルール変更をした世界をののしり倒したいという気持ちを分かち合える。子供が親を埋葬するのがルールであり、けっしてその逆ではない。こんなのあんまりだ。ああ、本当に。だからこそ、この事件を早急に解決しなければならない。ラモーナを見つけて息子を救ってもらうのだ。ほかはすべて二の次。

「元気だった、坊や？」胸の痛みを隠し、息子の肩に手を置いて顔を覗《のぞ》き込むと、にっこり微笑んだ。「今朝は何をしてたの？」

「元気だよ」慌てて、どこかぴりぴりした様子で答える。なんだか気に入らない。

「楽しく過ごした。いつもどおりだよ、ほんとに」

フリアンがアガタを一瞬ちらりと見たのに気づく。少なくともそんな感じがした。

気のせいだろうか。

「ママは？　悪者をいっぱい捕まえた？」

「もちろん」そう言って、フリアンの耳の後ろをくすぐると、たちまち、ふざけっこを楽しもうとする笑い声が響いた。「すぐに一人もいなくなるよ」

「今日は午前中、本を読んで、宿題をみんな終わらせたのよ」アガタが言い、フリアンを守ろうとするかのように背中に手を置いた。フリアンは学校には通っていない（通う意味がある？）が、世の中のことを理解するための最低限の勉強は続けている。とはいえ、フリアンは一人でどんどん勉強してしまうし、本の虫でもある。「そのあとデザート用のクッキーを焼いたの。今はオーブンの中よ」

わたしがちらりとフアンを見ると、彼もそれに気づいた。観察されているのを感じて、顔が赤くなったり青くなったりしている。わたしがこれから何を言おうとしているか、すでに勘づいていたからだ。

「フアンも食事を一緒にどうかな。クッキーを味見してみたいでしょ、フアン？」

「ああ……ええと……」彼はうろたえ、わたしとじかに目を合わせないようにしながら、方々に目をやった。「そうだね、一、二枚ぐらい。うん、もちろんだ」

「すてき」アガタがモナ・リザを思わせるとっておきの笑みを浮かべた。「十分もしないでできるわ。そのあいだ、中でくつろいでいて。すぐに飲み物でも用意しましょう」

「急いで行くわ。坊や、アガタと中に入ってて。ファンとちょっと話しておきたいことがあるから」

フリアンは、一緒にいたいと駄々をこねるものと思ったが、わたしをぎゅっとハグして頬にキスをしただけだったので、驚いた。それから弱々しく微笑むと、家の中に入っていった。

二人がいなくなると、わたしは相棒のほうを向いた。

「無理強いしたみたいになってごめんね。ただ……少しみんなで過ごせたらな、と思って」

「もちろん嬉《うれ》しいよ、君と食事ができて……いや、君たちと、ってことだけど。というか、言いたいことは……」

ファンのしどろもどろの反応に、わたしはその日初めて声をあげて笑った。笑い声に自分自身さえ驚き、胸を圧《お》しつぶそうとしていた重荷が消えるのを感じた。あとで一人になったときに、知り合ってまだ一週間少々しか経《た》っていない男をなぜ食事に招いたりしたのか、じっくり考えてみなければならない。あんなに自然に誘った自分が自分でも意外だったのだ。ファン・ビラノバはタイプではないけれど、彼には何か……いいえ、そんなことを考えているわけじゃない。だって……。

「……てはどうかな」

「何？　ごめんなさい、ちょっとぼんやりしてた」わたしは思った以上に顔を赤らめて言った。「今何て？」

「まだ時間があるし、外は明るいから、窓の下の森のあたりを一緒に見てみないか、と言ったんだ。二人で見たら、何か見逃していたものが見つかるかも」

わたしはうなずいた。今のは何だったんだろう。魔がさしたみたいな瞬間が消えてほっとしていた。それにファンの提案は名案に思えた。意外なアイデアが引きだされるかもしれない。

わたしたちは、ひびの入ったアスファルトにできた水たまりを避けて、屋敷の裏にまわった。ここを誰かが通ったのは内戦の前だよ、きっと、とファンが皮肉まじりに言った。でも緊張していたわたしには、彼のユーモアのセンスをどうこういう余裕はなかった。あの場所に戻ると思っただけで、腐った食べ物を口にしたときに広がる酸味のように、昨夜の記憶がよみがえってきた。

「ここよ」わたしは、右手に見える図書室の光が漏れている窓を、そのあとわたししたちの足元にある草に覆《おお》われた小さな空き地を示した。二十メートルも行くと、そこはもう鬱蒼《うっそう》とした森だ。

今もまだ、今朝わたしがここを調べたときに残した足跡が、茎の折れたシダの道となって残っている。それもファンに示したが、彼はすでにその〝犯罪現場〟に意識を集中していた。

わたしは立ったまま、ファンが背の高いシダや、あちこちに点在するエニシダのふさふさした枝のあいだを慎重に移動するのを眺めた。ファンの視線はあちこちに飛び、何か気になることがあるとしゃがんでもっとじっくり観察する。曲名はわからないが、今も小声で鼻歌をうたっている。彼がふいに足を止めて何かを指さしたので、わたしは近づいた。

「一つ訊《き》いていいか？」わたしが横に行くとそう尋ねた。「昨夜、寒かった？」

「ファン、フォスコはいつだって寒いわ」と答える。「ここは湿気の多い冷蔵庫よ」

「そういうことじゃない」彼は眉《まゆ》をひそめて首を振った。「本当に寒かったか、ってことだよ。池の水は凍った？　ガラスに霜がこびりついた？」

わたしは思いだそうとした。ここに来てからというもの、地中海育ちのわたしの血は快適と思える温度よりかなり低く冷やされているが、昨夜そこまで温度が下がったかどうか記憶になかった。

「わからない。はっきりしないわ」

「なるほど」ファンはつかのま歯を嚙《か》みしめた。ものすごい勢いで頭の歯車が回転しているのが聞こえるような気さえする。「だとすると、これは問題だ」

彼が〝問題〟と言ったときの口調がいやな感じだった。急に口の中がからからになる。

「どういうこと？」

「これを見てくれ」足元にある哀れに黄ばんだシダを指さす。「茎に黒い跡があるよね」

「そうね。それが何か？」

「シダはとても丈夫な植物だ。たとえ人に踏まれても、数時間もすれば元に戻る。でも寒いときには、折れたところが黒くなるんだ。たぶん生体液のせいか何かだと思う」

「なんでそんなこと知ってるの？」

「この土地にある程度住んでいると、わが家の庭を荒そうとするアホどもと何度も喧《けん》嘩《か》するはめになるからね。それくらいの知識はある」

今の指摘について考える。今朝、同じ場所で足跡や何かしらの痕跡《こんせき》はないかと探したが、雑草の茎の黒い跡にまでは目が行かなかった。わたしは治安警備隊員であって、植物学者ではない。残念ながら、フォスコ村に来るまでは、知っている植物といえばレティーロ公園で目にするものや、スーパーの青果売り場で買う野菜ぐらいのものだった。わが家で何か育てようとしたことはあるが、どんなに世話をしても、彼らの自殺傾向をどうしても止められなかった。

「植物に踏んだ跡があるとしても、意味があるかな。だってもしかすると……」弱々しい声で反論してはみたものの、言葉は喉《のど》に留まった。

改めて足元に目を落とし、そしてたしかに見た。わたしたちが立っている直径半メートルほどの一帯では、どのシダもみな強力な除草剤を撒《ま》かれたかのような色合いだった。何を見ればいいかわかっていれば、どれも同じように変色していることがわかっただろう。中には無理やり頭をもたげているものもあるとはいえ。

「ファン」わたしは今にも消え入りそうな声で言った。「ここにいたのは誰？」

「わからない」彼がつぶやく。「わからないよ」

またしても、世界がわたしの周囲でがらがらと崩壊し、確かな現実を守る防護壁が、奇妙で不可解なものの攻撃で脆《もろ》くも壊れた。なぜならファンの声にまで、理解できないものに出会った驚きはもとより、不確かな不安の色が初めて滲《にじ》んでいたからだ。

「幻覚じゃなかったんだよ、ラケル」沈んだ口調でとうとうつぶやいた。「昨夜ここに誰かがいたんだ」

「まさか」わたしは首を横に振った。「ありえない！　幻覚だって言ったじゃない。現実じゃないって。スコポラミンが……」

「どうやら僕が間違ってたらしい」困惑しながら答える。「アガタは昨夜何も見聞きしてないの？」

「その時間にはもうベッドに入ってぐっすり眠っていたと言ったでしょう。睡眠導入剤を飲むから、枕《まくら》に頭がついたその瞬間に前後不覚になるの」

「じゃあ、近所の人たちに尋ねてみよう」フアンは急に意を決したように言った。

「昨夜誰がここをうろついていたのかわからないが、絶対に幽霊なんかじゃない。痕跡を残す、生身の人間だよ。理由はわからないが、君を怖がらせようとした者がいるんだ」

完全に納得したわけではなかったけれど、うなずいた。わたしの理性の土台がまた揺らぎだしていた。

ガリシアの田舎では、隣家までかなりの距離があるのが普通だが、フォスコでは家々がたがいに身を寄せ合っている。アスファルトの舗装が行き届いていない場所では、灰色のコンクリート敷きの細道が家と家の境界線になっている。どの家も粗く切りだされた重そうな花崗岩《かこうがん》製の大邸宅で、ところどころ苔《こけ》むし、排水用の雨樋《あまどい》をツル植物がくねくねと這《は》い上がっていたりする。フリアンを連れずに村の中を歩くのはこれが初めてだと気づいた。村にいるときにはフリアンから離れることはめったになく、しかも降り続く雨のせいで〝わが家〟で過ごすことが多かった。

「どこから始める？」フアンが尋ねた。「寄ってみたい家はある？」

「ここに来てまだ二週間にならないもの。近所の人は誰も知らないし、会ったこともない。家を離れるのは仕事に行くときだけで、できるときには、フリアンと川沿いの小径《こみち》を散歩するぐらい」

「じゃあ、ほかの家もみんなすてきだけど、あの立派な屋敷から初めてみよう」フアンは、いちばん近くにある家を指さした。

赤い瓦屋根《かわらやね》の花崗岩でできた家で、まるでイボのように脇にくっついた、錆びた金属とコンクリートのボロ小屋さえなければ、みごとな景観だっただろう。その小屋の前に、窓が少し開いた真っ赤なワゴン車が停まっていた。

「実用的だけど、お世辞にもすてきとは言いがたい」わたしはコンクリートの小屋を示した。「ちぐはぐね、ずいぶんと」

「まさに、二丁拳銃《けんじゅう》のキリストみたいにちぐはぐ」ファンは冗談めかして言ったが、その暗い声にはユーモアのかけらも感じられない。

小屋のドアは開いていて、中からガーガーという耳障《みみざわ》りな荒々しい音が聞こえてくる。一瞬止まったが、また長々と続いた。

わたしたちは中を覗いてみた。床は一面、木の削りくずで覆われており、壁のそこらじゅうに、わたしには用途がまったくわからないさまざまな大工道具が吊り下がっている。小屋の中央に作業台があり、天井から鉄の鎖で下がる蛍光灯で照らされている。その横に、こちらに背を向けた男が一人いた。ここからは見えないが、熱心に何か作業をしている。

わたしたちは目を見交わしてから中に入った。ファンが入口にあるブリキ板をコンコンと叩《たた》くと、男がはっとして振り返った。がっしりした四十代くらいの男で、奥深い黒い目をしており、髪も黒く、髭《ひげ》に削りくずが点々とこびりついている。だがそうしたすべては、驚くほど巧妙に作られたダークウッドの左手の義手を目にしたとき、一気にかすんだ。障害のある人をじろじろ見てはいけないと教えられてきたとはいえ、その小さな芸術品からなかなか目が離せなかった。男は本物のほうの手の甲で削りくずを払い、横に置いてあった魔法瓶に口をつけた。

「何か用かね」

「隣に住んでいるコリーナ捜査官です。こちらは同僚のファン・ビラノバです」

「あんたが誰かは知っている」男は顔をしかめてぼそりと言った。「尋ねたのはそういうことじゃない。俺たちに目がないとでも思うのかね」

いきなりそんな敵意を突きつけられて、わたしたちは黙り込んだが、ふいに男はぱっと魅力的な笑みを浮かべ、こちらに近づいてきた。

「冗談だよ」轟《とどろ》くような笑い声をあげ、同時に唯一の手を差しだした。「頼むから怒らないでくれ。俺はサアベドラだ、みんなはバラスと呼ぶがね」

「〈銃弾《バラス》〉?」

男は肩をすくめた。

「話せば長い」義手のほうを持ち上げ、簡単にそう言った。「まあ、知ってのとおり、小さな村ではそういう通り名で人を呼ぶものだろう。〈丸太腕〉だとか〈片腕〉だとか、その手のありがたい呼び名にならなかっただけでもありがたいよ。あんたはアガタとこのへんを駆けずりまわってる男の子の母親だろう」

わたしは眉根を寄せせ、あとで、わたしがいないあいだに息子の世話をしてくれているかの老婦人と話をして、今この男が〝駆けずりまわってる〟と言ったのはどういう意味か尋ねなければ、と頭の中にメモをした。しかし、すぐにまたできるだけにこやかな顔で答えた。

「ええ、そうです。少しお話をうかがってもいいでしょうか」

「もちろんだとも。どんなことかね」

「昨夜、何か普段と違うものを見聞きしませんでしたか？」

男は驚いた顔でわたしたちを見た。

「普段と違うもの？」肩をすくめてみせる。「何だろうな、雨が降ってたな。それはまったく普段どおりだ」

「誰かが村をうろうろしていた、そんな感じはしませんでした？」

「フォスコ村を？」この小屋にマドンナが素っ裸で入ってこようとしているかのように、目をひん剝《む》いた。「昨夜みたいな日の真夜中に、いったい誰がこんなところに来たがるっていうんだ」

「わかりません」ファンが平然と答えた。

「新聞で騒いでるコソボ人の強盗団のことか？　家を襲撃してまわってるっていう？」

「いいえ、そういうことじゃありません」わたしは彼をなだめた。「ただ、最近いつもと違うことに何かお気づきじゃないか、知りたかっただけです」

男はまた妙に馴《な》れ馴《な》れしい笑顔を浮かべた。

「いいかね、最近このあたりで起きたいつもといちばん違う出来事は、少し前にあんたと息子さんがカサ・グランデに越してきたことだよ。それはたしかに事件だった。ここはごく小さな集落なんだ。何か新しいことがあると、リズムが狂う。なにしろフォスコには合わせて十二人しか住民がいない。いや、あんたと息子さんを勘定に入れれば、正確には十四人だがね。とにかく、その住人たちの中でいちばん若いのが俺だときてる」バラスは小屋の外に顎をしゃくった。「ここの平均年齢はだいたい七十代ってところだろう。あちこちよく見たかどうか知らないが、村にある大部分の家はもう無人だ。このまま何も変わらなければ、何年かしたら、ここはただの歴史になるだろうさ」

「残念ですね」わたしは礼儀正しく答えた。「ほかには何も思いだしませんか？」

男は瞬《まばた》きもせず、首を横に振った。

「では、お時間をとってくださり、どうもありがとうございました。お知り合いになれて光栄です、バラス」

「もしあたりを不審な人物がうろついていたら、どうかこの番号にご一報ください」

ファンが彼に名刺を渡し、サアベドラは一瞥もせずにそれをシャツのポケットに突っ込んだ。

「わかった。もしほかに何もなければ……」

わたしたちとしても、それ以上付け加えることはなかった。サアベドラの話はいかにもまっとうで、幽霊だ何だと騒いでいる自分がなんとなく恥ずかしくなる。ふいに、わが家の窓の下に現れた亡霊じみた人影のことを打ち明けてみようかと思ったが、それが相手にどんなふうに聞こえるかすぐに気づいた。田舎の大邸宅のきしむ音に震えあがる、都会育ちのトンチンカン。わたしが恐れるとおりの結果になるだろう。だからファンとわたしは丁寧に挨拶《あいさつ》し、小屋を出た。

「ちょっと待ってくれ」立ち去ろうとしたわたしたちに、サアベドラが声をかけてきた。

手に何かを握って近づいてきた彼が、わたしに差しだす。それは木彫りの呼び子だった。手彫りのアラベスク文様で装飾され、工芸品店で買えば目が飛びでるほど高価なものだろう。これほどみごとな品を仕上げるまでには、何時間もかかるはずだ。

「息子さんにあげたいんだ」彼の目がおどけたようにきらりと光った。「ほら、もし何か変なことが起きたとしたら、これを吹けばいい。たぶん相手をびっくりさせられる」

彼のあてこすりに気づいてわたしは顔が赤くなるのがわかったが、とりあえず笛を受け取り、ポケットに入れた。もごもごと「ありがとうございます」とつぶやき、相棒のところに戻る。

わたしたちはそれぞれ物思いにふけりながら無言でカサ・グランデのほうへ歩きだしたが、やがてファンがこちらを見た。

「片腕の大工？　この村は何もかもが尋常じゃない」

わたしは肩をすくめた。どっと疲れて、頭がまわらなかった。

「その呼び子、貸して」ファンが言った。「調べてみたいことがある」

わたしは驚いて差しだし、彼がそれを慎重に受け取って、証拠袋代わりにラテックスの手袋に入れた。

「何をするの？」

「調べてみたいことがあるんだ」彼はくり返した。相変わらず強情だ。「馬鹿げているかもしれないけど、わからないし。彼の長靴、気づいたかい？」

目を閉じて、男の姿を思い浮かべる。

「黄色い長靴だったよね？」

ファンはうなずいた。

「昨夜君のフォルダーを盗み、僕らが追いかけたやつと同じ、パナマ・ジャック・ブランドだった」

わたしは目を丸くした。

「つまり……」

「疑うつもりはないし、ああいうカラシ色の長靴を持ってる人はいくらでもいる。でも偶然の一致が気になっただけだ」

玄関に到着し、ホールに入ったとたん、暖かい空気がもわっとわたしたちを包んだ。

「せっかくここに来たんだから、全部確認しよう」ファンが囁《ささや》いた。「君が声を聞いたっていう地下室に案内してくれ」

わたしは屋敷の右翼棟への入口に彼を連れていったが、今回ドアは固く閉まっていた。ノブを何度か引いてみたが、ニス仕上げの分厚い頑丈な木製の戸板はびくともしない。ファンがどうするというようにわたしを見た。

「鍵《かぎ》を持っているのはアガタなの。頼んでみる」

キッチンに行ってみたが、家主はそこにはいなかった。上の階からフリアンの声と一緒に彼女の声も聞こえてくる。スーパーヒーロー・パンツマンの本を一緒に読んでいるらしい。おバカなヒーローだけれど、フリアンはなぜか気に入っている。そのとき調理台の上にアガタの鍵束が置かれているのが目に留まった。少々後ろめたく思いながらも、さっとそれをつかむ。彼女の信頼にこんな形でつけこんだことが知れたら、どう言い訳したらいいのか。そもそも地下室はわたしたちが借りている範囲外にあり、所有しているのは彼女かその甥《おい》か誰かなのだ。

「行こう」わたしは学校をサボろうとしている学生みたいにこそこそ言った。「急がなきゃ」

ドアの錠に合う鍵を探すのに少し手間取った。でもとうとうぴったりの鍵が見つかると、すぐに開いた。ドアは古びていたが、錠には油がさしてあるようだ。

ところがドアが動かなかった。ファンが力ずくで揺すったが、びくともしない。

「湿気で膨張してるんじゃないかな」戸枠を示しながら言う。「ほら、戸枠にドアの縁ががっちりとはまり込んでる。何百年も使われてないみたいに見える」

「ありえない」わたしはとまどいながら答えた。「昨日は開いてたわ、大きくね」

「本当にここだった？」

「絶対にここよ」わたしは引かなかった。「本当に開いてたの！」

急に涙がこみ上げてきた。疲労感が大波のように押し寄せてきて、ファンに寄りかからないと立っていられないほどだった。彼がわたしの肩をそっと抱いてくれるのがわかり、しくしくと泣き、しゃくりあげ始める。最悪の気分でありながら、不思議な解放感もあった。

「しー、落ち着いて」ファンが囁く。「大丈夫だから」

わたしは涙をぬぐいながら、自分に怒りを覚えると同時に恥ずかしかった。こんなふうに自制心を失うなんて、久しくないことだ。

「聞いてくれ」ファンは真剣な表情で言った。「君を信じるよ。昨夜確かにここで何かがあったんだ。外の茂みに痕跡が残っていたし、君は本当にここに、この扉のところに来た。この村はどこかおかしい。妙な連中ばかりいて、君は何かを見た。そして、そのすべてが、何らかの形で山で死んだ女性と関係している。そして……」

「ファン」わたしはぞっとして彼をさえぎった。こんなに気味の悪い感覚は生まれて初めてだった。

「何？」

わたしは薄闇《うすやみ》に包まれたファンの顔を指さした。彼が顔に触れ、その手を見てぎくりとする。指がねっとりとした生温かい鮮血に染まっていた。

ファンは鼻血を流していた。わたしもだ。

こうして悪夢のパズルのピースがまた一つはまった。それが、これから始まるもっと恐ろしいいくつもの出来事の前触れだとは知る由《よし》もなかった。

21

治安警備隊ビアスコン駐屯地

二日後

「もう少しゆっくりお願いします」わたしがそう言ったのは、その朝だけで三度目だ。

「お話の半分も理解できません」

横にいるファンは、デスクの上に広げた書類に突っ伏すようにして、なんとか笑いをこらえている。

ビアスコンのような小さな駐屯地の仕事は、ちょっとした諍《いさか》いや近隣住民からの苦情、行方不明になった家畜の捜索みたいなことばかりだとは聞かされていた。大丈夫、なんとかなる。そういうケースを解決してもメリト勲章はもらえないだろうが、マドリードで仕事をしていたわたしからすれば朝飯前というものだ。

ただし、そこでは誰も、このあたりの人々みたいに低いもごもごした喉音《こうおん》ではしゃべらなかった。そして、じつは最近ガリシアに来たばかりなんですと辛抱強く説明して、相手もご丁寧にスペイン語で話そうとはするのだが、それでも、わたしが普段話しているのと同じ言葉のようにはちっとも聞こえないのだ。

ノゲイラ軍曹とファンから、上達するにはじっくり聞き耳をたてるしかないと言われ、それでこうして憤慨する八十代の女性の供述書を作ろうとしているのである。ご近所さんが自分の地所だと主張して、道に巨大な石を置いてしまった、と彼女は訴えていた。

そのときは、激怒する彼女が、デスクを人さし指でドロップハンマーよろしく叩きながら、わたしに早口でまくしたてていた。

「いいか、コリーナ、あのご婦人の供述を取り終わったら、デスクに置いておけ」ノゲイラの目が楽しそうに輝いた。

「つまりわたしが……」

「つまりも何もない」小柄な軍曹は懸命に笑いをこらえていた。わたしが困るのを見て楽しんでいるのだ。「供述を取るだけだから、何も難しいことはないだろう」

老婦人は憤慨して大げさに手を振りまわしながら、また機関銃のように言葉を発した。わたしはどうすることもできず、ファンをちらりと見て目で助けを求めた。相棒はしばらく迷っていたが、とうとう見ていられなくなったのか、こちらに近づいてきた。

穏やかな口調で話しかけて老婦人を落ち着かせ、涙を拭《ふ》く紙ナプキンを手渡した。少し一段落したその隙《すき》に、わたしはその場からこそこそと逃げだして裏の小部屋に避難し、供述書はファンにまかせた。

コーヒーの用意をしながら、このところの出来事についてじっくり考えた。この二日間、ここに来て初めて〝日常〟が戻っていたけれど、あまり役には立っていなかった。最悪の天気が続き、フリアンは芯《しん》の残り少ない蠟燭《ろうそく》みたいに元気をなくしていき、山で見つかった女性の遺体にまつわる今抱えている最大の案件も完全に行き詰まっている。フリアンが助かる唯一《ゆいいつ》の望みであるラモーナ・バロンゴの行方も、依然としてわかりそうでわからないままだ。

コーヒーをひと口飲み、壁に掛かっている、事件を時系列にした表のほうに目を向ける。マドリードの部隊で使っていた分析方法をいくつか導入してはみたが、マーカーを山のように消費し、壁じゅうを写真や書き込みだらけにしただけで、進展にはほとんど結びつかなかった。そのうえ今朝になってノゲイラ軍曹から、ポンテベドラ司令部からしつこくかかってくる電話をこれ以上ごまかし続けるわけにはいかない、とそれとなく言われたのだ。手段も人員も余っているはずなのに際立《きわだ》って業務が滞っていると指摘され、担当案件を処理しろとせっつかれているのだ。たしかに返す言葉もなかった。

わたしはコーヒーの味に顔をしかめた。コーヒーにまでむかむかさせられるなんて。最悪の気分だった。まさに八方ふさがりで、にっちもさっちもいかない。それにとどめを刺すように、メンデスの検死報告書や薬物検査の結果もいっこうに届かなかった。ファンとわたしの検査結果もまたしかり。この土地のほかの多くの物事と同様、〈答えのない疑問だらけの国〉の亀裂《きれつ》からこぼれ落ちてしまったかのようだ。

もうひと口コーヒーを飲む。カップを手に静かに考え事をする長年の習慣から来る、反射的な行動だった。二日間、これといって何もないつまらない日常が舞い戻り、とうとうわたし自身、疑い始めていた。その間カサ・グランデでは、長衣姿の一団の気配は何一つなく、ああいう古いお屋敷につきもののきしみ以外に、異常音は何も聞こえてこない。声も響かず、鼻血も出ず、おかしなことは何も起こらなかった。生真面目《きまじめ》で合理的な、ごく普通の世界。

わが家の玄関ホールでの出来事について、ファンと話をするのもやめてしまった。

理にかなった説明をしようとするたびに袋小路につきあたり、ため息まじりに目を見交わすことになるからだ。

それでも疑問はわたしたちのあいだにいつも浮かんでいた。何かある、二人ともそれだけはわかっていた。

でもそれが何かわからない。

相棒のためにコーヒーを一杯淹《い》れて大部屋のほうに戻ると、老婦人が安堵《あんど》した満足げな笑顔でちょうど部屋を出ていくところだった。ファンのほっぺたを見れば、デスクを立つ前にぶちゅっと左右に一度ずつキスされたことは明らかだった。

「またお客様にご満足いただけたようね、ファン」

彼はため息をつき、椅子《いす》の背に思いきり体をもたせかけた。椅子が苦しげに呻《うめ》き声を漏らす。

「僕の給料じゃ、見合わないよ」ぼそりと言って顔を両手で覆った。それから指を開き、その隙間からちらりとこちらを見て、目を輝かせる。「それ、コーヒー?」

わたしは彼にカップを差しだし、二人はしばらく無言で心安らぐひとときを過ごした。

「スターバックスのチャイティーラテが恋しい」わたしはため息をついた。「マドリードにいたときは、毎日一杯は飲んでた」

「ほんとに？　ここに来てもう二週間経《た》つんだから、われらが誇る履き古した靴下コーヒーにとっくに慣れたと思ってたよ」

「意味がわからない」わたしは疲れを感じ、目をこすった。

「コーヒーのこと？　ここのコーヒーマシンは少なくとも十五年は使われてるんだ。フィルターに話を聞いたらいろいろ教えてくれるはずさ」

「違うわ。検査のこと。とっくに結果は出ているはずなのに、まだ知らせがない」

「ここはよそとテンポが違うんだ」ファンは肩をすくめた。

「急ぎの案件だとわかってるはずよ。ものの数時間で用意できると約束してたのに、もう二日も経ってる」

　わたしはいきなり立ち上がった。何もかもうんざりだった。すべてがのろのろと調子はずれのリズムで進み、本来のペースでは何もできない、泥沼にはまっているような感覚にも。

「何してるんだ？」ハーフコートを着込んだわたしにファンが尋ねた。

「病院に行って結果をもらってくる」と答える。「答えが必要だし、それが手に入らないなら、誰かの尻《しり》に火をつけに行くしかない。来る？」

「もちろん」彼は大げさにうなずいて見せた。「意固地なご婦人にまたキスされるはめになる前にね」

四十五分後、わたしたちはモンテセロ病院脇《わき》の平坦《へいたん》な場所に車を停め、今回は貨物の積み下ろし場ではなく正面玄関から中に入った。マスクをした受付の女性から、毒物分析室は三階上ですと案内され、しばらくあっちに行ったりこっちに来たりしたあと、ようやく目的の場所を見つけた。病院設計者の頭の中がどうなっているのか知らないが、とにかく病院というところはおしなべて迷宮化し、迷うのが決まりみたいになっている。

「すみません、ここは一般の方は立ち入り禁止です」わたしたちが廊下を歩いていると、むすっとした顔の緑色のユニフォームを着た男に行く手をさえぎられた。「検査室は三階です。エレベーターをお間違えですよ。それにまずは……」

「受付ですよね、ええ、わかってます」フアンが口を挟み、華麗な手さばきでポケットからバッジを取りだすと、看護師の鼻先に突きつけた。「それは前にも聞きました。すみませんが、こちらの責任者の方と話がしたいんです」

男はバッジに目の焦点を合わせると、すぐに表情を緩めた。「ああ、申し訳ありません。エルモ先生はラボにいます。でも、残念ながらお入りいただくわけにはいかないので、声をかけてきますから、少しお待ちください」

看護師はドアの向こうに姿を消し、わたしたちは廊下で待った。そう時間はかからなかった。二分もすると、小柄で筋肉質の医師がこちらに近づいてきた。年の割には白髪が多く、知的な顔をしている。白衣にアベンジャーズのピンバッジをつけていて、この味気ない場所では妙に浮いていた。

「ご用向きは何でしょうか」

わたしはファンに先んじて、ここを訪れた理由を端的に説明した。なるべく怒りを抑えて、礼儀をわきまえ相手に敬意を表した言い方で、分析結果がこれだけ遅れているのは悪ふざけだとしか思えないし、あんたたちは無責任極まりない連中で、そのおかげで何より優先されるべき警察の捜査が滞り、要するに、ふざけるな、と告げた。だいたいそんな内容だったとは思う。

実際のところ、医師はわたしの非難に殊勝に聞き入り、話を一度もさえぎらず、礼儀正しく対応した。だから、彼がこう答えたとき本当に驚いたのだ。

「分析結果は二日前にお送りしました。最後の分析を終えたその日の夕方には。私自身、送付を担当しました」

ファンもわたしも呆気《あっけ》にとられ、しばらく言葉が出なかった。

「ありえません」ようやくわたしはそう言った。「何かの間違いでしょう」

「それはない」医師は答え、白衣のポケットからタブレットを取りだして何か打ち込んだ。「ええと……ああ、あった。二日前に提出して、十八時間後に治安警備隊ビアスコン駐屯地で受理されている。ノゲイラ軍曹という人の署名がある」

内臓が全部コンクリートになったような重みを体の奥に感じた。頭の中で不穏な考えが形作られていく。

「結果を拝見できませんか?」

「無理です。裁判所命令がない限り」医師はわたしたちの表情を見て謝った。「手続きというものがありまして、バッジを持って現れた人にじかに医療データを見せるわけにいかないんです。ご理解ください」

わたしはがっくりしてうなずいた。まさに悪夢だ。

「でも……」医師は少し思案したあと、おそるおそる続けた。「これくらいは言っていいでしょう。私が担当した三件の分析結果のうち少なくとも二件で、スコポラミンが検出されました。高齢男性のほうは途方もない濃度でしたよ。たぶんこれが原因で死に至ったのでしょう。死因は突発性心不全でしたから」

「メンデスか」ファアンがつぶやく。

「女性のほうも陽性でしたが、濃度ははるかに低かった。それでも充分トリップ状態ではあったはずです」医師が続ける。「幻覚を誘発する天然アルカロイドがいくつかまざっていましたが、私は今までこんなのお目にかかったことがない。そのままでは影響下にあることがほとんどわからず、効果も発揮されないが、たとえば食事をするとか、ブドウ糖を摂取して初めて症状が出るように設計されている。私に言わせれば、神業だ」

わたしは目を閉じ、手足が麻痺《まひ》していくのを感じていた。カサ・グランデで見聞きしたものが現実ではなかったと知ってほっとする気持ちと、自分が今途方もなく深い沼で泳いでいることに改めて気づかされた恐怖が、体の中でないまぜになる。「成り行きにまかせろ」とメンデスは言った。あの警告に、今になって戦慄《せんりつ》する。

「これ以上お役に立てず、残念です」医師は顔を歪《ゆが》めて暇乞《いとまご》いをした。「では失礼します」

遠ざかっていく医師の背中を見ながら、わたしは何度も深呼吸して自分を取り戻そうとした。ファンは明らかに混乱した様子で、体重を左足にかけたり右足にかけたりしている。

「いったい何が起きてるんだ？　どういうことなんだ、ラケル？」

「わたしは薬を盛られた。屋敷で聞こえた声も、窓の外で被害女性を見たのも……全部現実じゃなかった。操られてたのよ。あの夜、屋敷の窓の下に集まった連中は、わたしがスコポラミンでトランス状態になっていると知っていた。それでわたしの頭がすっかりぶっ飛んでいると……そして連中の思惑どおりとなった」

「連中って？　僕らが追っていたのはシリアルキラーじゃないのか？」ファンは目をこすった。「その手のサイコパスは普通、集団では行動しないと君だって知ってるはずだ。さっぱりわからない」

「これはシリアルキラーの犯行じゃない。少なくとも、事件は殺人だけにとどまらない」わたしは表情を歪めた。「それにメンデスも薬を盛られていた。彼の場合、恐怖で命を落とすほど。しかも、内側から鍵をかけた、窓もない部屋で。誰かが捜査を妨害しているのよ、ファン。十二年前のメンデスの事件がそうだったように。わたしたちに何を知らせ、どんな資料にアクセスさせるか自在に操れる立場にいる誰かが」

「ノゲイラってことか？」信じられないという口調だった。「軍曹がまさか。なぜそんなことを？」

「なぜ連中はセイショ山の山頂で女性を殺すのか」こちらも質問で返した。「わたしたち以外に事件捜査の内容を知っていたのはノゲイラだけよ。わたしたちがメンデスを調べに行くことを知っていた者はほかにいない。隊長のほかには」

「でもいったいなぜ……」

「ノゲイラがビアスコン駐屯地で勤務して何年になる？」

「さあ。でも、二十年以上だってことは間違いない」

ファンが少しずつ状況を理解していくのを見守る。表情がとまどいから驚きへ、しまいに怒りのそれへ変化した。

「十二年前、メンデスが事件の捜査からはずされたとき、すでにそこにいた」と、わたしは小声で言った。「彼はすべてに関わってる、何らかの形で」

「すぐに駐屯地に戻ろう。あのくそったれを取り押さえないと！」

「できないわ、そんなこと……わかるでしょう」わたしは暗い顔で首を振った。「報告書が来てたのを忘れていたとか何とか言って、否定される。証拠が何もないわ。それに相手はわたしたちの上司なのよ？」

「つまり？」

「つまり、今はまだ連中に騙されているふりをしたほうがいいってこと。何もわかっていないかのように」

「連中？　複数いる？　ほかにも関わっている者がいるとほんとに思うのか？　陰謀

か何かみたいに?」

「一つ話しておきたいことがある。とても重要なこと」

「何?」

わたしは一瞬ためらった。ついに枠から一歩踏みだそうとしていると気づいていた。

「じつは……わたしが異動を希望した本当の理由を今まで話していなかった」

「環境を変えるためだと言ったよね」フアンが眉をひそめる。

「そう。でもほかにも理由があった。フリアンのためなの」

「フリアン?」

「あの子の治療がうまくいってないの。実際、ここに来たときにはすでに医者には見放されていた。彼らが口にするのは耳あたりのいい言葉とカウントダウンだけ。だけどわたしはすぐに降参する気はなかった。だから代替療法を探し始めたの」

「代替療法か」フアンは舌を鳴らした。「なるほど。たとえば?」

「ここから数キロしか離れていないところに住んでる、ラモーナ・バロンゴという名のヒーラーの話が耳に入ってきた」

「癌《がん》を治療する?」かつてわたしも同じように半信半疑だったことを思いだす。すべてが始まる前のことだ。

「でも、ほかにどうすればいい？　すっぱりあきらめる？　あの子をそのまま死なせろと？　だから試すしかなかったのよ」

「でも……それとこれと、どんなつながりが？」

「山で見つかった遺体よ。そのヒーラーの患者の一人なの。彼女と電話で話したことがあるのよ」

　ファンは呻き声を漏らし、顔を手で覆った。

「ラケル、嘘《うそ》だろう」

「ほかにはもう隠し事はそんなにないわ。信じて！　それに、彼女から氏名を聞いたわけでも、本人についていろいろ情報を明かされたわけでもない」わたしはしどろもどろになりながら、事情を説明しようとした。「こちらからもあまり深くは聞かなかった。わたしが知りたかったのは、ラモーナのことだけだったから」

「何かしらつかめたかもしれないじゃないか」ファンがむっつりして言った。「電話番号を追跡するとか。手がかりが見つかったかも」

　わたしは首を横に振った。

「フォーラムでわたしの電話番号をのせたダイレクトメッセージを送ったら、向こうから連絡があったの。でも番号は非通知だった。それに、事件の直後に彼女の情報だけじゃなく、ほかの患者のものも突然消されてしまった。メッセージもみんななくなってしまったの」

彼はふいに目を剝き、わたしをじっと見つめた。彼の頭の中でカチリと何かのピースがはまったようだった。

「それでわかったよ、君がラモーナ・バロンゴという人物にあんなに興味を示していた理由が」壁に寄りかかり、目を閉じてゆっくり鼻から息を吐いた。「君は事件を解決しようとしていただけじゃなく、その女性を見つけて、息子さんを救ってもらえるかどうか確かめたかったのか」

「そのとおり」わたしは認めた。「もっと早く打ち明ければよかったと思ってる。本当よ。でも、そうしていたら、たとえ部分的にではあっても個人的に事件に関わっていると知れたら、捜査からはずされていたでしょう。それだけは避けたかったの。今の息子の状態を思うと、どうしても」

「だから遺体安置所にいたあの医師に、被害者の癌について尋ねたのか」

わたしは無言でうなずいた。彼が脳みそをフル稼働《かどう》させ、新しい視点から出来事を見直しているのがわかる。

「なんてこった。君を絞め殺すべきか、殴るべきかわからないよ、ラケル。君の目的は理解できるが、最初から僕を信用してほしかった。相棒じゃないか」

「あなたを誰より信じてるわ、ほんとに」わたしは彼の手に手を重ね、ぎゅっと握った。「だからこうして話してるの。あなたを信用しているし、協力してほしいから。いいえ、フリアンこそあなたの力を必要としている」

「ラケル……」

「お願い」

フアンはそのまま黙り込んだ。わたしが何を頼んでいるのか彼はわかっているし、フアンは馬鹿《ばか》ではない。これは、もしまずい方向に行ったら、これまで積み重ねてきたキャリアが水の泡になる、そういうたぐいのことなのだ。とうとう、これまでわたしも聞いたことがないような深いため息をついた。

「くそ」彼は首を横に振り、あきらめの表情を浮かべた。「僕は君の味方だ。ここまで来たら、前に進むしかない。どうなるかは神のみぞ知る」

本当に嬉《うれ》しくて、思わず彼に抱きついた。それはごく自然な、とっさの行動だった。わたしの腕が首にまわされたのに気づいた瞬間、フアンの巨体がぶるっと震えたのがわかったが、彼が顔を茹《ゆ》でダコみたいに真っ赤にしていたことは、体を離すまでわからなかった。

「ありがとう」わたしは囁いた。

「感謝するなら事件が全部片づいてからだ」少し自分を取り戻してから彼が答えた。

「そのときの電話で、何か気づいたことは？」

「いえ、何も……」わたしは思い返してみた。「強い訛《なま》りがあった。東欧のほうの」

ファンはまたため息をついた。

「で、君はどうやってすべてを関連づけたわけ？」

「どうつながるのか、わたしにもわからなかった」わたしは髪をよじりながら考える。

「確信が持てなかったの……まあ、今ではどうでもいいことね。なのに突然、すべてがつながりだした。山で死んだ女性、メンデスの死。ノゲイラ。ヒーラー。わたしがフリアンとここに来たこと。全部つながっている」

ファンが壁から離れ、大股《おおまた》で廊下をうろうろし始めた。頭の中でいろいろな考えが沸き立っているのがわかる。

「それで？」

「それでって？」困惑して答える。

「その女だよ、メンシニェイラ。フリアンと会ってどうした？」

「何も。問題はそこなの。わたしたちがここに来たとき、彼女はいなかった。ラモーナ・バロンゴは煙みたいに消えてしまったの」

「くそっ……いくら取られた？」憤慨した様子で息をつく。

「一銭も。そこも変なの。とにかく、彼女の住んでいるアルーフェ村に行ったら、誰もいなかった。電話をしても、メールを出しても、なしのつぶて」

「待ってくれ」ファンが両手の指を合わせた。「アルーフェ村は二、三年前から無人だぞ、ラケル。ロマン・ムニョスっていうじいさんが住んでたけど、彼が最後の一人だった」

「その人はどうしたの？」

「老年性の認知症だった。ある朝、石を詰め込んだシチュー鍋《なべ》を毛布の上にのせて、素っ裸で通りを引きずっているところを見つかった。市場にワイン樽《だる》を売りに行くと言ってね。記憶が間違ってなければ、もう亡《な》くなったはずだよ。彼がいなくなったあと、村は空っぽになった。ほかの多くの村と同じように」彼は額に皺《しわ》を寄せた。「本当にアルーフェ村だと言われたの？」

「間違いないわ」わたしはスマートフォンを出し、ファイルの中のメールを探した。今朝は奇跡的にWi－Fiが慎《つつ》ましくつながっている。「見て」

ファンは集中した表情でメールを見た。そして、ラモーナ・バロンゴを見つけたときのフォーラムのスクリーンショットのところに目がたどり着いたとき、顔に不安が兆《きざ》した。

「なあ、ラケル、マドリードから山奥の過疎《かそ》の村まで六百キロも走ってこさせて、結局すっぽかすことに、何か意味があるのか？　このことと事件とのあいだにどんなつながりが？　君には何かわかる？」

「さあ」わたしは答えた。「プエルタであの女性を殺害した連中が、ヒーラーであるラモーナ失踪《しっそう》にも関係している、そんな気がするだけ。あるいは、最後に治療した患者があんなことになって、自分も同じ目に遭ったら、と怖くなり、身を隠しているのか。いずれにしても、死んでいるとは思えない。もしそうなら、今頃すでに遺体がどこかで見つかっているはずだから。たぶん、あのセイショ山の女性のように演出されて。でも、もし身を隠しているのではなく、それが誰にしろ、犯人たちに捕らえられているとすれば、同じ結果になるでしょう。それだけは絶対に阻止しないと。だって……だって……」

「だって？」

「あなた自身、さっき言ったでしょう。彼女ならフリアンを救えるかもしれない。フリアンにとって唯一の希望なの」言葉に悲痛さが、絶望が滲《にじ》むのを感じながら言った。

「ほかにはもう頼れる人はいない。あの女性が最後のよすがなの。だから事件の解決にこんなに必死になってる。本当なら一分一秒でも息子のそばにいてやりたいのに。何としても彼女を見つけなきゃならないのよ、ファン」

ファンは下唇に触れて考え込んだ。何か思いついたらしい。

「アルーフェ村にもう一度行ってみよう」とうとうそう言った。

「アルーフェへ？　誰もいなかったとさっき言ったじゃない」

「二週間前はそうだった」彼はきっぱり言った。「でも、もしあそこで身を潜めているなら、返事をしなかったのも当然だろう。パトカーで改めて行ってみよう。治安警備隊だと思えば、出てくる気になるかも。そしてもし本当にそこにいなくて、誰かにどこかで捕らえられているとしても、君が前回は見逃した、彼女の居場所を知る手がかりが何か見つかるかもしれない」

不安はあったけれど、わたしはうなずいた。心の底に小さな希望の灯がともった。すっかり後ろ向きになっていたわたしは、ヒーラーを積極的に捜そうともせず、事件の結果から答えが転がり込むのをただ待っていた。『わたしの人生における理不尽な出来事』というフォルダーの中にしまい込んでいたのだ。そこにはほかに、〈だめになった結婚生活〉やら〈先の見えないキャリア〉やら〈病気に苦しむ息子〉といったファイルが入っている。わたしの頭の中のデスクトップには、『わたしを発狂させる出来事』という名前のフォルダーも開けっ放しになっていて、そこから出してきた〈謎《なぞ》の人影〉や〈誰もいないのに聞こえる声〉といったファイルも、まもなく一つ目のフォルダーに仲間入りしようとしていた。

そしてふいに気づいたのだ。わたしと息子の人生という何より大切なものを考えるうえで、自分の最大の長所を見失っていた、ということを。つまり、理性と分析力だ。悲しみと敗北感に引きずられ、つい手をこまねいていた。さらには事件とフリアンの病気のことで頭がいっぱいになっていたのだ。

ヒーラーのことをないがしろにしておいてはいけなかった。実際、この世の果てのようなあの村をもっと早く再訪するべきだった。

「あなたの言うとおりだわ」わたしはそう告げた。「行きましょう」

「ただ、フリアンのことについては、あんまり期待はさせたくないんだ」フアンがためらいを見せる。「たとえそのヒーラーを見つけても、本物かどうかも、実際にフリアンを治せるかどうかも、正直わからないと思う」

「フアン」わたしは彼の手をそっと握った。「中世のフランシスコ会修道士たちの言葉を知ってる？」

「いや。昔の坊さんたちのことだよね」

「『ネク・スペ、ネク・メトゥ』。つまり『期待しなければ怖くない』」

「そりゃ、パーティーの極意だ」

「この世には何も期待しないが、であれば、何が起きようとも怖くない、という意味よ。金言だと思う。そして、それはわたしの今の心境でもある。あそこに行ってもまたがっかりさせられるだけかもしれないけど、それでも行かなくちゃ」

相棒はうなずき、改めてこちらの手をぎゅっと握った。わたしは微笑《ほほえ》んだ。胸の奥が温かくなる。フアンは何も訊《き》かず、決めつけず、迷わない。ただ行動する。

彼がすばらしいのは、そういうところだ。

五分後にはもう出発していた。今回ばかりはファンのアウディではなく、駐屯地が所有するおんぼろのニッサン・テラノに乗って向かう。これが使えたのは運がよかった。村に人がいた場合、これなら警察だとすぐにわかって、ドアを開けてもらいやすい。

22

記憶どおり、道はひどいものだった。でこぼこの山道をのぼるにつれ霧が濃くなっていき、とうとう二メートルも離れていない道の両側の木々のシルエットさえぼやけだした。宙に浮かぶ細かい水の粒がヘッドライトの光の中で踊り、四輪駆動車の中に湿気となって忍び込んできて、やっとのことでヒーターからぜいぜいと吐きだされる暖気をなきものとする。

一時間以上かかって、路肩に立つアルーフェ村の看板がやっと見えてきた。フリアンを乗せた車で最初にそこを通ったときには気づかなかったが、誰かがそれを射撃練習の的として使い、奇妙な疱瘡《ほうそう》にでもかかったかのように柱の表面があばたになっている。いらいらしたハンターの憂《う》さ晴らしかも。

　フアンは、最初に現れた家の脇で車を停め、エンジンを切った。モーターが冷えていくカンカンという音がしばらく断続的に聞こえた。あまりにも荒廃しているので、かつては人が住んでいたとしても、今はやはり誰もいないように見える。車を降りるとすぐ、コートの襟を立てた。信じられないくらい寒かった。

「やっぱり誰もいないみたいだな」フアンが言った。

「そう言ったでしょ」わたしが呻く。「こんなところ、誰が住みたいと思う?」

「でも夏はきっとすばらしいと思うよ。少なくとも、週に二、三日は雨が降らない」

「ここはこの世の果てよ、フアン」わたしは不機嫌に言った。何が見つかるかわからなかったけれど、現実を目《ま》の当たりにするにつけ、ヒーラーとばったり出会うというわたしのかすかな希望が改めて打ち砕かれる気配しかなかった。「たとえここが地球上でいちばん美しい場所だとしても、住みたいとは思えない」

　フアンは、わたしの気持ちを察してうなずいた。かつてアルーフェ村が今よりずっと活気があったはるか昔の十八世紀頃には、五十人以上住人がいたに違いない。石造りの家々はまだ健在ではあったが、生い茂る雑草で壁も見えず、屋根は年月を経て朽ち果て、光も差さない苔《こけ》むした広葉樹が密生する森にまわりを囲まれている。ぽっかりと空いた窓は歯のない老人の口のように見え、湿った土と腐敗した植物の匂《にお》いが鼻腔《びこう》を満たした。ある家では、とんでもない格好で窓が一つ持ちこたえていて、四角い木枠にはまった四枚の窓ガラスは、人が少しでも触れたらたちまちばらばらになりそうだった。すぐに、その窓には見覚えがあると気づいた。二週間前、わたし自身、そこから家の中を覗《のぞ》きながら、ラモーナが現れないかと待っていたのだ。無駄だったけれど。

「この村は、斜面に沿って広がってるんだ。こっちのほうへ、そしてあっちのほうへ」フアンは、霧で見えない二方向を指さした。「最後にここに来たのは何年も前だけど、斜面のもっと高いところに建つ、礼拝堂の近くの家々は、もう少し状態がよかった記憶がある」

わたしは霧の中に何かしら見えないかと、ぐるりと周囲を見まわした。テラノから三メートルほど離れていたが、車の姿はもう見えない。あたりには不自然な静寂がたち込めていた。霧は音という音を呑《の》み込んで、わたしたちも無意識に小声でしゃべっていた。

「これを使おう」フアンがコートの大きなポケットに手を突っ込み、一組の小型無線機を取りだした。「ここには電波が届いてない。携帯電話は無用の長物だ」

「二手に分かれるってこと？」

「そのほうが早く終わるよ」彼は肩をすくめた。「駐屯地をあんまり無人にしておくわけにいかない。軍曹の勤務は一時に終わるから、変に疑われたくなければ、それまでに戻らないと」

「わかった」わたしは彼の手から小さな黒い装置をひったくり、ため息をついた。

「でも、どうしたら全部捜索し終えたとわかるの？」

「簡単だよ」二軒の廃墟《はいきょ》のあいだを貫いていく未舗装の坂道を指さす。「この道をつきあたりまでまっすぐ行ってくれ。のぼったところに、怯《おび》えた三人のばあさんみたいに身を寄せ合う三軒の家がある。そこまで行って人がいないか確認し、戻ってくればいい」

「あなたは？」

「僕は礼拝堂まで行く」ファンは無線機を持ち上げた。「何か見つけたらすぐにこれで連絡する。もし何もなければ、十分後にはパトカーのところで合流することにしよう」

ファンは立ち去り、その姿はすぐにわたしたちを取り巻くふわっとした灰色の塊の中に消えた。砂利を踏む足音がしばらくは聞こえていたが、やがてそれも霧に呑み込まれた。

わたしも彼に指示された方向へ歩きだした。地面は滑りやすく、水分をたっぷり含んだ緑色の苔だらけの石を踏んだりしないよう、気をつけなければならなかった。放置されたゴミがときどき目に入り、かつては確かにそこに人が住んでいたのだと教えてくれる。ビニール袋の破片、泥だらけの錆《さ》びた鍋、もとは何だったのか神のみぞ知る腐った木片。今にも落っこちそうなベランダの突出部の下で、のろのろと朽ちつつある洗剤〈アリエール〉の古いボトルを見て、かつてここにも二十世紀という時代があったのだと思いだす。

玄関扉の大多数はこじ開けられていた。これら廃墟と化した家々は、人里離れた場所だということに乗じて骨董品《こっとうひん》やめぼしい品を漁《あさ》る連中に、一度ならず荒らされたものと思われた。そのうちの一軒の中をのぞいてみる。中は黴《かび》と腐敗の臭《にお》いがした。いかにも脆《もろ》そうな古びた木の床は中央部分がへこんでいて、上から落ちてきた年季の入った黒ずんだ屋根瓦《やねがわら》の下敷きになっている。一歩でも入ったら危険そうだった。

突然ガーッという音が響き、びくっとした。あんまり慌《あわ》てて身を翻《ひるがえ》したので、転んで茂みに倒れそうになった。コートのポケットから聞こえたのだとわかったときにも、まだ口から心臓が飛びだしそうだった。無線機を出して、脇のスイッチを入れる。

「どうしたの？　誰かいた？」

「いや」雑音に紛れて、ファンが呻く。「小川があるのに見えなくて、足を突っ込んじまったせいで、すっかりびしょ濡《ぬ》れだよ。ここ、最悪だな、相棒」

「同感」わたしもむっつりとして言った。「さっさと終わらせて、早く帰ろう」

ぶつぶつ文句を言い、息を切らしながら坂道をのぼり、ファンから言われた三軒の屋敷につきあたった。

途中にあった廃墟と違って、比較的状態がいい。とはいえ、雰囲気からして、空き家になって久しいようだ。所有者は、もともとの住人の相続人のそのまた相続人とかで、何か感傷的な理由からある程度屋敷のことを気にしてはいるが、あの悪路を通ってわざわざここまで来るのはごく稀《まれ》で、祖先の家がまだ崩れ落ちていないか確認だけすると、信号機や〈ＺＡＲＡ〉での買い物といった文明のぬくもりを求めて大急ぎで取って返すものと思われた。

その気持ちはよくわかる。

三軒の家々の周囲をぐるりとまわってみる。戸締りはしっかりしている。一階の窓にはがっしりした鉄格子《てつごうし》がはまっているし、ドアは鉄板で覆《おお》われている。戸枠のところに図々しくも雑草が生え、壁のわずかな隙間を占領せんとしている。うんざりしながらそれを引っこ抜き、先に進む。三軒とも呼び鈴を押してみたが、音さえ鳴らない。たぶん、ここに来るまでに見た、通りの両側に建っていた家々と同様、電気が止められているのだろう。

ここには誰もいない。少なくともわたしが見た限りは。ドアにこびりついている青黴から判断して、もう何か月もこれらの建物に出入りした者はいないと思われた。なんだか疲れてしまい、壁際にある石のベンチに腰を下ろす。頭の中にあれこれ考えが浮かぶが、どんどん荒唐無稽《むけい》なものに発展していく。ゆっくり深呼吸して、〈メソッド〉のやり方で脳みそをクリアにしようとした。全体としてのイメージをつかむ必要があった。

どこかにある人々の集団がいて、セイショ山で女性を殺害したのも、十二年前にメンデスにそうしたように、わたしたちの捜査を邪魔しようとしているのも、おそらくは彼らだ。いや、ただの集団ではない。その影響力はとても広範囲におよんでいる。遺体が発見されたとき、ノゲイラがもしあの山にいたとしたら、そこから下りてわたしを駐屯地で出迎える時間はなかったはずだ。そう考えると、いよいよぞっとした。相手は頭のおかしい連中の集まりではない。組織化され、あちこちに太いパイプを持つ巨大集団だ。十二年前に事件の捜査から降ろされたメンデスの言葉が頭から離れなかった。

でもどうしてもわからないこともあった。〈メソッド〉による冷徹なデータ分析でも手に負えないことが。答えが出ない、いくつもの疑問。とりわけ気になるのがラモーナ・バロンゴの居場所だ。考えれば考えるほど、すべての鍵《かぎ》はあのヒーラーだという確信が強まった。しかも、病院の遺体安置所の冷蔵庫には、彼女の力が本物だという証拠があった。ラモーナの失踪は何者かが意図したものであるはずだが、その理由もまだわからなかった。

わたしは視線を巡らせ、ここまでのぼってきた一本の坂道で目を留めた。雨上がりの泥の上にわたしの足跡がくっきりと散っている。もちろんそれが唯一の足跡で、ふいに、わたしがここを立ち去ったあとも長いあいだ唯一の足跡であり続けるのだと気づいた。おそらく、ここにはもう何か月も誰も来なかったのだから。

急に寒気がして、コートの襟をかき合わせた。呼吸するたびに白い息がのろのろと煙のようにたちのぼるのを眺めるうちに、ふいに気づいて動きを止める。村に到着したときも寒かったが、息が白くなるほどではなかった。気温が急に下がっていた。神経質になることはない。ここは山の上だから、よくあることよ。べつに何でもない。

いいえ、何かおかしい。

わたしはのろのろと振り返った。体が震え、歯がぼろぼろになりそうなほどガチガチ鳴っている。

最初の一人は、家の角から数メートルのところに姿を現した。以前のようにフードで顔を隠して立っている。その後ろに、霧に紛れるようにして、もう二、三人いる。

背後で物音がして、そちら側にも現れたのだとわかった。

立ち上がるのに、永遠とも思える時間がかかった。足が言うことを聞かず、呼吸が速くなって、そのまま失神してしまいそうな気さえした。どこに目を向けても、彼らは何かを待つかのようにそこにいた。顔は、霧に覆われているうえにフードですっぽりと隠れているので見えなかったが、間違いなくそこにいる。姿かたちからして、男も女もいるようだ。

「何が目的？」声がざらついている。「お願いだから、何が目的か言って」

もちろん答えはない。言葉が理解できているのかどうかさえわからない。恐ろしくてたまらなかった。それは確かだ。でも、いい加減うんざりしてもいた。突然現れては、勝手に趣味の悪いいたずらを仕掛けてくることに。こうして怖がらされることに。

「ねえ、いったい何が目的なのよ？」

そのときいちばん近いところに立つ長衣姿の一人がとった行動を目にしたとき、わたしは危うく膀胱《ぼうこう》がゆるみそうになった。

その人物はのろのろと腕を持ち上げ、わたしを指さしたのだ。

目的はわたしだ。わたしが欲しいのだ。

ただでさえ神経が擦り切れそうだったのに、もうとても耐えられなかった。首を横に振り、一歩後ずさりしたとき、さっきまで座っていた石のベンチにまたぶつかった。わずか数メートルのところで、霧の中に別の影が浮かびあがった。無言のままこちらに近づいてくる。

これは現実じゃない。わたしは無理やり目をつぶった。また開けたとき、すべて煙のように消えていてほしかった。

くぐもった発砲音が耳に届き、続いて二発、続けざまに銃声が響いた。支給の携帯用ベレッタの音は、たとえどこにいてもそれと認識できるし、あの銃を持っている、あちらの丘のほうにいる人間は一人しかいない。

ファンだ。

今の銃声で、わたしを地面に釘付《くぎづ》けにする魔法が解け、いちばん近くにいる長衣の人物をかわすと、後ろも見ずに道をめがけてダッシュした。彼らはわたしを追いかけようというそぶりさえ見せず、さっき息切れしながらのぼってきた坂道をほうほうのていで駆け下りるあいだ、連中の仲間が何人か、廃墟となった崩れかけた家々からこちらを見つめているような気がしていた。

「ビラノバ！　フアン！」そうして彼の名前を大声で呼ぶのは、自分の居場所を知らせたかったこともあるが、今しがたわたしを金縛りにしたあの恐怖を追い払う意味もあった。

現実にしがみつくこと。フアンは現実。わたし自身は現実。彼はわたしを必要としている。

走れ。

走れ。

ふと、ポケットに無線機があることを思いだした。慌てて取りだしたので手につかず、危うく取り落としそうになる。分厚い手袋をしたまま針に糸を通そうとしている宇宙飛行士になった気分だった。一瞬たりとも足を止めずにスイッチを押し、また相棒の名前をわめき始める。

「ラケル！　気をつけろ！」空電の靄《もや》に包まれて、彼の声がきしむ。「どこもかしこもやつらだらけだ」

「どこにいるの？　そっちに行くわ！」

「礼拝……のそ……ば……」声が途切れ途切れになり、ほとんど聞こえない。そのとき霧の中からまた銃声が聞こえ、おかげで少なくとも方向は特定できた。

霧の中を走っていると方向感覚がやけにおかしくなるが、これはほかではできない経験だ。そういう自然現象で感覚を失うなんて、脳にとっても思いがけないことなのだ。距離も計算できないし、うまく方向を定められない。いわば巨大な白紙の上を走っているような感じで、突然どこからともなく障害物がにょきっと現れる。

ユーカリの切り株につまずいて転び、無様に倒れた。その拍子に無線機がどこかへ飛んでいき、わたしはつかの間そうして地面に伸びたまま、一気に空っぽになった肺をなんとかまた空気で満たそうとした。立ち上がったとき無線機は見当たらず、代わりにわたし自身の〝ドリル〞を取りだすと、できるだけ音をたてないように撃鉄を起こした。

「ファン！　ファン！」

「ここだ！」声が霧でくぐもっている。「もう少し下のほう」

教科書どおりに両手で持った銃を地面に向けながら、慎重にもう数メートル進む。

さっきファンが足を突っ込んだという小川を渡ったとき、もうすぐそこだとわかった。

まもなく礼拝堂の影が前方に現れた。ありふれた小さな建物で、粗削りな石材で造られ、両側の壁に一つずつ、金網で覆われた窓状の開口部がある。建物を一周し、礼拝堂の鉄のドアに背中をもたせかけて地面に座る相棒を見つけた。片手にベレッタ、もう片方の手に無線機を持ったその姿は、ずぶ濡れになった巨大猫のようだ。

「どうした？」わたしは脇にしゃがみ、手早く彼の体に触れて確認した。怪我《けが》はしていないようだ。「大丈夫？　誰に発砲したの？」

ファンは曖昧《あいまい》なしぐさで、霧の中を銃で示した。

「そこの下の家々を確認しに来たんだ。どれも施錠されていて、長年空き家のように見えた。それで車のほうに行こうとしたときに、どこからともなくやつらが現れた」その瞬間を思いだしながら、彼の目が大きく見開かれる。「君の言ってた長衣の連中だよ、ラケル。僕もやつらを見た」

「うん、わかってる」

「現実だったんだ。本当にいるんだ……」そこで躊躇《ちゅうちょ》し、言葉を切った。「あるいは、いた」

わたしはファンから離れずに、周囲を見まわした。霧の中には何の影も見えない。

をしたように。

煙のように消えてしまった。フォスコ村のわが家の窓の下で、彼らが不可解な消え方

「どこに行ったんだろう」彼はぼそりと言った。「ついさっきまで、少なくとも三、四人はいたのに」

「何があったの？」

「最初に人影を見つけたときには、誰か近隣の住民かと思って声をかけたんだ。ところが返事がない。それで近づいてみて、例の長衣を着た連中だと気づいた」

「それで？」

「銃を出して、止まれと命じた」姿勢を変え、呻《うめ》く。ひどく疲れているようだ。「だが、やはり何も反応しなかった。頑なにね。だから近づいて腕をつかみ、手錠をかけてやろうとしたんだ」

「手錠をかけたの？　でも、どこにもいないじゃない」

ファンは答える代わりに無線機を置き、左手の手のひらを見せた。わたしは息を呑んだ。手が真っ赤で、一面に小さな水ぶくれができていたからだ。

「あの薄汚い長衣、何か腐食性の物質が染《し》み込んでたんだ。つかんだら、ラジエーターにさわったみたいに熱かった。でも不思議なことに火傷《やけど》はしていない」眉《まゆ》をひそめ、

もっとうまく説明しようとする。「いや、火傷じゃないけど、火傷でもある、みたいな感じ」

「痛むの？」

「いや。それがまた変なところでね」彼は手のひらをまじまじと見た。「痛みも何もないんだ。見た目はひどいけど。でも、そいつに触れたとき、何ていうか……」

「何？」

「説明が難しいよ。ふいに誰かに頭の中のスイッチを切られたみたいになった」ファンがぶるっと身震いした。「力が抜けて、地面に倒れ込んだんだ。一瞬、体が麻痺したか何かしたんだと思った。指一本動かせなかった。なのに感覚は全身研ぎ澄まされていた。そんなのありえない、だよね？」

「ここまでくると、何がありえて何がありえないか、わからない」わたしは答えた。

「でも発砲は？」

「ああ、それか」ファンはまわりを示した。銅の薬莢《やっきょう》が四つ、地面で光っている。「やっと体が動かせるようになったとき、それぐらいしかできなかったんだ。空に向かって何度か威嚇《いかく》射撃をした。やつらを脅かして、追い払いたかった」

「思惑どおりになったってわけね」わたしは霧の奥を指さした。「連中はいなくなってる」

「いや、違う」少ししてファンが小声で言った。さっきと声のトーンが違う。「僕が発砲しても、連中は動揺さえしなかった。君も知ってのとおり、普通なら近くで銃声がしたら、身をすくめたり、うずくまったりするものだ。ところが連中は平気な顔をしていた。たとえ銃弾がしゅっと耳をかすめていったとしても」

「どういうこと？」

ファンがこちらを見たその目の奥に、じくじくと心を侵食する疑念がうずくまっているのが垣間見《かいまみ》えた。

「僕にはもう関心がなかったんだよ。僕があの男に触れた時点で、もう任務完了したみたいに」彼は息を呑んだ。「最初からそれが目的だったかのように」

23

アルーフェ村を出るとき、フアンはとても運転できるような状態ではなかった。街道までのわずか二百メートルの雨に濡れた道を、わたしに寄りかかりながらのぼるのに、十分以上かかった。わたしも力が弱いほうではないが、相棒の百キロ少々の体軀《たいく》を引き受けるのは簡単なことではなかった。自分自身、万全な状態ではなかったから余計に。二人ともひどくショックを受けていたうえ、フアンは激しく消耗していた。〝ぼろぼろになるまで嚙《か》み砕かれたみたいな感じ〟という彼の表現を大げさだと決めつける理由はどこにもなかった。顔が真っ青で、老人のようにぶるぶる震え、いつもより呼吸が浅い。

長衣姿の集団はすでに煙のように消え、わたしたちの前に現れたあとどうなったのか、さっぱりわからなかった。わたしのポケットでは、立ち去る前に拾った四個の薬莢がカチカチと音を鳴らしている。たとえ空き家でも、市民の住む家々のど真ん中で発砲するに至ったことについて、釈明するのは厄介だろう。しかも、わたしたち以外の人にはとても信じてもらえそうにない説明しかできないのだから。二人で話し合って、実際に起きたことについては伏せておいたほうがいい、という結論にたどり着いた。

これは二人だけの秘密だ。

今のところは。

フアンは、この手を人に見せたくないと言って、病院に行くのを拒んだ。だから一時間後、彼を自宅に送り届けると、明日早い時間に様子を見に来ると約束した。わたしが代わりに駐屯地に戻るべきだったが、今日発覚したことを考えると、ノゲイラとは顔を合わせたくなかった。だから自宅に急いだ。早く息子のそばに行きたかった。

あれこれ考えながら、一人でフォスコに戻った。帰宅すると、キッチンの調理台にアガタが用意しておいてくれた夕食があったが、手をつけなかった。ちっとも食欲がなかった。

「ママ」一緒にベッドに潜り込んでしばらくすると、フリアンが囁《ささや》いた。「ママのこと、大好きだって知ってるよね？」

「もちろんよ、坊や」わたしは肘《ひじ》をついて半身を起こした。「ママだってあなたが大好き」

「お願いしたいことがあるんだ、かなうかどうかわからないけど」

「もちろんよ。何してほしいの？」息子の頭を撫《な》でながら言う。「おもちゃ？　お話？」

「そういうんじゃない」フリアンはこちらを向き、大きな茶色の目でわたしを見た。

おかしいと思いながら息子を見る。フリアンがそんなふうにためらうのは普通じゃない。わたしたちはいつでも正直に、あけすけに話し合う。

「もっと違うこと」

「何かな？」

「思うんだけど……」また躊躇する。「もっと僕と一緒にいてくれない？　ママは仕事が忙しいってよく知ってるけど、でも……もっと一緒にいたいんだ。もっといっぱい。ずっと。わかってくれる？」

わたしはとたんに、恐ろしいほどの罪悪感と息子への絶対的な愛情で、胸が張り裂けそうになった。ついにそのときが来ようとしている。とうとうわたしたち二人のあいだに、象のようにとても重い何かがどっしりと腰を据えた。おたがい一度も話題にしようとしなかったことが。この子の時間は、わたしたちの時間は、間もなく終わろうとしている。だから一分一秒でも大事に使おう、とフリアンの目が訴えている。時間があとどれだけ残っているのか、ぼくらには知る由《よし》もない。だから行かないで。そばにいて。

あふれそうになる涙を必死にこらえた。わたしがいないあいだに、何かあったのだ。二人ともずっと目をそらしてきたことをとうとう口に出さずにいられないほど、重大な何かが。

もちろんフリアンは、わたしが探しているのは彼の命を救う可能性がある唯一《ゆいいつ》の解決策だということを知らないし、説明したくてもうまく説明できそうにない。

息子の首の匂いを胸に吸い込む。とてもなじみ深い、温かな匂い。そのときふいに脳裏にひらめいたのだ。わが家と呼べるのはカサ・グランデでも、マドリードでも、ほかのどこでもない。この匂いだ。そう、この子がいる場所。

「フリアン」裏切り者の涙が頬を伝った。「今週が終わる前には、あなたとずっと一緒にいられるようにするわ。約束する」

「ほんと?」

「誓うわ、坊や」

もちろん嘘だ。そう思うと胸がつぶれそうになる。なぜなら、ラモーナが完全に手の届かない場所に行ってしまったとはっきりするまでは、探し続けなければならないからだ。わたしのためにも、フリアンのためにも。

やがて息子の呼吸が深く安定した。フリアンが腕の中で眠ってしまったいま、わたしもそうして息子を抱いたまま眠りに滑り落ちていく。

疲れ果て、消耗して。

恐怖に打ち震えながら。

でも同時に、今起きていることを必ず解決してみせると強く決心していた。

そして、ラモーナ・バロンゴを絶対に見つけるのだ。


目覚ましが鳴ったとき、霧に身を隠す長衣姿の一団の悪夢にまだうなされているところだった。フリアンを起こさないよう灯りはつけずに起き、シャワーを浴びた。お湯を浴びて完全に目が覚めたが、ずっとまとわりついているべたべたした感覚は取れなかった。

その後いつものようにフリアンと朝食をとったが、気が急《せ》いていて会話らしい会話もしなかった。

そのあと何が起きるか知っていたら、もっと別れを惜しんだはずだ。

白と緑のまだら模様の警備隊所有のテラノは、家の前の、昨日停めたそのままの場所にあった。勤務を終えたらパトカーは必ず駐屯地に戻す決まりなので、これは明らかな規定違反だが、仕方がなかった。

昨夜ファンを家に送ったときにいやというほど思い知らされたが、この四輪駆動車は最悪のしろものだ。金属製の獣さながらの車を運転するのは本当に骨が折れた。例の険しい隘路《あいろ》を走っていたときに何かで衝撃を受けたらしく、走行の方向が延々と左にそれるようになってしまっていた。そのうえギアを変えるたびにギーギーきしみ、ヒーターの調子が悪いせいで、窓が曇りっぱなしだった。

それでもわたしはハンドルにぎゅっとしがみつき、なんとかファンの家のある、テノリオという美しい谷間の村にたどり着いた。ビアスコン駐屯地からは距離にして二キロほどの場所だ。灰色の空に浮かびあがる山々を背にした村の景色は、観光用パンフレットから抜けだしてきたかのようだ。近くの牧草地で静かに草をはむ牛たちのやさしい鳴き声が耳に届く。一日を始めようと起きだしたばかりの家々から聞こえるくぐもった生活音のことなど、牛たちはそしらぬ顔だ。車を降りたとたん、近くのパン屋から漂ってくるいい匂いに鼻を襲撃された。この時間、両手においしそうな朝食を抱えて現れたら、さぞかし歓迎されるだろう。だからしばらくして、わたしはできたての菓子パンやまだ熱々の丸パン《オガーサ》を二つ詰め合わせた袋を抱えて、相棒の家に向かった。これでファンが喜ばないはずがない。

彼は、街道に近い小さな貸家に住んでいた。角に奇妙な獅子《しし》の石像が立つ低い垣根に囲われており、わたしは外の門を開けると、家に近づいた。しっぽをぴんと立てた立派なトラ猫が、わたしの脚に体をこすりつけようと近づいてきたが、それを巧みにかわして呼び鈴を鳴らす。

しばらくして玄関のドアが開いた。最良の笑みを浮かべて、菓子パンでいっぱいの紙袋を掲げる。

「援軍の到着よ！　コーヒーの用意をして……うわ、ファン」

戸枠に寄りかかっている彼は、すっかり憔悴《しょうすい》していた。昨夜と変わらず顔面蒼白《そうはく》なうえ、目の下には真っ黒な隈《くま》ができている。目は充血し、逆に象牙色《ぞうげいろ》の歯茎がやけに不穏だ。

「おはよう、ラケル」

わたしは言葉を継ごうとしたが、ファンのほうが片手を上げてそれをさえぎった。

「何も言わなくていい。ひどい顔だってことはわかってる。わが家にも鏡はあるからね」

「鏡はあるかもしれないけど、常識はない」わたしはため息をつき、無理やり家の中に押し入ると、ドアを閉めた。「今すぐ病院に行かなきゃだめ」

「何のために？　ただの風邪だよ。昨日あの迷惑な小川で水中大冒険したんだから、当然だ」

「ほんとに？」わたしは眉をひそめた。「わたしとメンデスの検査結果を知ってるでしょう？　あの連中は幻覚剤を使う。ほかにどんな薬を持っているかわからない。昨日あの長衣に触れたとき、きっと手に何か毒物がついたのよ。病院に行こう。今すぐ」

家の中は暖房が強力に利いていて、尋常でない暑さだった。火をがんがん焚《た》いている窯《かま》からじかに熱が伝わってくるかのようだ。ところが、ガウンにくるまったファンは激しく震えている。高熱が出ているのだろうと思って額に触れると、氷みたいに冷たかった。

「ただの風邪なのに、わざわざ救急に駆け込むようなことはしないよ。もっとひどい病気だって乗り越えた。だから今回も大丈夫さ。本当に平気だよ」

「心配だな」わたしは引き下がらない。

「本当だよ。普通の風邪だ」ファンは軽く考えていた。

「手は？」

「だいぶよくなった。ほら」

彼の手のひらを持ってじっくり調べた。昨日は真っ赤で小さな水ぶくれだらけだったが、今日は色味も元通りになっている。水疱《すいほう》も減り、雑草で切った細かい傷みたいに見えた。

「もしかすると、イラクサか何かにさわっただけだったのかも」わたしの考えを読んだかのように、フアンが言った。「これで死ぬわけじゃあるまいし。少し寝て、Netflixマラソンでもしていれば治るさ」

すごく楽しそうだから、わたしも加わりたいと言いそうになったが、それを聞いたフアンがきっと顔を赤くして照れくさそうにするのが想像でき、唇をぎゅっと結んで笑いをこらえた。

「大丈夫？」わたしの表情を見て、フアンが訊いてきた。

「ええ、もちろん。気にしないで」わたしは改めてパン屋の袋を持ち上げた。「あったかいうちに食べないと、もったいないよ」

「食欲がない」とぼそりと答える。「胃がむかむかするんだ。でも、行く前にコーヒーでも飲んでいってよ」

「時間がないの」わたしは首を振った。「今日じゅうに山をくだってポンテベドラに行きたいのよ。そこですることがある」

「何？」

「メンデスから聞いた事件のこと、覚えてるよね。彼は具体的な日にちまでは話してなかったけど、十二年前だと言っていた」

「ポンテベドラのどこに行くの？」

「県の歴史資料館へ。来る途中で連絡を入れて、その年のだけでなく、だいたい一八九〇年からの古い新聞のコピーがあることを確認した。メンデスの言ったようなことが本当に起きていたなら、何かしら新聞で報道されていたはずよ。山の上でいったい何が起きているのか理解するヒントがもらえるかもしれない」

「それは名案だ」ファンは唇をつまんだ。いかにも彼らしいしぐさ。「協力してくれそうな人を一人知ってる。自宅はここから数キロ離れているが、町の博物館に勤務してる」

「わたしに博物館を隅から隅まで調べろと？」

「まさか」彼はにっこりしたが、たちまち顔を苦しげに歪《ゆが》めた。ファンは話はできても、体調がかなり悪いのだ。「歴史家なんだ。資料館でめぼしいものが見つからなかったら、彼が手を貸してくれるかもしれない。どこかに電話番号のメモがあるはずだ」

「どうしてあなたが歴史家の電話番号を?」

「彼もオンラインのロールプレイングゲームにハマってるんで」そう言って顔を赤らめる。「同じクラブの一員なんだ」

「ロールプレイングゲーム? へえ、あなたには驚かされどおしだな」わたしはにっこりした。「そのゲーム仲間と会う約束を取り付けてくれる? それから、電話を近くに置いて寝てね。もし何か異常があったり、もっと調子が悪くなったりしたら、すぐに電話して。いいわね?」

「はい、先生」

わたしが思わず彼の頰にキスをしたとき、二人のうちどちらがより驚いたかわからない。ただ、慌てて彼の家を出たので、答えを知ることはできなかった。

まったくもう、コントロールできないことをコントロールしようとするのは、本当に難しい。

三十分後、わたしはポンテベドラ県議会議事堂の前にある駐車場に車を停め、コロン通りを進んで、〈フォンセカ邸〉という建造物内にある県の歴史資料館へ向かった。

二十世紀初頭に建設されたみごとな建物で、両側を翼のあるスフィンクスが守る石段をのぼっていくと、入口上方に装飾《ティンパヌム》のある柱廊《ポルチコ》にたどり着く。古代の神殿を模してはいるが、そこかしこにフリーメイソンの要素がちりばめられている。調べればとても興味深い歴史を背負っていそうだが、今は普通の公共施設の一つにすぎない。中に入ろうとしたとき、両側のスフィンクスがこちらを横目で見てにやりと笑ったような気がした。

建物内に足を踏み入れたとたん、静けさに包まれた。まだ早い時間だというのに、すでに机の前に座っている人が二、三人いて、埃《ほこり》っぽい資料を調べ、メモをとっていた。左手に上階へ続く螺旋《らせん》階段があり、古い革装の本を何冊か抱えた、上っ張りを着た男性が下りてきた。

わたしはその人に近づいて自己紹介した。五十代と思《おぼ》しきその男からはニコチンの匂いがした。この建物のどこか片隅に、ときどき一服できる秘密の場所があるに違いない。もしかすると、前世紀にはそこで、この巨大な館《やかた》を建設したフリーメイソン会員たちの集会がおこなわれていたのかもしれない。しかし今ではその同じ場所で、ものぐさな専門家たちが集まって日がな煙草《たばこ》を吸いながら、きっと殺人だとか不穏な陰謀だとかとはいっさい無縁な、退屈な日常について愚痴をこぼしている。

男はわたしに煙草は勧めなかったが、親切に閲覧場所に案内し、パソコンの前の席を与えてくれた。机は、この建物ができたと同時にそこに置かれたに違いない前世紀の巨大なしろものだったが、パソコンは最新式で、過去の記憶で構成されているその場所では現代のエイリアンのようだ。

「ほとんどの資料はデジタル化されています」彼は自慢げに言い、にっと笑ってニコチンで黄色くなった歯を見せた。「検索エンジンもたいへん優秀なので、必要な資料はそれで見つかるでしょう。もし探してもなかったり、デジタル化が済んでないせいで白い画面が現れたりしたら、呼んでください。お手伝いします。プリント料金は一枚二十センティモ、カラーだと五十センティモです。紙幣は使えません」

男はそれだけ言って立ち去り、わたしはモニターの前に一人残された。

検索を始める前に、わかっていることをおさらいした。メンデスの話では、十二年前にプエルタの下で、わたしたちの事件の被害者と同じような方法で殺された女性の遺体が発見されたが、それが最初ではないという。調査の出発点はここだ。

この町の地元紙は『ディアリオ・デ・ポンテベドラ』一紙しかなく、それは当時も発行されていた。大昔にはライバル紙もあったが、大多数は何十年も前に淘汰《とうた》されてしまった。その年のかの新聞の第一面ばかりを集め、ダウンロードする。

殺害された女性の遺体発見みたいなニュースなら一面に載るはず、という確信のもと、画像を追った。わたしの目が古い紙面の上を滑っていく。ほとんどは地方都市のたいして興味も持てないつまらないニュースばかりだ。流行遅れの服を着た、古臭い髪型の政治家たちが紙面からこちらを見返し、予算について議論したり、道路が開通したと自慢したりしている。そのとき、見出しの一つに目が留まった。十二年前の十一月二日付の新聞で、一面の右側の囲み記事だった。写真はなく、スーパーマーケットの広告と地元サッカーチームの試合結果のあいだに挟まれている。

セイショ山の山頂で女性の遺体発見

(編集部) 本日午後、ハイカーのグループから通報を受けた緊急部隊がセイショ山(コトバーデ自治体)の山頂に向かったところ、三十代ぐらいの女性の遺体を発見した。

治安警備隊の衛生班と捜査官たちが派遣され、一帯を立ち入り禁止とした。(中面に続く)

鼓動が速くなるのを感じた。中面に急いでアクセスし、記事の残りを読んだ。中面の記事にはセイショ山のアーカイブ写真が掲載されていたが、それ以上あまり情報はなく、遺体の身元がまだ判明していないこと、暴力行為による殺人事件として捜査が開始されたこと程度だった。

これらのページをプリントアウトし、その後三週間分の新聞をダウンロードした。まず気づいたのは、最初の日に第一面に掲載されたあとは、中面にわずかな記事が何度か載っただけで、それも日に日に短くなっていき、ついには消えてしまったことだ。当初の記事の一つでは、事件については報道規制が布《し》かれたと報じられ、別の記事には記者会見の写真があり、数本のマイクの前に座る、死亡当時より十二歳若く、もっとほっそりしたメンデスの姿が確認できた。メンデスのほかにも何人か同席していて、その一人が、やはり現在より十二歳若い、しかし同じ鷹《たか》のごとき鋭い眼光をしたノゲイラ軍曹だった。気になったのは、その写真では、彼が新聞記者のほうではなく、メンデスを睨《にら》んでいることだった。まるで、メンデスの言葉一つひとつを検閲しているかのように。

しだいに先細りしていくほかの記事では、捜査がなかなか進展しないことに触れられていた。たいして書くこともなくなり、記者たちもだんだんこの件に関心を失って、読者がもっと興味を持つ話題を求めるようになったわけだ。

わたしはあることに気づき、眉間《みけん》に皺《しわ》を寄せた。もう一度初日の記事に戻って、その後の記事を見返していく。

「やめてよ、ほんとに」小声で罵《ののし》った。

最初に殺人の可能性を匂《にお》わせたあと、犠牲者の死因についてはどこにも触れられていなかった。三十代前後の女性の遺体がセイショ山山頂で発見されたということは何度も言及されているが、これだけでは心臓発作で亡《な》くなったのか、あるいは飛行中の飛行機から落下して死亡したのか、わからない。いっさい説明がないのだ。それに、どの記事にも具体的な記者名ではなく、〈編集部〉という無味乾燥な署名しかない。

こんなのおかしい。どんなに穏健な新聞社にも、あちこちうろつきまわって、あれこれ掘り返したがる詮索《せんさく》好きな記者が必ず何人かはいる。そういう連中は、紙面に載せられる何か面白い話を見つけるまで延々と嗅《か》ぎまわり続ける。わたし自身、長いキャリアのあいだに、そういう大勢の記者たちと闘ってきたし、連中のしつこさは骨身に染みている。

こんなに無関心なのは普通ではない。まるで、誰かがどこかの時点で、この事件はそっとしておけと命令したかのようだ。

メンデスが言っていたとおりに。

それから、その時点からさらに十二年さかのぼった新聞を探した。わたしは、どんな小さなことも見逃さないメンデスの調査の足跡をたどっているような気がした。十二年前、間違いなく彼も似たようなことをしたはずだ。パソコンの前にはいなかったかもしれないが。あの老軍曹は、最新のテクノロジーを駆使するタイプには見えなかった。この同じ建物で、古新聞を必死にめくっていたのではないだろうか。もしかすると、この同じ机で。今となっては知りようがない。

十二年さかのぼった新聞では、第一面の記事はだいたい同じ調子だったが、時間が経《た》った分、もっと異様に見えた。このときの犠牲者は五十代の男性で、泥だらけの四輪駆動車に金属製の棺《ひつぎ》を入れる作業員の一団の写った写真が記事に添えられていた。この写真の十二年後のメンデスの事件のときと同じく、セイショ山頂上にウィンドファームはなく、整備用道路がまだできていなかった当時、ここまでたどり着くのに相当苦労したと想像できる。死因は自殺ではないかという推測はあったものの、記事にそれ以上詳しいことは書かれていない。その後は、メンデスのときと同様、事件の印象はしだいに薄れていき、しまいに跡形もなくなった。

もう十二年後戻りしてみたが、今度はどんなに探しても何も見つからなかった。これまでのところどの事件も十一月一日に起きているので、それが特定日と思われたが、何らかの理由で遺体の発見が遅れたかもしれないので、もう何週間か先まで見てみた。しかし無駄な努力となった。この年は何も起きなかったのかもしれないし、推測不能な別の日付に実行されたのかもしれない。

そうでないことを願うばかりだった。もし日時に決まったパターンがなく、気まぐれにおこなわれてきたとしたら、ここにある新聞全部を調べるのに何年もかかってしまう。いいえ、と自分で打ち消す。このときの犠牲者は発見されなかったと考えるのが妥当だろう。セイショ山は人里離れた場所で、三十年前には、ここに登るのは、夏に放牧する牧童か、うっかり道に迷った狩猟者ぐらいのものだった。十一月では、ここに来ても会えるのは風と草をはむ牛だけだったはずだ。遺体は時とともに腐敗し、腐食動物や昆虫の餌食《えじき》になって、いつしか消えたとしても不思議ではない。犯人たちとしても、それを期待していたに違いない。

次に飛んだ先は一九七〇年代初めだった。掲載されている写真はモノクロになり、第一面に登場する政治家たちは不吉で陰気な雰囲気で、わずかに姿が見える女性たちはアシスタントか、陰で控える端役《はやく》でしかない。ここにも、セイショ山頂上の「千年前の岩の下」で発見された遺体のニュースが見つかった。記者はもったいぶった論調でこう報じている。「この近辺の人間ではない、山で道に迷ったハイカーと思われる（この部分、都会者を見くだしているのが何となく伝わってくる）三十代の男性が、警邏《けいら》中だった二人の治安警備隊員によって発見された」

その次の跳躍では、大々的なものはおろか、中面にすら記事は見つからなかったが、そのあともう一度、十二年飛んだところで見つけた記事で、思ってもみなかったものにつきあたった。

それは四〇年代半ばの皺くちゃな新聞で、紙がだいぶ劣化して、スキャンしたイメージさえ、触れれば破れてしまいそうだった。一面を占領しているのは、まだだいぶ若く活力にあふれたフランコ総統の肖像で、邪悪な共産主義と国際的なフリーメイソン組織に断固立ち向かうと宣言する文言が添えられている。しかしもう二ページほどめくったとき（ページ数は数十年後の新聞と比べるとはるかに少ない）、そこに見つけたものに息を吞《の》んだ。

記事そのものは、その時代におおやけに出まわっていた文書らしい重々しくてもったいぶったもので、句読点を毛嫌いしているせいで読みづらい。

今月一日、ポンテベドラ県知事閣下と教区司教猊下《げいか》の命により高貴かつ忠実なるコトバドの数多くの住民たちがビアスコン教区教会で執り行われた憐《あわ》れなるニカノール・タラシドの魂を偲《しの》ぶ救済と償いのための聖なる行事に参列した。フォスコの牛飼いだったかの少年はその悲しみの地にあるセイショ山頂上で遺体となって発見された。少年は卑劣にも無残に殺害されており、依然としてわれらが山々に害獣のごとく寄生する、共産主義の盗賊らのしわざであることは間違いない。

葬儀のあと教会に隣接する通りには参列者の列がどこまでも続いたが、これは人々がこうして参列することをきわめて重視してきたことの表れである。当局はこの慈悲のかけらもない危険な犯罪者を必ずや捕縛し、総統閣下がかの肥沃《ひよく》な美しき土地にもたらした司法の場でその暴虐《ぼうぎゃく》についてすぐに残らず自白させることを誓った。

手の中のボールペンを強く握りすぎて、関節が白くなった。
苗字《みょうじ》と名前がわかった初めての犠牲者だった。もちろん、心当たりはないとはいえ。
しかし、記事に添えられていた写真には心当たりがあった。
それは、当時の典型的な構図の写真で、葬儀のあと教会から出てきた人々の一団を写したものだった。その頃は写真はまだあまり日常的なものではなかったので、人々は明らかに虚を突かれたようだ。大部分の人はとまどいの表情を浮かべているが、それはおそらく、生まれて初めてカメラというものを前にしたせいだろう。教会の壁際《かべぎわ》に並ぶ彼らは、四〇年代の田舎の農民らしい、簡素でくたびれた服を着ている。男たちの中には手にベレー帽を持っている者がおり、建物の角から、好奇心を抑えきれない様子のいたずらっ子たちが数人、顔をのぞかせている。

しかし、わたしの目が釘付けになったのは、列の最後尾にいる、カメラの前だというのに少しも緊張していない人物だった。黒くて濃い髭《ひげ》をはやし、深みのある感情豊かな目をした、四十代の男。隠れた冗談に気づいたかのように、一人だけ微笑《ほほえ》んでいる。

驚くほど精巧に作られた木製の義手を左脇《ひだりわき》に垂らしている男。

わたしは大きく深呼吸した。一度、二度、三度。

ありえない。

プリンターに近づき、いくつか小銭を入れてそのページをプリントアウトする。紙に印刷されたそれは、いっそうリアルだった。

「片腕の大工？　この村は何もかもが尋常じゃない」とファンはあの男の小屋を出る

ときに言った。

わたしはこの男とじかに話をし、時を過ごし、握手をした。

それなのに、七十年前の写真から、あの朝とどこも変わらない様子でこちらを見ている。

気をしっかり持って、と自分に言い聞かせる。よく似た人か、子孫に見た目が恐ろしいほど遺伝したご先祖様よ。

そう、腕がないのも代々の遺伝。母斑《ぼはん》やイボみたいに。馬鹿《ばか》なこと考えないで。

そのとき、『四人の署名』にあったシャーロック・ホームズの言葉を思いだした。

「ありえないことを一つひとつ消去していけば、最後に残ったものがどんなにありえそうになくても、それが真実だ」

そして、どんなにありえそうになくても、真実は目の前にあった。片腕の大工であるサアベドラが、一九四〇年代の写真に今とまったく同じ姿で写っている。

わたしはもう一度パソコンの前に座り、震える手で四つの文字を打ち込んだ。

〝フォスコ〟

いくつも結果が現れたが、ほとんどはその一帯の観光ガイド関係か、土地台帳にまつわるもので、わたしはその中から一九五〇年以前の写真が含まれると思われるサイトだけを選んだ。

残ったのは三件だけだった。

そのうち二件には三〇年代の写真が掲載され、現在とたいして変わらない村の様子がうかがえる。家々はだいたい同じだが、まわりの森が今よりだいぶ後方に退いていて、そこに代わりに畑がある。わたしが暮らすカサ・グランデは、村の中心に立ってすべてを監視している巨人のようだ。

もう一枚はもっと古く、一九一九年に撮られたものだった。写真の下には「インフルエンザを食い止めようと奮闘するスペイン赤十字社」と記載されている。インフルエンザ。一九一八年から流行した〝スペイン風邪〟だ。

わが家の前に馬車が停まり、その横に、真剣で深刻そうな顔をした、白衣を着た立派な口髭の医師と糊《のり》の利いた白い頭巾《ずきん》をかぶった看護婦が二人立っている。その背後に、写真撮影のため、フォスコ村の四十人ほどの住人たちが無理やり詰め込まれていた。

写りはあまりいいとは言えなかったが、そんなざらついた画質でも、インターネットで以前目にした人だということがはっきりわかった。でもインターネットが発明される何十年も前の写真に写るその人は、農民風の前掛けをかけ、相手を信用していないことがわかる目でこちらを見ている。

百年以上前の写真で、かのヒーラー、ラモーナ・バロンゴが、数週間前にポンテベドラのカフェで会ったときと皺一本違わぬ顔に作り笑いを浮かべていた。

24

突然携帯電話が鳴り、わたしはびくっとした。ほかの机から迷惑そうに頭が二つ持ち上がり、誰かが背後できちんとこちらに聞こえるようにシーッと言った。例の係員さえ、彼の特別な聖域でのふるまい方を知らないわたしのような人間のためにとくに用意してある、険しい視線を向けてきた。

わたしは慌《あわ》てて立ち上がり、もごもごと謝罪しながら、机の上に散らばっていた書類を集めて建物を出た。うなじにはまだ係員の視線が突き刺さっているのを感じた。

外に出て電話を見ると、フアンからだとわかった。折り返し、喘息《ぜんそく》を患《わずら》うビアスコンの中継装置がブツブツと音をたてる永遠とも思えるあいだ待ち続け、ようやくつながった。

「ラケルか?」携帯電話から響くフアンの声はざらついていて、具合は思わしくないとすぐにわかった。

「そうよ。調子はどう？」

「よくない。でも、なんとかやってる。いつものことだけど」ファンは冗談めかしたが、生気のない声でそう言われても、まるで笑えなかった。「せめて何か息抜きがないとね。何か見つかった？」

「想像以上の発見があった。聞かされても信じられないよ、きっと」

「そりゃすごい」とたんにファンが咳《せ》き込み始め、しばらく会話が中断する。「……もう少しヒントをくれよ」

「だめ、電話じゃ話せない。あとで」

「どうして？」

「説明が難しいの。それに……」なんだか疲れて、顔をこする。「あなた自身の目で見てもらわないと、信じてもらえないと思う」

ファンは一瞬黙り込んだ。

「昨日の出来事と関係があるのか？　あの長衣姿の連中と」

「いいえ」わたしはためらった。「うん、関係してるかも。わからない。とにかく、普通じゃないの」

「わかったよ、相棒。気になるけど、少し我慢する。じつはね、例の歴史家、サンタロっていうんだけど、彼が会ってくれることになって、それで電話したんだ。三十分後にカフェ・モデルノという店で君を待ってる。住所をメモしてほしいんだけど、筆記具はある？」

わたしは体をひねってポケットからフェルトペンを出し、ファンの言う住所を手のひらに書きつけた。ここからそう遠くない。

「その人だとわかる、何か目印は？」

「行けばすぐにわかるよ。風貌《ふうぼう》がちょっと……突飛だから」

「ねえ聞いて。その人と話をしたらすぐにあなたの家にすっ飛んでいって、見つけたことを伝えるわ。ノゲイラと話をする前に、フォスコに行かないと。住人をつかまえて、説明してもらう必要がある」

「説明って何を？」

「まだわからない」わたしはぼそりと言った。「でも、セイショ山での事件やほかのこととも関係がある。それでいろいろ解明できると思う」

「わかった。でも、頼むから、僕のいないところで危険な真似《まね》はするなよ」

「心配しないで、おじいちゃん」わたしはにっこりして言った。「あなたも暖かくしてね」

そして電話を切った。また強い雨が降りだしていた。傘を車に置いてきてしまい、カッパしか持っていないことに気づいて、落ち込む。強風に煽《あお》られ、大粒の雨は横殴りになっていた。間違いなくずぶ濡《ぬ》れになるだろう。今日という日は、ひどくなっていく一方だ。

すでにできつつある水たまりを避けながら、並木道を進んでいく。これだけザーザー降りなら通り雨に違いないと信じて、少しでも雨宿りができる場所をその都度見つけては飛び込むけれど、分厚い雲は溜《た》まった水分を街にぶちまけるのを中断する気配がない。この土地に来てからというもの、太陽を見たのは数えるほどしかなく、日差しは弱々しいものだった。こんなふうに気持ちが沈むのはそのせいもあるのだろうか。それとも、逆に天気も気分も、今見つけたことと関係しているのだろうか。

思考がそれないように、説明のつかないことと常識で説明できることのあいだに頭の中で線引きをする。

〈理解できないこと〉を挙げていく。謎《なぞ》の集団がプエルタで人を次々に殺していったい何をしているのか、それがいつ始まったのか知らないが、なぜそんなことを続けているのか。フリアンとわたしが一連の出来事とねじれながら関係しているのはなぜか。ときおり、わけもなく鼻血が出る理由は？　とりわけ、メンシニェイラと村の住人の一人が、今とまったく変わらない姿で、フォスコ村の昔の写真に写っているのはどういうわけなのか。

〈常識で説明できる〉と、まあ言えることは以下。犯人たちは、間違いなく生身の人間である。また、彼らには植物学の知識があり、それを利用して犠牲者に薬を盛っている。聖週間《セマナ・サンタ》の行列の信徒のような長衣で変装し、アルーフェ村でわたしたちの調査を妨害しようとした。とはいえ、フアンとわたしがそこにいることを彼らがどうやって知ったのかは、見当がつかない、と頭の中で不快な声がぼそぼそ囁いてはいたが。

〈理解できないこと〉は増えていく一方だ。それについて考えていないときでさえ、頭の中に路肩の茶色い根雪のように積もっていく。実際、わたしの頭の中にある〈理解できないこと〉はそういう薄汚い色をしていた。たとえば、影響力のある誰かの力で、本来なら必ず広まるはずのニュースや噂話《うわさばなし》がもみ消され、犯罪そのものが都合よく隠されてしまう可能性について。その誰かは、ノゲイラ軍曹のような人間に部下の仕事を邪魔させることだってできる。ほかにいったい誰がこの陰謀に加担しているか、わかったものではなかった。一九四〇年代、あるいはそれ以前なら、このタイプの犯罪は、注目されないようにする、いや、発覚しないようにすることさえ、そう難しくなかったかもしれない。でも、これだけソーシャルメディアがもてはやされているこんにちでは、事件をどこにも漏れないようにするなんて絶対に無理だ。ところが、フアンと一緒に捜査している今回の事件は、地元紙についでみたいに報じられたあとは、少しずつ表舞台から消えつつある。

これまでの事件がそうだったように。

そのうえ、一連の事件の最初の一件——あるいは、少なくともわたしが発見できた最初の一件——はフォスコ村と関連しているように見える。そう、わたしが家探しをしていたときに、とても運よく住むことになった場所だ。とても運よくというより、あまりにも運よく。あとでもう少しよく考えてみる必要があるが、でも客観的に見たら、わたしが住む場所を探していたちょうどそのタイミングで、ノゲイラがおあつらえ向きの、普通では考えられないくらい家賃の安い物件を突然紹介してくれたのだ。

フォスコ村。結局いつも、あの美しい村に何度も引き戻される。おとぎ話から抜けだしてきた魔法の村のような外観の下に、明らかに何か暗い秘密を隠しているあの場所に。

フリアンとわたしが暮らす場所とラモーナ・バロンゴとのつながりが初めて見つかったことで、不吉な考えが生まれた。ひょっとして、わたしとフリアンにとってとても貴重な二週間という時間を使って探し続けてきたあのメンシニェイラが、じつは最初からずっと目と鼻の先にいたのだとしたら？　大工のサアベドラが彼女を監禁しているのだろうか？　いや、最悪の場合、彼女は自分の意思で、ずっとあそこでわたしたちから身を隠しているのかも。だとしたら、いったいどうして？

いずれにしてもサアベドラが答えを、少なくともその一部を知っている。家に帰ったら、彼と対峙《たいじ》してきちんと事情を聞き、できればラモーナの居場所も教えてもらわなければならない。

それでも、ノゲイラとその仲間がわたしたちをフォスコ村から遠ざけるのならまだしも、むしろ引き込んだ、その理由がわからなかった。わたしを村へ行かせた意味は何か？　監視するため？　捜査がどこまで進んでいるか監督するうえで、わたしの資料を確認したいから？　でもそれはおかしい。わたしは毎朝出勤時に書類を必ず家から持って出る。フリアンがうっかり見てしまうおそれがあるところに、心臓をえぐりだされた遺体写真を含む書類を置き去りにするなんて、もってのほかだ。それに、ノゲイラなら、そうしたければいつでもコピーを手に入れることができる。

思いついた三つ目の可能性ははるかに恐ろしい、不安をかきたてるもので、一瞬心臓が縮み、通りの真ん中で足がすくんでしまった。傘をさした女性がわたしにぶつかりそうになり、あまり褒められたものではない言葉をいくつかこちらに投げかけて立ち去った。

わたしをフォスコ村に住まわせたのは、脅迫するためだったとしたら？　十二年前にメンデスにそうしたように、おとなしく口をつぐんで捜査をあきらめるしかなくなるよう、わたしにとって何か大事なものを人質にして。

そうせざるをえないほど、わたしにとって大事なものはただ一つ。

フリアン。

ショックで体が震えた。車のところに駆け戻り、全速力でフォスコ村に向かいたい衝動に駆られたが、最初の一瞬のパニックが過ぎるとなんとか自分を抑えられた。すべては単なる憶測にすぎない。フリアンとわたしがあの村にたどり着いたのはまったくの偶然である可能性のほうが高い。そもそも、何もかもわたしの誤解かもしれない。

第一、とても大事な動かしがたい事実がある。アガタはフリアンをじつの孫のように大事にしてくれていて、安心してまかせられる。彼女には感謝の言葉しかない。ほかの住民たちにしても、今のところ不信感を抱かせるような人は誰もいない。窓の下にいた不穏な長衣姿の一団のことを除けば、だが。これまで誰もそれ以上何もしてこなかったことを考えると、連中はわたしをまだ危険視していないのだろう。でも、いきなり応援を引き連れニッサン・テラノの警告灯を派手に明滅させてあの大工の家に押しかけ、説明を求めたりしたら、それはこちらのカードを開示したも同然だ。黒幕が誰にしろ、わたしにはすべてわかっていると知らせることになる。

それは賢いやり方ではないだろう。今のところはまだ。

だからしばらく深呼吸し、自分を落ち着かせた。あの片腕の大工や、その他必要な相手から話を聞かなければならないのは確かだが、よく考えて慎重に行動したほうがいい。あれこれ推測したり古ぼけた写真を集めたりするだけでなく、もっと証拠が必要だった。やみくもに走る錯乱した母親になっても、何もいいことはない。

五分もすると、ファンから指定された住所に到着した。カフェ・モデルノは、〝最新の《モデルノ》〟という名前を裏切る古びた建物で、テーブルを囲む変わった彫像群がある中央広場に面していた。今は雨のせいで広場に人はいない。ブロンズ像にはちょろちょろと水が伝い、浮世のことなど素知らぬ顔で、厳粛な表情を浮かべて宙を眺めている。

わたしは牧羊犬さながら水を振り払いながら、カフェに入った。丸天井の高い部分は影に呑まれて見えない。ちょうど琥珀《こはく》にとらわれた滴《しずく》のような、大昔から店を開いている場所特有の説明しづらいねっとりとした雰囲気が漂っている。壁は二〇年代の古い壁画で覆《おお》われ、カフェにしては珍しくしんと静まり返っている。テーブルのあいだを歩きまわる制服姿の高齢のウェイターは、大昔からここで働いていることをうかがわせる、いかにもプロフェッショナルなふるまいだ。壁のプレートに、かつてフェデリコ・ガルシア・ロルカがここのどこかのテーブルで作品の一部を書いたとか何とか記されている。

客の大多数はすでに食事を終えているようだった。胃がグウグウ鳴っていて、午前中は資料館でずっと古新聞を調べていたせいで、何も食べていなかったことに気づいた。店内を見まわしたわたしは、窓際の隅のテーブルで目を留めた。そこでは二日分の無精髭を生やした丸顔の男が、二世紀前に印刷所から出荷されたかのような、分厚い革装の本を一心に読んでいる。大理石のテーブルの上は書類であふれ返っていて、まだ手もつけられていないカフェオレのカップがテーブルの縁に危なっかしくしがみついている。でも、それが目当ての男だと確信したのは、彼が肘《ひじ》の擦り切れたコートの下にＲＰＧゲーム『クトゥルフの呼び声』のＴシャツを着ていたからだ。彼に違いない。

「サンタロさんですか？」

男は本から目を上げ、声の相手にとっさに目の焦点を合わせようとした。

「ああ、どうも……ラケル・コリーナ捜査官ですね？　〈戦争屋〉の友だちの」

「何の友だち？」わたしはとまどった。

「ああ、すみません。フアン・ビラノバのご友人だ。〈戦争屋〉っていうのは彼のゲーム上の名前で……いや、どうでもいいか。エクトル・サンタロです。どうぞよろしく」

彼は手を差しだし、わたしはそれを握った。サンタロはテーブルの上の書類を慌てでどけて空きを作ろうとしたが、その不器用な動作でコーヒーカップがいよいよ大惨事に近づいた。

「この一帯の歴史にお詳しいとフアンから聞いてきました」

男は不快そうに洟《はな》をすすり、あまり気持ちがいいとは言いがたい声を漏らした。

「この一帯の歴史に詳しいというのは一つの言い方ではあります。でも、私は文化人類学者で、歴史学の学位を持ち、古代ローマ以前のガリシアの文化について論文を書き、さらには大学教授として二十年以上の実績がある、という説明もできる。だが……『この一帯の歴史に詳しい』というのは……くそったれだな。まあ、どれを選んでもらってもかまいませんが」

わたしは仲直りのしるしに両手を上げた。

「ファンが教えてくれたあなたの肩書きは不完全だったようです、教授。もしよろしければ、いくつか質問をさせていただきたいのですが」

「私がここにいるのはそのためだ。それで、何をお知りになりたいんです？」

わたしは一瞬躊躇《ちゅうちょ》した。この男にどこまで話し、どこは控えておくべきか。

「セイショ山頂上にある、ポルタ・ド・アレンをご存じですか」

今度、意図を推し量るようにこちらを見、何を話すか慎重に考えているのは彼のほうだった。

「山頂で見つかった女性の遺体のことですね？　たしか二週間ほど前に新聞で見たが、その後は何も報道がない」

わたしは答える代わりに肩をすくめた。わたしたちはまだ手探り状態で、どちらもすぐには手の内を明かしたくないと考えていた。

サンタロはため息をついた。

「こうして私とここに座っているということは、あの場所について、ネットでわかる以上のことを知りたいからだ、違いますか？」

「はい、そのとおりです」

「〈戦争屋〉……ファンは、あなたはとても聡明《そうめい》な女性だと言っていた、そうですね？」

あまりにもパーソナルであけすけな質問だったので、驚いた。

「十人並みだと思いますが」控えめにそう答える。

「たいていの人間は躊躇なく肯定する」サンタロは言った。「だが、本当に聡明な人はそれをひけらかしたりしない。だからフアンが言ったことは事実だということだ。プエルタについて何を知ってますか？」

またしても、わたしは口をつぐんだ。こんな展開になるとは思っていなかった。地元の人が次から次へと質問に答えてくれるガリシアではおなじみの話題、というのを想定していたのだ。でもサンタロはフレンドリーな人だったから、彼のやり方に乗ることにした。

「ガリシア語でポルタ・ド・アレン、スペイン語にすると〝冥界の門《プエルタ・デル・マス・アリャ》〟と呼ばれている」メモ帳を取りだし、あの場所についてインターネットで調べたことを記したページを開いた。「紀元前八〇〇年から六〇〇年、青銅器時代から鉄器時代にまたがる頃につくられた巨石遺跡である。当時この一帯に住んでいたケルト人による墳墓の石碑と見られる。利用法や建造の目的は依然として議論の的であり、セイショ山全域に当時の人々が埋葬されていることから、葬儀の儀式場の一部なのではないかと考えられている。これでいかがですか、先生」

サンタロの目がきらりと光った。

「間違いなく、私の一部の学生より上出来です」と言って微笑んだ。「きちんと宿題をこなしましたね」

「それで？」

「それで、とは？」

「わたしの解答は正解ですか？」

「もちろんです」手を大きく動かし、コーヒーカップに危うくかすりそうになる。通りかかったウェイターが足も止めずに器用にそれを救った。サンタロはそれに気づきもしなかった。「もし歴史がお好きなら、とても興味深い墳墓群ですよ。ラーニャ・クリアドの著作を読んだことがありますか？　あの場所についてすばらしい論文を書いています。ちなみに私の指導教官でもあった」

わたしはいらだちを隠せず、唇を嚙《か》んだ。さっそく脱線し始めそうだ。少なくとも今は、歴史の授業は勘弁してほしい。それでも、仕方なく流れを止めるのはやめておいた。何らかのお得情報が手に入るかもしれない。

「どんな内容なんですか？」

「もちろん、今あなたが話してくれたようなことに加えて、もっといろいろ」サンタロは書類を引っかきまわし、書物のコピーを見つけた。ほとんど読めない細かい文字がごちゃごちゃとある中にプエルタの写真が見える。

「ラーニャは、プエルタはとても複雑な葬儀システムの一要素だと主張しています。プエルタから東に二百メートルほどのところにある、生贄《いけにえ》を捧《ささ》げるための太陽の祭壇と、西に五十メートルほどのところの〈風の窓〉と呼ばれる巨石遺跡《メンヒル》との、あいだに位置しているんです」

「つまり?」

「単純なことですよ」彼は紙と古臭い万年筆を取りだし、中央に簡単な四角形を描いた。「これがプエルタです。わかります? 誰かが太陽の祭壇に立ってまっすぐ前を見れば、プエルタの隙間《すきま》の向こうに完璧《かんぺき》にメンヒルが見える。しかも冬至の日、太陽がメンヒルの向こうに沈むように見えるんです。みごとな象徴だ」

「何の象徴ですか?」

「生から死への移り変わりですよ、もちろん」わたしの疑問にあきれたように絵を指さした。「葬儀をおこなうとき、彼らは死者の遺体を、東から西に向かってプエルタのあいだを通過させた。そうやって死者の国への旅立ちを手伝ったんです。それがプエルタの役割だった。こちらの世界とあちらの世界をつなげるんです」

「どうやって？」

「部族の族長が亡くなると、儀式の中でその遺体をプエルタにくぐらせるんです。生者の世界から死者の世界へ渡すようにして。族長の魂があちらの世界に確実にたどり着くようにする方法なんですよ。だからプエルタの東側に立てば、枠状の空間の向こう側にメンヒルが見える。しかも冬至にはその向こうに陽が沈む。〈マルコ・ド・ベント〉、風の窓です。メンヒルはいわば標識、死者の世界に続く道を示す矢印なんです」

わたしはいらいらして、ため息をついた。

「とても面白いお話ですが、捜査には役に立ちそうにありませんね。二千五百年前に姿を消した人々の葬儀の儀式について知っても、どうしようもないわ。遠い昔に消えた歴史にすぎない」

「いや、じつはそうでもないんだ」急に謎めいた口調になる。「まだ消えてはいないんですよ」

「え？　どういうことですか？」

「歴史の話がもう少し続きますが、いいですか？」サンタロは、すでにすっかり冷めてしまったコーヒーをかきまわした。「『デ・コレクティオネ・ルスティコルム』を読んだことがおありかな?」

むっつりしながら首を横に振る。何もかも時間の無駄でしかない。

「残念ですが、あまり意味がなさそうです。わざわざお運びいただいて恐縮で……」

「ちょっと待ってください」サンタロが立ち上がったわたしの手首をつかんだ。「これから話すことには、あなたもきっと関心を持つはずです」

わたしは迷いながらもまた腰を下ろした。

「紀元五七〇年、このあたりの司教を務めていたのはサン・マルティン・デ・ブラガという人物でした。当時、ケルト人が姿を消してからすでに千年は経っていましたが、慣習はまだ数多く残っていたんです。マルティンは、ガリシア人の異教的な習慣を根絶するため、この『デ・コレクティオネ・ルスティコルム』を執筆したのですが、あまりうまくいかなかった。キリスト教が広まって何世紀も経っていたのに、太古の神々への信仰を禁じてこなかったせいでしょう。とくに辺鄙《へんぴ》な田舎では、それが脈々と受け継がれていました。すでにお気づきでしょうが、プエルタのあたりの谷間の集落は相当な田舎ですよ、ラケルさん。現代に至っても、そういう地域には、六〇年代になるまで舗装路がなかったくらいですからね」

「それでどうなったんですか？」

「マルティンの努力は部分的には功を奏しましたが、集落によっては、古い信仰は今も残っています。表立ってはわかりませんが、人々の心の中に。この地域では、十八世紀になるまで、偶像崇拝や異教信仰に対する異端審問のさまざまな手続きがおこなわれていた記録が残っています。そんなのは、歴史家の目で見れば、つい最近のことだ。そしてやはり、言うほど完全には駆逐できなかった」

二人のあいだに沈黙が降り、わたしはその間、目の前にいる人物が今言ったことを理解しようとしていた。いや正確には、言いはしなかったが、言外にほのめかしていたことを。

「つまり、二十一世紀になっても、ケルトの神々を崇拝し続けている人々がここにはいるってことですか？」わたしは目を丸くして言った。「ひょっとして、からかってます？」

サンタロは答える代わりに皮肉めいた笑いを漏らした。

「そうは言ってませんよ……正確にはね。もちろん、異教の神々を信じている人などもういないでしょう。つまり……さっき何ておっしゃいましたっけ？　そう、遠い昔に消えた歴史です」

「では、どういうことでしょう」

「信仰は変わっても、今もまだ有効なパワースポットがある。利用の仕方は昔とは変わったでしょう。まともな頭があれば、そんなことを人前でやるわけがない。どうかしてると思われかねませんから。でも、パワースポットの中には、人目につかない辺鄙なところにあるものも……」

「プエルタみたいに」動悸《どうき》が激しくなるのを感じていた。

サンタロがうなずく。

「ラーニャ・クリアド教授は、五十年前におこなった調査で、時が止まったようにまだ生きている歴史の断片を見つけたんです。セイショ山周辺に住む住人の中には、依然としてプエルタを利用し続けている人がいた。祖先たちも大昔からプエルタをきっとそうして使ってきたんです。でも、おそらく方法は違う」

「どういうところが？」

「あまりにも古い伝統なので、年月とともに信仰は形が変わってきたはずだ、とクリアド教授は考えていた。山の住人たちによれば、プエルタは死者の国にたどり着くための手段だという。彼らは、供物《くもつ》をそなえてからプエルタをくぐれば死者に話しかけることができ、死者の魂は風の音とともに応《こた》えてくれると信じていたんです」彼は肩をすくめた。「おわかりのとおり、ずいぶんと素朴な信仰だ」

山のあちこちに供物が置かれ、山頂ではずっと強い風が吹いていたことを思いだした。たしかに興味深いが、それでもその伝統とプエルタの下での女性の儀式殺人とのあいだにどういう関係があるのか、まだぴんと来ない。サンタロはわたしの考えを読んだようだった。

「でも、そんな信仰も消えつつあるんですよ、ラケルさん。キリスト教が二千年かけてもできなかったことを、地方の過疎《かそ》化が成し遂げようとしている。一帯から人が少なくなり、わずかに残る人は老人ばかりです。プエルタまで登れる者はほとんどおらず、わざわざ登る人はそこで見つかるものに興味など持たない。あと二十年もすれば、そんな儀式も歴史になりますよ。でも、あなたの関心は、あの場所で女性が殺されることになった理由ですよね？」

「ええ。あなたの恩師はどう言ってるんですか？」

「何も」彼はまた肩をすくめた。「先生の研究はそこで終わっているんです。でもほかにもいろいろな説がある。異教信者と呼んでもいいその人たちは、ゲートというものがおしなべてそうであるように、プエルタにも二つの意味がある、と主張しています」

胃の入口がむずむずと落ち着かない。

「ここからは純粋に民間伝承や伝説の範疇《はんちゅう》ですよ。状況や条件が揃《そろ》えば、プエルタを通じて、死者がこちらの世界にやってくるという話があります。もちろん、ただの作り話ですが、さっきも言ったように、ここでは古い伝統が消えずに残っている」また資料の山を探り、古くてぼろぼろになった本を引っぱりだした。「〈一団《コンパーニャ》〉について聞いたことは?」

「〈聖なる一団《サンタ・コンパーニャ》〉のことですか?」なんでまた、と思いながら訊《き》き返す。

「その〝サンタ〟という部分は、のちに十九世紀になってロマン主義者がただくっつけたものです。プエルタ同様、いわば伝説で、同じような言い伝えがヨーロッパじゅうで見つかります。ここではコンパーニャと呼ぶけれど、ドイツでは〈野生の狩り《ヴィルデ・ヤグ》〉、アイルランドでは〈バンシー〉……などなど、あらゆる場所にある伝説ですが、根っこのところはみな同じです。死を宣告するため、黄泉《よみ》の国からやってきた死者の一行。古くからこの土地では、たっぷりした長衣を着て行列を作り、まもなくお仲間になる者を探す、とされています。ほら、ここにイラストがある」

サンタロが本をこちらに向けて差しだした。時間がべたべたしたゼラチンに変わってしまったような気がした。悪夢の中で、何かから逃げているときになかなか前に進めない、あの感じ。

わたしは本に目を落とし、フード付きの粗布の長衣を身にまとった一団が、地面に倒れた男を取り囲んでいる古い絵を見た。男は顔を恐怖で歪《ゆが》め、身を守るように片腕を上げている一方、コンパーニャの一団は無表情で、厳粛に男を取り巻いている。

そして待っている。

わたしはその場に崩れ落ちてしまわないよう、テーブルの隅をつかんだ。頭の中の思考と同じように、店内がぐるぐる回っている。

ありえない。こんなの、ありえない。

でもおまえは確かに見た。フアンだって見た。

これは伝説だ。民間伝承だ。現実じゃない。

そうよ、当然。

「大丈夫ですか？」サンタロが心配して身を乗りだした。「顔が真っ青だ……ウェイターさん！　水を一杯お願いします」

わたしは笑いだした。何も信じられなくなり、疲れ果て、壊れたバネのように響く笑い声。その狂った笑いを耳にして背筋が凍ったが、止められなかった。サンタロの顔に、今しも狂気の発作を起こした人を前にしている不安と恐怖が浮かぶ。

「わたし、伝説を追いかけてたのね」あえぎながらつぶやく。「何てこと」

「何だって?」サンタロがとまどったように囁《ささや》く。「外の空気を吸いますか? 救急車を呼びましょうか」

「大丈夫です、ほんとに」

ウェイターがテーブルに置いたグラスの水を、三度に分けて急いで飲み干す。それでもまだ喉《のど》が渇いていたし、脈が速かった。

「今も言いましたが」サンタロが急いで言い足す。「これはこの土地のただの民間伝承です。プエルタや怪物、魔法使い、その他何百年も前から人々が根拠もなく信じてきたことと同じく、コンパーニャも伝説にすぎず、まもなく歴史書の中へ完全移行されようとしている。本気で信じている人なんていませんよ。気のふれた者でない限り」

あるいは、ごく細部に至るまでそれをきっちり再現した一団と、ばったり出会ったことがある人でない限り。わたしみたいに。

なんとか呼吸を整えようとする。だんだんわかってきた。あまりにもたくさんのことが。

吸って、吐いて。一回、二回、三回。もう一回。その調子よ、ラケル。だいぶよくなってきた。

窓の外を見る。ガラスの向こう側では、すでに雨がやんでいた。ポンテベドラという街の忙《せわ》しない生活は、何事もなかったかのように続いている。バッグを持ち、すぼめた傘を腕にかけ、笑い、しゃべり、普通に暮らしている。いまだにくらくらしているわたしの頭の中で吠《ほ》え、唸《うな》りをあげる嵐《あらし》とは、あまりにかけ離れている。

「さて、今の話から何かヒントは見つかりましたか、ラケルさん。正直なところ、私も興味津々《しんしん》なんですよ。捜査のことは話せないと承知していますが、でもきっと……」

「わたしの推理はこうです」のろのろと彼の言葉をさえぎった。声に出しながら考えると、少しは気分が落ち着く。「プエルタは生者と死者の世界を実際につなぐ架け橋になると信じている人がいる。コンパーニャに属するような存在がプエルタを使ってこちらの世界にやってくる、あるいは逆に向こう側に行くことができる、と。それが何にせよ。だから、彼らは十二年ごとにプエルタを開く。いいえ、もしかすると全部逆かも。そういうことが起きないように、たとえば儀式めいたやり方で女性を殺すみたいに、生贄を捧げるか何かしてプエルタを閉じようとしているのか。そう考えれば、今あなたから聞いたケルト世界特有の信仰と一致する」

すれだ」

「でも、今は二十一世紀ですよ？　まともな人ならそんなことは信じない。狂気すれすれだ」

わたしは首を横に振った。疲労とアドレナリンがまじり合い、体にときどき震えが走る。

「でも、実際に起きているんです」

「誰がそんなことを？」サンタロがぼんやりした表情でコーヒーをかきまわす。

「あなたはどう思いますか？」

「プエルタの歴史やそれにまつわる信仰を知っている者でしょうね」曖昧《あいまい》に腕を開いた。「狂信的なセクトとか。カバラ主義者か。ヤク中。想像もつかない」

「もう一つ教えてください、教授」いやな予感がして、話を聞きながらメモしたものを見返す。「そうした〝化石化した信仰〟について、そのラーニャという先生の研究はどう結論しているんですか？」

「ああ、結局のところ、やはり推論ばかりなんです」サンタロは眉間《みけん》に皺《しわ》を寄せた。

「知ってのとおり、時とともに消えゆく古い習慣は、親から子へ伝えられるうちに、もともとの意味も起源も忘れられてしまう。ハロウィーンの原型だとされるサウィン祭のようにね。じつはガリシアの辺境では今もおこなわれている場所があるんですよ。

あるいは、オウレンセ県のラサやベリンのカーニバルの主役である、ペリケイロやシガロン（ラサやベリンのカーニバルの独特な衣装を着た参加者たちのこと）。そういうたぐいのことです」

「何か、プエルタと関係している可能性は？」

「セイショ山にまつわる伝統の守り人みたいなものがいると？　それはないでしょう。あるとしたらよほど極秘裏に伝統を守らなきゃならないし、そんなの不可能だ。くり返しますが、あなたが捜査しているセイショ山の殺人事件は、悪魔的カルトか、山の上で薬を堪能《たんのう》しすぎたドラッグ常習者たちのしわざだと思いますよ」

あるいは、太古から代々引き継がれてきた、プエルタの守り人たちのしわざ。あの建造物をつくった人々の末裔《まつえい》が、コンパーニャみたいな扮装《ふんそう》をして、あそこでおぞましい儀式をおこなっているのではないか。

「思いがけず、たくさんのヒントをもらいました、サンタロ教授」わたしはガチョウの鳴き声にも似たガラガラ声でなんとかそう言った。「お時間をいただき、ありがとうございました」

「どういたしまして」彼が応じる。

テーブルで体を支え、やっとの思いで立ち上がる。まわりで起きていることの全容をようやく理解しつつあったが、正直言ってとても信じられず、けっして悪夢を見ているわけではないと自分に言い聞かせなければならなかった。

「どうやら、誤解しているようだな」教授は心の声を口に出していた。「つまり、仮にこれが事実なら、いや事実ではないんだが、あなたが誤解しそうだ、ってことです」

「どういう意味ですか」

「この馬鹿げた仮説によれば、〈冥界《めいかい》の門〉は二つの世界をつなぐものですが、そこから黄泉の国へ行けるわけではないんです」

「そうおっしゃったと思ってましたが……」

「プエルタを中心にして、要素が完璧に一列に並ぶ」彼は先ほど紙に書いた絵に、一本の線を引いた。「祭壇、プエルタ、〈風の窓〉。祭壇は太陽を、生命を象徴しますが、メンヒルは死の象徴ではありません。印なんです。幹線道路にある、方向を示す標識みたいに」

わたしは顔をこすった。すべてを今すぐ終わりにしたかった。

「正確には何の方向を？」

「わかりません」サンタロは答えた。「でも、きっと死を象徴する別の祭壇でしょう。地下のどこかにあるはずです。一つ確かなのは、それがどこにしろ、ポルタ・ド・アレンと〈風の窓〉を結ぶ直線の延長線上にあるということです」

体の奥にあった氷の塊が頭まで這《は》いのぼり、そこでダイナマイト級の爆発をした。それがどこにあるか、わたしはもう知っているからだ。

また椅子《いす》にどすんと腰を下ろし、バッグからノートパソコンを出そうとするが、なかなか取りだせない。パスワードを打ち込むのを三回も間違えて、それを見たサンタロの呆《あき》れ顔から察するに、目の前にいる女はやはり頭がどうかしているとますます確信を強めているはずだった。

パソコンがその場所のWi－Fiとつながると、カーソルをグーグルアースのアプリに滑らせる。開くまでの時間が永遠にも思えた。でもようやくお馴染《なじ》みの地球が画面に現れ、イベリア半島の北西の隅にいるわたしたちに焦点が絞られていく。

わたしのメモ帳にプエルタのGPS座標をメモしてあるので、それをなんとか入力すると、画像が滑っていき、やがて山の衛星写真が画面の中央に陣取った。そんなふうに俯瞰《ふかん》で見ると、プエルタはセイショ山頂に散らばっている何千という岩の山の一つにすぎない。でもわたしの目的は別にあった。

範囲を数キロメートル四方に広げたあと、サンタロ教授の資料の紙を一枚手に取ると、その一辺を即席の定規代わりにして画面に押し当てた。

唾《つば》を呑《の》み込みたかったが、できなかった。喉がつかえて、何も通らない。

数ミリの範囲で祭壇、プエルタ、メンヒルを通る直線を、そのままキロメートル単位で延長していく。それは川や野を横切り、とうとうわたしがよく知る集落にたどり着く。

フォスコ村。ここに来てからずっと暮らしてきた場所。そのちょうど中心にアガタが所有するカサ・グランデがあった。

地下のどこか。

地下室。

冥界への入口。

25 フリアン

その朝フリアンは目覚めた最初の二分間、どうして自分のベッドではなく、こうしてママのベッドで、温かくて馴染み深いママの体にひっついて眠っているのか、首をひねっていた。ふいに、何日か前の夜に、雨の中、窓の下でこちらをじっと見ていたぶかぶかのマントみたいな服を着た人たちの恐ろしい記憶がものすごい勢いでよみがえってきて、とっさにママに抱きついた。フリアンがくっついてきたことに気づき、ママは浅い眠りの網にまだとらわれたまま、うーんと呻《うめ》いた。

あれからしばらく経《た》つけれど、いまだにあのとき見たものが何だったのか説明がつかない。でも何か悪いものだということは確かだった。とても悪いもの。見たのが自分だけだったなら、それは不吉な知らせだったと言えるだろう。〈悪の癌《がん》組織〉が脳みそで大爆発して手の施しようがなくなったという証拠が、また一つ増えたってことだ。死に向かう最後のダッシュ。

でも、もっと恐ろしいことに、ママもそれを見ていた。あんまり怖くて、自分でもどう考えていいかわからなかった。

もしかすると、癌は人に伝染するのかも、と思い、不安になった。あんなに何度もキスしたりハグしたりしたから、病原菌がうつって、ママまで病気になっちゃったんだ。

でも、まだ子供だとはいえ、フリアンは馬鹿《ばか》ではない。むしろその逆だ。その年にしては驚くほど賢く、病院で延々と化学療法や放射線療法を受けるあいだ長いこと大人に囲まれていたから、必要以上に大人にならざるをえなかった。医者の言うことが全部わかるわけではなかったけれど、たぶん癌は伝染病ではないはずだ。そうでなかったら、医者も看護師もみんなとっくに病気になっている。違う?

ママがシャワーを浴びているあいだ、まだベッドに寝転がったまま、あの謎についてまたしても頭を悩ませていた。ときどき、何かしら謎について考えるうちに脳みその歯車ががっちりはまり込んで動かなくなることがあり、でも何日もそれについて延々考え続けて、しまいには謎をこなごなに嚙み砕いてしまう。もしあのフードをかぶった集団が現実なら、彼らはフリアンたちに何か用があったのだろう。翌日ママがそう説明したように、誰かが僕らをからかっていたのかもしれないし、この不思議な村特有の習慣なのかもしれない。しばらくして、フリアンはため息をついた。この謎は特別硬い石で、ほかのみたいに簡単には砕けそうにない。確かなのは、それが何だったにしろ、彼らのせいでぼくらは心底震えあがったということだ。

そうでなければ、あれからママが武器庫からピストルを出してきて、枕《まくら》の下に置いて眠るようになったのはなぜか、説明がつかない。銃がどこにあるか、いや、そもそも銃があることさえ、フリアンは知らないことになっているけれど、ほかのたくさんのことと同じく、現実はびっくりするようなスピードでママの計画どおりにいかなくなっている。

枕の下に手を滑らせ、柄に触れる。冷たくてすべすべしていて、蛇の皮膚みたいだ。フリアンは銃を握ってためつすがめつし、うっとり眺める。それで何ができるか、もちろん知っている。見てはいけないことになっているテレビ映画でさんざん見てきたから（これもまた、フリアンのちょっとした〈秘密の違反リスト〉の一つ）。でも、見るのとこうして握ってみるのとでは大違いだ。

シャワーの栓が閉まる音がしたので、急いで銃を元の場所に戻す。でも今では、それを手に持ったらどんな感じがするのか、もうわかった。万が一のために。

いつもどおりに一緒に朝食を食べる。当たり障《さわ》りのないことをしゃべり、まわりではアガタが飛びまわって数えきれないほどの食器や道具を操っている。あたりに漂うトーストやコーヒーやジュースの匂《にお》いは本当なら食欲をそそるはずなのに、フリアンをむかむかさせる。でも、にこにこして、何も問題はないふりをする。

しばらくして玄関口でママにいってらっしゃいと言いながら、行かないで、今朝は一緒にいてと思わずすがりたくなったが、言葉が出てこなかった。ママの相棒のあの愉快なおデブさんは体調が悪いとかで、ママはあまり待たせたくないのだ。

そして行ってしまった。遠ざかっていくおんぼろのパトカーを見送りながら、言えなかった言葉が錆《さ》びた鉛みたいに体の底に沈んでいき、後悔と不安でフリアンを満たす。

その日はずっとなんとなく落ち着かず、いつも以上にぴりぴりしていた。せめてこの村に、少しでも気を紛らすものが何かあったら……今はまた漫画本を読んでいるけれど、〈紫の便器団〉をやっつけるためにパンツマンが何をするか、もう全部覚えてしまった。

「薬をちゃんと全部飲んだ?」ママが出かけて何時間かして、アガタが食事の片づけをしながら、背中越しに尋ねてきた。

フリアンはうんと答えた。毎日飲む色も形もいろいろな薬は、〈悪の癌組織〉を食い止める弱々しい防御壁を守る衛兵だが、連中はせいぜいトイレブラシで武装した子供軍みたいなもので、悪意に満ちた無慈悲な敵兵たちは、どうせそのうち時間切れになると知っているから、今のところはこちらを手玉に取り、ちょいちょいちょっかいを出してくるだけだ。

だからフリアンはおとなしくそれを飲んだ。無駄な時間稼ぎをしているだけなんじゃないか、と思いながらも。

「とても気持ちのいい午後よ」アガタが言った。「雨も降ってないし、せっかくだから一緒にお遣いに行かない？」

フリアンはうなずき、すぐに鬱々《うつうつ》した考えを放りだした。ここに来てからというもの、たいていは家にこもり、おもちゃで遊んだり漫画を読んだり、テレビを観《み》たりして過ごしていた。だからほんの五分でもいいから、外に出たかった。

走っていってブーツを履き、大急ぎでコートを着た。アガタの気が変わったら大変だ。自分の立場だったら、普通なら外出する気分になんてなれないかもしれないけれど、なんだかんだ言ってもフリアンはまだ子供だし、一瞬で元気になれる、子供ならではの魔法が使えるのだ。

それに、フリアンほど、今という瞬間を生きることが得意な者はほかにいないだろう。彼にはもう時間がないのだから。

外に出たとたん、冷たく湿った風に包まれた。アガタはダッフルコートにしっかりと身を包み、柳かごを腕にかけて、聞き慣れない音階のきれいな曲を鼻歌でうたっている。近所の家々を訪ねにいくアガタの横を速足で歩きながら、フリアンは久しぶりにうきうきしていた。

最初に寄ったのは、泥や枯れ枝に囲まれた、ある屋敷の横に建つボロ小屋だった。小屋の脇《わき》には、鼻のてっぺんにあるそばかすみたいによく目立つ、派手な赤のワゴン車が停まっている。近づいたとたん、まるで到着を誰かに知らされたかのように、中年の男が中から現れた。黒い髭《ひげ》に木くずが点々と散っている。フリアンのことはちらりとも見ずに、意味のわからないくぐもったしゃべり方のガリシア語でアガタに声をかけ、茶色い粗布の包みを渡した。アガタはそれをかごに入れた。続いてその隣の家に行く。老夫婦が家の前で、野花を手で編み、朱色のリボンで結んだ花輪を持って待っていた。

「あなたが持ってくれない？」アガタが花輪をフリアンに差しだした。「かごに入れたらつぶれてしまうから」

「この子がそうなの？」二人に花輪をくれた女性がフリアンをじろじろ見て言った。

「この男の子が？」

「口を閉じろ」夫がぶしつけにさえぎったので、フリアンは驚いた。それから夫はアガタを申し訳なさそうに見た。「だいぶぼけてしまってね。それに、言いたいことがあると黙っていられないたちなんだ、知ってのとおり」

アガタが今の会話に驚いたとしても、いっさい表には出さなかった。代わりに軽く挨拶《あいさつ》して、次の家に向かった。そこではすでに別のご近所さんが待っていた。

そのときアガタが一瞬ためらって動きを止めた。本当に一度瞬《まばた》きするあいだ、一呼吸する時間のことだったけれど、フリアンはアガタの変化に気づいた。どうしたのと尋ねようとしたが、相手がすでにつかつかと近づいてきていた。

背の低いふっくらした女性で、フリアン好みとはけっして言えない服装だ。フリアンは彼女のふくよかな手の指が一本、少し欠けていることに気づいた。ほかは、顔にもとくに変わったところはない。髪は灰色、表情は退屈そうで、なんとなく時の経過を感じさせない。

「フリアン」アガタの声がふいに緊張でこわばった。とはいえ、幼いフリアンにはその微妙なニュアンスまではわからなかった。「家のドアをきちんと閉めたかどうか、急に心配になっちゃった。ちょっと確かめてきてくれない？」

フリアンはとまどい顔で彼女を見たが、何も言わずに言われたとおりにした。外に出たとき、あの大きなドアは確かに閉まっていた。ガチャンと閉じる音がしたのをちゃんと覚えている。でも、大人に監視されずにしばらく村の中を自由に走れるこの思いがけないチャンスがあまりにも魅力的だったので、アガタがやっぱりついていくわと言いだす前に、通りに飛びだした。

子供が遠ざかったところで、アガタはもう一人の女性に向き直り、非難もあらわに睨《にら》んだ。

「軽率なことしないで。あんただってわかったらどうするの」

「ありえない」女がアガタに言った。「あの子とは一度も顔を合わせてないもの。ポンテベドラで母親と会ったときも、息子は一緒じゃなかった。それに、閉じこもって待ち続けることに、もう飽き飽きなのよ」

「母親から何か聞いてるかもしれないでしょう？　この人、写真で見た人だ、と言いだすかもしれない。自分を治してくれるメンシニェイラだ、って」

「ネットにあった、あの半ボケの写真のこと？」馬鹿にするような声だ。「もうぐずぐず言わないで、アガタ。あの子にわかるわけない。それに、ことを始める前に近くでちょっと見ておきたかったの。大丈夫かどうか確認するために」

「あの子は大丈夫よ、ラモーナ……だいたいのところは」アガタはためらう。「あの子は病気なの。わかってるでしょう」

「わかっていることは、もう余裕がないのに、時間がどんどん過ぎていくってこと」ラモーナが囁いた。「準備は万全なの？」

「おおよそ。ずっと機会を待ってたのよ。でも、母親の行動がすごく規則正しくて。陽が沈む前には必ず帰宅する」一瞬口をつぐむ。「本当にこれでいいの？」

「今やるしかないの。わかってるでしょ」

「ええ。でもあの子が……」

ラモーナ・バロンゴはアガタの両袖《りょうそで》をぎゅっとつかんだ。

「大事なのはあの子供だって知ってるわよね。欠かせないのよ。今夜には実行しないと、タイミングを逃すわ」

アガタは相手の手を振り払ったが、そこには配慮が感じられた。

「忘れてないから心配しないで」

「母親に何か勘づかれてない？」

「大丈夫だと思う。それに、家にいるあいだに手を打ってる。ずっと食事にいろいろ加えているから、見聞きすることにしょっちゅう動揺してる。わたしだって初めてじゃないんだから、安心して」

ラモーナはほっとしたようにうなずいた。

「それは賢明だったわね。あの女は切れ者よ、とても。彼女と話をしたとき、感じたのは……」

そのとき、フリアンが水たまりの水をバシャバシャ跳ね上げながら近づいてくる足音がした。ラモーナは最後に視線で無言のメッセージをアガタに送り、さよならも言わずに立ち去った。

「ドアは……閉まってた……よ！」フリアンが息を切らしながら言った。走ってきたせいで頬が紅潮し、せめて今だけは健康な子供に見える。

「よかったわ、かわいい坊や《メウ・ケリディーニョ》」にっこり微笑《ほほえ》み、ありもしないスカートの皺を伸ばす。

「とても助かった」

「今のおばさん、誰？」

「ただの古い友だちよ」アガタが首を振る。「もう何軒かまわるわよ。一緒に来てくれる？　もうすぐ終わるから」

フリアンはうなずき、ほっこりしながらアガタと手をつないだ。このおばあちゃんがどんどん好きになる。

続けてもう二軒、さっと寄った。どちらの家でもアガタは短く言葉を交わしたあと何かを渡され、それを急いでかごに入れた。それぞれ違う奇妙なもので、まったく無関係に見えたし、少なくともフリアンにはつながりがわからなかった。

人にじろじろ見られるのには、とくに治療のせいで髪が一本もなくなってしまってからは、もうすっかり慣れていた。カナダのアニメに出てくる少年カイユーみたいに髪の毛のない子供は、冷めた同情の目で見られたり、小声で、でもときにはフリアンにも聞こえる程度の声で、かわいそうにと言われたりするものだ。

とはいえ、それとはどうも違っている。自分を見る人々はみな……何かを期待しているような気がするのだ。今にも何かが起きるのを待っているみたいな感じ。でも、それが何かははっきりしなかった。

「さあ、終わった」最後の包みを回収したあと、アガタが言った。「じゃあ行きましょうか」

「どこへ？」

「最後にもう一か所見せたいところがあるの。一緒に来て」

二人は、自宅の少し奥から始まる森のほうに歩きだした。フリアンは、びっしり生えた木々の塊みたいに見えるその境界には、一度たりとも近づいたことがなかった。

自分の知っている森とはあまりにも違っていたからだ。

町でママとよく行った公園の林とも、アニメに出てくるきれいな森とも、まるでかけ離れている。どちらも木と木のあいだにたっぷり間隔があって、地面にはぴかぴかの芝が広がっている。でもこの森はとても暗くて、木の枝が複雑に組み合わさり、どこで始まってどこで終わるのかさっぱりわからない。地面は枯れ枝や落ち葉、足首まで埋まってしまうほど深い腐葉土、フリアンより背の高いものさえあるシダの海で覆《おお》われている。それでもアガタは茂みのあいだにかろうじて見える道をずんずん進んでいく。

「遠くまでいくの？　この場所、あんまり好きじゃない」

「すぐよ。心配しないで」アガタは悲しそうに周囲を見まわした。「何年か前までは、森はこれほど家々の近くまで迫っていなかったの。でも残されたものがどんどん少なくなって……」

十分近く歩くと、広い空き地に出た。そこでは枝と枝のあいだに充分空間があって、灰色の曇り空がのぞいている。急に雨が降りだしたらどうするんだろう、とフリアンは思ったが、アガタは気にしていないようだった。平気な顔で、なかば茂みに埋もれた、洗濯機ぐらいの大きさの巨大な石にすたすたと近づいていく。

そのとき初めて、そこが四つ辻《つじ》のような場所だと気づいた。時とともに消えかけた四本の道がそれぞれ別々の方向に伸び、藪《やぶ》の奥に続いている。そのどれの先にも進まずに済みそうなので、フリアンはほっとした。以前、病院の図書室で見つけた本にあった、古い伝説の中から抜けだしてきたような場所だった。大勢の人が読んできたせいか、表紙が擦り切れ、背表紙にひびが入っていたが、フリアンは、ページのあちこちに誰かが鉛筆で引いた下線に導かれるように、夢中になって読んだ。この下線を引いた人はたぶんそのあとすぐに死んだんだ、と一人つぶやいたものだった。自分でもめったにのぞいてみる気になれない、心の奥底にある混沌《こんとん》としたところから湧《わ》いてくる暗い気持ち。いずれにしても、最近は本を読む時間ならたっぷりある。

アガタが石の横にしゃがみ、苔《こけ》の一部を手でこすり落とした。ボール紙のかけらみたいに、茶色がかった緑色の塊がぽとぽと落ちた。

「これ、何?」フリアンは石を指さして尋ねた。とても古い線状の傷で覆われている。何百回と冬に傷《いた》めつけられて消えかかっているが、かろうじてまだ見える。

岩についたその深い引っかき傷はくねくねと曲がりくねり、交差して、少なくともフリアンの目には、何の規則性もないように見えた。ひときわ目立っているのが長さ一メートル以上ある蛇の線画だった。簡素で原始的な絵だが、強力なパワーを発散している。とぐろを巻いてぎりぎりと力を溜《た》め、石のてっぺん近くまで堂々と鎌首《かまくび》をもたげ、今にも獲物にとびかかろうとしているかのようだ。

アガタは大きく息を吸ってから答えた。何かに思いを馳《は》せているみたいな声だ。

「大昔、このあたりに住んでいた人たちは、ここが特別な場所だと気づいたの。道が交差する場所には魔力が満ちているのよ、坊《フィージョ》や。世界線がたがいに交わるから、ほかの場所とつながることができる」

「ほかの場所って?」不思議に思い、尋ねた。「どこのこと?」

「話すと長いわ」アガタはかごを開けて蠟燭《ろうそく》を出し、石の上にうやうやしく置いて火をつけた。「この模様はペトログリフというの。知ってる?」

「ペ……トロ……グリフ?」フリアンはゆっくりくり返した。すでに忘れ去られた暗黒の時代からやってきた、古い言葉のように思えた。

「物語が書いてあるのよ。今では細かいところは解読できないのだけれど」近所の人たちからもらったものをいくつか取りだし、石のまわりを丸く囲むように置いていく。

「でも、全部はわからなくても、ここに書かれているいちばん大切なことははっきりしている」

「彫った人に意味を訊けばいいんじゃない?」

アガタはフリアンにやさしく微笑んだ。

「できないの。ずっと前の時代の人たちなのよ。つまり、わたしはそういう昔の人間なの。その人たちはとっても年寄りなのよ、坊や。でも、石に彫られている物語だけど、今も生きているの、ある意味で」

石に彫られた模様が生きているってどういうことなのか、フリアンにはわからなかったが、質問するのはやめておいた。アガタが何か儀式めいたことをする様子にすっかり夢中になっていたからだ。

彼女は最後の品を設置し終えると、右膝《みぎひざ》に手を置いてから、関節が痛むのかうめき声を漏らして立ち上がった。それから自分の作品を眺めて、満足げにうなずいた。

上に置かれた蠟燭だけが、石にじかに接触している。溶けた蠟が蛇の頭の上に流れ落ち、石表面に刻まれた模様をつかのま伝ったが、すぐに固まった。岩のまわりにアガタが置いたのは、花、木彫りの人形、真っ赤な毛糸玉、奇妙な形の硬貨などで、ほかのどれもそうだが、一見何の関連性もないように見える。

それから最後にかごに手を入れると、それまでの品とはまったく異質なものを取りだした。子兎《こうさぎ》よりひと回り大きい程度の小さな兎で、肢《あし》を結んで拘束されていた。パニックを起こしているのか、脇腹が恐ろしい速さでひくひくと上下している。飛びださんばかりに見開かれた目がきょろきょろ動き、なんとかして逃げる方法を探そうとしているが、拘束はそう簡単には解けない。

つかのま、フリアンはあまり深く考えずに、それは自分へのプレゼントだろうと思ってわくわくした。マドリードにいたときは、ペットを飼えなかった。最初はまだ幼すぎたから、その後は、健康上の問題が山積みになり、ほかの生き物の世話をするどころではなくなったからだ。それでも、そのふわふわのボールを見たとたん、その年ごろの子供なら誰でもそう思うように、抱っこして撫《な》でたくてたまらなくなった。

これを見たらママはどう思うだろう、とさえ一瞬思った……その直後、アガタが魔法みたいにいつのまにか手にしていた鋭利なナイフで、ウサギの喉をすばやく掻《か》き切ったのだ。

あまりに突然のことで、激しいショックに打たれたフリアンは口をただぱくぱくさせるだけだった。今の今まで、その兎は命にあふれていたのに。

いきなりその命が、真紅の鮮血となってどっと噴きだし、岩のペトログリフの溝を流れて消えてしまった。

「やめて！」そんなことを叫んでも、もう遅すぎた。

アガタはフリアンのことなど意に介さず、死んだ兎を石の上に置いたあと、ナイフの切っ先を振って、滴《したた》る血を木々の奥に続く四本の道の方向に撒《ま》いた。「なんでそんなことしたの？」声を絞りだすようにして尋ねる。「ただの兎なのに！　なんにもしてないじゃないか」

アガタは答えずに、親指を血だまりに浸し、フリアンに向き直った。血まみれの指をフリアンの額に押しつけようとしたが、フリアンはむかむかするのと怒りとで、後ずさりした。

「さわるな！　あんたは生き物を殺した」自分でも気づかないうちに、わめいていた。

「殺す理由なんかなかったのに」

「聞いてちょうだい」アガタの声が、フリアンが今まで聞いたことがないような、有無を言わせない厳しい口調になっていた。「兎は痛みも感じずにあっという間に死んだ。多くの人がそんなふうに死にたいと願うような死よ」

「でも、死ぬ理由がないよ！」

そんなつもりはなかったのに、涙が目尻《めじり》からこぼれ始めた。こんなときでなければ、ママ以外の人の前で泣くのは恥ずかしいと思ったかもしれないが（もうちっちゃい子じゃない！）、今はそんなことはどうでもよかった。怒りと恐怖と憤《いきどお》りで胸が押しつぶされそうだった。

「わたしたちは誰でもいつかは死ぬのよ、フリアン。生と死のサイクルはけっして止まらない水車なの。生まれてから今ここで死ぬというこの兎の運命には、そのほんのちっぽけな命そのものよりはるかに大事な意味がある。もしかするとその命はシチュー鍋《なべ》か、スーパーの冷蔵庫で終わっていたかもしれないけれど、もっと大きなことを成し遂げる貴重なチャンスをもらったの。その命はこれで永遠に生き続けることになる」

フリアンには意味がわからず、首を横に振った。熱い大粒の涙が頬を滑り、しまいに地面に落ちた。ポトリ、ポトリ。

「何のために？　どういう意味があるの？」

アガタがにっこりして、硬い石のようだった表情が、そんなものはいまだかつてそこに存在すらしていなかったかのように、崩れて消えた。そして少年に近づき、やさしく抱きしめた。

「どういう意味があるか？」とくり返す。「あなたのように小さな子がそんな質問を口に出すなんて本当に不思議。でも自分では気づいてもいないんでしょうね。成熟した大人のする質問よ。自分ではわからないでしょうが、この小さな体にはとても老成した魂が宿っている」

「意味がわからないよ……」

「おいで」彼女が言った。「教えてあげる」

アガタは血で汚れた親指をフリアンの額に近づけ、今回は彼もよけなかった。太い指が肌をそっと滑っていき、そうしながらアガタが理解できない言葉を唱える。続けて、バッグから琥珀色《こはくいろ》の液体の入った細い瓶を出し、フリアンに差しだした。

「これを飲んで、坊や《フィリーニョ》」

フリアンは不審げに匂いを嗅《か》ぎ、たちまち顔をしかめて体を引いた。

「うわ、変な匂い！」と言って首を振る。「こんな臭いもの飲みたくないよ」

予想どおりの反応だったのか、アガタがため息をついた。

「フリアン、かわいい坊や《ケリディーニョ》、わたしのこと、信じてるわよね？」

「うん、もちろん」彼はうなずいた。

フォスコ村に来てから、この人は年を取ったママみたいな存在になった。だからもちろん信用している。そもそも、なんでそんなことを訊くのか。

「薬だってなんだかわからないものなのに、結局飲むわよね。そうでしょう？」

フリアンはしぶしぶうなずく。

「じゃあ同じじゃない」アガタはまた瓶を差しだして言った。「さあ、飲んで」

フリアンはためらったが、ほんの一瞬だけだった。しょせんは子供だったし、アガタはやるべきことをやろうとしている大人だ。そのうえママから、自分がいないときはアガタに何でも従ってねと言われていた。だから瓶を受け取ると、飲み始めた。液体は冷たくてうっすら甘く、匂いから想像したほどまずくなかった。何度か休みながらごくごく飲み干し、空になった瓶をアガタに返すと、彼女がよろしいというようににっこり微笑んだ。

「これからどうするの?」フリアンは言った。「何のためにこんな……」

「シーッ」とさえぎられる。「よく見て」

フリアンはとまどいながら、あたりを見まわした。

「何も見えないよ」

「見えるわ」アガタがしつこく言う。「目を閉じて何度か深呼吸してから、もう一度見て。見ようとするの」

フリアンは言われたとおりにした。目を閉じ、しばらくしてからまた開ける。何が見えるかと無意識のうちに期待してぞくぞくする。これから魔法使いが特別すてきな魔法でも使おうとしているかのように。

でも目を開けたとき、とくに何も見えなかった。まわりを囲む、奥を見通すことすらできない枝や葉の分厚いカーテンばかりだ。

「うまくいかない」と抗議する。「これじゃ……」

そのとき見えたのだ。いや、もっと正確に言えば、また見えた。マントが黒いせいで、背景の木々と最初は見分けがつかなかった。その空き地に通じる四本の道それぞれに一人ずつ。

いや、人じゃない、と心の中で言い直す。本物じゃないんだ。また空想しているだけ。このあいだの夜に窓の下にいたやつらがまた戻ってきた。でも今回はそばにママがいない。

恐ろしさで体が麻痺《まひ》していた。混じりけのない本能的な恐怖が足首からじわじわと頭まで這い上がり、毒草のように絡《から》みついてきた。息を吸い込むたびに肺がヒューヒューと音を漏らし、知らないうちに体が震えだしていた。

「もう見える？　あれらがどうしてここにいるかわかる？　この瞬間の証人になるためよ」

弱々しくうなずくにも、全身の力を絞りださなければならなかった。やがて息切れが始まった。どこからともなく不快な唸りが聞こえ、鼓膜を震わせる。ゴミ収集車がエンジンをかけたときの震動を思わせる、低くて重いビブラート。聞こえるというより体に感じ、歯がガチガチ鳴り、頭蓋骨《ずがいこつ》の中で跳ね返る。

同時にたくさんのことが起きた。体の震えがどんどん激しくなって、抑えのきかない痙攣《けいれん》となり、焦《こ》げたプラスチックみたいな耐えがたい匂いが鼻腔《びこう》にあふれた。口の中に自分の血の金属っぽいいやな味が広がり、舌を嚙《か》んでいたことに気づく。これでますます心配が増えた。

これは発作だ。そう、発作なんだ。

防御壁がついに崩れ、〈悪の癌組織〉がぼくの頭の中に火を放った。まわりに見えているものは全部まぼろしだ。そうに決まってる。

やがて淡々とした表情をしたアガタがこちらを満足そうに覗《のぞ》きこんでいるのが見えたかと思うと、とうとう筋肉が言うことをきかなくなって草の上にどさりと倒れ、ぴくぴくと体が引き攣《つ》った。

そして、闇《やみ》が落ちてきた。

26

ラケル

教授に失礼しますと言ったかどうかも覚えていない。全速力でカフェ・モデルノを飛びだす途中でウェイターにぶつかって、彼がコーヒーカップをのせたトレーを落としたのはわかった。走りながらぶつぶつと謝罪し、カップの割れる音と悪態をつく声を背中で聞いた。でもそれ以上かまっている時間はなかった。

フリアン。とにかくあの子のもとに早く行かなきゃ。

ポンテベドラの通りを走るわたしを見たとたん人が飛びのき、前に道ができた。血の気が引き、歪《ゆが》んでこわばった顔。これ以上こういう状況にぴったりの表情はできないだろう。そんな人がやってくるのを見たら、わたしだってよける。

車に乗り込むとバッグやら何やらを後部座席に放り、タイヤを焼きながら急発進する。古いテラノのエンジンは激しく咳《せ》き込み、最初はゴトンゴトンとたいそうな音をたてていたが、しまいに不安定な猫なで声になった。タイヤをきしませて駐車場所を出たはいいが、そう遠くまでは行けなかった。駐車場の出口の遮断バーに近づいたとき、料金を払うのを忘れていたことに気づいたのだ。急ブレーキをかけたが、すでに後ろに数台車がつながっていた。たいした問題でもないのに、頭がまともに働かなくなっていたそのときのわたしには、絶対に解けない難問クイズに思えた。真後ろの車の運転手は、さすがに治安警備隊のパトカーにクラクションを鳴らすわけにもいかず、大げさな身振りをしてみせた。

駐車場の係員が、なんで立ち往生しているのかと不審げにブースの窓から顔を出したので、わたしはもたもたしながらも必死にサイレンとランプのスイッチを入れようとした。車内にエンジンの猛烈な唸りが轟《とどろ》き、係員が箱から飛びだしたバネ人形さながら、慌《あわ》ててブースに首をひっ込めた。たちまち遮断バーが魔法のように上がる。屋根のランプを派手に光らせて、アクセルを床まで踏み込んで地下駐車場から飛びだす。公式車をこんなふうに使うのは本来まずいことだが、良心はまったく痛まなかった。

町の環状道路の渋滞をこじ開けながら、すでに日差しが陰りだしていたことに気づく。空は黒い雲に覆われ、時間を見ると、驚いたことにもう午後四時だった。資料館での調べものと教授との会話に思いがけず時間を使っていたのに、気づきもしなかったのだ。数時間もすれば夜になり、この空の感じからすると、とりわけ恐ろしい天候になりそうだった。

町の外に出る高速道路のほうに向かいながら、道路から目を離さないようにしつつバッグの中を探って携帯電話を見つける。ファンの番号をタップしながら、法定速度の二倍の速さでカーブを曲がり、追い越し禁止の実線をまたいで配送トラックを追い越す。あらゆる交通ルールを破り続けているが、切羽詰まっている今はかまっていられなかった。

なにしろ、フリアンの身に危険が迫っているのだ。なのに、家にたどり着くにはまだ一時間以上かかる。

通信網とつながろうとする端末が小刻みに震え、回線がしばらくブツブツと音を漏らす。ついに呼びだし音が鳴った。一度、二度、三度。やがて、おかけになった番号には現在応答がありませんという、事前に録音された、人好きのする女性の声がした。そんなこと言われなくてもわかってる。

もう一度かけ直してみたが、結果は同じだった。反応なし。ファンがどこにいるのか、何をしているのかもわからなかったが、電話は彼の近くにないか、彼が電話の近くにいないか、いずれにしてもそれは確かだった。

今度はフォスコ村のカサ・グランデに電話をしてみる。わたしが行くまで、アガタにはフリアンと家にいてもらわなければならなかった。それには、今はまだ思いつかないとはいえ、何か都合のいい口実が必要だ。電話はしばらく鳴り続けたが、やはり誰も出ない。道からなるべく目を離さないようにしながら、優先順位としてどうするのがいちばんか考え、フリアンの携帯電話を試してみることにした。

電話が延々と呻いたあと、ありがたいことにようやく呼びだし音が鳴り、だが結局、録音済みの自動応答メッセージが流れた。

小声で悪態をつき、さらにアクセルを踏む。これは普通じゃない。フリアンにその端末を与えてからというもの、わたしがかければあの子は必ず出たからだ。ギアを変えたとたんテラノが体を震わせ、古いモーターが哀れに愚痴をこぼす。もう何年も、誰にもこんな速度を要求されたことがなかったに違いない。このままでは、いずれエンジンが故障するかもしれない。でも、リスクは承知のうえだった。

道程は果てしなく思え、わたしの人生で最長の二十分間だった。ファンの家のすぐ近くまで来て、街道を後にしようとしたそのときだった。サン・ペドロ・デ・テノリオ修道院近くで脇道に入ろうとして、右側のタイヤが側溝のまわりに堆積《たいせき》した泥にとられてスリップし、大型の四輪駆動車が大きく揺れて、危うく横転しそうになった。でも、おかげで少し正気を取り戻し、スピードを落とした。ファンの家がある通りに入る前にはサイレンとランプのスイッチを切った。大挙してやってきた詮索《せんさく》好きのご近所さんに覗き込まれるのはごめんだ。

相棒の家の入口の鉄柵《てっさく》の前に車を停めたその瞬間、嵐《あらし》を予感させる最初の雨粒が、凍った銃弾さながらバラバラと落ち始めた。家の表の灯りはすべて消え、家の中も暗いように見えた。でもファンのアウディは通りの玄関前に停めてあるので、出かけてはいないはずだった。

呼び鈴を長めに鳴らして待った。すぐにいらいらし始め、またボタンを押す。今回は、マナーにかなっていると思ってもらうには長すぎるくらいに。いや、これではまともだとさえ言えそうにない。近所の犬たちが甲高い音に驚いて、神経質に吠《ほ》え始める。近くの家の玄関ポーチの灯りがつき、息子のところには一人で行こうと心に決めたそのとき、ついに木製のドアの向こうで閂《かんぬき》がはずされ、ドアが開いた。

「ファン！　何度電話したと思って……え、大丈夫？」

玄関の戸枠に寄りかかっているファンは、フルマラソンを走ってここまで来たような顔をしていた。〈ヨレヨレ〉という言葉が辞書にあったとしたら、その横に今のファンの写真がカラーで半ページの大きさで添えられるに違いない。

今朝もひどい顔をしていたけれど、わたしにとっては最低だったその一日をかけてゆっくり休んでも、あまり役には立たなかったようだ。肌に血の気もつやもなく、末期の肝炎患者を思わせる黄疸《おうだん》が出ている。目の下は、まるで誰かに殴られたかのように、紫色に腫《は》れている。服は、そうやって体に引っかけて乾かそうとしているシーツみたいにだらしなくだぼっとしていて、そんなことはありえないと思いつつも、瘦《や》せたかのように見えた。いや、わたしが言っているのは一、二キロのことではなく、本当に瘦せさらばえたような感じなのだ。今の今まで特別重い病気に苦しんでいた人のごとく。

ファンが苦笑いを浮かべたところを見ると、わたしの顔に驚きがはっきり現れていたのだろう。でもその笑顔に、むしろさらにぞっとしたのだ。乾いた唇にはひびが入り、顔をしかめたせいで、網の目状の小さな亀裂《きれつ》ができた。

「やあ、相棒」砂利が崩れたような声だ。「電話に出られなくてごめん。見てのとおり、並みの一日だったよ」

「ファン……」と口ごもる。「すぐに医者に診てもらったほうがいいよ」

ファンはゆっくりと首を横に振った。こめかみの髪が少し抜けて、ところどころ斑《まだら》に禿げているのがわかり、心配になる。

「医者でもこれは治療のしようがないと思うんだ」彼は左腕を持ち上げ、わたしに見せた。「ほら」

わたしは息を呑《の》んだ。昨日フード付きの長衣に触れ、今朝は細かい傷だらけだった手のひらに、今は縦方向に黒くておぞましい痕《あと》ができている。

「アルーフェ村でのことが原因だよ、ラケル。連中が僕に何をしたのかわからないが、ちょっと感心しないことだったらしい」

「コンパーニャよ」今目にしているものが信じられず、つい囁《ささや》いた。

「サンタ・コンパーニャのことかい？」いきなり咳き込んで体を二つに折る。身を起こしたとき、口の端に血の跡があったように見えた。「馬鹿なこと言うなよ」

「〝聖なるもの《サンタ》〟でも、精霊でもない。連中は生身の人間で、最初からずっと、わたしたちをいいようにもてあそんでる」

「何のこと？」訳がわからない様子で、わたしをまじまじと見る。

「今すぐ来てほしい」声が厳しくなっていた。「緊急でなければ今のあなたにこんなこと頼まない。でも、あなたしか頼れる人はいないし、フリアンを見つけるにはあなたの助けが必要なの。それに、あなたの症状も、今わたしたちが抱えている事件も、全部解決できると思う。だけど急がないと」

「何がどうなっているのか、やっと教えてもらえそうだな」ファンは少し憤慨したように言った。「目隠しされて走りまわるのは、もううんざりなんだ」

「道すがら、話すわ」わたしはパトカーのほうを示した。「とにかく行こう。早く」

「わかった、わかった」ファンがつぶやく。「なんだか危険の匂いがするな。〝ドリル〟を持って行ったほうがいいよな？」

彼は玄関口にある小卓のほうに顎《あご》をしゃくった。そこには今も支給の銃が置かれていた。わたしはうなずいた。

「了解」やっとそう言った。「ちょっと待ってくれ」

服の上に黒いショートコートをはおり、廊下の奥にある小型の武器庫の扉を鍵《かぎ》で開けた。弾倉を三つ取りだし、ポケットに慎重に入れる。最後に、キャンバス地のバッグから黒い重そうな装置を取りだした。少ししてそれが何か気づいた。

「暗視スコープね？　いったいどこからそんなものを？」

「僕がするのはロールプレイングゲームだけじゃない」立ち上がったとたん、あえぐ。「ペイントボールの試合にも参戦してるんだ。これ、すごく便利だと思うよ。この雲行きだと、途方もない嵐が近づいてる気がする。そういうとき電力供給がどうなるか、知ってのとおりだ。きっとこれが役に立つはずだ」

「あなたって、今まで会った中でいちばん見あげたオタクだわ、ファン・ビラノバ」

わたしは彼の腕をぎゅっとつかんだ。「そして、今までで最高の相棒」

「君も悪くないよ」また咳で言葉が切れる。「でも、悪いけど運転はまかせる。これじゃとても無理だ」

五分後には全速力で目的地に向かっていた。猛烈な強さで雨がフロントガラスに打ちつけるのでワイパーのゴムも対応しきれず、視界が悪い。ときどき遠雷が聞こえ、空も今では弱々しい薄明かりが残るだけで、それも刻々と消えつつある。一時間もすれば、わたしたちは嵐に、それも特大級の嵐に呑み込まれるはずだ。

「さて」ファンがわたしのほうを向いた。「いったい全体どういうことなのか、そろそろ話してくれないか」

わたしは話しだした。資料館で調べたことを説明し、そこで見つけた写真のコピーを見せた。カフェでサンタロ教授と交わした会話や、コンパーニャのことも含め彼に聞かされた講義についても、できるだけそのまま伝えた。十五分近く話し続け、その間ファンは一度も口を挟まなかった。話し終わったとき、パトカーの中はしんと静まり返った。

「で、どう思う？　何もかも狂ってる？」

「これと同じくらいにね」ファンは黒ずんだ手のひらを持ち上げてみせた。「実際、この手が証拠だよ」

「でも、これって伝説にすぎないんじゃ……」

「伝説というのは、じつは事実の断片が集まったもので、時とともに人から人へと語り継がれるうちに形が変わっただけなんだよ、ラケル。どんなに途方もなく見えても、伝説の一つひとつに必ず真実のかけらが隠れている」

「それはわかってる」わたしはぶつぶつ言った。「ただ……」

「じゃあ、君の仮説をちゃんと理解したかどうか確認するよ」ファンが姿勢を変えて、話しながら指を一本ずつ立てていく。「フォスコ村には、〈冥界《めいかい》の門〉は死者の世界と行き来するための出入口で、魂がそこを通ってこの世界にやってくることができると考えている一団がいる。だから、十二年ごとの十一月一日に人身御供《ひとみごくう》を捧《ささ》げて、この門を操っている。それで合ってる？」

「わたしがそう信じてるわけじゃない。彼らが、、そう考えてるの」わたしははっきりさせた。「でも、そうね、だいたいそんな感じ」

その一団は、メンシニェイラを黙らせたかったわけじゃないし、何かのメッセージ代わりに、奇跡的に癌《がん》が完治したあの女性を殺したわけでもない。もうそんなふうに信じるわけにはいかなかったけれど、それで息子とわたしがこれからどうなるのか、今はまだ考えたくなかった。

「さて、プエルタを管理しなきゃならないと信じ込んでいる一種の異教徒の一団がいるってことは認めよう。でも、どうして十二年ごとなんだ？　毎年とか隔年とか、六年ごととかじゃなく。そして、何のためにその呪《のろ》われた門を開けたいんだ？」

「さあ」わたしは首を振った。「彼らがそれを開けたいのか、逆に閉めたいのか、それもわからない。事情聴取で尋ねたいことの一つよ」

「それに、どうしてフォスコ村なんだ？」

「あの村は、プエルタと一直線上に並んでいるの……今の住人の中には、どういう形にしろ、村をこしらえた人々の直系の子孫がいるんだと思う」

「なるほど。でもそれなら、こんなに長いあいだ、連中が見つからなかったのはなぜ？」

「それについては答えがある」わたしはぼそりと言った。「ほんの百年前まで、ここはまわりから隔絶された場所だった。田舎も田舎で、電話もなければラジオや新聞もない世界。その頃までは、神隠しなんてごく普通のことだった。まともな国勢調査もおこなわれていないし、人は若くして死んだ。誰にも知られぬまま、この世の果てみたいな山の頂上で人を生贄《いけにえ》にすることなんて、たいして難しくなかったのよ」

「だが、今は百年前とは違う」

「彼らにもそれはわかっている。だから手口を変えたのよ」わたしは答えた。「最近は、この土地とは無関係な人材で、被害者を探そうとする家族や友人のいない者を標的にしている。たとえば、セイショ山で遺体で発見された、わたしたちの事件のあの女性も恐らくそう。あるいはフリアンも。あの子にはわたししかいない。もし二人ともいなくなれば……」

「僕が探すよ」かすれ声で相棒が言った。

本気で言ってくれているとわたしにはわかった。

「でもね、フアン」わたしは引き下がらなかった。「彼らが求めるのは、いなくなっても痕跡《こんせき》が残らない者、藁《わら》にもすがる思いで、わずかな希望を求めて頼ってくる者なのよ」

フアンがうめき声を漏らして、それを認めた。

「いずれにしても、彼らには、万が一失敗したとしても頼れるお偉方がいるってことも、わたしたちは知っている」わたしは続けた。「地元メディアが騒ぎそうになっても、それを抑えつけられるくらいここでは力がある人々。たとえばノゲイラ軍曹とか。十二年前にメンデスを黙らせた連中。わたしたちが話を聞こうとしたとたん、彼を亡《な》き者にしたやつら。荒唐無稽《むけい》に聞こえるけど、けっしてそうじゃない。そういうことを何世紀も続けているのだとしたら、準備は前々からしているはず」

ファンはしばらく黙り込んだ。それから囁いた。

「なるほど」ファンはポケットから携帯電話を出した。「君がポンテベドラで古新聞の山と格闘していたあいだ、僕は国家警察の組織犯罪対策課の友人たちに何本か電話をしてみたんだ」

「何のために？」

「セイショ山で見つかったあの女性は若くて美人で、完璧《かんぺき》なマニキュアをしていたうえ、外国の、たぶん東欧の訛《なま》りがあったと君は話していた。それに、身分証明書のたぐいも持っていなかったし、指紋認証システムで身元を特定することもできなかった。そういう特徴を持つ女性はどこにいるか、と考えてみたんだ」と言って、人さし指でこめかみを叩《たた》いた。「で、コンパニオン・クラブを思いついた。ああいうところは、身分証を持たない、きれいな娘であふれてる。組織犯罪対策課はその手の場所の大部分を把握してるし、店から店へと渡り歩く娘たちの動向をおおよそつかんでる。簡単なことじゃないよ。斡旋《あっせん》業者は女性たちをさっさとローテーションさせるものだ。でも、突然姿をくらませば、連中も気づく」

「じゃあ、彼女は売春婦だと……？」

ファンは答える代わりにスマートフォンを見せた。画面に現れたのは、生真面目《きまじめ》な顔をしたブロンドの若い女性の写真で、でも間違いなくぴんぴんしていた。わたしたちがよく知っている顔だ。

「ルドミラ・イワノワ、二十一歳、ベラルーシ出身、ビゴ近くの街道沿いのクラブで八か月弱働いていた。夏の初めに手入れがおこなわれたときに確認された。写真はそのときのものだ。行方がわからなくなったのは三週間前。遺体がセイショ山で発見される何日か前のことだ。クラブのオーナーは警察には届けなかった。組織から買った娘だから、そんなことをしたら説明が面倒だからね。娘は逃亡したものと決めてかかっていたらしい」

「家族も友人もいない……」

「この土地ともいっさい関係がない」ファンが後を続けた。「完璧な標的だ。しばらくは捜す者もいないと判断して、誘拐したんだろうね」

「違うと思う」わたしは唇を歪めた。「自分から加わったのよ。だってほら、彼女とは電話で話したのよ？　銃で脅されて無理やり話をさせられている雰囲気じゃなかった。本当に自分の話を信じさせたがっているみたいだった」

「でも連中は彼女を生贄にしようとしてたんだぞ」ファンが首を横に振る。「自分から心臓を差しだす人間がいるか？」

「わたしに電話をしてきたとき、このベラルーシ女性は自分が間もなく生贄になることも、わたしたちを罠《わな》に誘い込もうとしていることも、知らなかったんだと思う。連中は、彼女をうまく騙《だま》して策略に加わらせたはず」

「どうやって？」ファンは続けざまに咳をし、しばらく話を中断しなければならなかった。「何を提供したんだ？」

「さあ。心機一転させてやるとか。いい話があるけど一枚嚙まないかとか。そんなようなことかな。難しいことじゃない。『ここを抜けたくないか。一からやり直せるぞ。一緒に来い』。よくある話よ。クラブの女の子たちにフォスコ村の男性住民の写真を何枚か見せたら、誰かは見覚えがあるときっと言うはず」

「くそ、なるほどな」ファンがぶつぶつ小声で言った。

テラノが雨を縫ってぐいぐい進んでいくなか、二人はしばし口をつぐんだ。

「でも、電話はほかにもかかってきた」今度はファンが眉《まゆ》をひそめた。「あのサアベドラとかいう片腕の男からプレゼントされた木彫りの呼び子を覚えてる？」

髭《ひげ》が木屑《きくず》だらけだったフォスコ村の大工の顔がすぐさま頭に浮かぶ。わたしはうなずいた。

「あの男から話を聞いたとき、どうも怪しいと思った。長靴のこともあったし。だから呼び子の指紋やら何やら科学捜査課に鑑定を頼んだんだ。で、どんな結果が出たと思う？」マジックをする手品師みたいに両手をひらりと持ち上げた。「データベースに何もあがってこなかった。システム上、あの男は存在しないんだよ、ラケル。レーダー圏外だ。だけど彼は、何の書類も持たずに騙されてこの国に連れてこられた東欧の娘とはわけが違う。小さな集落の住人で、ひどくくぐもったばりばりのガリシア語訛りでしゃべる、嫌味な片腕の大工だ。当然ながら、じゃあどうして、ってことになる」

「答えは？」

「さあね、さっぱりわからない」うなだれて答える。「少なくとも、七十年前に撮られた、今とまったく変わらない風貌《ふうぼう》のあの男の写真を君に見せられるまでは、見当もつかなかった」

今度愕然《がくぜん》として彼のほうを向いたのは、わたしだった。パトカーは通りを飛ぶように走り続けているが、わたしにはスローモーションのように見えた。

「何が言いたいの？」

「方法はわからないが、このサアベドラっていう大工は、まあそれが本名かどうかも怪しいけど、とにかく彼は大昔からこのフォスコ村に住んでるんだと思う。おそらく、社会保障制度やら身分証やら、その手の新しい登録制度が導入される前から。なるべく目立たないように、なんとかフォスコ村で生きてきたんだ。ほかの住民たちの中にも同じような連中がいたとしても、不思議じゃないね」

「そんな馬鹿《ばか》な」わたしは首を振った。「一帯の人たちの中には、フォスコ村に年をとらない人間が少なくとも一人はいると気づくはずよ。もしラモーナもまだフォスコ村にいるなら、二人。人の口に戸はたてられない」

「人？　どこの人だよ？」窓の向こう側に迫る、深くて暗い森を示す。「念のため言っておくが、この一帯は滅びつつあるんだ、ラケル。スウェーデンのラポニア地域より人口密度が低い場所があるんだぞ。村は空っぽになり、若者は出ていき、残るのは、生まれた土地からめったに離れない老人ばかりだ。フォスコ村を訪れる者なんて、ほとんどいないだろうさ」

わたしは無言でファンの言葉について考えた。とても信じがたいが、状況にはぴったり符合する。そんなことが起きるとすれば、まわりから隔絶した過疎《かそ》の村しかないだろう。フォスコ村のように。もちろん、なぜそんなふうに異常に長生きできるのか理由はまだわからないが、それは当人たちに訊《き》くしかないだろう。

ふいに、不安が大波さながら押し寄せてきた。フリアンと話がしたい。あの子の無事を確かめないと、どうにかなってしまいそうだった。頭にこびりついて離れない妄執のように、フリアンに死が迫る、背筋の凍るイメージばかりが思い浮かぶ。道から目を離さないようにしながら、またカサ・グランデの番号に電話をかける。延々と呼びだし音が鳴り続けるが、やはり誰も出ない。息子の携帯電話も同じだった。

目に涙がこみ上げる。自分ではもうどうすることもできない、そんな気がする。状況が明らかになればなるほど、時間がどんどんなくなっていることがわかり、プレッシャーで胸がつぶれて呼吸がまともにできなかった。

「フリアンが見つからない」声が震えてしまう。「あの子の居場所がわからないなんて、初めて。ファン、怖いよ。もしもう遅すぎたら……」

彼には無意味な言葉で慰めようとはしないやさしさがあった。でも、眉をひそめて考え込んでいる。

「携帯電話は生きてる？」

「ええ。でも応答がない」

「君のと同じ iPhone なら場所を探せるよ。そうだろう？」

自分を殴りたくなった。そのとおりだ。フリアンとわたしはアカウントを共有していて、わたしのアプリを使えば、あの子のスマートフォンの位置を探すことができる。最初に思いつくべきだったのに、あの子のことが心配で心配で、頭が働かなくなっていた。

テラノを道端に停める。ヘッドライトにかっと照らしだされて驚いた二匹の兎が、自分たちを危うく轢《ひ》き殺すところだった狂気の運転手から慌てて逃げていったが、わたしは気にもとめなかった。自分の端末の小さなスクリーンにすべての集中力を注いでいた。絶望に沈まないための最後の救命具だった。

いらいらするほどゆっくりとプログラムが開く。すぐには見つけられなかったけれど、ふいに古びた箱形の建物にアイコンが定まった。

俯瞰《ふかん》のその画像の位置がすぐにはわからず、瞬《まばた》きする。でもフォスコ村でないことは確かだった。

「嘘《うそ》だろう」フアンが息を漏らした。愕然としているようだった。

「どこかわかる？」言葉の端々まで切羽詰まっていた。

「もちろん。五年近く前からほとんど毎日通ってる場所だ。君だって何度も来てた」

わたしは理解できず、相手をまじまじと見た。

「ビアスコンの治安警備隊駐屯地だよ、ラケル」つらそうに言う。「僕らの勤務地。フリアンはノゲイラ軍曹と一緒だ」

27

ニッサン・テラノを駐屯地の玄関先に停めたときには、雨はさらに強くなり、すでに夜の帳《とばり》が下りていた。フリアンの手を握ってここに初めて立ったのはほんの数週間前なのに、それから幾千年もの月日が流れたような気がする。

「気持ちのいい対決にはならないでしょうね」わたしは不安を胸にフアンのほうを見た。「一緒に来て、本当に大丈夫？」

「そのために来たんじゃないか」相棒は憤慨したように鼻を鳴らした。でも、どちらかというと、今彼に必要なのは、一週間病院のベッドでおとなしくしていることのように思える。

アルーフェ村で黄土色の長衣の腕に触れたとき、その手に何が染《し》み込んだのかわからないが、彼の体内組織が破壊されつつあるのは確かだった。そんな効果を持つ物質なんて想像もできないが、フアンのような大男を震える小鹿《こじか》に変身させ、汗まみれで呼吸もままならないほどにしてしまう、驚くほど強力な物質らしい。こんなときでなければすぐにでも救急車を呼ぶところだが、残念ながら今それは選択肢になかった。ビラノバ伍長《ごちょう》は、今のところたった一人の援軍だ。それだけでも、わたしたちがどれだけ切羽詰まっているかわかるだろう。

篠突《しのつ》く雨のなか、駐車場からのろのろと建物に向かう。パトカーは二台しか残っておらず、ノゲイラ軍曹のチョコレート色の古いボルボが隅に停まっている。

「この時間は一人だと思う」ファンは、足を引きずるようにして濡《ぬ》れた砂利の上を進む。「残って、一日分の書類仕事をしているはずだ。夜勤の予備隊が到着したら帰宅する」

「一人ならむしろ好都合よ」

交代要員が来るまで、そう猶予《ゆうよ》はない。それに、これからしようとしていることは、あまり人に見られないほうがよさそうな気がした。

受付オフィスはがらんとしていて、照明も消えている。唯一《ゆいいつ》の光源はパソコンの画面の薄明りだけで、室内を気味の悪い光でぼんやりと満たしている。自分のデスクの脇《わき》を、泥棒か何かみたいに音をたてないようそろそろと進んだ。奥にノゲイラのオフィスがあり、閉じたドアの下から黄色い光が漏れていた。中からキーボードを叩くカタカタという音が聞こえてくる。軍曹は仕事中らしい。フリアンの気配はどこにもない。

ノゲイラとどう対決したらいいか、何も考えが浮かばなかった。道すがら、ありとあらゆる会話のパターンを想定し、すべて却下した。もう時間がないという、拭《ぬぐ》うに拭えない切迫感ばかりが強くなる。出たとこ勝負でいくしかなかった。

大きく深呼吸してからドアを開ける。ノゲイラ軍曹がキーボードから目を離し、鼻先にのった眼鏡の上からこちらを見た。実際、少しも驚いたようには見えなかった。フアンとわたしは、まるでホラー映画から抜け出してきたかのように、全身びしょ濡れで目の下に隈《くま》ができ、しかも相棒のほうは治安警備隊の捜査官というよりゾンビに近い様相をしているというのに。

「ビラノバ、コリーナ」椅子《いす》を後ろに引き、眼鏡をはずす。「来たのか」

来たのか。「何の用だ」でも「何があった、ビラノバ」でもなく。事実を確認しただけみたいなひと言。まるで、お待ちかねだったかのように。

落ち着きなさい、ラケル。わたしは自分に命じた。まだカードを見せちゃだめ。

今のところ、ノゲイラはなぜわたしたちがここに来たのか知る由《よし》もないはずだ。今度ばかりは、マドリードでの経験が有利に働いた。彼らはフリアンの電話の電源を落とすという予防措置を講じなかった。つまりノゲイラは、この建物のどこかに息子がいるとわたしたちが知っていることに勘づいていない。慎重に行動しないと、慌て者の母親の早とちりで終わってしまう。

「話をする必要がある」わたしは告げ、すぐに、なんだか馬鹿みたいな言い草だと後悔する。

「そのようだな」軍曹が背もたれに体を預けて言った。

「全部知ってるんだ」フアンが椅子にどすんと腰を下ろして凄《すご》んだ。「プエルタのこと、メンデスのこと、フォスコ村のこと、あんたが一枚嚙んでるってことも。あんたは終わりだ、軍曹」

ノゲイラはなかば閉じた目でこちらを見た。憤慨したイタチのような顔だ。するといきなり笑いだしたのだ。そんな皮肉めいた笑い声は、そのときまで聞いたことがなかった。

「おまえたちはこれっぽっちもわかってない」だしぬけに言う。「手あたり次第、当てずっぽうに鉄砲を撃ちまくってるだけだ」

「薬物検査の結果を隠してたわよね、メンデスのものも、わたしたちのも」自分の耳にも、声がうわずっているのがわかる。「仲間に知らせて、メンデスの家までわたしたちを尾行させ、彼の書類を奪った。昨日も、わたしたちがアルーフェ村に向かったことを密告した」

最後の部分はまさに当てずっぽうだったが、軍曹の表情から、みごと的に命中したことがわかった。熔解《ようかい》した鋼《はがね》さながら真っ赤に煮えたぎる怒りが、わたしの全身に広がっていく。

「やっぱり知らせたんだな。そこでやつらが待ち伏せすると知っていながら、止めもしなかった」ファンは呻《うめ》いた。「あんたはくそったれだ、ノゲイラ」

軍曹は無言でしばらくこちらを眺めていた。値踏みでもするように。

「戯言《たわごと》はもうたくさんだ」デスクをバンと叩く。「ここから出ていけ。その無分別な訴えを抱えて、よそに行け。処分されないだけでも感謝しろ」

「一つ言っておく」ファンがのろのろと言った。酔っぱらいみたいに、しかしいたって冷静に。「今は処分なんてどうでもいいことだよ、軍曹。こんな言い方を許してもらえるなら、くそくらえだ、まったく」

わたしは思わず相棒のほうを見た。手には銃を握り、銃口を軍曹に向けている。

「気づいているかどうか知らないが、このままだと僕は死ぬと思う」最後の部分は〝しぬろおもう〟と聞こえ、背筋が冷たくなった。「あんたのお友だちのしわざだよ、たぶん。生き延びるにはあんたの頭に銃弾をぶち込むしかないとすれば、躊躇《ちゅうちょ》なくそうする。だから一からやり直そうか」

「銃を下ろせ、ビラノバ」ノゲイラが囁いた。顔に隠しきれない恐怖がのぞいている。

「これは命令だ」

フアンは銃を持ち上げ、引き金を引いた。小部屋に恐ろしいほどの轟音《ごうおん》がとどろき、わたしの鼓膜は痛みによじれ、しばらくはキーンという耳鳴りしか聞こえなくなった。

銃弾は、軍曹のデスクの背後の壁にかかった額からこちらを厳かに見下ろしている国王フェリペ六世の額を貫き、写真は直後に落下して、ガラスがこなごなになる派手な音が響いた。フアンは、慎重に行動するという当初の計画を捨てたらしい。これでわたしも行動に出るしかなくなった。

「次はあんたの肩にお見舞いする」フアンは汗まみれになっている。「その次は反対側の肩だ。そうやって弾がなくなるまで撃つ。選ぶのはあんただ、軍曹」

「どうかしてるぞ」今やノゲイラの声は恐慌《きょうこう》を来《きた》している。「コリーナ、何とか言ってやってくれ。この狂気の沙汰《さた》を終わらせろ、頼む！」

わたしは肩をすくめた。今の発砲で、わたしたちはもう後戻りできなくなり、深い泥沼に足を突っ込んだ。あとは前に進むしかない。さもなければ沈むだけだ。

「息子はどこ？」落ち着いて尋ねる。「ここにいることはわかってる」

「何の話だ？」

答える代わりにポケットからスマートフォンを取りだし、息子の電話番号をタップした。同時に、コート掛けの軍曹のコートの脇にぶら下がる紙袋から、聞こえるか聞こえないかのかすかな振動音が響いた。弾《はじ》かれたようにそれに飛びつき、中身を確かめる。そこにはフリアンの携帯電話と一緒に、今朝あの子が着ていた服とお気に入りのスニーカーがあった。胃から吐き気がせり上がってくる。

いや、やめて、お願い。

「おまえたち二人じゃ手に負えない」軍曹がたどたどしく言った。両の腋窩《えきか》に大きな汗染みができている。「何をしているのか、わかってないんだ。何に立ち向かおうとしてるのか」

「その言葉、前にも聞いた」脅すように言う。わたしの声は冷えきっていたが、痛みが滲《にじ》んでいた。「さあ、息子の居場所を吐きなさい。さもないと、今度撃つのはわたしよ」

「私はこのゲームのポーンにすぎない」ノゲイラは、ふらふら揺れている、フアンの銃の銃身をおそるおそる見た。わたしの目にも、相棒の握力が思った以上に弱まっているのがわかる。「私の役割は、事態をコントロールすること、ただそれだけだ。火消しだよ。誰にも余計な詮索をさせないよう目を配る」

「だから検査結果を隠した」

ノゲイラはうなずいた。

「ラモーナに頼まれたことをしているだけだ。すべてを指揮しているのは彼女なんだ。あの袋を渡され、中身を捨てておけと言われた。中を見てさえいなかった。コリーナ、あんたの息子がどこにいるのか知らない。ほんとなんだ」

「なぜこんなことをするの、ノゲイラ? あなたに何の得があるの?」

「得など何もないさ!」かっとなって、目がぎらぎら光る。「おまえたちはなんにもわかってない。元凶はプエルタなんだ! するべきことをしないと、恐ろしいことが起きる」

「なるほど」ファンがあえいだ。手の中の銃が目に見えて震えている。「あの世との架け橋だとか何とか、そんな話を鵜呑《うの》みにすると思うなよ」

「ビラノバ、おまえはいいやつだ」軍曹は神経質な笑いを漏らした。「警官としちゃとても優秀とは言えんが、いいやつだ。おまえは何も知らない。私がここに何年いると思う? 私がこの仕事を始める前は、父が、そのまた父が、そして曾祖父《そうそふ》が、私と同じ役目に就いていたんだ。あの山の上に何があるかわかるか? 私が何を見たか?」最後の一文は怒号だった。罠にはまって肢《あし》を砕かれ、嚙みついて逃れようと悪あがきをする憐《あわ》れなキツネのように怒り狂っている。今まで知っていた、にこにこ顔の気のいい男はどこにもいなかった。

「ラモーナ、サアベドラ……フォスコ村のほかの誰が?」わたしは追及を緩めない。プエルタがどうのという馬鹿げた話にうかうか乗せられるわけにはいかなかった。そう、この狂った陰謀を操っているのは生身の人間だ。わたしたちに危害を加え、フリアンを拉致《らち》したやつら。

「あの村の住民全員だよ。私の知る限りは」

「アガタも?」

ノゲイラはうなずき、わたしは喉《のど》に鉄の球がつかえるのを感じた。母親であるわたしが、息子をお盆にのせて差しだしていたのだ。まぬけでしかない。今の今まで知らなかったとはいえ、何の慰めにもならなかった。

「ほかには?」喉から声を絞りだすようにして尋ね続ける。

「何人か」ノゲイラが肩をすくめる。「数はわずかだが、有力者ばかりだ。病院の上層部、裁判官が二、三人、新聞社の幹部、それに役人も何人か。十人いるかどうかだ。

方法と金さえあれば、物事はたやすく頓挫《とんざ》させられる。大勢はいらないんだよ」

なるほど、そうだろう。絞りに絞った適切な場所を適切な人材が把握しておけば、そう大がかりな仕掛けは必要ない。彼らは山の上の時代遅れの石の山を崇《あが》める田舎者の一団などではなく、組織として動いている人々なのだ。ただ、彼らには準備の時間がたっぷりあったことも事実だ。何世紀という時間が。

「表がある。計画表が」ノゲイラは不安げに唇を舐《な》めた。「それを渡すよ。好きにしてもらっていい。だが、私のことは解放してくれ。頼む」

「見せなさい」その表に載っている誰かがフリアンの居場所を知っているはず。もう時間がないのだ。「今すぐ」

「ファイルキャビネットにある」ドアの横にあるどっしりした金属製の緑色のキャビネットのほうに顎をしゃくる。「上の抽斗《ひきだし》だ」

「わたしが取ってくる」軍曹から目を離さずに言う。「ファン、見張ってて」

「心配するな」

わたしはキャビネットに近づいて、上の取っ手を引いた。抽斗はガタガタと音をたてて数センチ動いたところでつかえた。もう一度力ずくで引っぱったが、びくともしない。

「詰まってる」とつぶやく。「動かな……」

予想してしかるべきだった。こんなときでなければ、これほど見え見えな作戦に引っかかるはずがないのに、疲労が蓄積し、頭もうまく回らず、慌《あわ》てすぎていた。わたしが愚痴をこぼしたのを聞いてファンがほんの一瞬だけこちらを見た。だがそれで充分だった。

また発砲音が室内に轟《とどろ》いた。だが今度は鼓膜の痛みより、腰に何かががつんとぶつかると同時に、体を突き抜けた激痛のほうがはるかに勝った。周囲の景色がぐるぐる回り、わたしは床に倒れた。

ファンがはっとしてこちらを向いたそのとき、ノゲイラが椅子から彼に飛びついた。ファンが手には銃身の短い、不格好だがいかにも禍々《まがまが》しい小さなピストルがあった。ファンが能力を百パーセント発揮できる状態だったら、ノゲイラが二歩も歩かないうちにその脳みそが壁に真っ赤な落書きを描いていたに違いないが、力を削《そ》がれた相棒にはそれは望むべくもなかった。電池切れのロボットがぎくしゃくとやってみせるようにスローモーションで振り返り、次の瞬間にはノゲイラに銃床でこめかみをしたたか殴られていた。ファンは大音響とともに床に崩れ落ち、その拍子に椅子も倒れた。

腰に触れてみると、手がぐっしょりと血に濡れた。おまえの血だ、おまえの血だ、と頭の中で金切り声ががなりたてる。銃傷を負ったのだということはわかったが、それについてじっくり考える暇はなかった。なぜならノゲイラがリボルバーをベルトに差し、すぐにわたしに馬乗りになってきたからだ。

「くそ女め」軍曹の口から唾《つば》が飛び散り、いきなり首を絞めてきた。「何様だと思ってるんだ！　オフィスにずかずか入ってきて、私を脅すとはな。この私をだ！　プエルタの力に抗《あらが》えると思ってるのか？　われわれの力に？　ちっぽけな蝿の分際で！　い、い、い、い、い、い、い、虫けらめ！　ひねりつぶしてやる」

ノゲイラは今や吠えていた。目が眼窩から飛びだし、狂気に満ちた笑みが顔に浮かび、わたしの喉をぐいぐい絞めあげてくる。

息ができなかった。目の前で小さな光の粒が踊り、肺はわずかなりとも酸素を手に入れようともがいている。軍曹の脇腹に弱々しくフックを食らわせるが、そんなものは猟犬にくわえられた子猫のそれだった。

「おまえもそこのデブも無意味な存在だ。あいつはただの太鼓腹捜査官だが、おまえはそれ以下だ。ああ、何千倍もひどい。知ったかぶりのマドリード女め、塵《ちり》ほどの価値もない……」

もう聞こえなかった。耳の奥では、早鐘のような心臓の鼓動がずんずん響いているばかりだ。暗闇《くらやみ》がわたしを包んでいく。頭に浮かぶのはフリアンのことだけ。あの子にお別れもできなかった、もう二度と会えないんだ。それは、まもなく息絶えるという事実よりはるかに恐ろしかった。

そのとき突然、首の圧迫が弱まった。思いきり息を吸い込み、空気と室内に満ちる火薬の匂《にお》いがかろうじて肺に広がった。アルプスの混じりけのない澄んだ空気でさえ、これほどおいしくはないはずだ。

ファンがノゲイラの背後にぬっと立ち、躾《しつけ》のなっていない子犬か何かかのように首根っこを押さえている。相棒のこめかみから血がぬらぬらと流れ落ちているが、その目で燃え盛る憤怒《ふんぬ》の色と比べればささいなものだった。

ファンはノゲイラのベルトからさっとリボルバーを引っこ抜くと、デスクの背後に投げた。軍曹は恐れおののいて身をよじったが、体調が万全でないとはいえ、ファンの百キロ超えの体軀《たいく》が本来持つパワーをどうにかしようとしてもできるものではなかった。ファンはほとんど無表情で、軍曹を頭から窓に向かって放り投げ、ガラスがこなごなに砕け散る。雨を含んだ風がすぐさま部屋に吹き込んできて、とらえどころのない闇もまた忍び込んできた。

ファンは、顔じゅう細かい切り傷だらけで血まみれになった軍曹を、めちゃくちゃになった部屋の真ん中まで引きずってきた。軍曹は痛みで呻いているが、ファンの耳には入らない。ノゲイラの胸の上に片膝《かたひざ》をついたファンは、顔を殴り始める。彼の拳《こぶし》は巨大な二丁のハンマーとなり、休みもせず、メトロノームの正確なリズムで振り上げられては振り下ろされる。ノゲイラの顔にぶつかるたびにぐしゃりと音が響き、軍曹の呻き声もいつしか喉に何かが詰まるゴボゴボという音に変化した。ファンの片腕が上がるタイミングで血飛沫《ちしぶき》が異様なアーチを描き、すぐにまたもう片方の拳が下りてくる。

「ファン、やめて」わたしの声もガラガラだった。こんなにひどい喉の痛みは初めてだ。「死んじゃう!」

ファンの動きが止まった。爆発寸前のモーターさながら体が震えている。必要な空気が思うように取り込めず、胸が激しく上下している。わたしは怖くなって、彼の顎にそっと触れた。こめかみの傷からの出血はノゲイラの血とまじり合い、頬でアラベスク模様を描いていた。両目の下には特大級の隈ができて、ありとあらゆる色調の黒がグラデーションになっている。

「こいつ、君を撃った」ショックで声が震えていた。ファンの全身に放出されたアドレナリンがしだいに枯渇《こかつ》して、今度ばかりは今にも気を失いそうだった。「あのまま君を殺すんじゃないかと思った。君を……くそっ」

わたしは彼の髪をやさしく撫《な》でた。わたしのファン、今までずっと付き添ってくれていた高潔で繊細な相棒と、さっきノゲイラを撲殺しかけた狂暴な男とが、同一人物だとはとても思えなかった。それでも、口には出さずに天に向かって感謝した。

「怪我《けが》してる」ファンはわたしの負傷箇所を指さしながら、力尽きてどすんと腰を下ろした。

視線を落として傷の程度を確認する。ずきんずきんと刺すような痛みは脚まで響き、ズボンが熱く濡れているのがわかった。軍曹の銃弾は腰骨のあたりをかすり、傷は無残だがそう深くはない。運がよかった。もう二センチ右にずれていたら、鼠径部《そけいぶ》の大腿《だいたい》動脈のあたりに穴があいていたはずだ。でも百万匹のスズメバチに襲われているかのような痛みがあった。

「降参だ、もう降参する」ノゲイラが仰向けのまま、すすり泣く。

軍曹の顔は、さまざまな濃淡の派手な紫色に染まった、腫れあがった肉の塊と化していた。歯が何本か欠け、しばらくは目が開かないはずだ。

「われわれは同僚じゃないか」ゴボゴボと喉を詰まらせながら言う。「降参したんだし、そもそも仲間なんだ。こんなことはもうやめてくれ。紳士的にいこう」

「フォスコ村でいったい何がおこなわれようとしているの、ノゲイラ？」わたしは彼を軽蔑《けいべつ》の目で見た。「息子はどこ？　フリアンとわたしはこのことにどういう関係があるの？　答えて！」

「完結させなきゃならない……儀式を……カサ・グランデで」割れた唇から聞こえてくる言葉の響きはいつもと違う。「どうしても……痛い……顔が」

ノゲイラが痛みをこらえようとするように、顔に手を持ち上げた。そのときほんの一瞬、手に青い小さな球があるのが見えたが、すぐに口の中に消えた。

「だめ！」わたしは叫んだ。

しかし遅すぎた。ノゲイラはどうにかそれを呑み込み、勝ち誇ったように最後の歪《ゆが》んだ笑みを浮かべた。

「プエルタが……待ってる」口の端から血で汚れた涎《よだれ》が滴《したた》る。「待ってるんだ……われわれみんなを」

がたがたと体が震えだし、何度かびくりと大きく引き攣《つ》る。つかの間、全身が苦しげにエビ反りになり、痙攣《けいれん》しながら後頭部と踵《かかと》だけで体を支えていたかと思うと、いきなり崩れ落ちた。もはやそこにあるのは、自分のオフィスの絨毯《じゅうたん》の上に横たわる、叩きのめされた骸《むくろ》でしかなかった。穴のあいた酒の革袋さながら、括約筋が緩んだ屍《かばね》。

「ちくしょう」フアンが囁《ささや》いた。顔色はノゲイラの遺体と大差なかった。「さあ、どうするか」

わたしは周囲を見まわした。ハリケーンがオフィスを通り抜けたかのようなありさまだった。割れた窓から雨が吹き込み、ほんの少し前までわたしの上司だったものの足を濡らしている。壁には銃痕が穿《うが》たれ、どこもかしこも血まみれだ。まもなく現れる夜勤の交代要員が来たときに、ここにはいたくなかった。

「フォスコに行こう」立ち上がったとき、全身の筋肉が苦情を訴えた。「フリアンを見つけないと」

「ポンテベドラの本部に応援要請したほうがよくないか?」

両腕を広げ、オフィス内の惨状を示す。

「この大惨事について説明し終わる頃には、何をするにももう遅いでしょう」腹立ちまぎれに言う。体の内側にまたふつふつと怒りが沸きあがるのを感じていた。「フリアンを探すのが先よ」

28

そのあとの十分間、オフィスの救急箱を略奪して、わたしの腰の傷の手当てをした。思ったよりはるかに傷は浅く、ビラノバの手を借りて治療したときには出血はほとんど止まっていた。とはいえ、ズボンとショーツはさんざんなありさまだったけれど。ファンはこんなときでさえ、わたしが傷の消毒をするため服を下ろすと、おどおどと目をそらした。かわいいやつだなと思って、ついハグしたくなる。

彼は恐ろしくげっそりしていたが、奇跡的に脚が持ちこたえていた。一瞬、証拠品の収納庫に行って、数日前に小物のヤクの売人から押収した二グラムのスピードを奪ってこようかと思った。結局のところ、わたしたちは上司その人と駐屯地の中で撃ち合いをしたのだ。もう一つ何か罪を重ねたところで、どうってことない。どのみち刑務所行きは免れないのだ。それでもファンは、たとえどんなに体が求めていても、違法薬物でうかうかハイになるには生真面目すぎるとわかっていた。

わたしたちは無言でフォスコ村まで車を飛ばした。通りはがらんとしていて、人にも車にも出会わず、いつ果てるとも知れない、嵐《あらし》がぶちまける滝のような雨の音が聞こえるばかりだ。ずきんずきんと腰が鈍く疼《うず》くたび、わたしたちはこれからまもなく本物の危険と対決すると思い知らされた。そして、その危険の中心に息子がいるのだ。不安と罪悪感が、さっきのノゲイラの両手よりはるかに強烈な力でわたしの首を絞めつけてくる。

ようやく車が、フォスコ村が眠る小さな谷間に続く坂を登り始める。激しく吹きだした風が木の枝を折り、ユーカリの樹皮や無数の葉をもぎ取って、それらが酔っぱらいの蝙蝠《こうもり》さながら嵐の中で揉《も》みくちゃになる。パトカーの薄い屋根に雨粒が叩きつけ、速度を増すワイパーの摩擦音がかろうじて聞こえた。

「村じゅう真っ暗」心臓を締めつけられる思いで囁く。「どの家も。もちろんわたしの家も」

「嵐で電線のどこかが切れたんだよ」フアンはわたしを落ち着かせようとするが、ポケットからそっと銃を取りだして膝に置いたのを、わたしは見逃さなかった。「さあ行こう」

また車を発進させ、カサ・グランデの前の小広場まで来たところでようやく停める。

エンジンを切りもせずに車から飛び下り、玄関まで全速力で走った。ファンも雨の中であえぎながら続いた。手が震えて鍵《かぎ》がなかなか見つからず、しばらくしてようやくそれを鍵穴に挿し込み、家の中に飛び込む。

洞窟《どうくつ》みたいに真っ暗で、寒かった。暖房が切られてしばらく経《た》つらしい。聞こえてくるのは、古い石壁に吹きつける風の音だけだった。スイッチを押したが、灯りはつかない。

「フリアン！」階段を上がりながら叫ぶ。「フ、フ、フリアン！」

子供部屋は空っぽだった。普段過ごしている図書室と続きの居間にも、二階のどの部屋にも気配がない。心臓の鼓動が速くなり、手が震えている。怒り狂っていたが、ひどく怯《おび》えてもいた。

階段を駆け下り、玄関ホールにいるファンと合流した。手に懐中電灯を持ち、見るからに悲しそうな顔をしている。

「階下には誰もいないよ」わたしに言った。「家は空っぽみたいだ」

「こちら側はね」と囁く。「でも向こう側の棟はまだ調べてない」

ノゲイラが言っていたように彼らが「儀式を完結」させるとするなら、屋敷のあちら側で彼らが何をしているのか、ふいに気づいたのだ。答えを待つ間も惜しんで、反対側の棟とこちらをつなぐ重い扉に突進する。ガタガタと必死に開けようとするが、びくともしない。無力感がうめき声となって喉から漏れた。狂ったように叩いても、こぶしを擦りむいただけだった。

「ちょっと待って」ファンが告げる。「考えがある。これ持ってて」

彼はわたしに懐中電灯を託し、表玄関から外に出た。すぐに、いかにも禍々しいバールを手に戻ってきた。

「ドアは頑丈だろうけど、蝶番《ちょうつがい》は取り付けられてから百年以上経っていそうだ。少々強引なことをされたらどうなるか、確かめてみよう」

二股《ふたまた》に割れた先端のほうをドアの隙間《すきま》に突っ込み、こじ開け始める。バールに全体重をかけるファンがあえぎ、顔が真っ赤になっていく。それでも木材がメキメキと小さく音を漏らしただけだった。

「手伝ってもらってもいいか」額に玉の汗を浮かべ、肩で息をしている。「僕の体は百パーセントじゃない。今だ、と僕が言ったら、バールに思いきり体重をかけて押してくれ。いいね？」

わたしはうなずき、バールの端を持った。

「準備はいい？　一、二、三、今だ！　押して！」

ファンもわたしもバールに全体重をかけた。腕の筋肉がきりきりと痛み、脳天に火花が散り始めたが、無視して押し続ける。ふいに木材が低くきしんだかと思うと、何かが裂ける音に変わった。バキバキッという大音響とともにドアが突然壊れ、二人はそのまま前にのめった。

ファンの予想どおり、古びた蝶番は力を合わせたわたしたちの前に屈し、戸板を放棄した。今では折れ曲がったボルト一本だけでぶら下がっている。

ファンが傷んだドアを蹴《け》ると、それは轟音を響かせて床に倒れた。つかのま、長年かけて積もった埃《ほこり》が舞い上がった。

「懐中電灯をくれ」彼が囁いた。「背後の警戒を頼む」

片手に懐中電灯、もう一方にベレッタを握り、向こう側に一歩踏みだす。わたしも銃をきつく握り、四方に目を配りながら彼に続いた。

予想はしていたものの、そこはずいぶん長いあいだ放置されていたようだった。二階へ上がる階段の踏み板はすっかり腐っていて、奇跡的にまだ固定されているものがいくつかあるだけだ。フリアンのように痩《や》せた子供でさえ、そこを上がるのは無理だろう。

一階の残りの部分には何もなかった。そしてついに、地下へ続く階段のところに、今わたしたちは立っていた。サンタロを信じるなら、古代ケルト人の黄泉《よみ》の国への入口はこの下にあるはずだ。

わたしたちは顔を見合わせた。

「感じる?」わたしは囁いた。

ファンがうなずく。頭を押さえつけられるような不快感。脳みそが腫《は》れあがり、突然すべての知覚能力が一割程度に制限されてしまったかのようだ。呼吸さえままならなかった。

「下から来るみたいだな」

「空中に何か漂ってる。例の幻覚性の薬草かもしれない」

「ゆっくり吸って吐くようにしたほうがいい」ファンが言い、ポケットから旧式のマスクを二枚取りだした。「これをつけて。少しはましだろう」

「一緒に来るつもり?」

「君を一人で行かせるもんか」ファンは不器用にマスクをつけながら、言葉に力をこめようとした。問題は、そうして力を振り絞るうちに、今にも崩れ落ちそうなことだった。

「今度はわたしが先に行く」と言って懐中電灯を彼の手からひったくり、階段を下り始めた。

古びた花崗岩《かこうがん》の階段はゆるく弧を描いていて、巨大な螺旋《らせん》階段のようだった。この下が地下室だとしたら、今まで見たことがない常識はずれの奇妙な設計だった。壁は岩をただ粗削りしただけで、場所によって水がちょろちょろ流れ落ちたり、見るからに毒がありそうな白い小さなキノコが生えていたりする。下におりるにつれ、不快感がますます強くなった。目の奥のどこか隅のほうで色とりどりの小さな火花が散りだし、妙な形を描いては消える。途中でつまずき、ファンが腕をつかんでくれなかったら、そのまま下まで転げ落ちていたところだった。

「あれ、聞こえるか?」

「何のこと?」わたしは答えた。「何も聞こえ……」

そのとき聞こえた。いや、聞こえたというか、感じた。とても低いいくつもの声がまじり合いながら、何かわたしには意味のわからないことを囁いている。急いで首を振り、ぱくぱくと口を動かすが、何か言おうとすればするほど言葉が出なくなる。しばらくして、それらの声はどういうわけか、外側からではなく、わたしの頭の中で響いているのだとわかった。

「聞いてはだめ」やっと言葉が出た。「これが何かはわからないけど、わたしたちを惑わそうとしている。先を急ごう」

ファンはこくりこくりと二度うなずいたが、目が虚《うつ》ろだった。なぜかしら、声はわたしより彼のほうに強く作用しているようだった。

そのあとの十二段は永遠に続くかのように思えた。時間の感覚が消え、頭がぼんやりしていた。手にした懐中電灯の光が揺れ動き、壁の岩のでっぱりであちこちに怪しげな影ができた。

ふいに底にぶつかった。そこにもう階段はなかった。わたしは水から飛びだした鱒《ます》のように口を大きく開けて、壁に寄りかかった。最後の力を使いきって最下段に座り込んだファンは、今にも気を失いそうだ。

わたしは室内を懐中電灯で照らした。奥行き十メートル、幅三メートルほどの狭苦しい洞窟で、家具も何もないが、部屋の中央に、加工らしい加工もない荒削りの石でできた井戸がぽつんとある。

「ここで待ってて」荒い息を漏らしながら言う。「見てくる」

「鼻血……が……出てる」

「あなたもよ」彼のマスクの赤い染みを指してそう言ったが、自分の耳にも〝あだだぼよ〞としか聞こえなかった。舌がからからに干からびた雑巾《ぞうきん》になったような気がした。

体を引きずるようにして、なんとか井戸の縁に近づいた。頭の中の声はすでにかまびすしい叫び声になっていたが、今や怒り狂っているように聞こえる。憤《いきどお》り、いらだち、襲いかかってこんばかりだ。

そこに誰がいるわけじゃない。今わたしたちが呼吸しているこの空気の中の何かが引き起こした幻覚だ。そうに決まってる。だけど、あまりにもリアルだ……

井戸の縁から中をのぞき、懐中電灯で照らす。底なしに見えるその井戸の奥に光は吸い込まれ、とても底まで届かない。冷たい風がいきなり顔に吹きつけてきた。やけに古い、曰《いわ》くいいがたい臭《にお》いがする。苦労して後ろに一歩下がる。

この下には何かがある。それが何にしろ、激しく渇望している。血をもってしか癒《いや》せない渇望。その強烈な意志の引力に、抗うに抗えない。

ラケエエエル。

ラケエエエエエル。

わたしを呼んでいる。それが何か確かめなければならない。足がためらいがちに前に出る。脳みその指示とは無関係に、足が勝手に動いていく。でも同時に、井戸の底に何があるか、どうしても見たいと思ってもいる。いや、見る必要がある。

改めて井戸の縁に身をかがめ、しかし今回は縁から身を乗りだした。顔のまわりに髪がばさりと落ち、奥から吹きのぼってくる風に煽《あお》られている。

おいで、ラケル。

下りておいで。

右足が低めの縁石にかかり、一気に体を持ち上げる。指が苔《こけ》をこそげ落としたのを感じたが、まるで他人の体であるかのように、意識のどこか遠くでそれに気づく。もう一方の足を上げ始める。不思議なことに、自分が何をしているのかよくわかっていない。ただ、行かなければならない、それだけだった。

どうしても。

そのとき、手がわたしのコートの襟首をつかみ、ぐいっと後ろに引っぱった。ファンのすぐ横に倒れ込み、頭が花崗岩の床に思いきりぶつかった。口の中に血の味が広がり、頭の中で外に出ようともがいている百万ものミツバチの唸《うな》りが響いた。痛みが届いたのはその一瞬あとだった。

「外、でる」ファンがやっとのことで、言葉を口に出した。パニックで目がぎらぎら輝いている。「いばすぐ。だのむ」

ここを出なければ。苦労して四つん這《ば》いになり、意志の力を振り絞って、ファンを抱えて立ち上がらせる。二人の酔っぱらいのようにたがいを支え合い、階段へ向かう。まわりは真っ暗だった。懐中電灯を井戸の脇の床に置きっ放しにしてきてしまった。でも、百万年経っても取りには戻れない。何があっても、二度とあそこには近づきたくなかった。あの呪《のろ》われた井戸には、もうけっして戻るつもりはない。

中央棟のホールに出たとき、わたしたちは床に崩れ落ちた。酸素を求めて、マスクは階段の最上部にたどり着いたときにすぐにもぎ取った。髪は汗まみれで、手も足も、何十トンもありそうなくらい重かった。

「あそこで何があった？」ファンがかすれ声で言う。目を閉じ、嘔吐《おうと》するまいと英雄並みの努力をしている。

「わからない」きしむ声でそう言って、体を起こす。「でも、もう二度と下にはおりない」

「賛成」ファンが息をついた。「起こしてくれないか」

なんとか立ち上がった彼に、鼻血を拭《ふ》き取るためのティッシュを無言で差しだし、わたしもわたしで拭いた。二人とも、今起きたことについて、できれば話したくなかった。あまりにも恐ろしく、奇妙で、世界から突然常識というものがふっと消えてしまったかのようだった。

「どんな説明がつく、ファン？」

「空中に薬が撒《ま》かれていたとか？　あるいは、何かにさわったせいか、何かを吸い込んでしまったか……」

「どうかな」わたしは首を振った。あんな形で、しかもあんなにすばやく効果が出る薬物なんて、聞いたことがない。

「くそ、まるで本物の声みたいだった」ファンがつぶやく。「あれがドラッグによるトリップだったとしたら、誰も経験したことがないような最悪のトリップだ」

「じゃあ、なぜ今は幻覚も幻聴もないの？」

「地下のほうが濃度が濃かった、それだけさ」しばらくして、ようやく「あの下には何か邪悪なものがいた」と囁き声で先を続けた。誰かが聞き耳をたてているかのように、びくびくしながら。「あの連中が何に首を突っ込んでいるのかわからないが、よくないことだ。僕はそれが恐ろしくて仕方がない」

「わたしも」

「頭の中が声であふれ返っていたが、何を言っていたのか思いだせない」ファンは身震いした。「一瞬、何かが……見えた気がした」

「何が?」

ファアンは首を振った。プリンのように体が小刻みに震える。

「わからない。まあいいさ。もう忘れよう。さっさとここを出たい」

「そうね」わたしは不安に震えながらうなずいた。「フリアンを見つけないと。行こう!」

屋敷の外に顔を出したとたん、風に無理やり押し戻された。さっきまでは猛烈な勢いになりそうな気配があるだけだった嵐が、すでにその威力を全開にしていた。屋根の庇《ひさし》に吹きつけた風で空気が激しく震え、ぎくりとして毛が逆立った。屋敷前の小広場では、水たまりはすでに二十センチ近い深さになっている。天が水をぶちまけたかのような大雨を、大地はもはや呑み込むことができず、あらゆるところに走る稲妻がつかのま空を裂く。

「地下にいたのはどのくらい?」わたしは尋ねた。

「時計が止まってしまったんだ」ファアンがアップルウォッチを振ってみせる。相変わらず画面は真っ黒だ。「家を出る前に充電したのに」

「それはどうでもいいことでしょ」わたしがそっと言う。

「どうでもよくないよ」ファアンが答えた。「つまり、あの穴には一種のパルスか……」

その瞬間、空に雷光がひらめき、まぶしいほどの光で広場じゅうを満たした。ほんの一瞬だったが、それで充分だった。たちまち心臓が縮こまり、苦痛の呻き声が口をついて出た。

なぜならそのつかの間の光で、屋敷には息子はいないと予測してしかるべきだったと悟ったからだ。

そこから何キロも離れたところに堂々と聳《そび》え立つセイショ山のシルエットが、その一瞬、かなたに浮かびあがった。頂上のあたりを嵐の暗雲に包まれた、その巨体が。

サンタロ教授は「誤解しているようだ」と言った。

わたしたちが行かなければならなかったのは、黄泉の国へ続く井戸なんかじゃなかった。

ずっと間違っていた。今回もまた。ノゲイラは死ぬ直前にわたしたちを騙《だま》したのだ。

ようやくフリアンの居場所がわかった。プエルタだ。

わからないのは、なんとか間に合って、あの子の命を救えるかどうか、ということだ。

29

カーブを曲がるたびにわたしがすぐさまアクセルを踏み込むせいで、四輪駆動車のエンジンはその都度呻いた。道にすべての集中力を注ぎながら、尋常でない速度で運転していた。強い雨が作る水のカーテンが視界をさえぎり、わずか数メートル先までしか見えなかったが、今はかまっていられなかった。息子はあの山の頂上へ連れ去られた。彼らを阻まなければ、例のベラルーシの女性やニカノール・タラシド少年、その他、長年のあいだにあのおぞましい石の門で犠牲になった人々と同じ運命をたどることになるだろう。そう理解したとたん、足元に真っ暗な穴がぽっかりとあいたような気がした。

「ラケル、頼むから少しスピードを緩めてくれ！」フアンは額に真珠のような汗を浮かべ、ドアの上のベルトにしがみついている。「僕らのほうが先に死んじまう」

「フリアンは連中に捕まってるのよ。わからない？」

「よくわかってるさ。だけどそんなにスピードを出したら、五体満足ではたどり着けない」なんとか冷静に話そうとしている。「万が一動物が飛びだしてきたり、対向車が来たりしたら、絶対にぶつかる。僕らが死んだらフリアンを助けられないぞ」

いつもながらファンの合理的な助言が、過熱しすぎた頭にゆっくりと染《し》み込んできて、わたしは少しスピードを落とした。まだ急いではいたが、少なくとも車輪付きのロケットではもうなくなった。

「僕ら二人だけで乗り込むわけにはいかない」いきり立っているライオンをなだめる調教師のような声で、ファンが続けた。「上で何が待っているかわからない。本部に連絡して、応援を呼ばないと」

「じゃあ、何ぐずぐずしてるの？　さっさと電話しなさいよ」

ファンは携帯電話を取りだして番号を押し、少し待ったが、がっかりした様子で端末をまたポケットに突っ込んだ。

「電波が届かない。嵐でどこかの中継装置がだめになったんだ。君のを貸してみてくれ」

わたしは道から目を離さずにスマートフォンを手渡した。ファンがそれで試したが、やはり結果は同じだった。ブツブツという音や唸りが聞こえてくるだけだ。

「だめだ」とため息をついた。

「パトカー用の無線機はないの?」

ファアンが首を振ったので、答えはわたしにも予想がついた。

「六か月前にシステムのバージョンアップのために回収されて、まだ戻ってこない」暗い声で言った。「予算カットとお役所仕事のせいだ」

「もうっ!」怒りにまかせてハンドルを殴る。「最悪、最悪、最悪!」

「町に戻ろう。ポンテベドラの司令部に行ってチームを編成するんだ。それが正しい手順だってわかるだろう?」

「司令部にも一枚嚙《か》んでいる仲間がいるかもしれないのよ、ファアン! それに、町に下りて応援部隊を連れて戻るのに、どれだけ時間がかかるか。山に到着する頃には、フリアンの命はもうないかもしれない」わたしは頑《かたく》なに首を横に振った。「このまま行くわ」

「ラケル、頼むから頭を冷やしてくれ!」

乱暴にブレーキを踏んだので、重い四輪駆動車の後輪がしばらくスリップした。テラノは右に左に蛇行したすえ、ようやく大雨のもと、停車した。わたしはファアンに向き直り、真剣な目で見つめた。

「ここで降りてもらってもいいのよ、ファン」外に顎《あご》をしゃくって、冷ややかな声で告げる。「司令部へ行くなり、家に帰るなり、好きにすればいい。でもわたしは今すぐあの山に行く。一刻の猶予《ゆうよ》もない。あなたがいようといまいとわたしは行くし、誰にも止めさせない」

ファンはまあまあというように両手を上げた。左の手のひらの黒い痕《あと》は化膿《かのう》し、恐ろしいありさまだった。

「落ち着いて」彼が冷静にこちらを見る。「僕らチームじゃないか、ラケル。忘れるなよ。相棒だろう？　僕らはこれから、そこに何があるかもわからず狼《おおかみ》の口に飛び込もうとしているって言いたかっただけだ。前回、連中の儀式を邪魔した者は首を裂かれた。やつらは回りくどいことをしない」

「わたしだって大真面目《おおまじめ》よ」そう言って、銃が入っている肩のホルスターをそっと叩《たた》いた。「それに連中はわたしたちがプエルタに向かおうとしていることを知らない」

ファンは苦々しげにため息をつき、うつむいた。

われを失った自分が急に恥ずかしくなった。彼に対してあんまりな態度だった。ずっとわたしを支え、最初から変わらず忠実でいてくれたというのに。あんな言い方をするべきじゃなかった。

「ごめんね、ファン」と小声で謝罪する。「あなたの言うとおりだってことはわかってる。でも、そうするしかないの。わたしは行く。今すぐ」

ファンはつかのま口をつぐみ、興奮が冷めるのを待った。そしてとうとう、大事な覚悟を決めたかのように、一つ大きく息をついた。

「フリアンを助けるチャンスをものにしたければ、冷静さを保つ必要がある」彼は思いをこめてわたしの腕をぎゅっと握った。「B級映画の主人公みたいに僕らだけで敵地に乗り込むとして、もしまずい状況になったとき、僕の言うことに耳を貸せる？」

わたしはうなずいた。今ではだいぶ落ち着いてきた。

「それでも、こんなことをするのは愚の骨頂だと思ってるよ。どう考えても」彼が続けた。

「わかってる」

「でも、やっぱり君の言うとおりだ。そうするしかない」

「わかってる」わたしはくり返した。

「それなら行こう」ファンは顎をしゃくった。「無駄にする時間はない」

再び走りだしたときには、はるかに冷静になっていた。頭の中の嵐は車の外のそれとは違って勢いが緩み、ふいにまたまともに考えられるようになった。

「わからないことがある」狭い車道を縫って走っていたとき、ファンがつぶやいた。「この出来事全体とコンパーニャにはどんな関わりがあるんだろう？　まるでカーニバルみたいに、どうして顔を隠す？」

「あの連中は、コンパーニャはプエルタとつながっていると信じてる」わたしは推理する。「伝説では、死者の魂たちが、まもなく死を迎える者がいると知らせに来ると言われている。たぶん、コンパーニャは遠い昔からプエルタやその働きと結びついていたはずなのに、時とともに物語が勝手に作られて、独立した伝説になってしまったんじゃないかな。そのほうが語りやすいし、記憶にも残りやすい。夜子供を脅かすのにも便利だわ。時の流れの中で、プエルタの部分は忘れ去られ、死者の行列たる〈聖なる一団《サンタ・コンパーニャ》〉伝説だけが残った。ただしフォスコ村の人だけは違った」

「でも、サンタロ教授の話では、似たような伝説がヨーロッパじゅうにあるんだろう？」ファンが眉《まゆ》をひそめる。「全部つながっていた、なんてこと、あるのかな」

「そうなのかも。たぶん、大昔は、プエルタみたいな場所があちこちにあったのよ。今は忘れ去られ、せいぜい古いおとぎ話として知られるだけで、誰も口にしなくなってしまった。あなた自身、言ってたじゃない。どんな伝説にも……」

「……じつは真実のかけらが隠れている」ファンが苦笑いをしながら言葉を代わりに

続けた。「士官学校じゃ教えてくれないことだよな」

わたしはうなずいた。警察や治安警備隊の仲間たちから、長年この仕事をする中で出合った説明のつかない出来事についてあれこれ話を聞かされてきたが、これほど異常な現象は例がない。

「あれ……地下の井戸にいたもの……あれもプエルタと関係してるんだよな？」

わたしは黙り込んだ。あそこで見たもの、感じたことは、まだうまく表現できない。わたしたちのような侵入者を煙に巻くためにあそこに置かれた何かの薬による幻覚だったのだと、ほぼ確信はしていた。でも、〝ほぼ〟だから百パーセントではない。

「だけどどうして君が？」ファンの脳みそは速度を緩めない。

「どうしてわたしが、って？」

「フリアンと君がどうしてフォスコ村に来ることになったのか、そこが気になる。君が例のメンシニエイラと行き違いになったことだって、偶然ではないはずだ」

わたしは唇を噛んだ。それについてはまだはっきりした答えがないけれど、疑っていることはあった。こちらに尻尾《しっぽ》をつかまれる前に、ノゲイラが彼女をどこかへ連れだしたのではないか。いずれにしても、真相については待つしかない。いまは息子のそばに行くのが先だ。

車道から、山頂へ続く未舗装の脇道《わきみち》に曲がるところまで来た。風力発電機の作業員がやはりこの道に入り、あのベラルーシ人女性の遺体を発見したのは、わずか数週間前のことなのだ。なのに、一生分の月日が経過したかのようだ。ハンドルを切り、車を砂利道に導くと、ぐらりと揺れた。

それからは、アスファルトの道を行くのとはまったく違った。大地に降り注ぐ大量の雨は当然ながら山を流れ落ちる最速のルートを探すが、ウィンドファーム建設のために開設された道路は放水路としてまさに完璧《かんぺき》だった。

もちろん設計者はそれを見越して道の両側に深い排水溝を作っていたが、冬のガリシアの悪天候ぶりまでは考慮していなかった。毎日のように嵐が続き、土やら木々やら流されてきたものが排水溝を少しずつ詰まらせて、行き場を失った水は道にあふれて轍《わだち》をどんどん大きくしていったようだ。ギアをローに入れると、四輪駆動車のトランスミッションがあまり思わしくない呻《うめ》き声を漏らした。

「気をつけて」ファンが注意した。「タイヤが溝にはまらないようにしないと、立ち往生することになる」

「そう努めてる」道の真ん中に突然出現したでこぼこを避けるため、急ハンドルを切りながら、もごもごと言う。テラノは大きくバウンドし、わたしは歯と歯を思いきり打ちつけた。

「この様子じゃ、歩いて上までのぼるのは、僕にはとても無理だ」ファンの声はやけに弱々しい。「頂上までなんとか無事たどりついてくれ」

わたしは心配になって、ちらりと彼のほうを見た。状態がどんどん悪くなっていくように見える。カサ・グランデの地下を脱出してからというもの、加速度的に体力が衰えているようだ。ファンの生気が蠟燭《ろうそく》だとしたら、炎の大きさはもう普段の半分ほどだ。

その後二十分かけて、狭い道をなんとかのぼり続けた。ところどころ道がなくなっているところがあり、超人レースでとりわけ複雑な地形を進もうとしているランナーのように、スピードを極限まで落とさなければならなかった。テラノはバウンドし、今にもバラバラになりそうになったが、だめだ、溝にはまったと思うたび、四つのタイヤが必死に地面を引っかいてよろよろと前に進んだ。

「あそこ」ファンが、車のヘッドライトに照らしだされた道の一点を指さした。「見ろよ」

彼の指がさす方向を見ると、道がすでになかば水浸しとなり、二、三時間前までは砂利がきれいに見えていたはずのところを、激流が白い泡をたてながらごうごうと流れていた。でも、彼が示そうとしたのはそれではなかった。道の脇にあるシダの茂みが、何か重いものにのしかかられたかのように、広範にわたって途中でへし折られ、ひしゃげていた。ずぶ濡《ぬ》れの地面に、そこを通った何台分かのスパイクタイヤの跡が完璧に見えていた。

「ここで車の方向を変えたんだ」フアンが言った。「タイヤ痕《こん》はそれほど雨で崩れてない。通過してまだ十五分も経ってないよ」

希望がふくらむのを感じた。あとはこの跡を追っていけばいい。道すがら、ずっと不安でたまらなかった。儀式はとうに終わっていて、たどり着いたときには、プエルタの下で冷たくなっているフリアンが見つかるだけなのではないか。でも、このタイヤ痕からすると、フォスコ村の連中は、今頃せいぜい頂上に到着したかどうかというところだ。

あとを追っていけばスピードアップできるという点で、こちらが有利だ。ここからは、どう進めばいいか迷う場所でも、ただ轍をたどっていけばいいだけだ。そのとき、タイヤの下で金属音が響き、どきっとした。

今はやめて。あと少しなのに、お願い。

「ただのキャトルグリッドだよ」急に緊張したわたしの顔を見て、フアンはなだめた。

「牛や野生の馬が道に入ってこないようにする、地面に埋めた金属製の格子《こうし》なんだ。頂上が近いしるしだ」

　フアンの言うとおりだった。二度ほどカーブを曲がったあと、道が突然平らになった。セイショ山の頂上は尖《とが》った峰が一つあるのではなく、何キロにもわたって丘が連なる、広大な台地である。だから道はほとんど水平になり、道路もはるかに状態がよくて、はるかに速く進めた。

「ライトを消さなきゃ」彼が提案した。「さもないと、向こうから見えてしまう」

「でもそうすると、道が見えないわ」いちおう反論したが、言われたとおりにした。スイッチを切ると、ライトの光線が消えた。

　わたしたちを包む闇《やみ》が一気に広がった。今では、計器盤の灯りがかすかにわたしたちを照らすだけだ。外では嵐が荒れ狂い、テラノをまるでおもちゃのように揺さぶる。

「さあ、これをつけて」フアンはリュックに手を突っ込んで、暗視ゴーグルを取りだした。

　彼はしばらくそれをいじくっていたが、やがてブーンという唸り声があがった。そのあとそれをわたしの頭に慎重に取り付けた。

　周囲の世界が息を吹き返し、緑色を帯びた。半径二十メートルほどの範囲は比較的はっきり見えるものの、その先は映像がぼやけて、ぼんやりしている。

「軍用じゃないから、可視範囲に限りがある。でも、運転には充分だと思う。嵐でエンジン音はかき消されてしまうから、気づかれずにプエルタの下までたどり着けるだろう」ファンは、特別おかしい冗談でも思いついたかのように、くつくつと低く笑った。「僕ら、幽霊みたいだ。皮肉だよな?」

わたしも思わず笑いを漏らす。

「あなたみたいな切れ者がこんな世界の果てみたいなところにいるのはどうして?」

わたしは暗視ゴーグルを額に持ち上げ、感心しながら尋ねた。まるでチェスプレーヤーみたいにいつも人の一つ先まで手を読むその頭脳には、驚かされどおしだ。

しばらく沈黙が続いた。もしかして質問が聞こえなかったのか、と思ったほどだ。

「君みたいに特別な女性が現れるのを待ってたのかもな」と静かに答えた。

それ以上何も言わなかった。暗闇の中では表情は見えなかったけれど、きっとトマトみたいに顔が真っ赤になっていたに違いない。少なくとも、これほど体調が悪くなければ。

わたしはシートに背中をもたせ、ガラスに映るファンのシルエットを眺めた。人一倍大柄で、でも人一倍無垢《むく》。人一倍単純で、でも人一倍複雑。わたしはため息をついた。

「ファン、すべてが終わったら、二人で少し真剣に話をしたほうがよさそうね」

わたしは身を乗りだし、彼の唇の端にキスをした。肌が冷たかったが、どきっとしたのだろう、一瞬体を大きく震わせた。

ファンの反応を待たず、二人のほのかな希望もそのまま置き去りにして、また暗視ゴーグルを下ろし、次の丘の向こうにあるプエルタに向かって車を発進させた。

谷間に吹き荒れていた風が木々をも揺さぶる激しさだったとすれば、頂上のそれはハリケーンさながらだった。風車のブレードは風の勢いに耐えきれず、停止している。暴風のときには、安全プログラムが自動的に作動するのだ。数メートルおきにそびえる白い巨像は次々に後方へ消えていき、目的地までの道を示してくれた。

ふいにそれが目に入り、わたしは急ブレーキをかけた。風力発電機の一つの下に、ポンコツの赤いロシア製四輪駆動車ラーダ・ニーヴァ、後部が開け放たれた赤い日本製のワゴン車、まだバラバラになっていないのが不思議なくらいの錆《さび》の浮いた古いランド・ローヴァーが並んで駐車されていた。三台とも見覚えがある。どれもこの二週間のあいだに、フォスコ村の近所の家々の前で見かけた。その向こう側、二百メートルかそこらのところに、二千五百年以上前からずっとそうしてそびえているプエルタがあり、さらにその少し奥に〈マルコ・ド・ベント〉、つまり〝風の窓〟という奇妙な名前のメンヒルの影がかすかに見えていた。

プエルタが立つ丘のほうに目を向けたとき、突然まぶしい光に包まれた。一瞬目がくらみ、閃光《せんこう》に網膜を直撃されて、しばらく周囲でひらめく色とりどりの模様しか見えなくなった。

「ゴーグルをつけたままじかに光を見ちゃだめだ」少し遅れてフアンが注意する。

「もう承知してます」わたしはゴーグルを投げ捨てて呻いた。

模様はしだいに消えていき、ようやくプエルタに目の焦点が合った。その古きモノリスを照らすため強力な投光器が二台設置され、誰かがその前を通ったのか、つかのまふっと岩に影が投げかけられた。

わたしはシートベルトをはずし、ドアを開けようとしたが、フアンに肩をつかまれた。

「こうしたらどうかな」彼は銃を取りだし、慎重に撃鉄を起こした。「僕らがここにいることはまだ気づかれてないから、今のところこっちが有利だ。君はできるだけプエルタに接近して、向こうは総勢何人か、何をしているのか、確認してほしい。そのあと僕が大きな音をたてて、連中をこっちに引きつける。その隙に君がフリアンを助けだすんだ。どう思う？」

「最悪のプランね、ファン」本気でそう思った。「どうして一緒に行かないの？」

「だって、ほら」彼はいいほうの手で示した。「僕はもう立ち上がることさえできそうにない。岩や藪《やぶ》を越えてあそこまでのぼれるわけがないよ」

「正面突破すればいい。道があるわ」

「そこは見張られてるよ、たぶん」ファンは首を横に振った。「少なくとも、僕ならそうする。懐中電灯はまだ持ってる？」

わたしは顔を歪《ゆが》めた。

「フォスコ村の地下の井戸のそばに放りだされたまま」

「残念」彼は冗談めかしてふくれっ面《つら》をし、鼻に皺《しわ》を寄せた。「君に合図をしてもらうのに、おあつらえ向きだったのにな」

「ここに何かあるかも」わたしは車のダッシュボードを引っかきまわした。指が何かに触れ、つまみだすと、へこんだジッポーのライターだった。何度かホイールを回して火花を散らし、力強く炎があがるのを確認した。

「それでなんとかなるかな」ファンが小声で言った。「位置に着いたらライターをつけてくれ。遠くても、暗視ゴーグルをつけていればちゃんと見える。そしたら僕が連中を引きつけるから、君はフリアンを救出するんだ」

「そんなのプランとさえ呼べない」わたしは反論した。「うまくいかない可能性のほうが大きいわ。危険よ」

「僕のほうは見ないこと。特殊部隊みたいにひたすら山を登るのは、君の役目だ。ほかに名案なんて思い浮かばないね。だいたい、相手は老人ばかりだ」

「前に、まわりくどいことはしないって言ったよね」と切り込む。「どっちなのよ？」

「こうして一晩じゅう言い争いを続けるの？　それともフリアンを助けるの？」

いつもながら、彼が正しい。わたしはうなずいて、ドアを開けた。たちまち吹きつけてきた強風がドアを根こそぎ引っこ抜こうとし、蝶番がきしんだ。外に出て、なんとかフードをかぶる。風に煽られて、降ってくる雨が奇妙な渦を巻き、気づかぬうちにまたずぶ濡れになっていた。車外に出たとたん、風の唸りが耳を聾《ろう》するような咆哮《ほうこう》に変わっていた。わたしたちが到着したことを彼らが気づかないのも当然だった。

フアンは車の反対側に出て、暗視ゴーグルをつけた。異星から来た昆虫型宇宙人のような様相だったが、でこぼこした地面を移動する手際《てぎわ》は、わたしよりはるかにスマートに見えた。

この風の中でしゃべるのはまず無理だった。フアンが身振りで巨石のほうをわたしに示し、そのあと車の陰に隠れた。わたしは余計なことを考えずに、プエルタがそびえる丘のほうへ進みだした。投光器が空に向かって光をほとばしらせ、岩に落ちる幾千の雨粒を輝かせて、巨大遺跡は魔法のような光輪に包まれ、どこか不穏な美しさを醸《かも》しだしている。

数歩進むたびにつまずき、悪態をついた。顔は雨にそぼ濡れ、周囲は真っ暗だ。空は雲に覆《おお》われていたし、たとえそうでなかったとしても今夜は新月なので、月は空に浮かぶ漆黒の円でしかなく、何の役にも立たなかっただろう。行く手を邪魔する岩の迷路も木の根も茨《いばら》も見えず、二十メートルも行くと、気づけばどこもかしこも引っかき傷や打ち身だらけだった。

プエルタに近づいたところでペースを落とし、茂みにしゃがんで身を隠した。風がうなり、ほとんど何も聞こえなかったが、ほんの十メートルほどのところに彼らがいるのはわかっていた。濡れた苔で滑らないように気をつけながら、最後の岩をよじ登り、ついに腹ばいのまま丘の上にたどり着いた。

彼らはプエルタの向こう、東側にいた。わたしの知る限り、生者の側だ。まだ希望があった。フォスコ村の住民が揃っているようだった。男も女も、どちらの姿も見える。例の黄土色や黒の粗布の長衣だとすぐにわかった。ヒーラーのラモーナ・バロンゴが確認できる。赤いパラフィン紙の筒に入った蠟燭を持ち、恍惚《こうこつ》とした表情を浮かべている。その横にいるのはアガタだ。二人のあいだで、時代遅れのネグリジェを思わせる白いチュニックを着たフリアンが地面に座り、うなだれてぼんやりと岩を見ている。

とたんに心臓が跳ね上がった。息子は無事なようだが、外界の刺激に対して何の反応もない。髪のない頭を雨が滑り落ち、耳へと流れている。服が濡れて体にへばりつき、体の輪郭までわかる。怒りがこみ上げて、鼓動が激しくなる。

思わず立ち上がり、銃を構えながらその舞台へ飛び込みたい衝動に駆られたが、そのとき、奥にある柱代わりの巨石の一つに、片腕の大工サアベドラが寄りかかり、無事なほうの腕の下に、見るからに禍々《まがまが》しい猟銃を抱えているのが見えた。何事も見逃すまいと、あたりの闇に目を配っている。

わたしは小声で悪態をついた。前回の失敗を教訓に、今度は誰にも儀式を邪魔されないよう、念には念を入れたのだろう。ほかにも誰か武器を持っている者がいるかどうか、わからなかった。あの長衣姿の人々の下方で、軍隊さながら武装集団が待ちかまえている可能性もあるが、調べようがない。でも、銃を持っているのはあの大工だけではないだろう。

ラモーナ・バロンゴはポケットからさらに蠟燭を出し、筒を開けて一つひとつ火をつけていき、そこにいる人々に順に渡していく。彼らは無言でそれを持っていた。すると、アガタが歌をうたいだしたようだった。奇妙なメロディーで、理解できない言葉だったし、いにしえの音楽のように思えた。彼女のしゃがれた声がしだいに大きくなり、集団の残りの人々も一人また一人と声を重ねて、しまいに全員が同じ文句をくり返していた。しかし、それぞれが前の人より少し遅れてうたっている。いわゆる不快音《カコフォニー》だが、なぜか声がぴったりと重なり合い、耳に心地よかった。

いたずらな水滴が首から服の中に潜り込み、胸まで滑り落ちた。ひやっとして、われに返った。そのとき初めて、歌の魔力にすっかり魅せられていたことに気づいた。フォスコ村の地下室に吸い寄せられたあのときと同じように、朦朧《もうろう》としている。あれほど強力ではなかったが、似たような力だった。

今度は逆の方向にまた這い進み、彼らに見つからず、雨もかからない張りだした岩の陰に隠れた。そこは儀式の一部が見えるが、フリアンは見えない場所だった。

ポケットに手を突っ込んでライターを出した。寒さで手が震え、指がかじかんでいる。そのとき、フアンがどこにいるかまったくわからないことに気づいた。パトカーから五十メートルも離れていないことは確かだが、ここに来るまでに暗闇の中であちこち回り道をするうちに、すっかり方向を見失ってしまったのだ。だとするとファンからも、たとえ暗視ゴーグルをつけていたとしても、わたしが見えないおそれがある。あれは値の張るただのおもちゃにすぎないし、この距離では、わたしは闇にぼんやり滲《にじ》む緑の染みにしか見えないだろう。

とにかくライターのホイールを回した。弱々しい火花が散ったが、風ですぐにかき消えた。つい、くそっと声を漏らし、もう一度試してみる。でも火はつかなかった。火花は起こせても、風が火を吹き消してしまう。

背後では、歌のリズムが速くなっている。肩越しに後ろを見ると、一団がそれぞれ頭にフードをかぶっていた。サンタロ教授の書物にあったコンパーニャとよく似ているように見え、うなじの毛が逆立った。

彼らは普通の人間よ。気を静めなさい。動揺しちゃだめ。

さあ、考えて。

このままではライターの火はつかない。ほかの方法を考えなければ。でも、言うのは簡単だ。嵐《あらし》の中で突っ立っているこんな状態ではどうにもならない。必死になってポケットを探すが何もない。あとは、ピストルだけ。

そのとき、馬鹿《ばか》げた考えが浮かんだ。でも、ひょっとしたらうまくいくかも。

どうしようもない状況に、突拍子もない解答。

わたしはベレッタの弾倉を取りだし、九ミリ弾を一つ引き抜いた。死を招く銅製の薬莢《やっきょう》をつかのま手のひらにのせて眺め、それからしゃがむ。何も持っていないほうの手で周囲の地面をやみくもに探った。茨が刺さったり、できれば無視したいもぞもぞ這いまわるゴムのような感触のものに触れたり。でもしまいに、先の尖った、ほどほどの大きさの石をつかんだ。これならいけそうだ。

弾を地面に置き、大きく息を吸い込んで石を打ちおろす。歌が今まで以上に大きく響いている。プエルタの向こう側で何やら動きがあったのがわかった。誰かがフリアンを立ち上がらせたに違いない。ふと見ると、あの子がよろけながら岩の門のこちら側に姿を見せたからだ。ラモーナに支えられて、無表情でぎくしゃくと歩いている。一団の人々もじりじりとプエルタを通り抜け、全員が死者の側、プエルタの西側にやってきた。

わたしはいよいよ焦《あせ》った。もう一度薬莢に石を打ちつけるが、縁に傷をつけただけだった。今フリアンは岩に横たえられている。数週間前にあのベラルーシ人女性の遺体が見つかった同じ場所に。儀式はいよいよ佳境に入っていた。なのにわたしは何もできずにいる。

かっとなって、弾丸を続けざまにガンガン叩いた。石の破片が飛び散るにつれ、手の中のそれは小さくなっていったが、薬莢はわたしの必死さを鼻で嗤《わら》っているかのようだ。

「開け、開け、お願いだから」わたしは舌打ちをした。「開いてよ、この馬鹿！」でも、薬莢と弾頭のあいだのつなぎ目が最後の一撃についに屈し、カチッという小さな金属音が聞こえた。信じられない思いで、弾を見た。やった。やったんだ。

膝《ひざ》をついて、雨で濡れないよう慎重に弾頭をはずす。金細工師並みの根気強さで、岩の上に火薬を空け、ライターを取りだした。

火薬はすぐに湿ってしまうはずだから、チャンスは一回きりだ。心の中で祈りながらホイールを回した。

すぐに火花が散り、わたしが苦労に苦労を重ねたすえに取りだした黒い粉の上に着地した。その瞬間、シュッという音とともに圧倒的な閃光がひらめいた。それは一秒も続かなかった。光ったと思ったら、もう消えていた。

わたしは目がくらんでいた。目をそらしておく分別さえなく、永遠とも思える数秒間、何も見えなくなった。胸に不安が押し寄せる。フアンにも今のが見えた？　もう一度試す時間があるかどうかわからなかった。プエルタでは、横たわるフリアンのまわりで儀式の参加者たちがひざまずいており、何かが始まろうとしていた。

突然すさまじい轟音《ごうおん》が夜を切り裂き、まぶしいほどの青い光があたりを照らした。ファンがパトカーのサイレンのスイッチを入れ、嵐を凌駕《りょうが》する爆音を響かせたのだ。なるほど、そうか。勝利感が全身に広がっていくのがわかった。

いきなりいくつものことが同時に起きた。儀式の参加者たちがとまどったように顔を上げた。サアベドラが銃を手にさっと立ち上がり、こちらに走ってきた。それに三人の男たちが続く。おのおのが銃を持っているのを見て、わたしは背筋が凍った。

大工は岩の背後に位置取り、猟銃を岩の突きだしに置くと、銃を器用に義手で抱えた。慎重に狙《ねら》いを定め、その晩最初の一発を撃つ。パトカーのランプの一つがこなごなになり、ジーッという耳に障《さわ》る電気的な音が響いた。大工はまた狙いをつけ、次の瞬間もう一方のランプも破裂した。その間もサイレンは鳴り続けている。ファンも、相手を脅すため車から空砲を撃った。この距離では彼らの姿は見えないが、それた弾がいつかは自分に当たりそうな気がした。

事はプランどおりに進んでいなかった。フォスコの人々はパトカーのほうに駆け寄ってくるのではなく、プエルタのそばに陣取ったまま銃撃している。誰かが投光器をまわし、ふいにテラノが黄色い光を浴びて、闇の中に完璧に姿を現した。目のくらんだファンが慌《あわ》てて車の陰に飛び込んだその一瞬のちに、パトカーの車体に銃弾の雨が降りだし、次々に穴をあけた。

銃弾が車体を貫くカン、カンという音が単調に響く。窓ガラスがこなごなに砕けると同時に、サアベドラの正確な一発がサイレンを永遠に黙らせた。

片腕なのに、目の覚めるような銃の腕前だった。ファンは徹底的に狙い撃ちにされ、そのせいで動くに動けなかった。そのうえ、大工が発砲するあいだに、ほかの長衣姿の連中がそろそろと岩のあいだを進んできて、テラノを囲い込もうとしていた。

今すぐ手を打たなければ。

わたしは隠れ場所から出て、士官学校で数えきれないほど訓練したとおりに銃を構えた。人に向けて発砲したことは一度もなかったが、誰にでも初めてはある。

「こっち！」わたしは声を限りに叫んだ。「こっちよ！」

サアベドラが驚いて頭を上げ、そのとまどったまなざしとわたしの視線がつかのま交錯した。相手は蛇のようにすばやく、銃口をこちらに向けようとしたが、義手が岩のでっぱりにほんの一瞬引っかかった。しかしその一瞬が命取りだった。

わたしは三発連射し、片腕の大工は同じ数の赤い小さな薔薇《ばら》を胸に咲かせて崩れ落ちた。サアベドラは地面に着く前に息絶えていた。

ただし、これでわたしの居場所が敵にわかってしまったのも事実だ。わたしの左側にある岩に銃弾が撃ち込まれ、ぱっと飛び散った石の破片を顔に浴びた。プエルタのこちら側にいるラモーナ・バロンゴが蠟燭を地面に置き、銃身の短い小型拳銃《けんじゅう》を手にしていた。ブラックマーケットでいくらでも安く買える、例の六・三五ミリ・ルビー拳銃だ。狙いはそう正確ではないが、これだけ近距離なら、わたしのベレッタとそう変わらぬ威力を発揮し致命傷を与えられるだろう。

さいわい、まさにそのときファアンが戦術を変えた。サアベドラはもう撃ってこないとわかったので、テラノの陰から飛びだし、投光器に二発発砲した。ハロゲンランプが破裂してパチパチとショートし、ふいにあたりがまた闇に包まれた。ファアンのほうへ向かっていた敵は、仲間がどこにいるのかわからず、暗い茂みの中でとまどっている。

一瞬ではあれ、貴重な時間稼ぎができたが、銃声はまだ聞こえていた。わたしの頭上のどこかに別の銃弾が当たった。そのとき叫び声がして、鋭利な刃物を振りかざしながら年配女性が近づいてくるのが見えた。彼女のことは覚えていた。何日か前、フリアンにキャラメルをくれた、慈愛に満ちたまなざしとやさしい話し方が印象的な老女だ。それが今は怒りに顔を歪ませ、躊躇《ちゅうちょ》もせずに攻撃してこようとしている。しかし年齢のせいか、脳が命じるような速さでは足が動かないようだった。

四の五の考えずに相手の腹に発砲した。至近距離だったから、老女は衝撃で後ろに吹っ飛び、うっとくぐもった声を漏らして雨で滑りやすくなっている岩の斜面を転がり落ちた。その瞬間、ラモーナ・バロンゴの銃がまた火を吹いた。

もっと性能のいい銃だったら、あるいは彼女の射撃能力がもう少し高かったら、間違いなく命中していたはずだが、ルビー拳銃の弾は大きくそれた。わたしはラモーナと、今もフリアンのまわりで身を守っている〝祭司〟たちに向け、続けざまに四度引き金を引いた。ラモーナが、突然プラグを抜かれたかのようにぐらりと崩れ落ちた。

もはや収拾のつかない状態だった。しかし誰かが脇を走った拍子にもう一台の投光器が倒れ、あたりに完全な闇が下りた。わたしは大きく深呼吸して、誰も発砲してこないつかの間の平穏を満喫した。上方の台座にいる者たちには争う気はないように見えたが、谷間の車の近くでは様相がまったく違った。三人の射撃手がパトカーを囲み、車は銃弾を受けるたびに揺れている。見えなくても、車体に弾が嚙みつくカンカンという音が耳に入った。

フアンのほうが不利だった。彼の武器はピストルだが、対する敵が持っているのは長銃だったから、物陰に隠れて、相手がミスをするのを待てばそれでよかった。

わたしはつかのま迷った。フリアンはほんの五メートルほどのところに横たわっているが、今のところ危険は迫っていないように見える。すぐにでも駆け寄りたい気持ちを抑え、ファンを援護するため谷間に続く岩の斜面を滑り下りた。

問題は、三人の射撃手の長衣は黒いので、完璧に闇にまぎれていることだ。わたしは悪態をつき、空の弾倉をスペアと入れ換えた。奥のほうで、痛みを訴えるうめき声が聞こえる。先を急ぎながら、ファンでないことを祈った。

ふいにテラノのヘッドライトが点灯し、闇を切り裂いた。四輪駆動車が踏ん張るような苦しげな音をたてたかと思うと、ファンがアクセルを踏み、車が急発進した。つかのま、銃に弾丸を再充塡《さいじゅうてん》していたらしき射撃手の一人のシルエットが光の中に浮かびあがった。不意をつかれて口が完璧なOの字に開き、次の瞬間、車のバンパーが胸に衝突して、何メートルも先まで吹っ飛ばされた。

銃声がやむにはそれで充分だった。ほかの二人はこの殺戮《さつりく》ゲームを続ける意欲をすっかりなくしたらしい。動揺した声やこもった叫び声に加え、車のドアが乱暴に閉まる一連の音が聞こえ、エンジンのかかる音が続いた。湿った砂利を飛び散らし、フォスコ村の人々の三台の車が轟音をあげ、未舗装の道を尻《しり》を振り振り走り去った。この大虐殺《だいぎゃくさつ》の生き残りはみな逃げだした。願ってもない展開だった。

わたしは疲れた体を引きずって、まるで茶漉《ちゃこ》しのようなありさまのパトカーまで走った。ウィンドーは割れ、脇のボディーは穴だらけだ。エンジンはすでに切られていて、ゴトゴトという金属音が漏れ、穴のあいたラジエーターからたちのぼる蒸気に包まれている。

そのとき運転席からフアンが降りてきた。〝大丈夫〟という表現から百万キロは離れている、そんな様相だった。車に寄りかかってしゃがみ込み、わたしも彼の横にどすんと座った。

銃声のせいで耳鳴りがし、あたりには火薬の匂《にお》いが充満している。わたしは手の震えをなんとか抑えようとしながら、今自分が少なくとも三人の人間を殺したという事実を認め、とりあえずはその事実を小さな箱に詰め込んで、開けるのは後にしようと決めた。

「フリアンは？」フアンが尋ねる。

肩で息をし、死人のように青ざめている。ガラスの破片で額に引っかき傷ができ、ノゲイラと争ったときの傷はまた開いてしまったようだ。顔には血痕が散り、ブレーキオイルのような匂いがする。

「上にいるわ」ピストルでそちらを指した。「薬を盛られたみたいだけど、無事だと思う」

「誰かそばにいるのか?」

わたしは首を振った。

「一発は命中させたと思う」フアンが宙をぼんやり見ながらつぶやいた。「それに、車で撥《は》ねられたやつは、当分動こうとは思わないだろう」

「あなたの最悪のプラン、結局ものすごくうまくいったわね」わたしは今にもがくりと倒れそうになりながらも、そう言った。手の震えがどうしても止まらなかった。

「まあ、そのようだね」フアンの声がやけに弱々しい。

急に不安になって、彼のほうを見た。そして、体の右脇にずっと手が押しつけられているのに気づいた。

「ちょっとフアン、撃たれてるのね!」

「そうらしい」彼はうめいた。「うう、痛いな」

「傷を見せて」

彼の手をはずすと、たちまち鮮血がほとばしった。今すぐ出血を止めなければ。

「フリアンのところに行くわ。まずあの子を助けないと。あなたはここにいて。すぐに戻ると約束する」

「いや、一緒に行く」

「冗談でしょう？　肺に穴があいてるのよ？」

「ここに一人でいたくない」喘息《ぜんそく》患者さながらヒューヒューという音を漏らし、なんとか言葉を紡《つむ》ぐ。「あの頭の狂った老人たちが勇気を振り絞り、やっぱり戻ろうと決めたら、それでおしまいだ。僕はここで見つかって、囲まれるだろう。少なくとも、上に行けば二人で抗戦できる」

「わかった。でも、動ける？」

ファンは首を振った。イエスともノーともとれるしぐさだったが、なんとか体を起こそうとするそぶりを見せた。彼の腕を肩にまわさせて、一緒に立ち上がる。

わたしたちはごくのろのろとプエルタへ向かった。数メートルごとに立ち止まり、ファンが息を整える。彼の呼吸はすでに喘鳴とゴボゴボと泡立つ音がまじり合ったものに変わり、それは肺に血が溜《た》まっている証拠だった。それでもファンは前に進もうとした。

巨石遺跡にたどり着いたとき、嵐は休戦を決めたようだった。大雨はほとんど気にならない程度の霧雨となり、風はすっかりやんでいた。さっきまであれほどがなりたてていたから、今は静けさにむしろ違和感を覚える。

驚愕《きょうがく》の表情を浮かべたサアベドラの遺体が、通り道に仰向けに横たわっている。フアンは、胸に銃痕がきちんと三つ集まっているのをちらりと見て感心したようだったが、何も言わなかった。

わたしはというと、遺体を確認してほっとしていた。異様に長生きしているこの人物なら、いくら死んでも生き返ることができ、仕事を終わらせるべくここでわたしたちを待ちかまえているのではないかと、ふと心配になる瞬間があったからだ。

だが杞憂《きゆう》だった。彼は普通の人間で、完全に絶命している。たとえ百年以上生きていたとしても、人間なら誰でもそうであるように、銃弾には降参するしかなかったらしい。

プエルタに近づいたときには、疲労困憊《こんぱい》して倒れる寸前だった。投光器はまだ灯りがついていたが、おかしな角度に倒れていて、フリアンの青ざめた顔を照らしている。横にラモーナ・バロンゴの骸《むくろ》があったが、その数メートル脇で縮こまっている別の人物が誰かわかったとき、激しいショックを受けた。

そこにうずくまっていたのはアガタで、腹部にひどい銃創があった。彼女は弱々しく呻き、もう動けないようだった。銃撃戦のさなかに流れ弾に当たったに違いない。

ファンの体を慎重に下ろし、石の柱の片方にもたせかける。座ったとき短く声を漏らしたが、唇をぎゅっと結び、こらえようとした。今にも気を失いそうだと誰が見てもわかる。

それからフリアンに飛びついた。雨に濡れ、まるで今しもプールからあがったところみたいだ。氷のように冷たくなり、肌が青く、浅い呼吸がかろうじて感じられるだけだ。手首を握る。脈がとても弱く、間隔もあいていた。

呻いて、がっくり膝をついた。失意の味が口に広がり、しかしすぐに胸を引き裂く悲痛がそれを圧倒した。

息子はわたしの腕の中で死にかけている。

でもわたしには何もできなかった。

30

醜悪な大こぶのように丸まったアガタが小さく「うう」と呻いた。腹の傷を押さえながら彼女が体の向きを変え、痛みで顔を引き攣《つ》らせた。わたしは彼女の上着の首の部分を持ち、遠慮なく揺さぶった。

「この子に何をしたの？　息子はどうしたの？」

アガタは歯をきしませながらあえいだ。腹部の銃創は、人の体でのたくる毒蛇の巣のように見え、ひどく苦しいはずだったが、気にしていられなかった。

「煎《せん》じ薬を飲ませただけ……チョウセンアサガオの……すべて終わるまでおとなしくしていてもらうため……」

「どれぐらい与えたの？」

アガタは痛みの呻き声を漏らしたが、わたしはまた揺さぶった。

「答えて！」

「いつもどおり……わからないわ。用意するのはラモーナだから」

いつもどおり。病院の検死医との会話を思いだす。ベラルーシ人女性に与えられていたスコポラミンはぎりぎり致死量に達しない程度だったが、彼女の体重は息子の二倍はあったはずだ。同じ量であれば、フリアンなら死んでしまう。

「人殺し！　あんたがこの子を殺したのよ！」

アガタは、わたしの言葉が理解できない様子で、こちらをちらりと見た。薬剤の摂取許容量とかそういったことには無頓着《むとんちゃく》だとわかる。そして、結局、生贄《いけにえ》にするときに犠牲者をおとなしくさせておくためだけに薬を与えるのだとしたら、その理由についても。儀式を執り行うときに、生贄には生きていてもらう必要がある、それだけが目的なのだ。

アガタはわたしの考えを読んだのだろう、呻吟《しんぎん》しながらも体を起こし、岩にもたれかかった。痛みで目が曇り、あらぬ方を眺めている。

「ごめんなさい、ラケル。こんなふうになるはずじゃなかった」

「そう？　じゃあ、どうなるはずだったの？　あんたたちのくだらない予言をまっとうするため、フリアンの胸を魚みたいに捌《さば》いて？　なぜこんなことを？　あんたら呪《のろ》われた集団が永遠に生き続けるため？」

アガタが目を剝《む》いた。

「ええ、全部知ってる」わたしは吐き捨てた。「見かけよりずっと年を取っているってことも。この石の山で十二年ごとに人身御供《ひとみごくう》を捧《ささ》げ、そうやってどういうわけか体内時計を止めている。永遠の命のために息子の生気を吸い取ろうとしてたのよ。見下げ果てた連中だわ」

そのときの彼女の行動に、わたしは虚を突かれた。悲しげな笑みを浮かべて、首を横に振ったのだ。

「何もわかってないのね、ラケル。プエルタのしもべとして生き続けることはありがたいことでも何でもない」彼女はラモーナの亡骸《なきがら》を示した。「彼女は運がいい。こうしてやっと休息できるのだから。でも、わたしもまもなくその後を追う」

「説明して」

「力があるの。あなたには到底理解できない暗黒の力が。わたしやあなたではとても太刀打ちできない。やってくるのよ……」そこでつかのま痛みに顔をしかめた。「時の闇夜から」

「プエルタのこと？　世界に忘れ去られた土地にそびえるこの石の塊のことなの？」

「そう……そしてもっと恐ろしいもののこと」

「あんたの家の地下に潜んでるものね」

「〈井戸〉に下りたの？」アガタは首を横に振った。「無謀なことを。あなたには想像もつかないくらい危険なものなのよ。あちら側に永遠に囚《とら》われていたかもしれない」

「でもわたしはこうしてここにいる」怒りにまかせて続けた。「今はあんたに囚われてる」

それは悲しい事実だった。パトカーは破壊され、二度と動かないだろう。山を下りるとしたら、徒歩で行くしかない。それには何時間もかかるだろう。しかもフリアンとファンを運ばなければならないのだ。たとえ車道まで出られたとしても、最初の人家までまだまだ距離がある。その頃には息子の息はもうないだろう。

「わたしたちがしていることは本当に恐ろしい、そう見えるでしょうね」アガタは声を漏らしながら体の位置を変えた。「でも、説明を聞けば、わかってもらえるかもしれない」

この女の頭に銃弾を撃ち込んでやりたいという衝動に駆られた。この裏切り者の毒蛇をプエルタのあちら側へ永遠に送り込み、セイショ山の野生の獣たちにはらわたを食わせて、むきだしの真っ白な骨を雨風に晒《さら》すのだ。でもそんなことをしても何にもならない。

「話しなさい」フリアンの頭を膝に抱えながら言った。この子の命は救えないかもしれないが、少なくとも答えは手に入る。せめて、誰にも応《こた》えられない疑問に苛《さいな》まれ続ける、そんな余生は避けられる。

「フォスコ村のわたしたち十二人はプエルタのしもべなの。わたしたちは誰も、自分で選んでそうなったわけじゃない」血まみれの手を曖昧《あいまい》に動かす。「誰もここに来たくて来たわけでもない。生まれたときから、前任者がいなくなったらそうなるものと教えられていた。十二年に一度、それを閉じておくようにするのがわたしたちの仕事。親もそのまた親も、先祖代々、長年そうしてきたように。わたしたちの義務なの」

「閉じるって、何のために?」

彼女は嘲《あざけ》るようにこちらを見た。

「信じられる? あの地下の井戸であなたが出会ったものがこちらの世界にやってくるのを避けるためよ。絶対的な闇と混沌《こんとん》がこの世にあふれるのを阻止すること」

死を目前にして妄想に取り憑《つ》かれた人間の世迷言《よまいごと》のように聞こえたが、信じるほかなかった。実際にわたしはあそこに行き、この目で見たのだ。カサ・グランデの地下の井戸は、地面に掘られたただの穴ではない。それは肌で感じた。全力で否定したくはあったが、この狂気の沙汰《さた》に真実が隠れているのは確かだった。でもその真実が何かはまだわからない。

「なぜそんなに長く生きられるの？　いったいどうやって？」

「わたしも全部説明することはできない。理解はしていると思うけれど。プエルタは与え、そして奪う。生贄を捧げるたびに二つの世界のつながりが分断されるのだけれど、生と死のバランスはつねに変わらない。向こう側へ渡した命は、どういうわけか、十二人のしもべに分配される」アガタは顔を歪めたサアベドラの遺体に顎《あご》をしゃくった。「とはいえ、ご覧のとおり、死なないわけじゃない。人より長い時間を与えられるけれど、永遠ではないの。長い年月のあいだにいつしか死んでいく。病気や事故……その他いろいろな理由で……」

消耗して、アガタは目を閉じた。わたしは揺さぶって起こした。

「だからこんなことをするの？　少しでも命を延ばそうとして？」

アガタがまた首を振って否定した。唇の色が紫を帯び始め、心配になる。これは、体の組織が酸素が必要だと訴える最後の警戒信号だ。必要な答えを聞くまで、逝《い》かせるわけにはいかない。

「違う」アガタはあえいだ。「さっきも言ったけど……プエルタが開かないようにすること、それが目的よ。遠い昔から、大勢の人々がこの仕事を請け負ってきた。太古の時代は、何日も続く祭祀《さいし》のために、信者たちが大挙してこの山に集まってきたの。みな、みずから人身御供になろうとしたのよ。でも、年月とともに古い信仰はしだいに衰えていき、今残っているのはわたしたちだけになった。わたしたちは最後の守り人なの」

わたしは相手をじっと見つめた。嘘《うそ》はついていない、そう思った。

「あなたの本当の年齢は？」

「もう覚えてない。でも、フォスコの村人の中では最年長よ」つかのま苦笑いが顔に浮かぶ。「くり返すけど、それを恩恵だと考えるのは大間違いよ。体が年老いていくのを感じ、愛する者はみな死んでいき、生まれ育ったなじみのある世界が変わり果て、大好きだったものが失われていく……むしろ罰だわ」

「泣き言はやめて」わたしは彼女の言葉をさえぎった。「あんたを信じて息子を託したのに、このありさまよ。あんたたちは罪のない人々を何人も殺した」

彼女は、刻々と光を失っていく目で、わたしを見つめた。

「フリアンはどのみち死ぬ運命なのよ、ラケル。それはわかっているはず。もう末期なの。わたしたちはただその死を無駄にしたくなかっただけ。全人類の役に立てたかった」

わたしは痛みをこらえようと、唾《つば》をごくりと呑《の》み込んだ。彼女の論理はねじくれていて、まともとはとても言えなかったが、一部は真実だった。

「なぜ十二年おきなんだ？」ふいにファンのかすれ声が聞こえた。

ファンのことはすっかり意識の外になっていた。彼は今も同じ場所で大岩に寄りかかっているが、脇腹《わきばら》の出血の染《し》みは数分前よりだいぶ大きくなっている。

「その知識はずいぶん前に失われてしまった」アガタは認めた。そんな肝心なことさえ知らない自分を恥じているように見えた。「わたしたちはただ周期を壊さないこと、それに努めていただけ。十二人のしもべが十二年ごとに、死者たちの月、死神サウィンを讃《たた》えるサウィン祭の月に、プエルタを閉じさせる。その前でも後でも……意味がない。わたしが知っているのはそれだけ。ラモーナならもっと説明できたかもしれない。彼女は……いろいろ知っていた。でもわたしたちには教えなかった。今では、その知識も永遠に消えてしまった」

「つまりあんたたちは、自分が何をしているかも知らずにボタンを押すサルみたいなものだ」ファンが鋭く指摘した。「プエルタの機能もわからずにこうしてここに、その下に来て、理解すらできないことをくり返してる」

「あなただって……あなただって……エンジンがどう動くか正確にはわからないのに

……車を運転してるでしょ？」アガタが出血のショックで震え始めた。「機能を理解する必要はない……目的さえはっきりしていれば。それだけはずっと伝えられてきた。とても、本当にとても大事なことだから」

アガタの迷いのない言葉を前に、フアンは黙り込むしかなかった。

「僕に何をした？」彼は黒ずんだ手のひらを突きだした。「そして、なぜ？」

「や……薬草のことはラモーナが全部やってた。その薬のことは〈死の接吻《せっぷん》〉とか何とか呼んでたわ。二種類の蛇毒、ベラドンナ、ヘレボルス、そのほかいくつかの植物を加えて作るらしい。効果は二週間ほど続くけど、そのあいだは……そんなふうになる」彼女は肩をすくめた。「脅かしたかっただけ。そうやって足を引っぱろうとした。まあ、今となってはどうでもいいことだけど」

「なぜわたしだったの？」今度はわたしが質問する番だ。「なぜわたしたちを騙《だま》してここに来させたの？」

「世の中は変わった」アガタはぼそりと言った。「儀式を遂行するのがどんどん難しくなっていった。何でも計測し、管理し……決まりを作る。人に気づかれないようにするには、いなくなってもあまり騒ぎにならない人物を見つけなければならなかった。ええ……それはわたしだってあなたたちを騙したことを……人に自慢はできない。でも仕方がなかったのよ」

やっぱり。推理したこと、フアンに話したことは間違っていなかった。フリアンとわたしにはほかに家族はいない。フリアンの父親はいるけれど、彼はわたしたちのことをとうに人生から抹消した。フリアンは見捨てられた子供であり、わたしは藁《わら》にもすがろうとしていた死に物狂いの母親。もし突然姿を消しても、まわりはみな、何人目かの希望という名の煙を売る誰かを追いかけていったか、とうとうフリアンを死なせてしまい、わたしはそのまま立ち直れずにいるのだと思うだろう。根無し草の絶望した二人組。

生贄にするにはまさに理想的だ。

「インターネットを使うというアイデアは……ラモーナの提案」アガタはあえぎながら話し続けた。腹部に広がっている血の染みももう目に入っていない。「彼女はあなたが思う以上に頭がよくまわったの。わたしはインターネットとか……そういうことはよくわからないけど……目の前に置かれたきらきら輝くものをすぐさま信じてしまう人がどれだけ多いか知ったら、驚くわよ。それが、喉《のど》から手が出るほど欲しいものだったら、なおさら」

わたしは苦々しく思いながらもうなずいた。それが事実だということは、このわたしが生き証人だ。

「でも、生贄にするのに、例の女性がすでにいたんでしょう？　なぜわたしたちまで？」

「あなたがたは、万が一何かうまくいかなかったときの保険だった……そして、知ってのとおり、うまくいかなかった」

「保険？」わたしは耳を疑った。

「数十年前から、わたしたちは生贄候補を必ず二人ずつ選んでいるの。儀式のあいだに何かアクシデントがあったときのために。わたしたちの責任は……生半可なものじゃないから」口の端から赤い涎《よだれ》が伝っていたが、本人は気づいていない。「あの女性が第一候補だった。サアベドラが、勤め先のクラブから連れてきたの。最初はわたしたちに協力さえして、あなたと電話で話した……自分が何のためにそこにいるかも知らずに。詐欺《さぎ》か何かの片棒を担《かつ》いでいる気でいたんじゃないかしら。サアベドラに夢中だったのよ。あの晩、ここまで一緒にのぼってきて初めて、何が起きようとしているかわかったんだと思う。でも、もう後の祭り。でも、そこからどんどん事態がこじれていった」

「儀式を完了できなかったのね」

「ラモーナの薬が、いつもより効き目が出るのが遅かったの」アガタは体をぶるっと震わせた。「娘が逃げだして、夜中だったから暗くてなかなか見つけられなかった。やっと見つけたときにはもう日が昇りかけていて、あのウィンドファームの職員たちが現れて……」

「一人を殺した」非難をこめて告げる。「何の罪もない人を。罪があるとすれば、出会うべきじゃなかったあんたたちと出会ってしまったこと」

「あれは悔やまれる、本当に」アガタの声がどんどん小さくなる。「でも、あそこに出くわしたからには、生かしておくわけにいかなかった。最悪だったのは、儀式が途中まで進んでいたこと。でも、もう間に合わなかった。だから今日、再度おこなったの。サウィンの月の新月のもと、死者の月のもとで。今夜がプエルタを閉じる最後のチャンスなのよ、ラケル」

わたしは巨大な石の遺物を見上げた。これこそが無数の死を呼び込んだのだ。日の光のもとでは、ただの巨石の山にしか見えないが、今はそれ自体が放つエネルギーで震えている。わたしは身震いした。

「何もかも無駄だわ」わたしは絞りだすように言った。

アガタが残った力を振り絞ってこちらに身を乗りだした。

「だけど、あなたはいちばん大事な質問をまだしていない」瞳《ひとみ》が熱を帯びてぎらぎらと輝いている。血まみれの長衣に身を包み、焦点の定まらないまなざしをこちらに向ける濡《ぬ》れネズミの彼女は、太古に消えた魔術を操る原初の魔術師のようだった。

「どんな質問?」

「わたしが……あなたにあれこれ事情を伝えた理由」

わたしは答えようとして口を開いたが、すぐに閉じた。いい質問だった。

「まだ時間はある」彼女は弱々しく囁《ささや》き、わたしの手首をぎゅっとつかんだ。「プエルタはまだ閉じてないの。儀式はほとんど終わっている。十二人のしもべが蠟燭《ろうそく》を持って〝供物《くもつ》〟とともに死者の側へ渡った。あとは生贄を捧げるだけ」

わたしはぎょっとして、彼女を見た。わが子を生贄にしろと言いたいのだとしたら、冗談だとしか思えない。わたしの蔑《さげす》むような目を見て考えを察したのだろう、アガタは首を横に振った。

「その子のことじゃない」

「あなた自身を捧げろってこと?」

アガタは暗い表情になった。

「邪悪から人類を救うためなら、こんな命惜しくはないけれど、わたしではだめなの。

わたしはプエルタのしもべであって、捧げものではない。わたしの命はすでにプエルタのものだから。無価値なの」

「じゃあ誰を?」

沈黙が続き、なじみ深い声がそれを破った。

「僕のことだよ、ラケル。僕を生贄にするんだ」

呆然として、ファンのほうに顔を向けた。相棒は冷静な表情でこちらを見ている。

「本気で言ってるわけじゃないよね、ファン」

「いいから聞いてくれ。彼女が正しいとわかるはずだ。あの井戸から何かよくないものが出てこようとしている。二人で行ったとき、それが感じられた。なんとかして阻止しなくちゃいけない」ファンはあえいだ。ヒューヒュー、ゴボゴボという音ばかりが聞こえる。「僕らの使命だよ」

「いや」わたしは首を振った。「いや、いや、絶対にいや」

「ラケル、頼む」ファンがか細い声で訴える。「あの井戸で、何か見えたって僕が言ったこと、覚えてるだろう?」

わたしはうなずいた。いつしか涙が流れだしたのに気づく。

「見たんだよ、ラケル。あのときは理解できなかったけど、今は完全にわかる。ここに来たとき、この山を生きては下りられないと覚悟は決めていた」

「ファン、だめ。お願い……」わたしは泣き崩れた。

彼は手を持ち上げてわたしをさえぎった。コンパーニャと接触したときにできた黒い傷が見えた。

「あなたを平気な顔で殺すことなんてできない」声が震える。

「僕はもう死んでるよ」彼は肺にあいた穴を見せた。「せめてこの死を何かの役に立てよう」

わたしがアガタのほうに顔を向けると、彼女が目に涙を溜めているのがわかり、ぎょっとした。心から安堵《あんど》しているようだった。

「ありがとう」と囁く。「わかってくれて」

「わたしはやらない」わたしは頑《かたく》なに拒んだ。「ファン、あなたにそばにいてもらわなきゃ！」

彼は震えながら微笑《ほほえ》んだ。こんなに美しい笑顔は今まで見たことがなかった。

「君たちに生きてほしいんだ、ラケル。君たち二人に」

どういう意味かわからなかった。でもふと、刻々と冷たくなっていく、ぐったりしたフリアンの体を彼が見ているのに気づいた。

「プエルタは奪い……」

「……そして与える」わたしが言葉を結んだ。すすり泣きで息が詰まった。

「フリアンを救うことができれば、今回のことすべてに意味があったことになる。フリアンのためにやってくれ。そして僕のために、君のために」

フアン・ビラノバは、石の柱を支えに、声を漏らしながら立ち上がった。脚が震えている。会話のあいだに足元に広がっていた大きな血だまりに気づいた。まだ動けるなんて奇跡だった。

彼はわたしたちのそばによろよろと近づき、呻《うめ》き声とともにフリアンの横に倒れた。死を予告するように目の光が曇りゆくのがわかった。彼と並ぶと、フリアンはまるで、忘れられた別の伝説から抜けだしてきた小さなエルフのようだ。

「この短剣を彼の胸に埋めるの」アガタが震える手で、見るからに古びた曲剣を差しだした。「そして彼が最後の息を吐いたあと、心臓をプエルタの真下に置く。できるわ、あなたなら」

「無理よ」

「やらないと。今すぐ」

わたしは首を振り続けたが、差しだされた短剣を握った。とても重く、恐ろしいほど鋭く研がれている。やけに手にしっくりとなじんだ。最初からこの手に収まる運命だったかのように。

フリアンの頭をそっと地面に置き、ファンの横にしゃがむ。彼の呼吸は刻々と弱まっていく死の喘鳴だった。ファンがこちらを見て、わたしに目の焦点を合わせようとする。

「ラケル、そこにいるのか？」

「しーっ、もうしゃべらないで」わたしは彼の手を握り、泣いた。「ここにいるわ」

「フリアンに僕のことを話してやってくれ、いいね？」か細い糸のような声だった。

「充実した人生にしてあげてほしい」

わたしは彼にかがみ込み、唇にキスをした。ファンの最後の息がわたしに溶け込む。彼の手の力が抜けるのがわかった。

「愛してるわ、ファン・ビラノバ」大粒の涙が一つ、彼の顔に落ちた。「わたしのそばにいてくれてありがとう」

フリアンのぐったりした手を取り、短剣の柄をつかませた。息子の小さな手はその太古の刃物にはそぐわなかった。わたしがそこに手を重ね、その尊い犠牲のための道具を二人で支えた。一緒に実行するのだ。

短剣を持ち上げ、ファンの胸の心臓があるまさにその場所に、渾身《こんしん》の力をこめて振り下ろす。刃は、くぐもった音をたてて彼の体にそっと埋まった。ファンがびくっと体をこわばらせ、最後の痙攣《けいれん》とともに瞳の命の火が消えた。

夜空で雷鳴が轟《とどろ》き、重い余韻がしばらく残った。短剣から手を放し、フリアンに目をやる。先ほどまでと変わらず、死に瀕《ひん》している。わたしは上着の袖《そで》で涙を拭《ぬぐ》った。それはファンの血にまみれ、知らず知らずそうやって顔をも汚していた。

「それでどうすれば？」アガタのほうを振り返ったが、彼女ももう息をしていなかった。年老いたしもべは絶命していた。

そこに存在するのはフリアンとわたし、それに〈冥界《めいかい》の門〉だけだった。周囲にはみっしりと重たい夜の闇《やみ》が迫っていた。静かで、巨石遺物そのもののように微動だにしない。

できることは一つしかなかった。探検の柄に全体重をかけ、じりじりと刃物を横に動かして傷をこじ開け、手を差し入れられるようにする。もう動かないファンの心臓をしっかりとつかみ、引き抜く。温かくて、ぬるぬるしていた。

プエルタはわたしを待っていた。よろけながら近づき、門の真下にファンの心臓をそっと置く。一歩後ずさりし、待った。プエルタがつかのまパチパチと音をたてたような気がした。

そして、フリアンが目を開いた。

31

フォスコ村
三か月後

鏡を見ると複雑な気分になる。わたしを見返す鏡像に、今も毎朝驚かされる。以前はところどころに見えていた白髪が、どこにもない。プエルタで地獄を味わったあの夜、たぶんメッセージ代わりに消えたのだ。今のわたしが何になったのかを示す、しるしとして。

あのあと何日か続いた騒動は、想像していたとおりだった。とくにノゲイラの一件について。プエルタのしもべたちの各界のコネを使っても止められず、ガリシアの山奥に駐在する軍曹の謎《なぞ》の死に関するニュースはあらゆる新聞の一面で報じられてしまった。ピーク時には、スペインじゅうの人々がその記事を読み、ニュース番組の報道をいやというほど観《み》ることになった。テレビ界にはじかに人が送り込まれていたというのに。

数週間のあいだ、マドリードから記者たちが大挙して押しかけてきて、一帯の村を訪ねまわり、村人たちから何かしらおいしい話を聞きだそうと躍起になっていた。もちろん、誰も何も知らなかった。田舎の老人たちくらい、頑なな連中はほかにいない。脚光を浴びたくて首都からうかうかやってきた、焦《あせ》り気味の若い記者たちが相手であればなおさら。言うまでもなく、それは地元記者でも同じだ。

それに、あまりにも山奥にあり、軍曹とは何のつながりもないフォスコ村にまで足を向けようとする者もいなかった。まあ、来たとしても無意味だったとは思うけれど。結局、スペインの別の場所で、ハイエナたちを呼び寄せるような新たな難事件が起きると、みんなさっさと退散してしまった。

とはいえ、そうしたニュースでプエルタについてはいっさい触れられなかった。ひと言も言及はなかったし、写真も載らなかった。この何世紀かのあいだそうだったように、人間界の騒ぎをよそに、人知れず身を潜め続けている。それも当然だ。語るべきことなど何も起きなかったのだから。

まるで事前にシナリオがあったかのように、物事は滑らかに進んだ。儀式の翌日、日が昇ったあとも、フリアンとわたしは山の上にいた。息子には、しもべたちがそこに置き去りにしていった黒い長衣を羽織らせ、プエルタの下で無言で抱き合っていた。二人とも生き延びてそうして一緒にいられることがあまりにもありがたくて。先ほど起きた出来事にあまりにも動揺していて。

やがて彼らが、フォスコ村の生き残りの人々が現れた。その後どうなったか心配になり、戻ってきたのだと思う。姿が見えるより先に、霧の奥から車のエンジン音が聞こえた。何を言われたのか、何を話したのか、あまり覚えていない。抵抗できるほど力は残っていなかったし、わずかばかりの老人たちのほうも争う気はなかった。とにかく、彼らは車を降りたあとしばらくためらっていたとはいえ、結局プエルタまでのぼってきて、何が起きたのか目の当《ま》たりにした。

彼らは惨劇の舞台上で、頭を搔《か》き、ぶつぶつ何事かつぶやきながら、しばらくうろうろしていた。混乱しつつも安堵し、彼らの行動を止めようとしたその人が、とにかくそれをやり遂げたという事実に明らかにとまどっていた。

最終的には、成り行きを理解した。

それ以上何も尋ねずに、一人が静かにわたしたちを自分の四輪駆動車に導いて乗せ、そのままフォスコ村に戻った。後始末は上に残った人々にまかされた。

なぜその場で彼らを逮捕しなかったのか（人里離れた山の上で、回復したばかりの息子を連れた疲れきった女にそんなことができたとして）、事件をきっぱり解決しなかったのか、疑問に思う人がいるかもしれない。単純に、できなかったからだ。わたし自身、それまでに法をいくつも破ったということもある。故殺と言えるかもしれない殺人、遺体の損壊、上司を襲って脅したこと、業務怠慢……数えればきりがない。手順どおりにことを進めれば、わたしは準備する間もなくたちまち刑務所行きだろう。

でも、それだけではない。フリアンとわたしはある意味、もうプエルタと結びついていた。それは明らかで、けっして否定できない。

あの晩わたしは曖昧な境界線をまたぎ、儀式をやり遂げた。プエルタのしもべたちにしてみれば、あれだけのことが起きたとはいえ、自分とわたしたちのあいだにもはや違いはないのだ。昨夜わたしを殺そうとした人々が、翌日、よそよそしさはあったとはいえ、当たり前のようにフリアンとわたしを引き受けた。それが世の中の当然の習いだとでもいうように。

もはやわたしは彼らの一人だったのだ。

それはわたしにもわかった。たとえ、信じたくなくても。

プエルタでのささやかな集会は終わった。次の週のあいだに、あの狂気の一夜を生き延びたわずかな人々は、音もなく姿を消した。どこに消えたのかは神のみぞ知る。数日ごとに、一軒また一軒と、家が閉じられていった。とうの昔にあるじに見捨てられたアルーフェ村の家々のように。フォスコ村に残るのはフリアンとわたしだけになるだろう。どこぞの目端の利《き》くブローカーが掘りだし物だと飛びつくか、村人たちの相続人が土地を売るかどうかするまでは。

居心地の悪い奇妙な数日間、彼らは本来の姿に見えた。疑り深く、いつもびくびくした、とまどいがちなただの老人の集団で、わたしがいればうっすらと敵意を向けてくる。そう、わたしは彼らの一人ではあったけれど、長年あの場所でともに儀式を執り行ってきた同じ村に住む友人を死に追いやった張本人でもある。記憶からどうしても消せないことというのは存在する。まして許すのはもっと難しい。

誰もたいしたことは知らなかった。少なくとも、わたしにはあまり話したがらなかった。ずっと儀式を指揮し、人々を一つにまとめていたのはラモーナで、彼らは指示に従ってきただけだった。彼女がプエルタにまつわる知識の最後の守り人で、今やともに墓へ持っていってしまった。彼らが知っていることからそれを再構築するのは、飛行機の乗客にその操縦法を説明してもらおうとするのと同じだった。そして、ラモーナがいなくなった今、彼らをここに引き留めるものは何もなかった。「プエルタのことはもはやあんたの責任だ」彼らの非難がましい視線はそう告げていた。そして村人たちはフォスコから消えた。

何十年も続けてきた仕事を手放すことができて、たぶんほっとしているのだろう。普通の老人たちのようにやっと死神の腕に抱かれることができて、喜んでさえいるかもしれない。理解しづらいが、そんなふうに感じているように見えた。

カサ・グランデは今ではわたしのものだった。少なくとも今のところは、権利を主張してきた者はいない。今後もそんな人間は現れないだろう。フォスコ村のほかの家には新たな住民が越してくるかもしれない。こんな世界の果てのような場所に住みたい人がいればの話だが。ここほど大きくもない、がたのきた家に住むのは、建築の知識がない人間から見ても危険そうだった。

ではなぜわたしは出ていかないのか。なぜ悪夢のことなど忘れて、マドリードに戻らないのか。すでに言ったように、できないからだ。

フリアンの様子を見ているだけで幸せだった。あふれる生気で震えているかのようだ。黒い髪がまた生えてきて、毛を刈られる直前の羊みたいだった。その年頃の健康な子供と同じように、肌はすべすべして、健康的なピンク色だった。二人分の量を食べ、一瞬もじっとしておらず、この三か月でぐっと背が伸びて、今では鼻がわたしの肩に届いている。

フリアンは成長している。そして幸せそうだ。

フリアンは健康だった。

医師たちにも説明できないが、とにかく癌《がん》はすっかり勢いを潜めたようだった。いや、潜伏していると言ったほうがいい。今も組織に癌細胞は存在しているが、活動はしておらず、深い休眠状態にある。脳のCT検査によれば、大きく広がっていた黒い影はごく小さな点にまで縮小されていた。溜まっていた汚水の栓を抜いたときに排水溝の縁にちょっぴり残る、べとべと汚れみたいに。

これは奇跡だと先生たちは話した。この手の縮小はごく稀《まれ》で、論文にもほとんど記載は見られないが、起きないことはないという。息子さんは強運ですと何度もくり返した。

でも、わたしには思い当たることがある。もちろん証明はできないが、あの晩プエルタで何かが起きたのだ。ファンの命で息子の命が贖《あがな》われた。そんなふうに考えるのはどうかしているし、さまざまな経験にすっかり感化されているせいかもしれないが、ほかに何か納得できる説明があるなら、どうか聞かせてほしい。

絶望的な状態だった息子が回復したこともそうだが、わたし自身の肌も二十歳のときみたいに今やぴんと張っている理由もわからない。皺《しわ》という皺がきれいに消えて、気分はまあ、上々だ。それに、ラモーナ・バロンゴと片腕のサアベドラの古い写真のことがひどく気になる理由も。解くに解けない謎にふと心囚われる夜、しまってある箱からそれらを取りだして何時間も眺め、なぜ彼らが時の流れに抗《あらが》うことができたのか、考える。何かの間違いだとか、加工された写真だとか、自分で自分に暗示をかけているのだとか、みずからに言い聞かせようとする。

なぜなら、もしプエルタが原因だと認めてしまえば、わたしがずっと暮らしてきた合理的な世界が跡形もなく崩れ去るからだ。

地下の井戸の恐るべき力も消えたようだった。事件のあと初めてそこに下りてみたときには驚いた。そこからどくどくと発せられていた暗黒のエネルギーは弱々しい囁きに弱まり、井戸の囲いにかなり近づかないと気づかないほどだった。とはいえ、日に日に強まってはいる。ごくわずかだが、わたしがときどきそうするように、縁に座ってみれば感じられる。いずれにしても、地下につながる入口には鉄板を張った分厚いドアをすでに取り付けた。

騒動が起きたその週のうちに、わたしは辞表を出した。突然姿を消したファン・ビラノバ伍長《ごちょう》のことはノゲイラ軍曹の華々しい死のせいで目立たなくなっていたが、それでも二つの出来事を結びつける者はいくらでもいた。幸い、ファンは公正な人で、曲がったことは一つもしてこなかったから、いくら探られても何も出てこないだろう。

それでも彼が騒動を起こした第一容疑者であることに変わりはなく、いずれ事件は迷宮入りになるはずだ。もちろんわたしも何度も延々と尋問を受けたが、こう答えるに留めた。ガリシアに着任してまだ二週間少ししか経《た》っていないので、この駐屯地の同僚たちのことをよく知る時間はありませんでした。ええ、何も知りません。何も見ていませんし、何も聞いていません。病気の息子の看病でずっと忙しかったんです。あなたがたと同様、本当に驚いたし、ぞっとしました。申し訳ありませんが、お役には立てません。

ファンの無私のやさしさについて彼らに訴え、あの山頂で彼がその身をどんなふうに犠牲にしたか、吹聴《ふいちょう》してまわりたかったが、無理だった。

不可能だったのだ。

なぜ辞めるのか、納得してもらうのは難しくなかった。息子の世話に専念したいと話したら、誰も何も質問してこなかった。捜査対象からはずれたとたん、みんなわたしにあまり関心がなくなったこともある。わたしのかつての生活は、もう着なくなったコートのように、たちまち過去のものとなった。クローゼットの上の棚の段ボール箱の中には、制服と銃と一緒に薄葉紙に包まれた暗視ゴーグルが今も入っている。

カサ・グランデは貴重なアンティークであふれているので、折を見てインターネットでそれを売り、フリアンとわたしが不自由なく暮らせるだけの収入を得ている。毎朝息子を学校に送っていくのだが、新しい環境への子供の適応力の高さにはいつも驚かされる。フリアンはもうすっかり溶け込んで、友だちもできたし、世界の仕組みが授けてくれた普通の生活を送るという可能性を心から享受《きょうじゅ》している。

プエルタでの出来事について、あの子と話したことは一度もない。あの子には物事がわかっているし、わたしの知らないあの子だけの経験もあるはずだが、まだ話す気にはなれないらしい。わたしとしてもまだ、心の準備が整っていないのだと思う。

でもあの子も同じ気持ちなのだと察している。それは、ちょっとしたことの端々からうかがえる。たとえば、裏庭にある蝶《ちょう》でいっぱいのみすぼらしい温室を修理してと熱心に訴えたり、家の裏にある森の奥の空き地に続く小径《こみち》をもの思わしげに眺めたり。そこにある、とても古い蛇の彫刻が施された石の下に、フアンほか、山で死んだ人々がみな埋葬されているのだ。大昔からそうされてきたように。

だからわたしたちはここにいる。この場所の物語に搦《から》めとられ、もう離れることはできない。その物語は今や、わたしたちの物語になったのだ。

これから、プエルタの新たな周期が終わるまで十一年と九か月のあいだ、いったい何がどうなるのか、わたしには想像もつかない。井戸で何が起きるのか、またあの悪《お》寒《かん》に襲われるようになるのかも、わからない。

そのときが来たら何をすればいいのかも。

何かをしなければならない、それは確かだったから。

もしフアンがここにいたら、きっと何かしらアドバイスをしてくれただろう。毎日、彼のことが恋しくなる。わたしという人間を形作るピースが一つ欠けているのが感じられ、彼がいなくなってぽっかりとあいたその穴を覗《のぞ》くたびに不安になり、足元がぐらりと揺れる。数週間前、村を包む霧の中に、コンパーニャの一員のそれと同じ分厚い長衣を着た、彼の姿が見えたような気がした。もちろん、現実ではない。

そう思ってはいる。

二月はやはりまだ寒く、雨が降りそうな空模様だ。そう、またしても。手はかじかむけれど、こうしてカサ・グランデのポーチで物を書くのが好きだ。ときどき遠くに視線を投げることもできる。

あの山の上のどこかで、何世紀も前からそうしてきたように、プエルタが待っている。

謝辞

二〇一五年のどんより曇った寒い冬のある日、四輪駆動車でひどい山道をよろよろと走ったすえに、私は初めてプエルタを目の当《ま》たりにした。友人で、よく一緒に山にも登るファン・セルビーニョが、セイショ山の山頂にあると人から聞いたパワースポットにぜひ行こうと私を誘ったのだ。へとへとになって、泥まみれの姿でそこにたどり着いたとき、そんな不思議な光景に出合えるとは思ってもみなかった。ほかでもない、それは三千年近く前という大昔に作られた巨石遺跡で、信じられないかもしれないが、それを建設した人々とほぼ変わらぬやり方で、今も利用され続けているのである。

私たちはしばらくあたりをぶらぶらしたが、ありとあらゆる供え物を見つけた。食べ物、花や植物、蠟燭《ろうそく》、メモなどが岩の隙間《すきま》に挿し込まれていた。幸い、人身御供《ひとみごくう》にされた女性の遺体には出くわさなかったが（ただし、狼《おおかみ》に食い荒らされたばかりの子馬の遺骸《いがい》は見つかった）、そこにいると、ここは普通じゃないとひしひし感じた。

セイショ山一帯の集落やそこに根付く信仰は衰退しつつある。遅くとも数十年もすれば、住人はほとんどいなくなるだろう。こんにちでは、山頂に散在する風力発電機の管理のためにできた未舗装の道があるので、以前より頂上に行きやすくなった。だから、ガリシア地方のこの近辺を訪れた際には、ぜひ立ち寄ってみることをお勧めする。ここでは人々の温かいもてなしや、緑多い土地の野性味あふれる美しさが楽しめ、まさにそのために設計されたように思える、ここでしか体験できない神秘の冒険が堪能《たんのう》できる。フォスコは架空の村だが、物語に登場するほかの場所は、アルーフェ村を含めて実在する。人物の名前を変えたり、村や施設の位置や治安警備隊の駐屯地を何キロか移動させたりという勝手をさせてもらったところはあるが、それ以外の場所は、訪れたいと思えば訪れることができる。

　ここで感謝を述べなければならない方たちは大勢いて、残念ながら全員を含めることはできそうにない。

　ビアスコンのような遠隔地の駐屯地の役割や特徴について尋ねたとき、辛抱強くあれこれ説明してくれた、治安警備隊の将校ホルヘ・アビリェイラとファン・トウサに感謝したい。警備隊内でよく使われる隠語や、スペインじゅうに無数にある、そういった地方駐屯地の日常のちょっとしたこぼれ話まで打ち明けてくれた。話してくれた内容を物語に合わせて多少アレンジさせてもらったが、できるだけ現実に近い描写を心掛けた。話のあいだどれだけコーヒーをご馳走《ちそう》になったことか。

　優秀な医師であり人間的にもとてもすぐれたトマス・カマーチョ・ガルシアにも感謝

する。彼のことはありがたく友人と呼ばせてもらう。彼の経歴をすべてここに挙げたら何ページあっても足りないが、たとえば米医療毒物学協会のフェロー、セビーリャ化学専門家協会の毒物学の国際専門家であり、さらにはスペイン毒物学協会AETOXの医療毒物学分野コーディネーターを務めている。スコポラミンの秘密や薬草の効果や用量、どうやって準備し摂取するかなど、この分野について知りたかったことすべて、修道士並みの忍耐強さで、解説してくれた。彼の知識は百科事典さながらだが、つねに控えめで、人間味にあふれている。ちなみに、先生はアンティークの顕微鏡の熱心なコレクターなので、もし家のどこかに眠っているものがあったら、彼に連絡してあげてほしい。〈冥界《めいかい》の門〉にまつわる伝説に関しては、ほぼすべて、その一帯に今も住んでいるわずかに残った住人の方々から何か月にもわたって聞いた話を集約したものだ。彼らにとってプエルタは、その先祖たちにとってそうだったように、昔からずっと生活の一部である。彼らがいなくなったとき、この土地の魔法は永遠に消えてしまうのか、そうでないのか、私にはわからない。いずれにしても、興味のある方は人類学者カルメロ・リソン・トロサナの著書を読むことをお勧めする。いや、もっといいのは、セイショ山近辺に足を運んで、住人たちと話をすることだ。誰もあなたを人身御供にしたりしないから、どうぞご安心を。とはいえ、しまいにワインでもどうだねと家に招かれて、さんざんもてなしを受けることになるとは思うが。

アドリアン・ゲラ、マルセラ・セラ、マリアナ・タルースにも心から感謝する。のろのろとしか執筆が進まないこの小説を折に触れて読んでは、いつもながら鋭い視点からさまざまな指摘をしてくれただけでなく、電話をして不安を訴える私の話をじっくり聞いてくれた。君たちは砂漠で見つける一杯の水だ。

親友のファン・ゴメス＝フラードにもたくさんの感謝を贈りたい。いざというときにいつも手を貸してくれ、私が果てしない疑問に苛《さいな》まれているときには、賢者ならではのアドバイスやさまざまな気づきをもたらしてくれる。君のような人と出会えて本当によかった。君がいなかったら、私の人生はどうなっていたか。

この国で最優秀と言いたくなるようなスペイン語の校正者であるマヤ・グラネロにも、特別な感謝を。原稿の最終段階では、私の手を取って親切に導いてくれた。物語の部分部分についてずいぶん言い争いをしたが、そのほぼどれについても、彼女が勝利を収めたことを認めなければなるまい。マヤ、ありがとう。彼女は時ならぬ時間にかけた電話に応じ、曖昧《あいまい》なところをはっきりさせ、いつまでも終わらない会話に辛抱し、この物語をよりよいものにする手伝いをしてくれた。これからもずっと私のチームの一員でいてほしい。

私のエージェント、アントニア・ケリガンに感謝する。私の不安をなだめ、ここぞというタイミングでぴったりの言葉をかけてくれる達人だ。私がどれだけありがたく思っ

っていたの　←

ているか、よくわかっているだろう。私がいくつもの関門《プエルタ》（ハハハ）をくぐるのを手伝ってくれたのは彼女だし、それは今後もそうだろう。

もちろん、私の編集者であるラケル・ヒスベルトとプーリ・プラーサの名前もここに挙げなければならない。私とともに〈プエルタ〉をくぐろうとした最初の人たちで、私の頭の中にふつふつと湧《わ》きでるアイデアを形にする方法を考え、手伝ってくれた。プラネタ社の編集長ベレン・ロペスにも当然ながら感謝したい。私がテーブルクロスの上で派手な身振り手振りでアイデアを説明したとき、いつもの直感から、これはやるべき企画だときっぱり言い、この小説のことを信じてくれた。この三人に心からありがとうと言いたい。どんなに嬉《うれ》しかったか、言葉にできないくらいだ。

そして、プラネタ社の精鋭編集チーム全員に感謝を。ロリータ・トレリョー、シルビア・アシェペ、マルク・ロカモラ、セルヒ・アルバレス、イサベル・サントス……その他、書ききれない人たちに。この本は、あなたがたの努力や期待、熱意がなかったら、これだけのものにはならなかった。みなさんはプロ中のプロであり、しかも人間としてもすばらしい人たちだ。そのことにいっそう感謝したい。こんなに一緒に働きやすい人たちは初めてだった。

勤勉で、いつ何をすべきかつねに心得ている、プラネタ社の各地営業部の方々にもお礼を申しあげたい。そしてとりわけ、書店のみなさまに感謝を。物語や紙にのったインクへのみなさんの愛情が、この本を読者のみなさんの手元に届くようにしてくれたのだ。私をサイン会に迎えてくれること、みなさんの好意、書棚の片隅に私の本を置かせてくださること、そのすべてに深謝する。

毎日のように私を囲んでいる、すばらしき仲間たち全員に。ビクトル、ホシーニョ、ベルトラン、エクトル、アルフォンソ、フアン、J・アメード、ダニ、ダビド……みんな、自分たちのことだとわかっていると思う。人間の大きさが友人の質で測れるのだとしたら、私は巨人になった気分だ。執筆中、ある程度正気を保てているのは、君たちのおかげだ。

惜しみなく無条件に愛情を注いでくれる家族に感謝を。わずかな言葉では表現できないくらい、愛している。あなたたちなしでは生きていけない。

そしてもちろん、ルシーアへ。私が書いたものを最初に読む君は、私の声がこだまする谷間であり、私の渇きを癒《いや》す水だ。前世に何をしたから君に出会えたのかわからないが、きっと驚くほどの善人だったのだろう。愛しているよ、アヒル《パルーラ》ちゃん。

そして息子たちマネルとロイへ。物語のことで頭がいっぱいになり、それを紙の上にぶちまけずにいられない父親に、いつもじっと辛抱してくれる。二人が私の不安をなだめ、人生で本当に大事なものは何か、日々思いださせてくれる。子供より大きな存在などほかにない。

そしてもちろん、誰よりも大事な、読者のみなさんへ。物語に夢中になって最後のページまで読んでくださり心から感謝する。本を閉じたとき、体にまだ不思議な感動が残っているのではないだろうか。そして、ページをめくるあいだ、眠れなくなったみなさん、「もうあと一章だけ、それでやめる」とか、読み終わった翌日「この本を読むべし」とてもありがたい一言をつぶやいてくださったみなさん、どうもありがとう。サイン会に来てくださり、長い列に我慢してくださった方々、SNSでいろいろな意見を寄せてくださった方々、想像を超えるような最高の宣伝使節になってくださった方々には、感謝の言葉もない。みなさんの助力と信頼に、高速ミサイルでお礼の言葉を届けたい。この旅をご一緒できたことは光栄の至りであり、幸せで胸がいっぱいだ。

本当に心の底から言いたい。どうもありがとう。

また次作でお会いしましょう。

マネル

Twitter（X）: Manel_Loureiro
Instagram: Manel_Loureiro

フォークホラーとしての傑作ミステリー

風間賢二

『生贄《いけにえ》の門』*La Puerta*（2020）は、アクセス困難な山の頂で発見された惨殺《ざんさつ》死体の不可解な謎《なぞ》に翻弄《ほんろう》される女性治安警備隊員（刑事）の活躍を語るスペイン産ミステリーである。

スパニッシュ・ミステリーと言えば、個人的にはカルロス・ルイス・サフォン『風の影』、アルトゥーロ・ペレス・レベルテ『呪《のろい》のデュマ倶楽部《クラブ》（ナインスゲート）』、ホセ・カルロス・ソモサ『イデアの洞窟《どうくつ》』、フェリクス・J・パルマ『怪物のゲーム』あたりがお気に入り。いずれも純粋な謎解きミステリーというより、幻想的なメタミステリー風味濃厚だが。

もちろん、覆面作家として評判になった（その正体にビックリ）カルメン・モラ『花嫁殺し』や本格的警察小説トニ・ヒル『死んだ人形たちの季節』、そしてスピリチュアル・ミステリーと謳《うた》われたハビエル・シエラ『失われた天使』といった諸作も他国のミステリーと比べて遜色《そんしょく》がない。

最後にあげた『失われた天使』の作者はスペインのダン・ブラウンと称されるが、実は本書の作者マネル・ロウレイロは、スペインのスティーヴン・キングと言われている。したがって本書は正確に言えば、ゴシック・ミステリーである。いや、最近流行の用語を使用すれば、ミステリー仕立ての〈フォークホラー〉だ。その名称に関して、まだ我が国ではなじみがないと思われるので、少し説明を加えておきたい。

フォークホラーは、評論家ロッド・クーパーがピアーズ・ハガード監督『鮮血!! 悪魔《サタン》の爪《つめ》』(一九七一年)をキネ・ウィークリー誌上で評するさいに初めて用いた造語である。その後二〇〇四年に怪奇幻想映画専門雑誌ファンゴリアのインタビューに応じたハガード監督自身が『鮮血!! 悪魔の爪』をフォークホラーと呼んだことで公認となった。二〇一〇年には、俳優・脚本家マーク・ゲイティスがホスト役を務めたBBC制作ドキュメンタリー『ホラー映画の歴史　三部作』で、サブジャンルとしてのフォークホラー作品を紹介したおかげで、その用語は欧米で広く知られるようになった。

これまでにフォークホラーの流行は二度起きている。最初は一九六〇年代末から七〇年代初頭の英国において。具体的な作品は、マイケル・リーヴス監督『Witchfinder General』（一九六八年）とピアーズ・ハガード監督『鮮血!! 悪魔の爪』とロビン・ハーディ監督『ウィッカーマン』（一九七三年）で、これらは〈邪悪な三位一体〉と呼ばれている。そして二十一世紀になると二度目の黄金期を迎える。有名どころでは、ロバート・エガース監督『ウィッチ』（二〇一五年）やアリ・アスター監督『ミッドサマー』（二〇一九年）だ。またNetflixオリジナル作品なのであまり知られていないが、デヴィッド・ブルックナー監督『ザ・リチュアル いけにえの儀式』（二〇一七年）やギャレス・エヴァンス監督『アポストル 復讐《ふくしゅう》の掟《おきて》』（二〇一八年）といった秀作、そして今やカルト作品として名高いベン・ウィートリー監督『キル・リスト』（二〇一一年）などがある。

フォークホラー作品には特有の物語構造がある。アダム・スコヴェル *Folk Horror: Hours Dreadful and Things Strange* (2017) によれば以下のとおり。

Ｉ 田園風景　フォークホラーにおける舞台は田舎や辺鄙《へんぴ》な土地に設定される。その風土は単なる背景ではなく、それ自体が主役であり、住民の精神的・社会的アイデンティティの規範となっている。それが人里離れた農場であろうと、森の奥に佇《たたず》む隠れ家であろうと、島であろうと、寒村であろうとちがいはない。そのトポスが〝旧世界〟とのつながりをたもっていることが重要。

Ⅱ　孤立・隔絶状態　Ⅰにあたる土地に複数の人々、もしくは小集団が閉じ込められている。あるいは自らの意思で外部世界から隔絶している。孤立状態は物語の文脈によって様々な意味を持つ。基本的にフォークホラーにおける孤立・隔絶とは一般社会から遊離した共同体のことを意味するが、同時にその異様なコミュニティに参入してきた部外者の心理状態をも表象する。

Ⅲ　歪《ゆが》んだ信仰や道徳観　外部社会から隔絶しているために、共同体内部での奇怪な信仰や風習、異様な行動規範、屈折した道徳観が年月をかけて形成されている。具体的には、全体のプロットにおける不可欠な役割としてカルト宗教やオカルティズム（魔女信仰・異教崇拝・神秘主義など）との明白なつながりがある。

Ⅳ　事件／召喚　俗世間とは遊離して屈折した信仰や価値観が形成された空間に、外部からよそ者が到来もしくは召喚されたことで事件が生じる。それは暴力的で不合理な惨劇として展開される。しかし、超自然的な要素は物語における恐怖の主な原因ではない。むしろ恐怖は、登場人物がどのように超自然現象に適応するか、あるいは自分たちの力を高めるために超自然現象を利用するかに由来する。不穏な共同体は超自然的な存在の必要性／利益をめぐって形成される。そして現状を維持するために、かれらは自分たちの常軌を逸した信念にもとづいて冷酷非道な儀式をおこなう。

以上四つの観点からさまざまな映画作品を分析していくアダム・スコヴェルの*Folk Horror: Hours Dreadful and Things Strange*は、すでにフォークホラー研究の基本図書として知られるが、最近ではキアラ・ジャニスのフォークホラーに関する大作ドキュメンタリー映画『Woodlands Dark and Days Bewitched』（2021）が高評価を得ている。その三時間を超えるドキュメンタリー・フィルムをつらつら眺めると、先に挙げたアダム・スコヴェルによるフォークホラーの四大元素にもうひとつ特徴をつけくわえることができる。だが、それは物語のエンディングにかかわることなので、ここで紹介するわけにはいかない。

とりあえず、本書のストーリーをフォークホラーの物語構造に当てはめてみよう。秘密の儀式らしき殺人が行われた場所は登頂するのが困難なセイショ山であり、物語の主要舞台はガリシア地方の寒村である（Ⅰ　田園風景）。その文明社会から置き去りにされたような僻地《へきち》に、大都会マドリードの有能な女性刑事ラケルが赴任してくる（Ⅱ　孤立・隔絶状態）。儀式殺人事件を調査するにしたがって、ラケルは背後に奇怪な信仰を有する謎の共同体が暗躍していることを知る（Ⅲ　歪んだ信仰や道徳観）。ラケルが事件の解明に精力的に乗り出したために暴力的で不合理な事件の連鎖が始まり、超自然的な脅威が目覚める（Ⅳ 事件／召喚）。そしてラケルは不穏な結末に直面するのだが、それがどのようなものかは本書を読んでのお楽しみ。

もちろん、フォークホラーを念頭におかなくても、本書は怪奇幻想ミステリーとして堪能できる。それにヒロインのラケルと悪性脳腫瘍《のうしゅよう》のために余命数か月しかない九歳の息子との母子愛、またラケルの心優しくシャイな巨漢の相棒ファンとの交流などを通して味わえる、作者の巧みなキャラクター造形も読みどころのひとつ。さらには、ミステリー仕立ての物語前半からクリフハンガー連続のサスペンスフルなアクション・ホラー的な後半の物語展開にページをめくる手が止まらないこと必定。

近年では、女性作家によるスパニッシュ・ホラー文芸やギレルモ・デル・トロ監督が参入したことで活気を帯びたスペイン産ホラー映画などが注目されているが、娯楽小説としてのスパニッシュ・ホラーの紹介が遅れていると常々思っていたので、今回の『生贄の門』の邦訳はうれしいかぎり。映画だけでなく小説におけるフォークホラー、たとえばトマス・トライオン『悪魔の収穫祭』（一九七三年）やT・E・D・クラ イン『復活の儀式』（一九八四年）などの傑作と読み比べてみるのも一興だ。遅ればせながらここで作者紹介をしておこう。

マネル・ロウレイロはガリシア州ポンテベドラで一九七五年十二月三十日に生まれた。サンチャゴ・デ・コンポステーラ大学の法学部卒の法律家。だが、かれの関心は学生時代から法律よりむしろ、脚本を執筆したり新聞・雑誌に寄稿したりすることにあった。あまつさえ、TV番組のホストまでこなしている。とりわけ興味があったのは小説を創作することだった。そこで自分のブログに作品を発表。その結果、オンライン小説として人気を得た。それを書籍として刊行したのが、記念すべき長編デビュー作 *Apocalipsis Z: El principio del fin*（2007）である。典型的なゾンビ・アポカリプスものだ。これがたちまちベストセラーとなり、意を強くしたロウレイロは続編 *Apocalipsis Z: Los días oscuros*（2010）と *Apocalipsis Z: La ira de los justos*（2011）を発表して、スペインのスティーヴン・キングの異名を戴《いただ》くことになった。幽霊船＋ナチスもののゴシック・ミステリーである第四作 *El último pasajero*（2013）のみ、『最後の乗客』（マグノリアブックス）のタイトルで邦訳されている。

　最後に一言。『最後の乗客』も本書も、なにやら〈クトゥルー神話〉じみた匂《にお》いがする……。

（令和五年十月、幻想文学研究家／翻訳家）

マネル・ロウレイロ著作リスト

【小説】

*Apocalipsis Z: El principio del fin**（2007）
*Apocalipsis Z: Los días oscuros**（2010）
*Apocalipsis Z: La ira de los justos**（2011）
El último pasajero（2013）『最後の乗客』高岡香訳／マグノリアブックス
Fulgor（2015）
Veinte（2017）
La Puerta（2020）※本書
La ladrona de huesos（2022）
（＊はゾンビもののホラー・シリーズ〈アポカリプシスZ三部作〉）

本書は本邦初訳の新潮文庫オリジナル作品です。

生《いけ》贄《にえ》の門《もん》

新潮文庫　ロ－19－1

Published 2023 in Japan
by Shinchosha Company

令和五年十二月一日発行

訳者　宮《みや》﨑《ざき》真《ま》紀《き》
発行者　佐藤隆信
発行所　株式会社新潮社
郵便番号　一六二―八七一一
東京都新宿区矢来町七一
電話　編集部(〇三)三二六六―五四四〇
　　　読者係(〇三)三二六六―五一一一
https://www.shinchosha.co.jp

価格はカバーに表示してあります。

乱丁・落丁本は、ご面倒ですが小社読者係宛ご送付ください。送料小社負担にてお取替えいたします。

印刷・株式会社三秀舎　製本・株式会社植木製本所

ISBN978-4-10-240371-6 C0197